Le Prince barbare

Empires et Mafia, tome 3

Annika Martin

Traduction par
Alexia Vaz

Le Prince barbare
Empires et Mafia, tome 3
Annika Martin

Chapitre Un

Ann

RANDALL EST *un homme aux joues roses, à la longue barbe grise et au regard doux. Il est assis sur un banc boulonné au sol dans un coin de sa chambre à l'Institut Fancher, précédemment connu sous le nom d'Institut Fancher pour les criminels aliénés.*

Il y a trente ans, Randall a tué trois personnes dans un bus, puis a tenté d'empoisonner un groupe d'employés de bureau avec des cookies à l'arsenic, rendant gravement malades cinq d'entre eux.

Aujourd'hui, il a un lourd traitement médicamenteux et est confiné dans sa petite chambre vingt-deux heures par jour. À sa droite se trouve une grande fenêtre par laquelle on peut voir le visage d'un aide-soignant observant ce qui se passe à l'intérieur, l'un des deux hommes dont le travail consiste entièrement à rester assis dans le couloir pour surveiller Randall pendant ses heures d'éveil. Randall est consumé par un but dans la vie : se comporter suffisamment bien pour que son isolement soit réduit à vingt-et-une heures.

Je me dis que c'est ainsi que je commencerais l'histoire si je décidais de l'écrire comme un récit porté sur l'humain en évoquant les patients de l'aile des malades mentaux et dangereux (MM&D) de l'Institut Fancher. On s'accroche toujours à la tragédie d'une personne et on tente de trouver un détail qui tue. Le regard omniprésent est un détail qui tue.

Les histoires qu'on raconte sur les gens sont puissantes. Elles humanisent les autres et nous lient à eux. Mais je ne suis pas là pour écrire l'histoire d'une personne.

Je suis ici pour faire des recherches sur une histoire qui parle de *choses*. Une histoire de chaîne logistique. Un récit des plus assommants.

Une enquête sur une chaîne logistique au milieu de Pétaouchnoc dans le Minnesota, c'est ce que vous obtenez après vous être agenouillée dans les ruines de Kaboul, pleurant et tenant un chaton dans vos bras pendant que vous manquez la rencontre la plus importante de votre carrière.

Tout le monde a dit que c'était une dépression. C'est un mot aussi convenable qu'un autre.

Complète simplement la mission, me dis-je. *Baisse la tête et fais le boulot.*

Puisque j'ai effectivement déjà eu de la chance d'obtenir cette mission. Aucun éditeur réputé ne veut avoir de lien avec moi ces derniers temps. La mission m'a été confiée par un éditeur du *Stormline*, qui n'est pas une publication très honorable.

Une infirmière du nom de Zara me présente aux patients que je vais surveiller. Elle pense que je suis infirmière, et en fait, je le suis. J'étais infirmière avant de décider qu'en réalité, je voulais juste être journaliste.

Je porte une visière en plastique ainsi que des gants, et je fais un petit examen à chaque patient afin que Zara s'assure qu'aucun n'aura une mauvaise réaction envers moi. Elle veut également être sûre que je peux gérer les résidents MM&D.

Les hommes MM&D ne seront pas un problème. En revanche, l'odeur d'antiseptique, ce n'est pas dit. Elle est tellement intense que j'ai l'impression de nager dedans. Je ne supporte pas bien les odeurs de désinfectant ces derniers temps.

L'infirmière Zara ne veut pas de moi ici et elle n'essaie pas de le cacher.

— L'infirmière Ann va prendre votre tension maintenant, Randall, déclare Zara. Vous la verrez souvent.

L'employé des ressources humaines m'avait prévenue que le staff résisterait à ma présence. L'amie de l'infirmière Zara était censée être promue à ce poste. Tout le monde dans l'équipe pensait qu'elle l'obtiendrait. Puis je suis arrivée de nulle part et je le lui ai volé. Alors je suis un peu une paria.

J'ai affronté pire que ça.

— Bonjour, Randall, dis-je doucement.

Le visage de Randall reflète un état d'affect abrasé, jargon psychiatrique signifiant qu'il n'affiche aucune expression. Son regard reste vide lorsque je passe le brassard du tensiomètre autour de son biceps flasque. Randall est sous l'effet d'un cocktail de médicaments qu'ils appellent B-52 et qui provoque exactement ce que vous imaginez : il l'assomme et ralentit tellement ses pensées qu'il ressemble plus à une plante ornementale qu'à un humain. Il prend une dose de plus le soir. C'est le seul moment où un aide-soignant n'a pas besoin de le surveiller.

Je note ses progrès sur la tablette, cliquant sur des cases et entrant des chiffres.

— Bien joué ! On dirait que si vous vous conduisez bien pour le reste de la semaine, vous pourrez rester trois heures dans la pièce commune, lui dis-je.

Randall grogne et marmonne quelque chose qui ressemble à une approbation.

Zara râle. Je dirais qu'elle a environ deux fois mon âge, qui est de vingt-neuf ans, alors elle devrait s'approcher de la soixantaine. Elle a des cheveux courts, teints en blond et retenus par un chouchou de couleur vive à petits pois. Elle m'a dit que les patients appréciaient lorsqu'elle mélangeait les touches de couleur ainsi. Elle tient à ses patients, mais elle veut que je m'en aille.

En plus de son hostilité, je commence à sentir que Zara a compris mon mensonge, ou peut-être qu'elle remarque juste mon malaise. Les infirmières peuvent être vraiment sensibles aux états mentaux des autres et Zara est douée. Elle a passé trois décennies dans l'aile des malades mentaux et dans son cas, on développe une antenne sacrément précise. Mais elle n'est pas au courant pour ma dépression, bien sûr.

Néanmoins, Zara ne va pas être mon plus gros problème.

Ce rôle revient à Donny, le balourd responsable des aides-soignants. Chez cet homme, je ne décèle qu'un salaud tordu. D'après ce que je peux voir, la seule chose qui sépare Donny des hommes attachés sur ces lits, c'est une condamnation dans une cour de justice ainsi qu'une ordonnance d'internement.

Le patient suivant est un schizophrénique d'une vingtaine d'années. Lorsqu'il était étudiant à l'université, il a fait exploser une aire de repos sur l'autoroute, tuant trois personnes. Il a un dispositif de contention en deux points, ce qui signifie que ses poignets sont attachés à une sangle autour de sa taille. Lui aussi prend le cocktail B-52 et il a le même regard vide que tous les B-52.

Zara se tient à la porte, envoyant des messages sur son téléphone, me regardant à moitié lorsque je prends la tension et que je fais une prise de sang. Le patient ne semble même pas se rendre compte de la piqûre. Je me demande s'il sait que je suis là. Je consulte son tableau de progression. Le but vers lequel il avance est d'avoir les mains libres la nuit.

— Si vous vous conduisez bien le reste de la semaine, vous dormirez les mains détachées, lui déclaré-je vivement.

— Merci, marmonne-t-il.

Nous nous arrêtons dans le couloir entre chaque visite pour discuter des patients. Zara observe mon regard d'un peu trop près pendant ces conversations.

— Tu ne peux pas faire ce boulot si tu laisses ces mecs t'effrayer, aboie-t-elle.

Elle se rend compte de tout ce qui montre que je n'ai pas ma place ici, ou peut-être de mon état d'esprit fragile et tordu. Elle est sur ses gardes.

Je tente d'afficher un sourire serein.

— Ces hommes ne me dérangent pas. Je vais bien.

Avec toute la sédation et les contentions, sans mentionner les aides-soignants attentifs à ma disposition, je ne pourrais pas me sentir plus en sécurité avec ces hommes, surtout en comparaison avec beaucoup de sujets que j'ai interrogés sur le terrain lors de ma carrière de journaliste respectable, terminée depuis longtemps.

Beaucoup de sujets de ces interviews étaient tout aussi déséquilibrés que ces hommes, sauf que généralement, ils avaient des fusils d'assaut. Et leur seul traitement consistait à boire du café et peut-être de l'alcool, ce qui n'est pas le meilleur des mélanges quand vous êtes un fou dangereux.

Alors oui, Donny, le roi tordu des aides-soignants tentera probablement de me pousser à bout.

Mais ma kryptonite, c'est l'odeur d'antiseptique.

Il y a six mois, j'aurais ri si quelqu'un avait tenté de me donner une mission comme celle-ci. J'étais la reporter intrépide qu'on envoyait au Bhoutan, en Somalie ou en Syrie. J'étais celle qui se déplaçait en Jeep ou en Hummer, assise avec des intermédiaires dans de petits cafés merdiques, attendant de rencontrer certaines des personnes les plus intéressantes du monde, pourchassant une histoire de dingue. Je vivais pour ces histoires.

Et si elles impliquaient un outsider ou un leader milicien taré, ou même quelqu'un cherchant l'impossible ? Vous pouviez me mettre sur l'affaire !

Maintenant, je m'occupe d'une histoire de logistique pour un éditeur qui croit en une théorie du complot que la police ignore, selon lui. J'ai eu de la chance que le *Stormline* ait eu besoin de quelqu'un avec un diplôme d'infirmière.

Mais c'est ainsi que je vais me sortir du cratère brûlé et noirci de ma carrière. Je vais enquêter comme une dingue sur cette chaîne d'approvisionnement. Je vais le faire comme s'il s'agissait de la meilleure et de la plus importante mission qu'on m'ait jamais confiée. L'éditeur du *Stormline* se portera garant pour moi pour l'histoire suivante. Alors j'enquêterai et écrirai quelque chose de dingue sur celle-là aussi, et ainsi de suite.

Je vais me concentrer sur l'histoire devant moi comme s'il s'agissait de la plus importante qu'on ait jamais vue. C'est ainsi que je vais m'en sortir.

Je ferme les yeux, le cœur tambourinant. L'odeur d'antiseptique m'atteint toujours, six mois plus tard. Je croyais que j'étais prête.

Je savais que cette odeur serait là, mais je pensais que ce ne serait pas un problème. Cet hôpital n'est pas attaqué, personne ne sera piégé ici. C'est à un monde de n'importe quelle zone de guerre.

Pire, l'odeur me fait penser à ce chaton. Je le chasse de mon esprit. Je me rappelle que ce chaton va bien. *Tu t'es interposée et tu as sauvé le chaton. Tu déchires.*

Enfin, je déchirais.

Je n'ai plus l'impression que c'est le cas. L'odeur de désinfectant me met sérieusement la tête à l'envers. Je vais la sentir toute la nuit, je le sais déjà. Je ne vais pas pouvoir dormir.

Vous n'avez pas besoin de me dire à quel point c'est sexy, une histoire de descente aux enfers. Je suis journaliste. Je le sais.

Il n'y a rien de plus délicieux qu'un riche arnaqueur avec les menottes. Qu'une rock star arrogante qui tombe dans une addiction à la drogue. Que la coqueluche du lycée qui était cruelle envers vous et qui nettoie maintenant vos toilettes.

Je n'aurais jamais cru être la star de ma propre descente aux enfers. J'imagine que ce n'est le cas de personne.

Nous continuons dans le couloir. Je rencontre un aide-soignant hippie qui surveille quatre mecs depuis un point central. Je peux voir que cela ferait un sujet intéressant, mais je n'écris pas ce genre d'article. Méthamphétamine. Circuit logistique. *Stormline.*

Donny, le roi tordu des aides-soignants, arrive. Donny a des baskets fluo, plusieurs trous d'anciens piercings dans les oreilles et une façon de montrer qui est le patron en regardant vos seins avec beaucoup d'insistance. Ses yeux sont petits et globuleux. Des yeux de prédateur.

— Ils sont prêts pour 34, déclare Donny.

— Viens, me dit Zara.

— C'est quoi, 34 ?

— Le patient 34, répond Zara. Viens.

Il n'a pas de nom ? J'attrape le chariot et le pousse dans le couloir où trois aides-soignants sont rassemblés, parlant à voix basse. Ils ont tous des pistolets à impulsion électrique.

— Que se passe-t-il ?

— On en met trois en standby pour la bête des enfers, explique Donny.

Il me regarde avec un peu trop d'insistance. C'est le genre de mecs qui mijote toujours quelque chose et qui sait donc quand vous préparez un coup.

Pour moi, il passe de la catégorie « problème » à « risque certain ». Et je vois comment les choses vont se dérouler, comme une tempête parfaite, avec ce Donny dangereusement collant sentant une fissure dans mon armure, l'antagonisme de Zara envers moi, l'indifférence des quelques autres membres du personnel que j'ai rencontrés, le fait que je sois en période d'essai et, pire, que je ne sois pas celle que je prétends.

Fais avec.

Donny ouvre la porte. L'odeur d'antiseptique est toujours pire dans les chambres. J'ai soudain une bouffée de chaleur.

Je pensais que j'étais prête.

Donny me guide inutilement à l'intérieur, une main posée au creux de mes reins, même un peu plus bas que ça. Je m'arrête et me retourne.

— Je m'en occupe.

Il lève ses mains, comme si j'étais excessivement agressive.

Je me retourne et pousse le chariot dans la chambre minuscule. La porte se referme, nous coinçant tous à l'intérieur.

Donny se poste dans un coin.

— On s'en occupe, répète Zara.

Elle non plus ne veut pas qu'il soit là. Donny se contente de la dévisager avec ses yeux effrayants et globuleux.

Au diable tout ça, pensé-je. Je me tourne vers le patient.

Et j'ai le souffle coupé.

Le patient 34 a un incroyable halo de boucles sombres ainsi qu'une barbe courte et négligée. Des cils noirs comme de la suie soulignent ses yeux couleur ambre. Son énergie est... intense, sauvage, comme s'il avait été créé dans un feu infernal d'une ampleur magistrale. Quelque chose en lui m'attire. Il est magnifique, de façon féroce. Il est superbe, de façon saisissante, à la fois attirant et repoussant.

Le plus haut niveau de contention pour les patients est généralement une contention en quatre points, mais le patient 34 en est plutôt à huit, avec ses bras reliés à sa taille, sa taille au lit, ses poignets au lit également, tout comme ses chevilles et son cou.

Il fixe un point sur le plafond, comme tous les autres B-52, le regard vide, mais il me *paraît* complètement différent. Il a l'air réellement vivant.

Je lève les yeux et trouve Zara en train de m'observer sévèrement, comme si elle avait remarqué que quelque chose n'allait pas. Est-ce que j'ai scruté le patient 34 pendant trop longtemps ?

Je baisse ma visière et me positionne à côté de son lit, prête à prendre ses constantes, même si j'ai presque envie de regarder autour de moi, à la recherche d'une équipe de télévision, comme s'il s'agissait d'une blague élaborée pendant laquelle ils nous piègent et voient ce qu'on fait. Il n'est simplement... pas comme les autres.

Différent de tous les hommes que j'aie jamais vus.

D'après les données de 34, je vois qu'il est sous B-52, avec quelques décontractants musculaires et quelque chose de plus que je ne reconnais pas. Il y a suffisamment de médicaments pour assommer un éléphant.

J'enroule le brassard du tensiomètre autour de son bras étonnamment musclé. C'est en effet étonnant, puisque c'est le genre de patient à être uniquement détaché du lit deux fois par jour : pour aller aux toilettes et manger. Et il prend de lourds sédatifs. Quand et comment se muscle-t-il ? Et qu'a-t-il fait pour en être à ce niveau de contention ?

Je fais défiler ses données pour trouver l'historique. Il n'y a rien. Je veux vraiment savoir ce qu'il a fait pour se retrouver là. Aucun âge n'est inscrit, même si je pense qu'il est plus jeune que moi, vingt ou vingt et un ans, peut-être. Je n'arrive même pas à trouver son programme de buts à atteindre.

— Où sont ses buts ?

Donny rit dans son coin.

— Il ne comprend pas les buts. Sa dose de médicaments ne sera jamais réduite, ses contentions ne seront jamais diminuées et la seule façon pour 34 de sortir de cette pièce, ce sera les pieds devant.

Si jamais je m'en mêle est l'explication tacite qui complète ses dires.

Donny reporte son attention sur son iPhone.

Cet homme, qui prend des sédatifs si lourds et est attaché ainsi, est en plus détesté de Donny. Comment le supporte-t-il ? Je pose une main sur son bras et sens sa chaleur au travers de mon gant en latex.

— C'est un artiste de l'évasion, marmonne Zara sans lever les yeux de son portable.

Les employés travaillant avec les patients ne sont pas censés avoir leur téléphone sur eux, mais ils l'ont tous. Ils savent comment éviter les caméras lorsqu'elles sont sur eux.

— Quelle est sa technique d'évasion ? demandé-je. Est-ce qu'il se transforme en l'Incroyable Hulk ?

Aucun d'eux ne répond. Eh bien, je trouvais ça amusant.

Je glisse le brassard autour du bras de 34, pose ma main sur son avant-bras et commence à pomper. Ici, les patients portent tous un genre de haut de pyjama ainsi qu'un pantalon. Les hauts sont à manches courtes et s'ouvrent sur le côté pour permettre d'avoir un accès.

Je jette un nouveau coup d'œil à son visage.

Et le monde s'arrête.

Parce que 34 est là, vraiment là. Il me regarde avec intelligence, les lèvres tordues comme s'il trouvait que mon commentaire sur Hulk était amusant.

Mon cœur tambourine follement.

— Salut, je vais prendre votre tension et on fera une petite prise de sang, d'accord ?

— Il ne comprend pas ce que tu dis, me déclare brusquement Zara depuis le coin, comme si je n'étais qu'une idiote. Il ne va pas te répondre. Lis son dossier.

J'ai lu son foutu dossier, pensé-je. *Pourquoi tu ne regardes pas son visage ?* Mais lorsque je baisse de nouveau les yeux, le regard de 34 est de nouveau vide et le sourire esquissé a disparu. Est-ce que j'ai halluciné ?

— On aurait dit qu'il était là pendant une seconde.

— Il n'a pas eu de pensées cohérentes depuis des mois, déclare Donny. Et ce ne sera plus jamais le cas.

Une fois encore, la fin silencieuse de cette phrase est : *si jamais je m'en mêle.*

Abruti, songé-je.

Je baisse les yeux. Les siens sont rivés sur le plafond. Il est de nouveau sous le coup des sédatifs, assez lourds pour assommer un lion. Est-ce que je l'ai imaginé ? Je prends sa tension. Elle est haute, malgré tous ses médicaments.

— Cent vingt sur quatre-vingts.

Zara prend appui sur le mur pour s'élancer vers moi, agacée.

— Ça doit être faussé. Bouge.

Je me retire, là où se trouve Donny, pendant qu'elle prend la tension de 34. Je commence à transpirer et à me sentir un peu mal.

Zara déclare un résultat de tension, qui est plus bas, exactement dans les clous pour un homme prenant tous ces médicaments. Je le note sur son dossier médical électronique. Elle pense que je me suis trompée à cause de la nervosité.

— Ne t'inquiète pas, on couvre tes arrières, affirme Donny.

Comme vous pouvez l'imaginer, il prononce cette phrase comme s'il s'agissait d'une menace.

Je me contente d'acquiescer. Je ne dis pas un mot, je fais juste un signe de tête. On n'encourage jamais un mec flippant comme Donny.

Zara repose le tensiomètre dans le chariot et me lance un regard sévère.

— Tu te sens de faire la prise de sang ?

— Bien sûr, dis-je en m'éloignant de ce maître de l'horreur qu'est Donny.

Je reprends ma place à côté du lit de 34 et Zara retourne discrètement à son téléphone, hors du champ de la caméra.

Les yeux du patient 34 sont aussi blancs que du plâtre. Est-ce que j'ai imaginé cette interaction silencieuse ? Si c'est le cas, c'est mauvais.

Si je ne l'ai pas imaginée, cela signifie qu'il fait semblant. Je suppose que ça n'a pas vraiment d'importance, étant donné qu'ils l'ont attaché comme s'ils avaient affaire à King Kong croisé avec Hannibal Lecter.

Je lui fais une prise de sang. Ils avaient probablement un infirmier spécialisé dans les prises de sang auparavant, mais les coupes budgétaires ont été draconiennes dans ce secteur. J'imagine que le phlébologue a été renvoyé. J'essaie de ne pas regarder le visage de 34.

Je pense aux paroles serinées de Donny. *Il n'aura plus jamais une pensée cohérente.* Comme si Donny était victorieux sur 34 dans un combat imaginé et injuste entre eux. Cela ressemble tellement à Donny d'être revanchard envers les patients dont il est censé s'occuper. Qu'a fait 34 ?

Lorsque j'ai terminé, j'appuie une boule de coton à l'endroit où j'ai fait la prise de sang et pose une main gantée sur le bras de 34, qui est décidément étonnamment musclé.

Je sais que je ne l'imagine pas.

Je regarde ses yeux dorés qui n'observent rien et tout en même temps. C'est comme s'il avait fait des choses horribles. On ne termine pas comme le patient 34 en ayant été boy-scout. Mais il reste un petit éclat d'humanité en chacun. Des espoirs, des rêves, des choses qui touchent notre cœur de façon inattendue.

C'est ce qu'on apprend en racontant l'histoire des gens.

— C'est fini.

Je lui serre le bras pour le rassurer, puisque tout le monde mérite de la compassion. Zara et Donny peuvent aller se faire voir.

Chapitre Deux

KIRO

— C'EST FINI, dit-elle doucement.

Elle me serre le bras. La chaleur inonde mon corps. Mon cœur tambourine, hors de contrôle.

Elle a des yeux verts perçants et ses cheveux ont la couleur des cacahuètes. Elle tente de le cacher en les tirant en arrière, mais ses cheveux sont épais, bouclés et ne peuvent être dissimulés. Elle retrousse ses lèvres roses. J'aime regarder ses lèvres. C'est la femme la plus belle que j'aie jamais vue.

Elle me serre de nouveau le bras. On dirait un rêve avec son contact doux et son évocation de Hulk, comme si elle faisait référence à une autre vie.

Est-ce un piège ? Un autre de leurs actes de torture sans fin ? Je lutte pour retrouver le contrôle, souhaitant qu'elle s'en aille. Je ne peux pas me concentrer si elle est ici.

J'aurais dû laisser les médicaments m'emporter aujourd'hui, ils auraient amenuisé son pouvoir. Parfois, je les laisse m'emmener pour faire une pause dans cet ennui écrasant, au milieu de cet endroit mort avec ses sonnettes et ses alarmes, ainsi que l'aiguille de l'horloge qui ne s'arrête jamais.

Il y a aussi la solitude désagréable.

Et maintenant elle, qui ruine toute ma concentration. On ne peut pas montrer de signe de vie ici, sinon on reçoit encore plus de médicaments.

Elle travaille pour eux. Elle est juste l'un d'entre eux. Je la tuerais si je le devais. Je les tuerais tous si je le devais. Tout ce qui compte, c'est que je rentre à la maison. Là où est ma place.

Comment connaissent-ils Hulk ? Je n'ai pas pensé à lui depuis mon enfance, quand j'étais enfermé dans la cave à légumes.

Elle sort de mon champ de vision. La distance me permet de reprendre plus facilement le contrôle.

J'ai besoin de trois conditions pour m'échapper. Une : les idées claires. Je les ai. Deux : la capacité de me défaire des moyens de contention. La petite paire de ciseaux que j'ai cachée sous le matelas fera l'affaire. Trois : un genre de chaos ou de diversion pour que les gardes s'éloignent du périmètre. J'ai besoin d'un désastre, que quelqu'un d'autre s'échappe ou une coupure de courant... quelque chose. Les gardiens dans le périmètre ont causé ma perte, la dernière fois.

Je ne fais pas la même erreur deux fois.

Alors j'attends. J'aurai ma chance. C'est une question de temps.

Ils ne pourront jamais savoir que j'ai les ciseaux. Ils ne pourront jamais savoir que je suis capable d'éliminer les médicaments de mon système. Le professeur qui m'avait gardé dans cette cage disait que j'avais un métabolisme rapide. Peut-être que c'est vrai. Les exercices m'aident à garder la tête froide. Je le sais. Le professeur les qualifiait « d'isométriques » quand je les faisais dans ma cage.

Je pensais que l'année durant laquelle le professeur m'a gardé dans la cage était horrible. J'avais tort.

Il me faisait au moins la lecture, essayant de m'éduquer. Je faisais semblant de ne pas entendre, de ne pas comprendre, mais les choses qu'il lisait et disait étaient toujours intéressantes. J'écoutais attentivement et repensais à tout ça lorsqu'il dormait.

Il espérait m'éduquer et me faire soi-disant comprendre des concepts importants, afin que nous puissions avoir des discussions sur la façon dont j'avais survécu dans la forêt, et surtout, comment j'avais convaincu une meute de loups de me faire confiance. Il avait deviné, à juste titre, qu'ils m'avaient laissé vivre dans leur tanière.

Je ne l'ai pas confirmé. Je ne lui disais rien.

Je me sentais si seul, enfermé comme un sauvage. La meute me manquait. Mes seuls amis.

Ici, c'est bien pire.

Ils me donnent des médicaments toutes les douze heures. Je tire sur les liens à chaque fois qu'ils partent, assez violemment pour faire circuler mon sang et transpirer. Assez fermement pour garder les idées claires, prêt à tuer tout le monde.

Elle fait glisser un doigt sur l'écran brillant de sa tablette. Il clignote, puis elle repose ses doigts sur mon bras, l'effleurant. Je lutte pour garder une expression sombre et impassible.

Elle me serre le bras. Personne ne me touche jamais comme ça. Je crois que mon cœur va peut-être exploser.

— Allez, lui dit l'infirmière Zara.

Elle s'en va. Je suis ses pas dans le couloir. Je repère le couinement des roues du chariot.

On développe son ouïe dans la forêt. C'est une façon de rester attentif, de discipliner son esprit. C'est quelque chose que le professeur disait et j'avais toujours l'impression qu'il avait raison, même si je ne le disais jamais.

Lorsqu'il m'a enfermé dans cette cage, il m'a fait passer des tests sournois sur mon ouïe et mon odorat, aussi. Une fois que j'ai compris ce qu'il faisait et que ces sens ultradéveloppés me rendaient différent de ceux qui n'avaient pas grandi dans la forêt, j'ai fait semblant de ne pas entendre ni sentir si bien que cela.

On ne peut jamais rien donner aux autres. Ils ne font que vous blesser avec ça.

Si je tends suffisamment l'oreille, je peux entendre des oiseaux derrière ces murs. Les chants des oiseaux peuvent être ce qu'il y a de plus agréable ici. Mais certains jours, les bons jours, ces mélodies m'aident à retourner là-bas dans mon esprit et je peux presque me convaincre que je cours dans les champs et la forêt, avec le soleil sur mon visage.

Les roues du chariot couinent. Le battement de son cœur s'évanouit. Chambre 39.

Mitchell DesArmo se trouve dans cette chambre. Un homme dangereux. Je suis leur conversation. Je demeure avec elle pendant tout le reste de sa ronde.

Plus elle s'éloigne avec le pouvoir de sa beauté et son contact doux, plus je reprends le contrôle.

C'est un piège, forcément.

Tout a un rythme, une pulsation. Cet hôpital est un système, tout comme la forêt. Les choses bougent. Des trous apparaissent. Je serai prêt. Personne d'autre ne le sera, mais je serai prêt. L'immobilité est une bonne façon de chasser.

L'immobilité, c'est la façon dont j'ai tué le professeur. Il pensait pouvoir écrire un livre sur moi. Il pensait pouvoir faire de moi une attraction. Il pensait éduquer l'Adonis sauvage, il m'a dit que c'était le nom que m'avaient donné les journalistes quand on m'a sorti de la forêt.

Le professeur pensait que s'il remplissait la tête de l'Adonis sauvage avec ses mots et ses concepts, je serais son allié fidèle.

Le professeur voulait les secrets de l'Adonis sauvage. Au

lieu de ça, il a eu les mains de l'Adonis sauvage autour de son cou.

J'ai attendu le bon moment, tout comme j'attends en ce moment.

Bientôt.

Le couinement des roues.

L'infirmière Ann quitte l'aile. Une porte. Une autre porte. Elle est partie.

Je devrais me sentir soulagé. Mais j'ai plutôt l'estomac rongé par le tourment.

Si je peux supporter l'ennui et la souffrance dans cet endroit, je peux endurer sa main douce.

Je ferme les yeux pour chasser ces sentiments. Trois choses pour m'échapper. Le chemin que j'emprunterai pour rentrer chez moi sera tracé dans le sang de ceux qui tenteront de m'arrêter.

Est-ce qu'il s'échappe en se transformant en l'Incroyable Hulk ?

C'est une coïncidence qu'elle ait parlé de Hulk. Cela fait tellement longtemps que je n'ai pas pensé à mon enfance, avant la forêt. La corde de piano. L'arbre. La cave à légumes.

Elle est mon nouveau supplice, c'est tout.

Un nouveau supplice plus douloureux que le pistolet à impulsion électrique de Donny.

Chapitre Trois

Ann

Lorsque nous finissons notre ronde, Zara et moi partons dans la salle commune, qui est une sorte de salle de jeux avec des chaises et des tables clouées au sol, ainsi qu'une télévision sur le mur que seul le personnel, c'est-à-dire Donny, contrôle. Deux douzaines de patients s'y trouvent, à faire du coloriage et regarder la télé. Zara me parle des différents groupes qui s'y trouvent, me dit qui ne s'entend pas avec qui.

Ce sont les patients qui se comportent le mieux, mais les aides-soignants traînent tout de même autour, observant, notant des choses sur leur tablette. C'est un endroit où règne une bureaucratie considérable et où les dossiers papier détaillent chaque action effectuée par les patients, jusqu'à l'heure à laquelle ils vont pisser, et je parle littéralement.

Nous nous dirigeons vers la salle de pause, où il est un peu plus facile de respirer grâce aux odeurs de cuisine qui neutralisent celle de l'antiseptique. Mais d'une certaine façon, c'est pire, puisque je suis dans une pièce remplie de personnes qui ne veulent pas que je sois là.

Je lève la tête. Il faut que je reste agréable. Ce n'est pas ma vie, après tout.

Il y a plus d'une dizaine d'infirmiers et d'auxiliaires paramédicaux : quelques mecs de l'armée, et des femmes plus âgées qui font des remplacements, des infirmières de substitution en quelque sorte. De jeunes mamans travaillent également ici à plein temps, l'hôpital partenaire à l'autre bout de la ville ayant une excellente crèche gratuite dont elles peuvent profiter.

Parfois, dans un groupe étrange principalement composé de femmes, j'essaie de parler des enfants et d'inciter les gens à me montrer des photos. C'est sympa pour briser la glace. Et, en vérité, j'adore voir les photos d'enfants. J'aime la façon dont le visage des femmes s'illumine quand elles vous les montrent. J'aime entendre les petites histoires qu'elles racontent sur les clichés. Les histoires lient les gens, elles les humanisent les uns auprès des autres.

Lorsque j'ai commencé dans le journalisme, je croyais que le fait de comprendre les histoires des gens pouvait régler tous les problèmes du monde.

Il faut du courage pour croire en de grandes choses comme cela et je n'ai plus ce genre de vaillance.

Et j'ai le sentiment que, dans ce groupe, mes questions seront vues comme indiscrètes.

Lorsqu'ils me demandent si j'ai des enfants, je réponds que non, je n'ai pas d'enfants. Ce qui est vrai. Je leur raconte que je viens de l'Idaho et que j'ai énormément voyagé et fait du bénévolat autour du monde, ce qui n'est pas loin de la vérité. Je sais que mon histoire est incompréhensible puisque je passe des voyages à travers le monde à un institut de MM&D dans une ville pauvre et rurale du nord du Minnesota où je n'ai ni amis ni famille. Ils n'en sont peut-être pas conscients, mais au fond d'eux, ils savent que je ne suis pas nette.

Le meilleur mensonge serait de dire que je suis à fond dans le camping et que je veux être en bordure du parc Quetico et de la Boundary Waters Canoe Area, cette immense contrée sauvage préservée entre le Minnesota et le Canada. Mais je ne sais pas parler de nature sauvage, alors je leur dis plutôt que je trouve cette zone magnifique et que je veux acheter un canoë pour explorer de beaux endroits. Zara m'avertit que l'hiver est rude. Nous sommes déjà en octobre et il fait extrêmement froid. Elle me demande si je suis prête à affronter le vrai froid.

— Jusqu'ici, ça va, déclaré-je.

Elle finit par me raconter des histoires horribles sur des congères d'un mètre quatre-vingts et des périodes où les températures passent en dessous de zéro. Le groupe se joint à nous. Ils semblent apprécier me dire à quel point ce sera horrible, du genre *tu as choisi, maintenant tu assumes*.

Est-ce ainsi qu'ils se comporteront si j'ai des problèmes avec Donny ?

Quelqu'un a apporté un gâteau, des assiettes en carton brillant et des fourchettes en plastique pour célébrer l'anniversaire d'une jeune infirmière. Je me retrouve dans une position très conflictuelle, me demandant si je dois prendre une part ou non. Vont-ils me détester si je passe mon tour ou serait-ce pire si j'en prenais une ? Je me dis que dans tous les cas, ça ne changera rien, alors j'en prends une.

Les conversations cessent quand nous mangeons notre gâteau. Dans les bureaux du magazine pour lequel je travaillais à New York, nous célébrions les anniversaires ainsi, sauf que personne ne mangeait vraiment le gâteau.

Celui-ci est délicieux, et malgré leur vague hostilité, j'espère sérieusement que s'il y a une filière d'approvisionnement en méthamphétamine ici, c'est Donny qui est impliqué.

S'il y a bien une filière.

Murray Moliter, mon éditeur chez *Stormline* pourrait se méprendre totalement avec ce truc. Il a eu un tuyau qui lui paraissait plausible, pour une quelconque raison, et le mouchard a suggéré que les flics n'enquêtaient pas là-dessus parce qu'ils étaient dans le coup.

Ça me va. Je suis payée double ici. J'ai mon salaire d'infirmière ainsi que mon indemnisation journalière avec le *Stormline*. Je transmettrai à Murray les informations dont il a besoin sur ce qu'il se passe à l'intérieur et à l'extérieur de cette institution. Je vais faire du bon travail. Je vais me refaire une réputation.

Chacune des dix infirmières sous les ordres de Zara supervise les soins médicaux de dix patients. Visiblement, elles sont toutes au courant que j'ai le patient 34. Je soupçonne d'avoir hérité de lui parce que je suis nouvelle et qu'il est l'homme dangereux que personne ne veut.

J'ai été surprise quand Zara l'a qualifié d'artiste de l'évasion. Les niveaux de sécurité dans cet institut sont incroyables. Comment quelqu'un pourrait s'en échapper ?

— Alors, combien de fois le patient 34 a-t-il tenté de s'enfuir ? demandé-je. Est-ce qu'il a presque réussi à le faire ?

Ils se jettent un coup d'œil comme les gens le font lorsqu'il y a des potins croustillants. Bientôt, les récits volent dans tous les sens.

Apparemment, le patient 34 a un jour utilisé un stylo-bille pour user ses contentions au niveau du poignet. Une autre fois, il a réussi à se libérer et à ligoter des aides-soignants et des infirmières. Il a brisé la porte de la réserve et défoncé deux murs. Il a sauté à travers le verre de protection. Il a aussi réussi à se débarrasser de cinq aides-soignants brandissant des pistolets à impulsion électrique.

À deux reprises, le patient 34 a réussi à atteindre le parking.

La clôture électrifiée l'a arrêté une fois. Lors de sa tentative la plus récente, il a créé ses propres gants en caoutchouc avec du matériel pour les travaux manuels. Il a écrasé la tête de Donny contre un mur, l'assommant, et il a presque réussi à s'échapper, mais les gardiens autour du périmètre ont réussi à le chopper avec des armes chargées de tranquillisants.

On dirait que l'Institut Fancher a mis en œuvre un assez grand nombre de nouvelles mesures grâce au patient 34. Le consensus est qu'il ne tentera plus de s'échapper, mais les gens sont un peu nerveux à son sujet.

— Pourquoi n'a-t-il pas de nom ? demandé-je.

— Parce que c'est un inconnu, répond l'un d'entre eux comme si j'étais stupide.

— Mais il sait certainement son propre nom, déclaré-je. Il aurait pu vous le dire avant d'ingurgiter tant de sédatifs.

— Le patient 34 ne coopère avec personne.

— Quelle était sa condamnation, à l'origine ?

— Nous n'avons pas cette information, rétorque sèchement l'infirmière Zara.

Elle répond comme si ma question était scandaleuse, ce qui n'est clairement pas le cas.

C'est important de savoir si un patient est pyromane ou non, s'il a des problèmes avec les femmes, différents facteurs déclencheurs, tout ça. Tout ce qu'ils savent du patient 34, c'est qu'il a été impliqué dans un genre d'attaque violente environ un an plus tôt. « Un an et quelques », c'est ainsi que Zara l'a dit.

— La rumeur dit qu'il fait partie du programme de protection des témoins, répond l'un des mecs. Que les informations sont gardées secrètes pour sa propre protection.

J'acquiesce comme si cela semblait raisonnable. Ça ne l'est pas. S'il était dans le programme de protection des témoins, il aurait un faux nom et une fausse histoire.

— Qui s'occupe de ses audiences de commission ?

— Fancher, répond l'une des infirmières. Tu pourrais lui poser la question.

Elle hausse innocemment les épaules. Le visage des employés est prudemment impassible. Ce qui m'indique qu'aller tout en haut de la hiérarchie de l'Institut Fancher, pour consulter le Dr Fancher lui-même, est une mauvaise idée.

Pourtant, j'y réfléchis. Je passe devant le bureau de Fancher en allant aux ressources humaines pour déposer mes formulaires d'assurance. Sa porte est entrouverte. Je m'arrête. Je me dis de ne pas être curieuse. Je me dis que l'histoire du patient 34 n'est pas pertinente.

Et je frappe. Puis je me dis *merde, merde, merde*.

— Entrez, résonne une voix tonitruante.

Le docteur Fancher est un homme d'environ cinquante ans avec une coupe de cheveux militaire, des lèvres étrangement humides ainsi que des yeux globuleux comme ceux de Donny. En fait, il ressemble beaucoup à Donny. Il est probablement de sa famille. Génial.

— Je voulais me présenter. Je suis Ann Saybrook, je viens juste de rejoindre l'équipe, dans l'aile des MM&D.

— Bienvenue.

Il tapote son bureau avec son stylo. Et il ne se lève pas.

— Est-ce que vous et Donny...

— C'est mon neveu, déclare le Dr Fancher. Tout va bien pour l'instant ?

Il le demande d'une façon qui m'indique que la seule réponse qu'il souhaite entendre est « oui, merci, au revoir ! ».

— Oui.

Je souris.

Je devrais m'en aller. Je ne suis pas là pour attirer l'attention sur moi. Du moins, c'est ce que je me répète encore et encore. Mais je n'arrête pas de m'imaginer le patient 34 dans ses contentions insensées, ainsi que la haine de Donny pour lui et la façon dont il m'a regardée.

Ce que j'ai *ressenti*. Il était si intense. Si vivant.

Je prends une brusque inspiration.

— Le patient 34 est l'un de mes cas et j'ai remarqué qu'il n'y a pas grand-chose sur lui en matière d'antécédents familiaux ou d'historique des incidents. Plus j'en saurai, et plus mes soins seront adaptés.

Fancher me regarde droit dans les yeux.

— Si nous avions la liberté d'ajouter ces informations à son dossier, nous le ferions, vous ne croyez pas ?

Il le dit comme si j'étais un peu longue à la détente.

— J'imagine que vous ne pouvez pas déjà avoir des problèmes avec lui...

— Tout se passe bien, lui assuré-je.

Je lui adresse mon meilleur sourire pour indiquer qu'il n'y a aucune menace ici.

— Je veux juste délivrer les meilleurs soins possible.

Fancher se balance sur sa chaise, se détendant.

— C'est un inconnu extrêmement troublé et dangereux. Évidemment, nous faisons tout ce que nous pouvons pour localiser sa famille et impliquer ses membres dans le soin au patient, mais ils n'existent pas toujours, mademoiselle Saybrook.

J'acquiesce, comme si j'avalais ses véritables conneries.

— Évidemment.

— Tenez-moi au courant si vous avez le moindre problème avec lui.

Souris. Souris. Souris.

— Je le ferai ! Merci !

Je pars, me disant que je suis ici pour m'occuper de la chaîne logistique et non pas pour attirer l'attention. *La chaîne logistique !*

Cette après-midi-là, j'apprends que les médicaments sont

stockés à deux endroits. La Pharma Un est contrôlée par un pharmacien pendant la journée et fermée à clé la nuit. La Pharma Deux est l'endroit où l'on peut trouver les médicaments pour lesquels un pharmacien n'a pas besoin de signer. C'est le genre de produits qu'on trouve en libre-service, y compris de l'éphédrine, l'une des substances sur lesquelles je dois garder un œil. Je vais découvrir qui s'occupe des commandes et établir un système pour en suivre discrètement la trace.

Les jours suivants, je travaille sur mon rôle d'observatrice invisible.

Randall obtient ses trois heures dans la salle commune. Zara et moi définissons un nouveau but pour lui : se comporter suffisamment bien pour que la dose de médicaments diminue.

Les récompenses pour les patients ici sont soit une réduction du niveau de contention ou de la dose de médicaments, soit une augmentation de leur liberté. C'est à moi de suggérer des récompenses à atteindre pour mes patients.

Mais lorsque le patient se comporte mal, Donny et Zara décident de ce qu'il va se passer, augmentent les contentions et les médicaments, ou réduisent le temps libre dans la salle commune convoitée. Il faut ensuite remonter la pente.

Je suis comme ces hommes, d'une certaine façon. J'ai merdé et je tente maintenant de m'en sortir, essayant de regagner quelques privilèges. De retrouver un certain respect professionnel.

Je surveille la Pharma Deux comme un faucon. J'effectue mon propre inventaire et découvre quels sont les jours de livraison avant la fin de la semaine.

D'un autre côté, l'odeur ne s'arrange pas. Certains jours, j'ai l'impression d'être plongée dans de l'antiseptique.

Cette odeur me ramène à la fois où je me suis retrouvée piégée dans ces gravats avec des enfants. Qui chantaient. Une cuve de ce produit s'était peut-être renversée pendant le bombardement, je ne sais pas. L'odeur s'accroche à moi le soir. De plus en plus souvent, je me réveille au milieu de la nuit, haletant, revivant l'incident du chaton, mon sommeil morcelé en petits fragments inutiles.

Le patient 34 est un véritable zombie quand je vais lui rendre visite seule, pour la première fois, ou aussi seule que je puisse l'être avec trois aides-soignants brandissant des pistolets à impulsion électrique dans le couloir. Ils sont censés nous regarder par la fenêtre, mais comme d'habitude, ils sont sur leur téléphone, surtout à regarder Facebook et YouTube d'après ce que j'ai remarqué.

J'ai deux téléphones sur moi. L'un est rudimentaire, l'autre est coincé dans une chaussette haute sous mon pantalon. C'est une vieille habitude que j'ai prise sur le terrain. Il faut toujours avoir un peu d'argent et le téléphone qu'on peut vous voler bien visibles, tandis que vous cachez les choses que vous avez besoin de protéger : le portable important et votre véritable argent.

Je suis de nouveau frappée par la beauté du patient 34. Il y a quelque chose d'incroyablement puissant, et pourtant de véritablement vulnérable, chez lui. Curieusement, cet homme me touche en plein cœur.

Ce n'est pas seulement à cause de ce moment pendant lequel il a semblé conscient, mais plutôt parce qu'il paraît m'appeler. Et que quelque chose en moi lui répond. Allongé là, il m'appelle.

Je me surprends à tendre la main vers mon téléphone important, mon portable secret, pour prendre un cliché.

Prendre des photos comme ça est une seconde nature. Ce n'est pas seulement histoire d'enregistrer un sujet, il s'agit de voir les choses sous une nouvelle perspective, pour les scruter plus attentivement. D'honorer quelque chose d'incroyable.

Je le prends en photo en gros plan, puis saisis un plan large avant de ranger le téléphone.

Je sors le matériel pour prendre sa tension et faire sa prise de sang. Même le bruit du papier froissé ne semble pas attirer l'attention de 34. Son visage est parfaitement impassible.

Je devrais être soulagée de voir le vide que tout le monde voit. Si vous posez la question à la plupart des gens qui ont gâché leur vie de façon monumentale, ils vous répondront que leur premier but est simplement d'être normal.

En vérité, je suis déçue que 34 soit impassible.

J'ai fait cette blague et il a souri hier. C'était un beau moment. Je veux que cette conscience revienne, même si ce n'est que pour un instant.

C'est probablement mauvais signe que la connexion humaine la plus chaleureuse que j'aie ressentie de la semaine soit avec un homme attaché à un lit dans un institut pour les malades mentaux et dangereux. Parce qu'il est effectivement dans un *institut pour malades mentaux et dangereux*.

Je passe le brassard autour de son bras et presse les velcros l'un contre l'autre.

— Tu devrais au moins avoir un nom. Un putain de nom.

Il ne répond pas. Non pas que je m'y sois attendue.

Qu'il ne soit qu'un numéro offense mon sens de l'équité. Les réponses évasives de Fancher m'offensent encore plus.

Mais la famille n'est pas toujours là, mademoiselle Saybrook, répété-je dans ma barbe. *Mademoiselle Saybrook*. Quel crétin. Vous voulez me traiter avec condescendance ? Vraiment ?

La tension du patient 34 est encore une fois haute. La dernière chose dont j'ai envie, c'est d'appeler de nouveau Zara pour qu'elle obtienne une tension normale, comme si je m'étais trompée.

Mais je ne peux pas l'ignorer.

Je fais un pas en arrière et m'appuie contre la porte, pour lui laisser de l'espace, juste au cas où le fait que j'aie parlé l'ait stressé. Il pourrait ressentir ma colère envers Fancher et toute cette situation. Les personnes déséquilibrées peuvent être extraordinairement sensibles.

Je m'apprête à recommencer, essayant la technique de Zara avec laquelle elle touche à peine les patients. Sa tension a un peu baissé lors de mon second essai. Du moins, elle atteint des chiffres normaux. Je note ces valeurs et fais la prise de sang ainsi que le reste de mon examen.

Le restant de la semaine se passe sans incident, à part que je suis incapable de dormir, à cause de l'odeur d'antiseptique s'accrochant à ma peau et à mon nez. J'ai même l'impression que parfois, elle est en moi, ce qui est fou, je le sais.

En revanche, dans les bonnes nouvelles, il y a la tension de 34 qui descend un peu à chaque visite. À la fin de la semaine, elle a exactement la même valeur que pour Zara.

Il montre toujours son côté impassible, mais par moment, alors que j'effectue mon travail, je pourrais jurer qu'il me fusille presque du regard ou du moins, qu'il me fixe intensément, mais lorsque je le scrute directement dans les yeux, son regard est vide... même si parfois, c'est plus comme s'il était *furieusement vide*.

Ce qui semble un peu étrange, je le sais. C'est juste que, même lorsqu'il observe impassiblement le plafond, j'ai l'impression qu'il est conscient. Parfois, j'ai cette sensation étrange qu'il ne veut pas que je sois là.

Mais je ne dors pas, alors je suis dans un sale état. Peut-être que j'imagine des choses. Que je projette ce que je veux.

Je continue de lui parler. Ce n'est pas comme si quelqu'un d'autre dans cet institut souhaitait me parler. Je ne dis pas grand-chose au début, du genre : « C'est encore moi. Qu'est-ce que vous en pensez ? Pas grand-chose, hein. » Ou bien je lui fais un rapport sur les nouveaux gâteaux et friandises dans la salle du personnel. Je lui dis que j'envisage d'amener des cookies.

— Peut-être que la façon de gagner leur cœur, c'est d'atteindre leur estomac, dis-je. Waouh, on dirait que je parle comme un termite, non ?

Un muscle dans sa joue tressaute. Je me dis que c'était une ombre.

J'en viens à avoir hâte de le voir. C'est étrange que la personne la plus engageante de cet endroit soit un inconnu prenant tellement de médicaments qu'il a probablement la conscience d'un melon, mais c'est pourtant le cas.

Pourtant, il y a des moments où je suis sûre qu'il se moque de moi.

Ma brillante carrière en tant que membre du personnel de l'Institut Fancher et pisteuse d'éphédrine dans l'ombre a commencé depuis dix jours lorsque je le surprends.

Je suis assise à côté du lit de 34, mettant à jour son dossier patient sur la tablette fournie par Fancher. Il est impassible, comme d'habitude, et comme tous les jours, je lui parle comme s'il était là.

— Je sais ce que tu fais. Tu veux nous bercer dans notre illusion satisfaisante pour saisir ensuite la chance de ta vie. J'ai entendu les récits de tes tentatives précédentes. Elles étaient apparemment brillantes, pour ce que j'en pense.

Je fais défiler l'écran en parlant.

— Et j'ai entendu dire que tu as écrasé la tête de Donny contre le mur. Je ne sais pas pourquoi ils t'ont attaché ici. Entre toi et moi, il faudrait être fou pour ne pas vouloir écraser la tête de Donny contre un mur.

Je lève les yeux et nos regards se croisent, ou plus précisément, ses pupilles sont momentanément rivées sur moi. Il détourne rapidement le regard, impassiblement, mais c'est trop tard. Je l'ai surpris.

Je me lève, choquée.

Je sais ce que j'ai vu. Il fait simplement semblant d'être assommé. Il trompe tout le monde.

Je ne sais pas quoi faire. Je suis prête à garder son secret, parce que je ressens cette étrange connexion avec lui, mais il pourrait être vraiment dangereux.

Mais qu'est-ce que je raconte ? Bien sûr qu'il est dangereux. Tout le monde ici a tué au moins une personne. Et c'est également un artiste de l'évasion.

Je pense aux enfants innocents hors de ces murs. Je pense à la fille sympa dans mon café. Les flics. Mes collègues infirmières.

J'ai une responsabilité ici.

Je sors et dis aux aides-soignants de rester là. Je traverse le couloir pour trouver Zara devant son ordinateur. Je lui dis que je soupçonne le patient 34 d'avoir trouvé une façon de ne pas prendre ses médicaments.

— Il est absolument conscient et ses pensées sont aussi vives que les tiennes ou les miennes, expliqué-je.

La lenteur de la réflexion est l'un des principaux effets des médicaments qu'ils donnent aux patients.

— Ils peuvent bouger et avoir des spasmes, répond-elle comme si j'étais stupide.

— Ce n'était pas ça, Zara. Cet homme joue la comédie. Il comprend ce qu'on dit et répond.

Elle se lève de sa chaise, agacée.

— Il prend chaque dose de médicaments.

Nous traversons le couloir.

— Je sais que cela semble improbable, déclaré-je.

33

— Il prend du B-52 avec du zyzitol. Ce n'est pas improbable, c'est impossible. Que s'est-il passé exactement ?

— J'étais... en train de lui parler et j'ai effectué le protocole. Je, euh... pense que le bruit d'une voix peut apaiser, tu vois, et j'ai fait cette plaisanterie et...

— Quelle était cette blague ?

— Juste une histoire stupide.

— Laquelle ? insiste-t-elle.

— Oh, je parlais de ses tentatives d'évasion et j'ai dit... une blague sur la façon dont il a cogné la tête de Donny contre le mur...

Elle s'arrête et se tourne vers moi.

— Tu penses que c'est convenable de plaisanter sur la violence envers le personnel ?

J'imagine que je pourrais dire qu'il prend tellement de médicaments que ce que je lui dis n'a pas d'importance, mais étant donné que j'insiste depuis le début sur le fait qu'il est conscient, je décide d'adopter une réponse simple...

— Non.

Elle passe devant pour aller jusqu'à la chambre. Le patient 34 a un visage parfaitement impassible. Elle vérifie ses pupilles, son pouls, sa tension. Elle effectue quelques examens basiques, donnant un petit coup dans son pied, etc. Le patient 34 les passe haut la main... si son but est d'apparaître à peine conscient.

— Est-ce que tu veux qu'un autre membre du staff s'occupe de lui ? demande-t-elle.

Merde.

— Bien sûr que non.

Je suis en période d'essai. Pourquoi n'ai-je pas gardé ma grande bouche fermée ? Et ce n'est pas comme s'il allait réussir à sortir de ses nombreuses contentions.

— Ça devait juste être un tressaillement, déclaré-je obligeamment.

Elle tourne les talons et sort. Furieuse. Les mecs dans le couloir retournent dans leurs empires de réseaux sociaux. Je retourne m'asseoir à côté du lit de 34 avec le dos à la fenêtre donnant sur le couloir pour qu'ils ne puissent pas voir mon visage, non pas qu'ils regardent. Tout de même. Je lutte contre les larmes.

Peut-être que je perds vraiment la tête. Et si le monde entier avait raison sur ma personne et que j'avais tort ? Que j'étais vraiment tordue ?

— Heureux, maintenant ? lui demandé-je.

Il regarde le plafond impassiblement.

— Oh, va te faire foutre, espèce de foutu menteur.

Je prends une grande inspiration, essayant de me calmer. Je dois reprendre mes esprits. Je ne peux pas retourner dans le couloir ainsi.

C'est le manque de sommeil, c'est tout.

Le patient 34 se contente de fixer un point sur le plafond encore et encore, ses traits divins parfaitement calmes. Je me dis que c'est par contraste que ses yeux dorés ressortent, puisque ses cils sont si sombres et noirs comme de l'encre.

— Va te faire voir pour ça aussi, déclaré-je. Pour ces cils. Oh mon Dieu, je suis officiellement tombée bien bas. Un homme dans un asile de fous a réussi à me rendre tarée sans dire un mot. Oh, je suis désolée, un homme dans l'aile des malades mentaux et dangereux. C'est mieux ? Tu préfères ça ?

Je me sens tout émue, comme avec le chaton.

— Putain de chaton, j'aurais dû le laisser piégé.

Je me frotte les yeux.

— Qu'est-ce que je faisais ?

Il continue de fixer le vide. Ses lèvres sont sexy et pulpeuses pour un homme. Ils ne rasent pas beaucoup les patients. Ils se contentent de tailler leur barbe et leurs cheveux, et ils ne le font pas très bien, mais curieusement, cet air négligé est génial sur 34. Comme un jeune guerrier canon dans un monde post-apocalyptique. Il continue avec son regard. Le clignement de paupières mécanique.

— Arrête, répliqué-je. Je sais que tu es là. Tu n'as plus à jouer la comédie. Alors, arrête.

Rien.

Je dois reprendre le contrôle.

— Si je ne dormais pas si mal, peut-être que je ne serais pas si obsédée par le chaton, chuchoté-je. Ou tu penses que c'est le contraire ? Si je n'étais pas si obsédée par le chaton, peut-être que je ne dormirais pas si mal. Qu'est-ce que tu en penses ? Ou est-ce que c'est comme dans ce film ? *Vol au-dessus d'un nid de coucou*, c'est ça ? Est-ce que je vais finir là-dedans. Bon sang.

Je me concentre de nouveau sur la tablette.

— Il était si petit.

Je ravale mes larmes. Je ne vais pas pleurer.

— Je ne parle jamais du chaton et maintenant, je t'en parle. Ce n'est pas bizarre.

Je prends une grande inspiration.

— Sauf que tu ne me réponds pas. Ça me donnerait l'air totalement folle ! Peut-être que l'infirmière Zara m'aimerait à ce moment-là ? Tu devrais essayer de faire sortir quelques mots. Ce serait vraiment un phénomène psychiatrique génial.

Je sens la conscience de 34 et lorsque je lève les yeux, je crois apercevoir un éclat dans son regard. Est-ce véridique ? *B-52 avec du zyzitol. Ce n'est pas improbable, c'est impossible.*

Je prends une brusque inspiration.

— Je me souviens, un jour, à l'auto-école, ils m'ont montré ce film où on simulait la conduite sous drogues. On voyait ce pare-brise et tout était flou sauf une mouche collée là. Le film disait : « Si vous êtes drogué, vous allez peut-être vous concentrer sur

une petite chose comme une mouche plutôt que sur la route. »
Peut-être que c'est ce que j'ai fait à Kaboul. Mais ce n'est pas
comme si j'avais mis qui que ce soit en danger.

Je regarde l'heure qu'il est. Je dois finir ma ronde.

— Je n'ai pas pu passer outre. Ses petits cris. Je ne pouvais
pas faire comme si je ne les avais pas entendus.

Il ne répond pas, bien sûr.

Je ris en pleurant un peu.

— Ça m'a tout coûté. Donc oui, j'imagine qu'il y a de ça.
Non, c'est un bon argument. Mais je devais le sauver, tu sais ?
C'était comme si j'étais en manque et que je ne pouvais pas plus
me passer de mon dealer que j'aurais pu avaler ma propre
langue. C'était une impossibilité physique.

J'attrape un mouchoir, juste pour le déchirer.

— Cette petite patte qui sortait du trou, dans les gravats.

Ma voix est rauque.

— J'avais l'impression que je n'allais plus être capable de
respirer si je ne sortais pas ce chaton de là. Je ne pouvais littéralement plus respirer, tu vois ce que je veux dire ?

Son torse s'élève plus brutalement que d'habitude. Ce
n'est qu'un tressaillement. Je ne le laisserai pas m'avoir cette
fois-ci.

— Je sais ce que tu penses. Le chaton était une projection
freudienne.

Je marque une pause, surprise. En fait, je n'y avais jamais
pensé avant. Comment ai-je fait pour ne pas le deviner ?

— Ouais, tu as raison. Ça semble évident. Non, tu as raison.
Je suis sortie de cet hôpital en ruines comme si ce n'était rien.
J'ai passé tout ce temps comme si ce n'était rien. Mais quelques
semaines plus tard, nous sommes passés à côté d'un chaton
coincé dans des gravats et j'ai perdu la tête. C'est plutôt suspect,
n'est-ce pas ?

Je me concentre sur sa main puissante, mon esprit réfléchissant à toute vitesse. Est-ce que cela *pourrait* être une projection ?

— Ouais, tu penses que le chaton, c'est moi. Que je pleurais. Et je me suis sauvée. Puis je me suis juste assise là, à le tenir et à pleurer. Mais pourquoi je me serais assise dans la rue pour pleurer si je m'étais sauvée ? Il y a un problème dans ta théorie, 34, aussi judicieuse soit-elle.

Mon sang bouillonne. Étrangement, je me sens mieux.

Je me redresse. Est-ce que je me sens honnêtement mieux d'en avoir parlé ? Je remets mes instruments sur le chariot.

— On se retrouve demain ? Oui ? Demain, ça te va ? Génial.

Chapitre Quatre

Aleksio

La porte à l'arrière de l'entrepôt est sécurisée par une chaîne et un cadenas.

Je le défonce avec une masse. Nous sommes dans le quartier miteux de Chicago. Il n'y a personne autour. Personne qui s'intéressera à nous, en tout cas.

Je me faufile, avec Tito à mes côtés. Nous avons travaillé ensemble, saigné ensemble, tué ensemble pendant des années, Tito et moi. Nous n'avons même pas à nous faire de signaux, nous nous faufilons à l'intérieur, nos armes brandies et commençons à inspecter les différentes pièces. Cinq mecs se glissent derrière nous, silencieux comme la nuit.

La chorégraphie du crime s'est infiltrée au plus profond de nos os.

Des coups de feu résonnent devant. Tito hausse les sourcils. Nous devions nous occuper des combats, puisque mon frère Viktor est toujours en convalescence.

Nous avançons et trouvons Viktor debout au milieu de dix

hommes couchés. Ils sont sur le ventre, les bras tendus. La petite amie de Viktor, Tanechka, passe entre eux. Tanechka et Viktor viennent de la *mafiya* russe. Ils savent comment sécuriser une pièce.

— Heureusement qu'ils étaient censés être à l'arrière de l'entrepôt, marmonne Tito.

Il range son Luger dans l'étui.

Je croise le regard de Tanechka et tends ma main, la paume vers le bas. C'est notre signe pour Kiro, notre petit frère perdu, comme si je tapotais la tête d'un petit garçon. Bien sûr, Kiro doit être un adulte maintenant, de vingt et un ans. Mon cœur se serre en y pensant.

Kiro était un bébé dans un berceau, ses petits bras potelés s'agitant lorsqu'ils nous l'ont arraché. Lorsqu'ils l'ont vendu à un centre d'adoption véreux, comme nous l'avons appris plus tard.

Tanechka acquiesce et pose une botte sur la tête d'un des hommes. Je ne l'ai jamais rencontré, mais elle si apparemment.

— Bonjour, Charles.

— Je te dirai où est l'argent, déclare Charles. Tu peux l'avoir.

— Ça ne suffit pas.

Son accent russe est à couper au couteau et je me demande si elle le fait juste pour donner un effet.

— Tu te souviens de moi ?

Charles ne dit rien. La réponse correcte aurait été *oui*. Personne n'oublie Tanechka.

— Tu m'as gardée dans une petite chambre. Prisonnière, me vendant aux enchères comme si c'était eBay. Tu as gardé toutes ces filles. Tu les as fait pleurer. Tu crois que tout ce que je veux, c'est de l'argent ? Le cash, c'est le début. Est-ce que tu peux deviner où ça va se terminer ?

L'homme ne dit rien.

Mon frère, Viktor, sourit d'un air niais. Il est follement

amoureux de Tanechka. Tito se contente de s'appuyer contre un mur, appréciant le spectacle.

Tanechka exige l'argent, les dossiers et les équipements de communication. Elle ne va pas tuer Charles, mais il pense qu'elle le fera.

N'importe lequel d'entre nous pourrait le menacer, mais c'est agréable de laisser Tanechka le faire. Il lui a fait du tort, comme à beaucoup d'autres femmes. Il a probablement quelque chose contre les femmes.

Il commence à cracher les informations. Tanechka sourit à Viktor. Ce qu'il dévoile nous aidera à détruire notre ennemi, Lazarus, aussi connu sous le nom de Lazarus le Sanglant, pour reprendre ce qui nous appartient : l'empire qu'il nous a volé lorsque nous étions trop jeunes pour comprendre.

Mais notre véritable but est Kiro. Nous avons entendu des rumeurs selon lesquelles Lazarus a une piste pour le retrouver.

Lazarus veut tuer Kiro. Il a *besoin* de le tuer.

Cela peut paraître étrange que Lazarus, un puissant pilier de la mafia albanaise ait besoin de tuer un homme qu'il n'a pas vu depuis vingt ans, mais c'est le pouvoir d'une prophétie.

Je sais que nous sommes au vingt et unième siècle, mais les Albanais sont très superstitieux et la prophétie dit que nous, les frères, nous régnerons ensemble : Viktor, notre petit frère Kiro et moi. Suffisamment de personnes croient en cette prophétie pour que cela ait de l'importance. Beaucoup d'importance.

C'est mauvais. Nous devons retrouver Kiro en premier.

Malheureusement, Lazarus a dix fois plus d'hommes que nous, et dix fois plus de ressources.

La prophétie a été déclamée par une vieille mégère qui avait apparemment le mauvais œil. Elle avait des ongles rouge sang qui me captivaient quand j'étais enfant. Je me souviens d'elle en train de pointer le petit Kiro du doigt dans son berceau, disant que personne ne pourrait nous battre tous les trois. Qu'ensemble, nous, les frères, nous allions régner.

C'était la semaine suivant la naissance de Kiro. J'avais huit ou neuf ans et Viktor en avait peut-être deux.

Depuis ce temps-là, des gens ont essayé de nous séparer. Ou même de simplement tuer l'un d'entre nous.

Cela doit être le but de Lazarus. Il ne pourra jamais régner si les trois frères Dragusha sont en vie, pouvant potentiellement s'unir.

Viktor et moi sommes sacrément difficiles à tuer. Je doute qu'il reste encore des hommes prêts à essayer. Mais où est Kiro ? Il ignore tout ça. Il n'est pas au courant qu'une tempête de feu porte son nom. Il pourrait aisément le tuer.

Une cible facile.

Viktor et moi nous sommes retrouvés l'année dernière. Désormais, nous avons juste besoin de Kiro. Kiro est plus important que de régner ou d'être invincibles. Mais ne pouvant le trouver, la façon la plus rapide de le protéger est d'anéantir Lazarus. De continuer à lui faire du mal. De lui mettre les nerfs en pelote.

C'est la famille qui est en jeu.

Quelques mois après l'énonciation de la prophétie, Lazarus et son mentor ont massacré nos parents dans la chambre d'enfant où nous avions l'habitude de jouer. Ils ont emmené Viktor et Kiro, qui criaient et pleuraient tous les deux.

J'ai tout vu.

Un ami de la famille m'a attrapé et m'a caché avant que tout cela dégénère, mais il n'a pas été assez rapide pour me faire sortir de la maison. Il n'a pas pu faire mieux que de me cacher dans un recoin sombre de la chambre d'enfant et de me serrer contre lui, tandis que le bain de sang faisait rage. Tandis que mes frères se faisaient enlever. Ses bras étaient comme des barres de fer autour de moi, sa main comme un sceau à l'odeur de cigare sur ma bouche.

C'est la dernière fois que j'ai vu Kiro. Un bébé avec de grands yeux brillants.

Je refais le signe. Petit garçon. Je lui fais comprendre : *Pose la question pour Kiro.*

— C'est quoi cette histoire que j'ai entendue sur Kiro Dragusha ? demande Tanechka à Charles. Est-ce vrai que Lazarus le Sanglant l'a trouvé ? Peut-être que si tu me le dis, je ne te transformerai pas en pique-aiguilles pour mon *pika*.

Elle agite sa lame en faisant un huit, l'argent étincelant à la lumière.

— Kiro Dragusha est mort, déclare Charles. Tout le monde le sait.

Viktor me jette un coup d'œil. Je secoue sombrement la tête. C'est faux. Je le sentirais si Kiro était mort.

— Tu as vu le corps ? continue Tanechka.

— Pas moi, mais d'autres l'ont vu.

— Qui ?

— Sabri, je crois...

Je secoue la tête en regardant Viktor. Ce sont des conneries. Ce mec ne sait rien.

Nous commençons à les faire sortir.

Tito vient se placer à côté de moi.

— C'est mauvais si tout le monde pense qu'il est mort.

— Il n'est pas mort, craché-je.

— Je comprends bien, déclare Tito. Mais plus il y a de mecs qui pensent que Kiro est mort et plus ils auront envie de rejoindre Lazarus. Pour être dans l'équipe gagnante. Et plus il devient donc puissant. La perception, c'est la réalité, mec.

— Je m'en tape, rétorqué-je. La réalité, c'est que nous venons d'anéantir l'opération la plus rentable de Lazarus le Sanglant et que nous avons éliminé dix de ses gars. La réalité, c'est que nous allons continuer de frapper et frapper jusqu'à ce que Lazarus soit fini et que Kiro revienne.

Je me tourne vers Viktor.

— Va chercher le C4. Je veux voir cet endroit en ruines.

Tito me jette un coup d'œil.

— Tu en es sûr ? Cet entrepôt est un sacré atout.

— Maintenant, c'est un putain de message, grogné-je.

Chapitre Cinq

KIRO

ATTENDRE ma chance de m'échapper. Détruire quiconque tente de m'arrêter. Une stratégie simple. Ça a toujours été si simple ici.

Jusqu'à elle.

C'est le matin. Je respire sa fraîche odeur épicée. Elle commence sa ronde pour la journée. Mon corps se remplit de chaleur.

Je tente de me calmer. Je l'écoute lorsqu'elle est avec Randall. Elle ouvre le velcro. Presse la pompe.

Le chariot couine en se rapprochant. Mon cœur tambourine. Il y a une telle légèreté dans ma poitrine.

Sa gentillesse est l'arme la plus dangereuse qu'ils aient amenée puisqu'elle me fout en l'air et me fait oublier qu'elle est l'un d'entre eux. Elle me fait oublier qu'elle est l'ennemie.

Je récite mes trois conditions pour m'échapper : les idées claires, des liens brisés, les gardiens du portail distraits ou occupés.

Trois conditions. Ann ne compte pas. Elle est juste l'un d'entre eux. C'est une ennemie.

Les roues du chariot couinent, puis s'arrêtent. Quatre arrêts avant qu'elle arrive à ma hauteur.

Elle ne s'assied et ne parle pas avec les autres patients, mais le fait presque tous les jours avec moi ces derniers temps.

Je fais tourner ses mots dans mon esprit pendant les heures suivant son départ. Je ne connais pas la moitié des choses dont elle parle. Je ne sais pas ce qu'est une projection freudienne. Je ne sais pas ce que signifie *Vol au-dessus d'un nid de coucou*, ni ce qu'est Kaboul.

Je ne comprends pas son histoire de chaton ou de gravats. Je ne peux pas dire si c'est une ou plusieurs histoires, ou si cela a un rapport avec son métier d'infirmière.

Le professeur a essayé de me bourrer le crâne avec beaucoup de mots et de concepts lors de l'année pendant laquelle il m'a retenu et étudié, mais il y a beaucoup de choses qu'il ne m'a pas enseignées. Je ne comprends rien aux tablettes et aux téléphones qu'ils ont. Ils touchent toujours l'écran pour les éclairer.

Le professeur m'étudiait, mais en réalité, c'était plutôt moi qui l'analysais. J'absorbais son langage. J'apprenais à agir comme lui pour qu'il oublie ce que j'étais. Pour qu'il puisse oublier que j'étais dangereux. Ça a fonctionné.

Je l'ai tué.

Et j'ai fini dans cet endroit, qui s'avère bien pire. Peu importe. J'en sortirai aussi.

L'infirmière Ann s'est retrouvée à serrer un chaton dans ses bras au milieu de la rue. Attirée par ses cris. Je comprends cette partie-là.

J'entends le couinement des roues. Une autre porte. Un autre patient. Ce sera bientôt mon tour.

J'aime et déteste à la fois lorsqu'elle me parle.

C'est pire quand elle semble triste. J'ai envie de briser mes liens et de la prendre dans mes bras, de la tenir, de lui parler d'une voix douce comme elle le fait avec moi. C'est stupide de vouloir gâcher ma seule chance de m'échapper juste pour la réconforter.

Elle est l'un d'entre eux.

L'infirmière Ann a déjà essayé de me faire du mal. Elle a couru chercher l'infirmière Zara quand elle m'a surpris en train de la regarder.

S'ils comprenaient que j'ai les idées claires, ils me donneraient plus de médicaments et ma chance de m'échapper s'envolerait. Tout en moi doit se concentrer sur le fait de rentrer à la maison, pas sur l'infirmière Ann avec ses histoires tristes et ses beaux yeux verts, ni sur l'incroyable tourment provoqué par son contact.

Plus jamais.

Je dois m'éloigner d'eux, retourner dans la forêt où personne ne peut me trouver.

À la maison.

Ann croit que je joue un jeu. Elle ne pourrait pas se tromper davantage. Je lutte pour ma vie.

Des voix. Les aides-soignants se réunissent à l'extérieur. Ils attendent Ann.

Je me résous à garder mon visage et mon regard parfaitement impassibles cette fois-ci.

J'étais en colère lorsqu'elle a donné l'alerte, mais je me suis tout de même senti désolé pour elle quand l'infirmière Zara l'a fait passer pour une fille stupide parce qu'elle pensait que j'étais conscient.

Est-ce que tu veux qu'un autre membre du staff s'occupe de lui ? L'infirmière Ann était si en colère, si bouleversée. Mon Dieu, je pouvais sentir sa douleur comme une lame.

L'envie de me libérer était presque écrasante. Je voulais

arracher la gorge de l'infirmière Zara. Je souhaitais prendre l'infirmière Ann dans mes bras.

Mon cœur tambourinait si sauvagement que c'est un miracle que personne ne l'ait remarqué.

En revanche, j'ai aimé sa façon furieuse de parler après s'être fait houspiller par l'infirmière Zara. *Va te faire foutre, espèce de foutu menteur.* Je me sentais tellement fier d'elle pour son refus de s'effondrer.

Je fixe les tuiles tachées par l'humidité au-dessus de ma tête, reprenant le contrôle. Ils attendent le troisième aide-soignant, suivant les règles. Ils aiment en avoir trois à l'extérieur. Ils pensent que trois personnes peuvent m'arrêter.

Trois personnes ne m'arrêteraient pas.

Je ne suis pas habile avec les mots ou la technologie, et je ne connais pas la télé, les films ou les noms de villes lointaines, mais je suis doué avec mes mains. Je suis doué pour tuer. J'ai juste besoin de neutraliser les gardiens du périmètre, c'est la leçon que j'ai apprise la dernière fois que j'ai tenté de sortir. Il y aura une tempête. Un désastre. À n'importe quel moment maintenant, une brèche apparaîtra dans la sécurité.

Et je serai prêt à en profiter.

Les roues du chariot couinent. Elle parle avec les aides-soignants à voix basse. Je chasse mes pensées de mon esprit.

La porte s'ouvre. Elle entre dans la pièce. La chaleur envahit mes veines.

— Salut, 34.

La douleur dans sa voix me brise.

Elle s'assied près de ma main droite et je peux sentir sa chaleur.

Elle croise les siennes et les pose près de mes doigts. Elle est si proche.

Je fixe le plafond, luttant contre l'envie de la regarder dans les yeux et de lui montrer qu'elle n'est pas seule ici. Elle soupire. La sensation qui émane d'elle s'écrase contre moi.

— Une autre journée merdique à la Casa Fancher.

Non, ce n'est pas de la tristesse. C'est du désarroi. Mes muscles sont vibrants d'énergie. Je scrute le plafond, feignant un regard vide.

C'est là que je sens l'odeur de Donny sur elle. Mon pouls s'emballe. Mon sang ne fait qu'un tour alors que la rage monte en moi.

Donny l'a touchée.

Chaque terminaison nerveuse de mon corps devient alors sauvagement alerte. Je serre les poings avant de pouvoir m'en empêcher. Je m'oblige à les détendre. Heureusement, elle ne le voit pas.

Je me souviens que Donny touche tout le temps les gens. Il touche l'infirmière Zara. Il claque les mecs sur l'épaule. Ça ne veut rien dire.

Pourtant mon sang bouillonne.

Il y a un bruit de papier froissé. Quelque chose ne va pas. Je le vois sur son visage et même si je ne pouvais pas la voir, je saurais qu'il se passe quelque chose à cause de la façon dont elle froisse les papiers. Sauvagement, imprudemment, j'étudie son profil à la recherche d'indices sur son état d'esprit. De la tristesse, du désespoir, de la peur ? J'observe son nez baissé, la façon dont ses lèvres boudent dans sa concentration silencieuse. J'aime ses lèvres.

Lorsqu'elle est en colère, des points roses marquent sa peau sous ses pommettes. Lorsqu'elle est embarrassée, le rose monte dans son cou. Ses émotions vivent à la surface de sa peau pâle.

Elle est si pâle, mais son esprit est riche et sauvage. Les battements de son cœur sont forts et sincères.

C'est difficile de ne pas la fixer du regard. C'est difficile de ne pas m'imaginer en train de la toucher. De sentir sa chaleur. De l'embrasser.

Elle sort sa tablette et étudie l'écran, le tapotant de temps en temps. Je suis heureux qu'elle ne me regarde pas. Mon regard est tout sauf vide. Je m'imagine en train de l'attirer contre moi, de plonger mon nez dans son cou, c'est de là que vient son parfum frais et épicé. Il vient surtout du côté gauche de son cou. Je m'imagine enfouir mon nez ici et inspirer son odeur, prendre juste cette chose-là pour moi. Comme si tout valait ce moment où je la serrerai dans mes bras.

J'ai tellement envie de le faire que de petites étoiles apparaissent devant mes yeux.

Je n'ai pas senti la lumière du soleil sur ma peau depuis cette brève course pour retrouver ma liberté il y a quelques mois. Si je veux un jour ressentir le soleil sur ma peau, il faut que je l'ignore. Je me le répète encore et encore.

Je réussis à prendre un air impassible juste au moment où elle me regarde.

— On va commencer par la tension. Qu'est-ce que tu en penses ?

Rrrrip. Velcro.

— J'espère qu'elle est basse, chuchote-t-elle. S'il te plaît, fais qu'elle soit basse.

Du désespoir. De la lassitude. Que s'est-il passé ?

Ma tension ne sera pas basse. Son désespoir détruit mon calme.

Ignore-la !

Ce serait mieux si l'infirmière Zara envoyait une autre personne s'occuper de moi, mais je pense que je mourrais si je ne revoyais plus Ann.

L'électricité glisse sur ma peau lorsqu'elle saisit mon bras. Avec des mouvements doux, elle passe le brassard autour. La douceur de son contact me tue, même au travers des gants. Qu'est-ce que ce serait si nous étions peau à peau.

Elle soupire, comme elle le fait parfois avant de parler.

Toutes les fibres de mon être se tendent vers elle. Elle marmonne quelque chose d'inintelligible à propos d'un comptage, puis elle dit :

— Foutu antiseptique.

Elle marmonne davantage. Puis :

— Si au moins je ne le sentais pas à la maison. Si je pouvais passer une heure sans l'avoir dans le nez. Comme si des particules odorantes y étaient coincées. Ou est-ce qu'il s'agit d'une hallucination ? Merde. Pardon.

Elle enlève le brassard, puis le repositionne. Ma bouche s'assèche.

— Peut-être que je devrais porter ce truc que les gens de la morgue ont, tu vois ? Sous leur nez ? Pour cacher l'odeur ? Ce menthol. Qu'est-ce que tu en penses ? Ce menthol. Un peu de menthol... Ou beaucoup de menthol.

Elle soupire.

Son soupir triste me donne envie de déchirer les nuages. Elle repositionne le brassard et pompe. Elle ne va pas aimer le chiffre qu'elle verra.

— C'est ce que je devrais faire, hein ? Tout serait mieux que ça. Si je pouvais passer quelques jours sans cette odeur, je pourrais dormir. C'est juste l'odeur. C'est l'odeur. Évidemment que ça me dérange. Qui ça ne dérangerait pas ?

Elle vérifie les nombres.

— Merde.

On développe énormément la maîtrise de soi lorsqu'on vit dans la forêt. Je pouvais rester affamé pendant des jours. Je pouvais attraper et tuer mes proies à mains nues. Je pouvais rester dans une petite vallée glacée pendant des heures et faire fondre la neige autour de ma peau bien avant d'avoir froid.

J'étais capable de contrôler ma tension ici, une fois que je me suis rendu compte qu'un chiffre plus haut attirait plus l'attention, et précédait parfois plus de médicaments.

Fais plus d'efforts. Bats-toi pour le soleil. Bats-toi pour ta vie.

Elle soupire. Tout est beau chez elle.

Mon désir de la toucher me retourne le cœur.

Chapitre Six

Ann

LE PROBLÈME quand on manque de sommeil, c'est qu'on perd sa concentration, son équilibre. J'ai l'impression de dériver dans un bateau, à la merci du vent et des vagues.

Je me dis que des gens passent tout le temps plusieurs jours sans dormir. Je me dis que ce n'est rien.

Mais ce n'est pas rien.

Je suis fatiguée. Aussi mentalement fragile qu'un mouchoir. J'ai pleuré en conduisant jusqu'ici à cause d'une chanson de Tom Petty à la radio. Foutu Tom Petty, hein ?

La présence de Donny sur le parking quand je suis arrivée ne m'a pas aidée. Il est sorti de nulle part et m'a fait une peur bleue.

Il était assez clair qu'il m'attendait. Heureusement, j'avais mon porte-clés dans ma main avec une mini-bombe au poivre dessus. J'ai souri et je l'ai entortillé autour de mon doigt, puis j'ai saisi ma bombe au poivre, m'assurant qu'il me voie faire ce geste. Une menace silencieuse.

Un homme comme Donny a déjà eu du gaz lacrymogène en plein visage auparavant.

Nous sommes entrés ensemble dans l'institut avec son brouillard d'odeur de désinfectant. Bien sûr, j'ai dû abandonner mon porte-clés avec ma bombe dans mon casier avant de passer la sécurité. La bombe au poivre et les clés sont sur la liste des choses que nous ne sommes pas censés faire entrer. Il ne faut pas que les patients mettent la main sur un quelconque objet pouvant être utilisé comme une arme.

Donny a souri et a passé la sécurité avant moi. J'ai laissé un peu de distance avant de passer également.

Sans la bombe au poivre, mes capacités de self-défense se résumaient aux endroits où je pouvais frapper un mec. Un homme comme Donny serait prêt pour ces coups.

J'ai dit bonjour aux autres membres du personnel dans le couloir. Ils ont répondu, bien qu'à contrecœur. Il vaut mieux forcer les gens à faire semblant d'être polis. C'est la décision que j'ai prise.

L'odeur d'antiseptique est forte aujourd'hui. Parfois, j'ai l'impression qu'elle s'accroche à moi et me pourchasse même lorsque je sors d'ici. Peut-être qu'elle était déjà là. Peut-être qu'elle s'est infiltrée dans mon âme après le bombardement de l'hôpital. Cette senteur ne m'avait jamais dérangée auparavant.

Beaucoup de soldats qui se retrouvent dans l'action finissent avec des bourdonnements d'oreilles, un acouphène permanent, après avoir été exposés à des explosions ou à des coups de feu bruyants. Peut-être que l'odeur d'antiseptique est mon bourdonnement. L'odeur. Les cris. Les chansons qui n'arrivaient pas à couvrir les hurlements.

Contente-toi de faire le travail et sors de là, me rappelé-je pour la milliardième fois. *Et ne pense plus au patient 34. Ne te pose plus de questions sur son histoire, ne te demande plus s'il feint d'être dans un état de stupeur. Ne le fais plus.*

Pourtant, une heure plus tard, je suis assise au bord de son lit à étudier son regard.

Il fixe le plafond avec sa beauté infernale. Il semble... étrangement alerte.

Sa tension va être élevée cette fois-ci. Je le sais. Je passe le brassard autour de son bras. Je le mets de travers et recommence.

— Calme et détente, dis-je, un peu pour nous deux.

Je regarde les chiffres se stabiliser. Ils sont trop hauts. C'est le genre de chiffres que je devrais rapporter.

— Merde !

J'ai le sentiment que si je le signale, Zara viendra et aura un résultat normal, comme les deux premières fois et elle dira encore que je n'ai pas ma place. Je pourrais entrer une fausse mesure, mais s'il se passe vraiment quelque chose ? Ils donnent beaucoup de médicaments toxiques à ce mec.

— Je vais réessayer dans une minute. On va faire une pause et se détendre.

Je prends une grande inspiration, imitant la quiétude. Je jette un coup d'œil à la tête des deux aides-soignants que j'aperçois par la fenêtre donnant sur le couloir. Ils sont sur leur téléphone.

— Ouais.

Je me retourne vers 34. J'étudie la ligne fière de son nez, la courbe de sa pommette. Il est beau, d'une façon tempétueuse, telle une statue taillée dans les enfers avec ses cheveux noirs comme la nuit. Une courte barbe duveteuse. Il a un look très méditerranéen, comme s'il avait un héritage italien, grec, ou peut-être du Moyen-Orient. Je ne devrais pas le trouver canon. Il a à peine vingt ans et j'en ai presque trente. Je suis son infirmière. C'est apparemment un criminel et un malade mental. Est-ce vraiment le cas ?

— Je donnerais n'importe quoi pour connaître ton histoire,

déclaré-je. Et sérieusement... pas de nom ? Pas de passé ? C'est comme si on mettait un panneau clignotant au-dessus de ta porte disant « nous cachons quelque chose sur ce mec ».

Il garde un regard impassible avec ses yeux de la couleur du feu. Il cligne occasionnellement des paupières. Il n'a pas l'air conscient, mais je *sens* qu'il est conscient.

Quelle importance s'il l'est ? En revanche, s'il est sain d'esprit et conscient, l'ennui et l'immobilité pourraient rendre fou n'importe qui. Je pose une main gantée sur son bras, si solide sous mes doigts.

— On va recommencer. On va rester assis là, puis reprendre la tension. Je pourrais faire la prise de sang en premier. Mais je ne vais pas te piquer le bras puis le serrer avec le brassard, ce serait vache. À moins que je la fasse de l'autre côté ? Hmm. Qu'est-ce que tu en penses ?

Je décide que ce n'est pas une mauvaise idée. Je bouge la chaise de l'autre côté et fais la prise de sang. Il ne réagit pas du tout à la piqûre. Je remplis le petit flacon et le range dans le sachet annoté.

Une chose de faite. Je prends une inspiration apaisante, remplissant mes poumons d'une odeur de désinfectant.

— OK.

Je pose une main sur le lit, à côté de son bras musclé. C'est ironique que ma présence semble faire grimper sa tension. Je trouve que la sienne me calme.

Une autre inspiration profonde.

— C'est bon. Et tu sais quoi ? Le chaton va bien. Et je ne suis pas là-bas.

Je frotte mon doigt d'avant en arrière sur le drap. Il est de si mauvaise qualité et si rêche que je sens le grain au travers du gant. Parfois, il m'arrive d'oublier momentanément, puis j'ai cette sensation de peur et je me dis : *Quelle mauvaise chose suis-je en train d'oublier ?* Et je me souviens alors du chaton.

— Ce n'est rien. Je l'ai sauvé, hein ? Mais dans mon esprit, il a toujours des problèmes. Il est toujours coincé là-bas.

Je soupire.

— Ça pourrait être pire. Je pourrais parler à une bouteille de whisky, n'est-ce pas ? Je sais ce que tu penses. Beaucoup de chatons meurent dans le monde. Pourquoi celui-ci en particulier m'a fait plonger ? Ouais, c'est clairement la question du jour. Tu as mis dans le mille, 34. Personne ne m'a demandé, mais c'était la question qu'ils se posaient tous. C'est comme la mort, le cancer ou autre chose. Personne ne veut demander. Ils pensent qu'on veut oublier. Ils ne savent pas que vous êtes toujours en plein dedans. Vraiment, je ne veux pas en parler.

Alors pourquoi suis-je en train d'en parler à cet homme complètement inanimé qui brûle avec intensité ?

— Il y a tellement de souffrance là-bas qu'on apprend à se déconnecter. Il y a les enfants affamés qui courent après la voiture, les carcasses des maisons bombardées qui ont un jour été le foyer de familles heureuses. Tu te rappelles que tu es là pour essayer de changer les choses. C'est relatif, n'est-ce pas ? Tout est tellement relatif. Il faut que les choses n'aient pas le même poids dans la balance, tu vois ? On ne peut pas réagir à tous les minuscules détails sinon on ne peut jamais rien faire de grand. Puis j'y suis allée et j'ai réagi à un minuscule détail.

Je me pince l'arête du nez. Une bonne nuit de sommeil, c'est tout ce dont j'ai besoin.

L'incident du chaton est arrivé quand j'étais en route pour la mission de ma vie : l'interview d'une cheffe de guerre. Ça allait être génial. Elle allait me laisser passer la journée avec elle. Une cheffe de guerre dans les collines de l'Afghanistan.

— Tu n'imagines pas le coup que ç'aurait été, dis-je à 34. C'était quelqu'un qu'on ne pouvait pas atteindre, genre... jamais. Tout le monde voulait cette rencontre et c'est moi qui l'ai obtenue.

Je frotte le grain du drap, la gorge trop serrée pour parler, me souvenant de la façon dont celui qui a organisé le rendez-vous m'a regardée quand je suis sortie de la Jeep. Il était payé par le magazine pour m'emmener, traduire pour moi et me protéger, dans une certaine mesure. Mais dans la Jeep, j'étais la patronne. Nous avons calé à ce carrefour en ruines. Le moteur s'est coupé et c'est là que j'ai entendu le minuscule miaulement.

Ma voix est tel un chuchotement :

— Et puis j'ai vu la patte sortir de ce trou. Je ne pouvais pas le laisser, alors qu'il gémissait comme ça. Je me suis d'abord dit : *Je dois juste voir ce qu'il se passe*, tu vois ? Je suis sortie, je me suis approchée, je pouvais le voir dans le trou. Il était sous un tas d'acier et de ferrailles sous cette dalle de pierre. Et après l'avoir vu, j'étais obligée de le sortir, tu comprends ?

L'horloge au mur compte les secondes. Une. Puis deux.

Je suis de retour là-bas quelques instants.

— J'ai demandé à mon contact de payer des mecs afin qu'ils bougent la dalle de pierre. Il a fallu deux putains d'heures pour réunir assez de gars et bouger ce caillou. Ils pensaient que j'étais folle. C'est peut-être ce que tu es en train de te dire en ce moment.

Son pouls tambourine dans son cou, même moi je le vois. Je lisse sa manche, me demandant qui a coupé sa barbe. J'espère que ce n'est pas Donny. Foutu Donny.

— Merde, merde, merde, tu dois te calmer, dis-je.

Et je ne sais pas à qui je parle : lui ou moi.

— Ils l'ont libéré, ils me l'ont mis dans les bras. C'était abso-lument égoïste, j'imagine. Je suis passée à côté de tellement de souffrance là-bas. On choisit ses batailles. Jusqu'à ce qu'on n'en soit plus capable. Et la mienne a été un chaton. Qu'est-ce que j'ai fait ?

Je ferme les yeux. C'est comme si je pouvais sentir le sable sous mes genoux et les côtes du minuscule chaton. Je suis de retour là-bas, à respirer dans la poussière, avec mon contact penché au-dessus de moi, ne sachant pas s'il devait me regarder ou détourner les yeux.

— Je tenais cette petite chose, en pleurant. J'étais sûre que la mère était partie depuis longtemps. Elle était probablement morte. Je ne pouvais pas arrêter de pleurer. Alors oui, c'était impressionnant. Et puis, comme une abrutie, je suis montée dans la Jeep avec le chaton dans mon t-shirt, et mon contact a conduit comme un fou pour rattraper le temps perdu et arriver au point de rencontre, mais nous savions tous les deux que la cheffe de guerre serait partie. Je m'en fichais. J'ai fait boire de l'eau au chaton. Il avait si peur, mais il aimait être dans mon t-shirt. C'est tout ce dont il avait besoin, tu vois ? Il avait juste besoin que quelqu'un le serre dans ses bras. Qu'on s'occupe de lui.

Est-ce que je suis vraiment en train de déverser mes tripes devant 34 ? Soudain, je ne peux plus m'arrêter.

— Nous sommes arrivés au marché où la rencontre était censée avoir lieu et la cheffe de guerre était déjà partie. J'aurais dû passer une journée avec elle. Ça aurait été génial.

J'y repense, me souvenant à quel point j'avais été enthousiaste d'obtenir cette interview.

— Quand on peut passer toute une journée avec des personnes comme elle, elles commencent à oublier qui vous êtes et vous obtenez des informations vraiment sincères. Une vérité spontanée. Les choses qu'elles oublient qu'elles ne devraient pas dire. Bien sûr, elle était partie quand nous sommes arrivés. Je me suis sentie paralysée. Je ne pensais qu'au chaton. J'ai demandé à mon contact de nous conduire dans un petit village au bord d'une zone assez luxuriante. Juste cet endroit quelconque dont j'avais vu des photos.

Je soupire en me souvenant.

— J'étais plus ou moins Caligula à ce moment-là, ajouté-je.

Caligula avec un chaton. Je l'ai déposé. Cet endroit semblait adapté pour un chaton. Avec une bonne source de nourriture. Puis je suis sortie et je me suis pris une sacrée cuite. Mon Dieu.

J'incline la tête en arrière et observe les dalles tachées au plafond. C'est la vue éternelle de 34.

— On pourrait au moins penser que sauver le chaton m'aurait aidée à me sentir mieux. Mais ça n'a pas été le cas. J'espère que le chaton s'est senti mieux.

Les semaines suivantes, j'ai bu et bu. Les contacts racontent des ragots comme les vieilles bonnes femmes. Le monde du journalisme n'est pas grand et quelqu'un est toujours plus motivé que vous. À chaque gorgée de ma bouteille de bière, je sentais ma carrière s'effondrer un peu plus. J'ai trouvé ce qu'il y avait de pire que d'être impliquée émotionnellement. Pire que de gâcher une interview avec un gros poisson. J'ai manqué l'interview de ma carrière pour sauver un chaton coincé.

— Il était juste si désespéré et effrayé, expliqué-je à 34. Et il était si fin. Il ne pesait rien et ses petites griffes... ses putains de petites griffes. Il avait besoin de moi. Il avait juste besoin de...

Je prononce le dernier mot de manière abrupte.

— ... quelque chose.

La pièce commence à onduler au travers de mes larmes. Elles coulent sur mes joues comme des doigts chauds et mouillés.

— OK ! Tu vois ? Tu es content maintenant ? reniflé-je.

Je suis ravie d'avoir le dos à la porte.

— C'est la raison pour laquelle je ne parle pas du foutu chaton. C'est...

Ma gorge se resserre, comme si un élastique s'enroulait autour.

— C'est..., chuchoté-je.

Les sanglots font convulser ma poitrine, comme s'ils étaient trop nombreux à être restés coincés dans mon cœur ce jour-là et qu'ils essayaient maintenant de tous sortir en même temps.

Tout en moi n'est qu'un chaos de chaleur et de douleur. La pièce ondule. Je ne peux rien voir. Je ne peux pas penser.

Je saisis le drap, me disant que je suis dans le Minnesota, mais en vérité, j'ai l'impression d'être dans l'hôpital qui s'effondre. Je suis dans une rue poussiéreuse. Je suis dans la chambre froide à moitié effondrée, je nage dans l'antiseptique, je suis dans une Jeep, je tiens le chaton qui gémit contre mon ventre, mes sanglots me saisissent comme des poings serrés.

Quelque chose broie ma main. Une poigne ferme.

Une peau chaude.

J'ouvre les yeux.

Le patient 34 me tient la main.

Il me cloue sur place avec un regard déchiré.

J'ouvre la bouche en grand. Mon cœur tambourine.

Il se contente de me regarder, d'un air féroce et honnête, me tenant de sa main musclée.

— Oh mon Dieu, chuchoté-je.

Je suis figée dans sa poigne, tel un lapin assommé, en proie à un nuage de frissons.

Le patient 34. Il est vraiment avec moi.

Mon regard tombe sur sa main sinueuse et ferme comme de l'acier qui tient la mienne, couverte de latex. Nos doigts forment un nœud défiant tout ce qu'il y a de normal.

Ma poitrine se relâche. Mes sanglots se calment. Soudain, je peux respirer de nouveau.

Je lève les yeux vers lui.

— Tu es là.

Il se contente de me regarder. J'ai le sentiment que nous sommes seuls au monde. J'ai la sensation que cette main tenant la mienne est la seule chose de sincère dans cet endroit. La seule chose qui a un poids dans ce monde tournant hors de son axe.

Il bouge ses doigts, s'agrippant plus fort, plus durement, son conflit interne enflammant son regard.

Une part sauvage de moi ne veut pas qu'il lâche. Jamais.

Ne lâche pas.

— Tu es là, répété-je.

Silence. J'ai de nouveau cette folle impression qu'il est en colère, d'une façon ou d'une autre. Ou peut-être que « colère » n'est pas le bon mot. Il est tel un feu dangereux, ses flammes léchant mon être.

Je pourrais crier. Je pourrais appuyer sur le bouton d'alarme du chariot. C'est pourtant tout au fond de mon esprit.

— Tu étais là pendant tout ce temps.

— Non, chuchote-t-il. Je ne suis pas là.

Son souffle me traverse à toute vitesse. C'est vraiment en train d'arriver. J'attends, mais il ne répond rien de plus. Je m'attarde simplement sur sa main ferme et puissante. Il me tient.

Je ne devrais pas avoir besoin de ça, mais c'est le cas.

Soudain, le feu s'évanouit de son regard. Il lâche ma main. Il se retourne vers le plafond.

— Attends ! 34 ! murmuré-je.

Je veux qu'il revienne.

— Ce n'est rien. Je ne vais pas...

Je ne vais pas quoi ?

J'entends un grattement derrière moi. La porte s'ouvre. C'est Raimie, l'une des infirmières.

— Il me manque des kits. Ça ne te dérange pas ?

Elle attrape plusieurs kits de prise de sang que j'avais récupérés.

— Mon Dieu, tu es en retard, constate-t-elle.

Sur ces mots, elle sort d'un pas altier.

Je baisse de nouveau les yeux vers 34. Il joue une fois de plus au zombie.

— Elle est partie, déclaré-je doucement.

Il ne réagit pas.

— C'est bon maintenant.

Rien.

— Sérieusement ?

J'attends, souhaitant qu'il revienne. Mais pourquoi le ferait-il ? Mon sang bouillonne. Je ne veux pas partir.

Je dois partir.

Avec des doigts tremblants, j'inscris un faux nombre pour sa tension.

Je me retourne vers lui. Il fixe le plafond.

— Merci, dis-je.

Ce *merci* vient du cœur, j'espère qu'il l'entend.

Je range mes affaires et pousse le chariot pour sortir.

Chapitre Sept

Ann

JE FINIS ma ronde dans un brouillard, parlant doucement aux hommes tourmentés avec leurs buts et leurs yeux vitreux.

Pendant tout ce temps, mes pensées sont concentrées sur le patient 34... un homme sans nom. Sans buts. Sans histoire.

Le seul à avoir fait preuve de compassion envers moi dans cet institut.

Je ne le dénonce pas.

C'est une décision qui vient du cœur.

Mardi. C'est le jour de la livraison. Je me reprends suffisamment en main pour que ma visite de la Pharma Deux, afin de recharger mon chariot, se produise au moment où le camion de livraison arrivera. Je m'oblige à avoir l'air occupée, remplissant mon chariot de compresses, de coton et de produits stériles pendant qu'un membre de l'équipe pharmaceutique s'occupe de l'arrivage.

Donny entre, ce qui est intéressant. Il passe à côté de moi, marmonnant quelque chose à propos de l'aspirine, et me touche les fesses d'une manière pseudo-accidentelle. Il se dirige vers les étagères du fond.

Je regarde l'employé répertorier la cargaison et ranger les produits. Les factures sont rangées dans un classeur à trois anneaux dans une armoire qui n'est pas fermée à clé. C'est incroyablement rudimentaire. J'essaie de trouver comment je pourrais obtenir plus d'éphédrine en passant par là. J'arrive à imaginer quelques façons de le faire. C'est une opération délicate.

Je me retourne et m'en vais, même si j'ai envie de rester et de voir ce qu'il se passe. Je vais revenir, compter le stock d'éphédrine, et étudier les papiers. Dans une investigation comme celle-ci, une image claire et détaillée de la situation actuelle est toujours le point de départ.

Inutile de dire que mon esprit n'est pas concentré sur l'approvisionnement, mais sur le patient 34 et sur l'attraction gravitationnelle de son histoire. De son absence d'histoire.

Je me dis qu'il existe des raisons rationnelles de découvrir qui il est : s'il s'avère être un tueur en série, par exemple, les employés ont le droit de savoir qu'il n'est pas sous sédatif comme ils le pensent.

Néanmoins, au fond de moi, je sais que ce n'est pas un tueur en série. J'en ai rencontré. J'ai rencontré toutes sortes de gens. Jusqu'à 34.

Je saute le déjeuner pour aller me renseigner auprès de l'assistante administrative de Fancher, Pam, pendant que celui-ci est sorti de son bureau. C'est exactement le genre d'activité qui attire l'attention et que je ne devrais pas faire.

Pam a des cheveux translucides, un visage amical et une collection de figurines de chouettes. C'est elle qui tient à jour le calendrier de l'institut.

Je lui dis que je cherche à mettre un bon commentaire pour l'un des patients avant sa prochaine audition au tribunal. C'est vrai. C'est un gosse qui se prénomme Jamaica. Sa peine officielle s'est terminée il y a deux ans, mais comme tant d'autres, on le garde ici et ce mec se montre très consciencieux et nous aide dans la salle commune. Je lui demande de m'expliquer comment trouver à quel moment aura lieu la prochaine audience d'un patient.

Elle me laisse contourner son bureau et ouvre une feuille de calcul. Elle explique la procédure. Il y a deux avocats pour chaque audition, l'un pour l'État et l'autre pour le patient, ainsi qu'un psychiatre. Elle me montre où sont les noms, la fonction pour ajouter des commentaires, ainsi que la façon dont les e-mails sont envoyés lorsqu'il y a un changement. Je suis censée lui envoyer mes remarques par e-mail.

Je sais déjà toutes ces choses, mais je fais l'ignorante, puisque je veux qu'elle m'explique et surtout, je souhaite voir ses écrans. Je suis à la recherche de 34. Si je peux voir son planning d'auditions, je pourrai déterminer la date à laquelle il a été interné. C'est incroyable toutes les informations que l'on peut tirer à partir d'une date. Zara avait dit « une année et quelques », mais ce n'est pas suffisant.

Je trouve enfin sa ligne sur la feuille de calcul et elle n'est pas seulement vide, elle est grisée. Rien ne peut être entré. *C'est quoi. Ce. Délire.*

— Euh. Pas d'auditions pour 34, déclaré-je d'une voix neutre.

— Fancher s'occupe de 34. Le patient 34 appartient à une catégorie séparée.

— Ah.

Je lui fais rapidement remarquer autre chose. Je ne peux pas avoir l'air trop intéressée par le cas de 34. C'est une astuce de journaliste. On donne toujours l'impression de rechercher quelque chose d'autre que ce que nous souhaitons réellement savoir.

Je peux toujours sentir sa main autour de la mienne, la connexion entre nous bourdonnant de vie.

J'observe le bureau pendant qu'elle parle. Les papiers d'internement de 34 doivent être là, quelque part. Ces papiers m'indiqueraient beaucoup de choses. Et s'il n'y en a pas pour lui, c'est encore une histoire plus intéressante. Cela signifie qu'il est ici illégalement.

— Allez-vous également avoir besoin d'un commentaire soutenant la transition vers un centre de réadaptation en version imprimée avec une signature ? demandé-je. Là où je travaillais auparavant, ils signaient les papiers et les gardaient avec les papiers d'internement. Nous les ajoutions seulement aux dossiers.

— Les employés avaient accès aux documents d'internement ?

— Oh, oui.

En fait, c'est une chose qui n'arriverait jamais.

J'attends qu'elle me montre où sont les dossiers d'internement. Son regard se tourne manifestement vers la porte de Fancher. Alors ils sont là.

Merde.

— Mais évidemment, c'était à l'étranger, ajouté-je.

— Oh.

Elle sourit, puis ajoute :

— Je me disais aussi.

Je me raidis.

— Je vous envoie ce commentaire avant la fin du mois. Merci beaucoup pour votre aide !

Chapitre Huit

Ann

L<small>E</small> <small>PATIENT</small> 34 ne montre aucun signe de conscience lorsque j'entre dans sa chambre le lendemain.

— Salut, déclaré-je doucement.

Rien.

Je baisse les yeux vers sa main. Je me mets en tête de la saisir. Je m'oblige alors à regarder ses pupilles magnifiques, bordées de noir, fixées sur un point au plafond. Les traces d'humidité. Les vieilles dalles merdiques. C'est une pure architecture institutionnelle des années 50. Je sors mon téléphone et prends une photo du plafond. Prendre ce cliché est une façon de me connecter avec lui. Je range rapidement mon téléphone.

Arrête.

Je baisse de nouveau les yeux vers sa main. J'ai vraiment envie de la toucher.

J'opte pour un compromis. J'appuie deux doigts gantés de latex sur sa gorge, pour sentir la pulsation lente et régulière de son sang dans ses veines. C'est un acte clinique. Son cou est chaud. Raide.

Je m'oblige à retirer ma main. Je suis presque en train de violer un patient attaché.

— Je n'ai rien dit. Au cas où tu te poserais la question.

Son regard vide est braqué sur le plafond. C'est étrange qu'il puisse rester complètement immobile. Il est comme un foutu yogi, avec sa capacité à se contrôler ainsi. Ou un sniper. Les snipers peuvent être vraiment immobiles. Certains peuvent même ralentir leur pouls.

J'attends, souhaitant vraiment le toucher, mais je me sens soudain trop timide pour le faire. Toucher les autres patients est une routine robotique.

— Donne-moi ton nom. Je sais que tu peux parler.

Que dalle.

Un jour, j'ai fait un reportage en Colombie. Je dormais dans un beau village à flanc de montagne qui était plongé dans le brouillard tous les matins, mais le soleil le chassait ensuite et le sommet des montagnes apparaissait, comme si elles sortaient des nuages, massives, menaçantes et sombres.

Cette apparition des montagnes hors du brouillard me remplissait d'une telle sensation d'émerveillement.

C'est ainsi que je me sens au bord du lit de 34. Comme s'il y avait une majesté dissimulée. La cime de quelque chose d'important.

— Allez, dis-moi ton nom, chuchoté-je. Raconte-moi ton histoire. Laisse-moi t'aider.

Rien.

— D'accord, je vais parler. Il se passe quelque chose avec toi. Tu n'as pas d'auditions. Tu sais que tu as le droit d'en avoir une tous les six mois, n'est-ce pas ? Mais tu n'en as pas. Ou peut-être que si ? Mais dans ce cas-là, pourquoi ne sont-elles pas renseignées ? Pourquoi le Dr Fancher s'occupe-t-il de ton cas personnellement ? Que se passe-t-il ?

Je jette un coup d'œil par-dessus mon épaule aux mecs dehors. Je vois toujours l'arrière de leur crâne. Je pose une main sur le torse de 34, m'imprégnant du fort tambourinement à l'intérieur.

— Allez. Peux-tu ralentir ton pouls ? Est-ce que tu te mets facilement dans cet état ou est-ce que tu te forces à le faire ?

J'attends.

— Va te faire voir ! Franchement, réponds-moi, bon sang ! Juste un nom. Si tu es retenu illégalement, peut-être que je peux t'aider. La fête est finie, je sais déjà que tu peux m'entendre.

Son comportement impassible est plus que frustrant. Lorsqu'il a pris ma main hier, c'était la première fois depuis le bombardement de l'hôpital que je ne me sentais pas terriblement seule. Et maintenant, c'est comme si lui aussi m'avait abandonnée.

Je sors le brassard de tension.

— Ne t'inquiète pas, 34. Je ne vais pas t'abandonner. Il y a d'autres façons d'obtenir ton histoire.

S'il m'entend, il ne le montre pas. Non pas qu'il ait besoin de le faire. Je prends sa tension. Elle crève le plafond. Ce n'est pas un chiffre dangereux pour une personne normale, mais son cocktail de médicaments devrait sérieusement l'abaisser. J'ai la sensation que j'ai un effet sur lui. Il en a clairement un sur moi.

— Je vais te dire ce que je pense. Parce que j'en pense quelque chose et je me dis que tu ne veux pas trop attirer l'attention sur toi. N'ai-je pas raison ?

J'ai arrêté de m'attendre à ce qu'il réponde.

***

LA VIE de journaliste freelance est incroyablement éphémère. On peut créer de solides amitiés pendant de brèves périodes dans des endroits lointains, puis être envoyés ailleurs et l'amitié se termine. Je suis vaguement restée en contact avec quelques collègues journalistes, mais les ponts ont été coupés après ma crise avec le chaton.

S'il me restait des amis, ils me diraient clairement de faire machine arrière. Ils me diraient que je m'enfonce officiellement sur la terre des mauvaises idées.

Bon sang, je me le dis à moi-même, mais je m'en moque. J'ai besoin de l'histoire de cet homme. Je ne vais pas faire semblant du contraire.

D'où les vues que j'ai sur le bureau de Fancher.

Je fais savoir à mes collègues du soir et de la nuit que je suis ouverte à l'échange de garde. L'une d'entre elles mord immédiatement à l'hameçon, me demandant de la remplacer pendant sa garde de nuit les deux jours suivants.

J'arrive à l'heure du dîner. Les employés de l'aile administrative partent à dix-huit heures. Donny est là, pour faire des sessions de formation, ce qui ne me ravit pas entièrement, mais au moins il est occupé.

L'Institut Fancher est plus calme la nuit. Les infirmières de nuit ne font pas de prises de sang, mais elles font tout le reste, ainsi que quelques tâches supplémentaires.

J'ai apporté mon kit de crochetage de serrure, coincé dans ma chaussette haute avec mon téléphone secret. Les instruments sont carrément illégaux ici du fait qu'ils peuvent être utilisés comme arme, mais c'est un institut en contrat privé, d'où le léger relâchement dans la sécurité.

Je prends position devant le bulletin d'informations à côté de la porte de l'administration. Je fais semblant d'étudier les prospectus et les annonces, me faisant une impression du couloir et du bruit que j'entends lorsque quelqu'un arrive à l'angle. Quand la voie semble libre, je m'approche de la serrure. Je l'ouvre du premier coup et entre. Je ferme doucement la porte derrière moi.

L'écran d'ordinateur sur le bureau de Pam laisse échapper une lumière bleue inquiétante et palpitante qui illumine sa collection de chouettes.

Je prends une photo, juste comme ça.

La lumière ambiante est suffisante pour me permettre de voir le chemin jusqu'au bureau de Fancher, en face de celui de Pam. Je sors mon kit de crochetage de serrure et m'avance vers la poignée. Pour moi, c'est toujours mieux de faire ça sans réfléchir, surtout maintenant, avec mon esprit privé de sommeil propice aux pensées paranoïaques. Pourtant, je tremble quand j'arrive devant la porte.

La lumière de la lune filtre depuis une fenêtre haute. Le cœur tambourinant, j'avance vers les armoires, les vérifiant pour voir lesquelles sont fermées. Ce dossier merdique sera sous clé. J'ouvre le tiroir verrouillé et fouille. Je trouve enfin ce que je veux : le dossier de 34.

C'est trop facile, pensé-je. Puis je me dis : *Ferme-la. Continue.*

Je l'ouvre sur le bureau de Fancher. Il est noté comme Inconnu. Attaque sur officier de police. Est-ce la raison pour laquelle il a été interné ? Pour une vendetta contre un flic ? Il y a beaucoup d'informations que je ne prends pas le temps de lire. J'effectue des photos de chaque page et tâtonne pour remettre le dossier, vibrant sous le coup de l'adrénaline. Je referme le bureau de Fancher et repars vers le bureau extérieur.

Celui de Pam. Ses chats me fixent depuis leurs photos, leurs petites têtes d'un bleu luisant. Les chouettes se tiennent à côté.

Je pose mon oreille contre la porte donnant sur le couloir, écoutant s'il y a des pas. Rien.

À moins que quelqu'un soit planté là. Est-ce possible ?

Je prends une grande inspiration, faisant une petite prière, et me glisse à l'extérieur... au moment où Donny tourne à l'angle.

— Qu'est-ce que tu fais ?

— Je cherche Pam, déclaré-je. Il n'y a personne ici. Quand partent-ils ?

— Tu n'es pas censée être là.

Il s'avance vers moi. Le couloir est vide, bon sang.

— La porte devrait être verrouillée, ajoute-t-il.

— Elle était ouverte.

Il s'appuie contre moi.

— Non, elle ne l'était pas.

— Si, elle l'était. Je voulais le résultat de mon enquête sur le bien-être et...

Il ferme une poigne d'acier autour de mon poignet, me regardant fixement dans les yeux. Je ne veux pas crier à moins d'en avoir besoin. Je pense qu'il est au courant. Merde.

— Tu dois me lâcher.

Dans un mouvement rapide et frénétique, il me pousse dans le bureau et ferme la porte du pied.

Nous sommes seuls.

— Tu sais quels ennuis tu peux t'attirer en étant ici ?

— Lâche-moi.

— Sinon quoi ?

— Je vais crier.

Il m'attire brusquement contre lui.

— Ah oui ?

Avec cette seule phrase, ma pire crainte se confirme. Ma crainte que Donny, avec le putain de radar qu'il possède, ait détecté que je ne veux pas attirer l'attention sur moi et que peut-être, je mijote quelque chose.

Ce n'est pas invraisemblable qu'une nouvelle jette un coup d'œil dans le bureau, pensant que quelqu'un était présent. Ce n'est pas invraisemblable que la porte soit restée ouverte, mais Donny sent le mensonge.

J'arrache ma main de la sienne et lui marche sur le pied, tentant d'attraper la poignée.

— Oh, non, tu ne partiras pas.

Il me tire en arrière.

Mon estomac bouillonne sous le coup de la panique. Je tente de me libérer. Je lui donne un coup de genou, heurtant sa cuisse, et réussis à m'éloigner de lui.

Il attrape mon t-shirt quand je détale, le déchirant avant que j'ouvre la porte.

Je sors et cours comme une folle, ralentissant seulement à l'angle et heurtant presque un trio d'aides-soignants en train d'arriver.

Je souris, mon pouls tambourinant.

— Oups !

Je marmonne que je suis en retard.

Je suis en vue du point de passage de la sécurité. Je fonce dans cette direction, comme s'il s'agissait d'une oasis de sûreté. J'affiche un sourire sur mon visage pour le gardien de nuit alors qu'il me laisse entrer dans l'aile sécurisée.

Je me glisse à l'intérieur et rejoins la salle commune. Donny arrive juste après moi, mais il ne tentera rien ici. Son oncle se fiche peut-être de ce qu'il fait, c'est probablement la raison pour laquelle il est toujours ici, mais dans cette pièce, il y a des caméras. Et des gens.

Il vient se placer à côté de moi, me parlant avec ses grosses lèvres.

— Qu'est-ce que tu me caches, mademoiselle Saybrook ?

— Mais qu'est-ce que je pourrais cacher ? Je veux simplement passer ma période d'essai sans faire de vagues, mon pote, mais je remplirai une plainte s'il le faut.

Il fait craquer ses articulations.

— Je te surveille.

Il a des lettres tatouées sur ses doigts disant P-U-T-i et F-U-C-K. C'est sympa. Un mec vraiment top.

Je m'éloigne le plus possible. Donny va être un gros problème pour moi, mais si je m'en tiens aux chambres des patients et aux espaces publics, je devrais m'en tirer. Les pharmacies pourraient être problématiques en revanche.

J'effectue mes tâches. Le patient 34 ne se trahit pas. Je n'arrive pas à dire s'il est surpris de me voir à l'institut la nuit. Mitchell a la grippe, donc je passe plus de temps avec lui. Lorsque j'ai un moment seule, je m'éloigne de la zone couverte par les caméras et sors mon second téléphone. Je m'envoie les images sur deux comptes différents, puis les supprime des fichiers en évidence.

Je rentre chez moi à sept heures du matin et commence à fouiller.

Je ne trouve pas grand-chose. Ce qui n'est pas surprenant. Je dois avoir accès à des dossiers officiels qui ne se trouveront pas sur Internet, mais j'obtiens le nom du psychiatre qui a témoigné lors de la condamnation initiale de 34, un certain Dr Roland Baker III. Il a environ soixante ans et est rattaché à un grand centre de santé régional à Duluth.

Son bureau ouvre à huit heures. Je passe un rapide coup de fil, me faisant passer pour un greffier demandant confirmation sur les dates de l'audition initiale, marmonnant quelque chose sur une perte de données. En fait, je voulais juste m'assurer qu'il était vraiment là-bas. Et si toute cette audition n'avait jamais eu lieu ? Sa secrétaire me dit qu'il était présent.

Je suis déçue.

Je m'imagine sauter dans ma voiture après ma garde et conduire jusqu'à Duluth pour poser des questions à cet homme, mais aucun psychiatre ne va divulguer des informations à un inconnu. Ils ne parlent même pas aux flics dans la plupart des cas.

J'ai une meilleure alternative, de toute façon : des contacts obtenus pendant mes années de journalisme.

J'attends neuf heures pour demander une faveur à un collègue qui m'en doit une : il a fait quelques enquêtes sur les flics et connaît le Département de la santé et des services sociaux. Je ne suis pas certaine de savoir de quel genre de dossier j'ai besoin.

Je l'ai au téléphone. Lorsqu'il se rend compte que c'est moi, il est méfiant. J'ai maintenant la réputation de déraper.

— Mec, dis-je. Allez. Qui t'a mis en relation avec le consulat iranien ? Moi. Je fais une enquête dans un certain endroit et j'ai besoin de ça.

— Pour qui ?

— *Stormline.*

Il est poli et ne dit rien du genre : « Oh, comme la toute puissante est tombée ! » Le *Stormline* est vraiment bas de gamme.

— Ce dont tu as besoin, c'est le 24A du dossier.

— Alors tu peux l'obtenir ?

Silence.

— Est-ce un problème concernant la loi sur l'assurance maladie ?

Cette réforme rend difficile l'accès aux informations de santé.

— Non, ce n'est pas ça...

Il marque une pause et à ce moment-là, je me rends compte qu'il pourrait avoir le dossier s'il essayait.

— S'il te plaît, dis-je. Tu m'en dois une. Nous serons quittes.

Parfois, il faut être effrontée.

— Je vais devoir utiliser l'une des faveurs qu'on me doit pour toi, m'apprend-il.

Il veut juste me montrer qu'il se sacrifie vraiment. Il ne veut pas que je revienne une seconde fois.

— J'apprécie. Avec ça, on sera quittes jusqu'à ce que je regrimpe l'échelle et que tu aies de nouveau besoin de moi.

Il rit. Il aime que je parle comme l'ancienne Ann Saybrook, celle d'avant la crise de nerfs. A.E. Saybrook, c'est ma signature de journaliste. Je lui envoie une photo du certificat d'internement.

En attendant qu'il me rappelle, je me prépare un sandwich et lis de vieux tirages du *Duluth Tribune*, datant de l'année précédant l'internement de 34. Le journal couvre apparemment tout le nord du Minnesota. Je fais une liste de tous les cas d'attaques et de meurtres, de quatorze à dix-huit mois avant son arrivée à l'institut. Puis j'étends mes recherches géographiquement, dans tout le Minnesota et le nord du Wisconsin.

J'arrive plus tôt au travail ce soir-là, pour que Donny puisse être témoin de mon début de garde. J'effectue ma ronde, m'arrêtant pour une longue conversation à sens unique avec le patient 34.

— Je fouille ton dossier, mon pote, dis-je. Qu'est-ce que tu en penses ?

Pendant un bref moment, j'ai l'impression d'apercevoir un soupçon d'agonie dans son regard énigmatique. De la douleur physique ? Mentale ? De l'anxiété ?

— Tu ne veux pas que je découvre ton histoire ? Ça ne me dérangerait pas que tu me le dises.

Non pas que cela m'empêcherait de fouiller, au point où j'en suis. Mais il est libre de me le dire. Je veux simplement qu'il me parle.

— Tu es doué. Tu pourrais presque me faire croire que ça n'est jamais arrivé. Comme si je l'avais rêvé, peut-être. *Presque*. Mais je sais que c'est arrivé. Tu devrais me dire ton nom et me faire gagner du temps.

Je passe le brassard et pompe.

— Je finis toujours par trouver ce que je cherche.

Généralement, j'arrive tout de même à pousser le sujet de mon enquête à me dire ce que je veux savoir. Parfois, les questions les plus simples permettent d'obtenir les meilleures réponses. Par exemple, si je parle à une cuisinière, je lui demande de m'expliquer comment couper les légumes. Si je m'adresse à un mercenaire, je peux lui demander comment il décide de ce qu'il doit mettre dans chacune de ses poches.

— Les mercenaires ont beaucoup de poches, tu le savais ?

Je pose une main sur son avant-bras, juste au-dessus de la bande qui entrave son poignet. Je n'imagine pas à quel point il doit se sentir seul.

La garde de nuit est tellement laxiste que je reste un peu plus longtemps que d'habitude. Je lui parle de l'idole de mon enfance, Harriet la petite espionne. Je lui parle de la caravane dans laquelle j'ai grandi, dans l'Idaho, et des bus qui passaient trois fois par jour. Ma sœur rêvait d'être l'une de ces personnes dans un bus, se rendant dans une destination glamour comme Los Angeles. Je voulais juste connaître leurs histoires. On aurait dit que les bus passaient toujours à côté de nous.

— Je me demande si c'est ce que tu ressens. C'est forcément le cas. Oh, alerte info, tu savais que Donny avait tatoué *putain* et *fuck* sur ses doigts ?

Quelque chose vacille dans son regard.

— N'est-ce pas ? Bon sang. Je vais découvrir le fond de cette histoire.

Sans y réfléchir, je glisse mes doigts sous les siens. Je m'accroche mollement à sa main. Cela me semble naturel. Comme s'il n'y avait que nous deux contre le monde. Puis je retire ma main. Qu'est-ce que je fais ?

Je me casse de là.

Mon contact m'appelle quelques heures plus tard. Il n'y a aucune trace d'une audition ayant eu lieu.

— Mais tu as vu le certificat. L'audition a eu lieu. Le bureau du psychiatre l'a confirmé.

— J'ai envoyé la photo à mon gars et il n'y a pas de dossier. Voilà ce qu'il a trouvé d'intéressant : l'information est conservée dans une base de données et il a remarqué une ligne vide à cette date. La mise en page était bizarre. C'était comme un signal d'alerte pour lui.

— Qu'est-ce que ça signifie ?

— Il dit que la ligne vide est probablement là parce que quelqu'un a entré une information par erreur avant de la supprimer et n'a pas enlevé la ligne. Mais il pense plutôt qu'il y a eu une suppression délibérée à un moment. On dirait que tu tiens une piste.

Il fut un temps où j'aurais été ravie d'entendre ça. Mais pas maintenant. Je m'inquiète pour 34.

— Est-ce que ton gars a une idée sur les prochaines étapes ?

Mon contact me lit ses notes. Il y a certaines choses pour lesquelles je pourrais demander des informations. Un autre nom qui pourrait chercher plus loin dans les papiers, mais il faudrait que je lui donne de bonnes ressources, c'est-à-dire beaucoup d'argent. Ce que je n'ai pas.

Et puis il y a l'option des empreintes du patient. Oui, je peux obtenir ses empreintes, mais les faire passer dans la IAFIS, la base de données nationale du FBI, demanderait plus d'argent encore.

Je le remercie pour son temps. J'ai cramé la faveur qu'il me devait.

Chapitre Neuf

LAZARUS

IL EXISTE BEAUCOUP de systèmes d'arts martiaux idiots dans ce monde. Le karaté, par exemple. Vous voyez vraiment les gens se mettre en garde comme ça dans un combat de rue ? Non. Ce n'est pas du tout fonctionnel. Pourtant, l'un de mes soldats les plus coriaces a fait ses armes au karaté.

Ce que je veux dire, c'est que ce n'est pas le système qui fait l'homme, c'est l'homme qui fait le système. Ce qui est important, c'est ce que l'homme amène, pas le système.

C'est particulièrement vrai avec Valerie, ma coach en management. Valerie n'est jamais tombée sur une citation motivante qu'elle n'aime pas. Plus ces phrases sont idiotes et banales, plus elle les aime et les utilise.

Mais avec elle, ces citations fonctionnent. C'est comme ça avec Valerie. C'est ce qui la distingue du reste. Dans sa bouche, les phrases ne sont pas banales.

Alors je parle avec elle au téléphone lors de l'un de nos appels de coaching, appréciant sa présence, appréciant la façon dont elle rit. Elle est intelligente et c'est facile de la faire rire. J'apprécie même ses citations bidon.

Puis nous abordons l'affaire Kiro.

— Avez-vous trouvé une solution dans l'affaire Kiro ?

Je lui dis que non.

— Nous avons fait énormément de recherches. C'est simplement hors de notre portée.

— Mais votre concurrent est également loin d'avoir résolu le problème, n'est-ce pas ?

— Je pense que notre concurrent fait des progrès, expliqué-je. Il a effectué plusieurs voyages d'affaires qui semblent liés à Kiro.

Inutile de dire qu'elle ignore que Kiro est un mec que j'essaie de trouver et de tuer. Elle pense que je gère une entreprise de comptabilité.

Je dois paraître irréprochable aux yeux de Valerie, étant donné qu'elle est coach en management.

— Mais ils n'ont pas encore décroché l'affaire, déclare-t-elle. Donc c'est toujours jouable. Êtes-vous optimiste ? Encouragez-vous vos hommes à voir cette affaire comme déjà réglée ? Comme étant déjà à vous ? En faisant savoir à l'univers que l'affaire Kiro vous appartient ?

Ces paroles paraissent un peu gnangnan, mais elles sont actuellement de bon conseil. Le fait que les gens considèrent Kiro comme mort nous a rendus plus puissants. Tout le monde veut être dans l'équipe gagnante. Surtout lorsqu'il s'agit d'organisations criminelles.

— Mais ce n'est vraiment pas une affaire conclue. Je ne sais pas ce qu'ils diront si nous n'obtenons pas le contrat.

— Gardez vos yeux sur l'objectif, Lazarus. Lorsqu'une porte se ferme, une autre s'ouvre.

C'était un appel avec deux citations motivantes. Trois si on compte sa phrase sur l'optimisme.

Bref, lorsqu'une porte se ferme, une autre s'ouvre. N'est-ce pas ?

Le lendemain, je reçois un appel du Dr Roland Baker, un psychiatre dans un hôpital quelconque du nord du Minnesota. Je manque de le laisser sur répondeur. Je ne connais pas ce mec. Il dit qu'il était en affaires avec Aldo, mon ancien patron. En quoi ça m'importe ?

Je prends l'appel.

— C'est à propos du garçon, déclare le psy. Aldo voulait que je l'alerte si quelqu'un commençait à fouiner du côté du garçon. Il a dit que c'était vital. Je sais qu'Aldo est décédé, mais...

— Oui, il est décédé, rétorqué-je.

Puisque je l'ai tué.

— Je pensais que si cette information était importante pour Aldo, elle serait peut-être importante pour vous également, m'explique le psy, cherchant clairement à se faire payer.

— Je ne sais pas si ça me concerne si quelqu'un farfouille du côté d'un garçon, dis-je. Je ne peux pas vraiment dire que je cautionne, mais...

— Non, non, ce n'est pas ce que je veux dire. Le garçon *sauvage*. Je parle du garçon de la forêt, Lazarus. Le Dragusha sauvage.

Inutile de dire que sa déclaration me pousse à me redresser d'un coup.

— Kiro Dragusha ?

— Oui. Kiro. Il a fallu faire beaucoup de choses pour garder l'identité de ce garçon secrète. Aldo ne voulait pas que les gens fouillent de ce côté-là, qu'ils posent des questions, qu'ils mettent à mal tout notre travail.

— Aldo savait où était Kiro depuis tout ce temps ?

— Bien sûr. Il a donné des instructions explicites pour qu'on l'alerte au moment où quiconque commencerait à poser des questions sur Kiro.

Je souris. Je m'imagine en train de dire à Valerie à quel point la porte de l'affaire Kiro vient tout juste de s'ouvrir en grand.

— Ça vaut vraiment le coup, Dr Baker, dis-je. Je ne connais pas les détails des arrangements d'Aldo, mais je suis très investi dans la situation de Kiro.

J'ai toujours dit qu'Aldo aurait dû tuer les bébés quand il a assassiné leurs parents, mais il n'a jamais pu se résoudre à le faire. Voici le résultat. Les bébés grandissent et deviennent des problèmes.

Le docteur et moi avons une conversation fascinante pendant laquelle j'apprends tout sur les voyages de Kiro, avec Aldo payant pour une mesure provisoire après l'autre, jusqu'à son dernier règlement en date pour que Kiro soit interné dans un asile pour les criminels aliénés.

Il semblerait que certains employés de l'asile travaillent pour nous. Il ne sait pas qui. Ça n'a pas d'importance. Kiro est là-bas.

Je le remercie et fais transférer des fonds.

Kiro, attaché à un lit, dans une maison de fous.

Merci, l'univers.

Chapitre Dix

Ann

Je repasse en gardes de jour et commence à faire mes rondes, mais le trio habituel d'aides-soignants n'est pas dans le hall devant la chambre du patient 34 à l'heure sur laquelle nous nous étions mis d'accord, ce qui est étrange. J'envoie un message à l'un des mecs. Il me répond qu'ils font une simulation.

Cela me met dans le pétrin, puisque les patients recevant un cocktail de médicaments fortement toxiques ont besoin d'une surveillance périodique d'après la loi de l'État. Si je ne respecte pas les règles, l'infirmière Zara pourrait me dénoncer.

Mais si j'entre, je briserais les règles de l'institut exigeant la présence de trois aides-soignants.

Je décide d'entrer. La loi de l'État surpasse celle de l'institut, telle sera ma défense. Et ce n'est pas comme si 34 allait m'attaquer.

J'entre avec mon chariot.

— Salut, dis-je doucement.

J'aimerais n'importe quoi, même juste un regard. Pour voir

de nouveau la chaleur dans ses yeux. Pour savoir que je n'ai pas rêvé à propos de notre connexion.

Rien.

— Encore ce regard perdu dans le vague. En voilà une surprise.

Je ressens une telle affection pour lui. J'ai toujours admiré les gens qui décidaient de suivre une direction et de continuer malgré tout ce qu'on attend d'eux. Les rebelles, les hérétiques, les véritables croyants, les guerriers maudits. Voilà les gens que j'aime le plus. La cheffe de guerre en Afghanistan. Incroyable.

Mais avec 34, c'est quelque chose de plus profond.

Je commence à préparer le kit.

— Tu es tenace, je te l'accorde. Tu es le genre de mec qui, lorsqu'il s'investit, il s'investit à fond, n'est-ce pas ?

Je coche les cases sur ma tablette et enfile les gants.

Ses petits poils noirs peuvent presque être qualifiés de barbe maintenant. Je pose ma main sur sa joue, pensant que je devrais découvrir qui lui coupe la barbe et les cheveux pour tenter de reprendre l'affaire en main.

— Il y a du nouveau, 34 : le mystère s'épaissit. Grandement. Félicitations, tu es une énigme plus difficile que celle de l'île de Pâques.

Un bruit de pas résonne dans le couloir. Je laisse tomber ma main et me tords le cou. Donny. *Merde.*

— Pourquoi es-tu entrée ici sans la surveillance nécessaire, infirmière Saybrook ?

Il ferme la porte.

Je me redresse.

— Il faut que je vérifie ses constantes régulièrement. C'est la loi de l'État.

Donny s'approche de moi, un peu trop près.

— Qu'est-ce que tu fais ?

Il enfonce un doigt dans la joue de 34.

— Diagnostic : c'est un légume.

— C'est quoi ce délire ?

Je repousse son bras.

— Arrête ! m'exclamé-je d'un air protecteur.

Et Donny le voit. *Merde.*

Il sourit et claque durement la joue de 34 cette fois-là, laissant une marque au-dessus de la ligne définie par sa barbe.

Je repousse Donny loin du lit.

— Tu vas arrêter ça.

— Sinon quoi, infirmière Ann ? Tu vas m'arrêter ?

Il s'apprête à le refaire et j'attrape son bras. Il se libère de ma poigne comme si c'était un jeu d'enfant et attrape mes poignets, m'éloignant de mon chariot... où se trouve mon bouton d'alarme.

Je suis également hors du champ de la caméra.

Son sourire s'élargit. C'est alors que je comprends l'implication de la porte fermée. Elle n'est pas censée l'être sauf lorsqu'une totale isolation phonique est nécessaire. Certains patients crient et énervent alors les autres malades.

La porte est fermée. Avec une totale isolation phonique. La peur jaillit dans mon ventre. Je m'inquiétais pour 34. J'ai été stupide. J'aurais dû m'inquiéter pour moi-même.

— Merde !

Je me retourne. C'est totalement futile. Donny est un putain d'athlète et fait deux fois ma taille. Sa poigne est si ferme que j'ai l'impression qu'il va me faire craquer les os. Il me fait reculer dans la salle de bain, ce qui nous cache vraiment. Des caméras, de la fenêtre.

— S'il te plaît, déclaré-je.

Mes fesses heurtent l'évier. Mon sang se glace lorsqu'il me coince entre ses jambes solides comme des troncs d'arbre.

Je lève un genou vers ses parties génitales, mais il était prêt pour ça.

Il saisit mes deux poignets dans une main. Son souffle est chaud et sent légèrement l'antiseptique, comme un petit parfum de menthe, le bain de bouche médical, et cela ajoute à ma panique. Il va me violer et je vais être obligée de sentir cette odeur pendant tout ce temps.

— Ne fais pas ça, tenté-je.

— Que je ne fasse pas quoi ?

Il me fixe avec ses yeux de prédateur.

Un grognement contre nature résonne quelque part derrière lui. Il y a un bruit comme un *pop*.

Donny se retourne au moment même où 34 passe la porte, immense, brutal et furieux avec son regard enflammé. Il tire Donny loin de moi et l'amène la tête la première contre le mur avec une force sauvage. Donny s'effondre.

Puis 34 s'approche de moi.

Je recule lorsqu'il me touche la joue, toujours avec son regard de feu.

Donny était dangereux, mais 34 semble... sauvage. Quelque chose de profond et d'instinctif en moi me pousse à me glisser rapidement dans un coin de la salle de bain. Il est bien plus grand maintenant qu'il est debout. Et libre. Comment s'est-il libéré ?

— Tu vas bien ? dit-il d'une voix rocailleuse.

— Ouais.

Il prend mon visage en coupe, puis passe un pouce sur mes lèvres. C'est si étrangement doux et sensuel après tant de violence.

— Merci, dis-je.

Son visage sévère se radoucit.

Je vois un mouvement du coin de l'œil. Donny s'approche de lui avec un taser.

Le patient 34 semble le sentir venir. Il attrape le bras de Donny et le tord. Il y a un craquement écœurant lorsque le taser tinte sur le sol. Le patient 34 fait directement sortir Donny de la salle de bain et l'écrase contre un autre mur.

Puis il lève le poing, frappant son visage encore et encore. Il est comme absent, démolissant la tête de Donny. Celui-ci se bat en retour, réussissant à le toucher quelques fois, mais 34 frappe avec un abandon vicieux que je n'ai jamais vu auparavant.

La porte s'ouvre bruyamment. Donny a-t-il appuyé sur la sonnette d'alarme ?

Un trio d'aides-soignants se précipite à l'intérieur. Le patient 34 les assomme comme des poupées de chiffon, faisant attention à éviter les tasers avec son agilité experte. Je m'accroupis contre le mur. Plus d'aides-soignants arrivent, fonçant vers 34. Je m'accroupis dans un coin.

Un autre arrive et me pousse tellement fort sur le côté que je m'écrase la tête contre une étagère. Je crie.

C'est alors que 34 arrête de se battre. Son regard est rivé sur moi. Le monde semble s'arrêter et pendant un moment, c'est comme si nous étions les deux seules personnes à avoir jamais existé. Nous sommes seuls, ensemble. Nous sommes foutus.

Je secoue la tête. *Ignore-moi*, ai-je envie de lui dire. *Continue de te battre. Sauve-toi.*

C'est trop tard. Les aides-soignants sont sur lui, des géants qui balancent suffisamment d'électricité à 34 pour illuminer une ville. Son grand corps sursaute. Il s'effondre. Ils continuent de lui envoyer du courant.

— Merde ! déclaré-je en me précipitant dans la mêlée.

J'en pousse un. J'en frappe un autre dans le dos.

— Hé !

Je donne un coup de poing.

— Ça suffit ! Vous allez le tuer !

Je finis par tous les éloigner et m'agenouille à côté de 34. Il est inconscient.

J'appuie mes doigts tremblants sur sa gorge. Son pouls est filant. Faible.

Donny arrive de l'autre côté, sa lèvre écorchée, le sang coule dans son cou et sur son t-shirt devant. Il donne un coup de pied vicieux dans les côtes de 34.

— Ça suffit !

Je me lève et le repousse.

— Le patient est inconscient. On n'attaque pas un patient évanoui, sinon je ferai un rapport sur ce comportement de merde au conseil. Pour chacun de vous, je m'en fous.

Je me retourne, m'adressant au groupe d'hommes.

— Si l'un de vous attaque davantage ce patient, votre geste sera condamnable devant une cour de justice.

Donny essuie le sang sur le côté de ses grosses lèvres, son regard durement fixé sur moi.

L'infirmière Zara arrive, exigeant de savoir ce qu'il s'est passé.

Donny fait un geste du pouce dans ma direction et lui dit que j'ai été suffisamment stupide pour entrer sans que le trio d'aides-soignants soit présent. Il dit que cela a apparemment excité le patient 34 et qu'il est entré juste à temps pour me sauver de ce fou.

— Est-ce que tu te fous de ma gueule ? C'est *toi* qui m'as attaquée. *Toi* ! Le patient 34 me protégeait.

L'infirmière Zara retrousse ses lèvres et me lance un regard noir sévère et réprobateur. Je suis littéralement bouche bée quand je me rends compte qu'elle croit Donny. Ou pire, peut-être que non. Peut-être qu'elle veut juste terriblement que je m'en aille.

Mon cœur tambourine. Je m'agenouille à côté de 34. Il est vraiment inconscient. Je vérifie ses pupilles. Je ne m'intéresse pas vraiment à ce qui m'est arrivé. Ça va aller pour moi. Mais le patient 34 est fichu. Cela n'aurait aucune importance s'il s'était battu pour la paix dans le monde ou autre chose. Il s'est libéré de ses liens, c'est la ligne à ne pas franchir.

Si on lui donnait assez de médicaments pour assommer un éléphant avant, il va désormais recevoir une dose pouvant endormir deux éléphants. J'essaie de garder un contact physique simplement clinique.

L'un des aides-soignants trouve un ciseau par terre.

— Il avait caché ça.

J'ai la tête qui tourne. Le patient 34 avait un plan pour s'échapper et il l'a gâché pour moi.

Pour me protéger.

— Des têtes vont tomber.

Donny se tourne vers l'infirmière Zara.

— Et en ce qui concerne les médicaments, je me fiche des indications. Elles ne s'appliquent pas pour lui. Il a un genre de métabolisme de folie. Sa dose de médicaments doit être sévèrement ajustée.

Il lisse son t-shirt avant d'insister :

— Sévèrement. C'est l'heure du pudding de haute densité pour ce mec.

Je m'agenouille de nouveau à côté de 34, ayant la nausée. Le pudding de haute densité, c'est ce qu'on donne aux victimes d'AVC dont les muscles sont trop lâches pour qu'ils puissent avaler. C'est l'étape avant le cathéter et le tube pour la nourriture. Un dosage d'un tel niveau commence à affecter le cerveau. Comme une lobotomie chimique.

Je n'aurais pas dû entrer sans que le trio d'aides-soignants soit présent.

Et à ce moment-là, je me demande s'il s'agissait d'un piège. Peut-être que Donny l'avait prévu.

Il ne pensait clairement pas que 34 allait se libérer.

Ce dernier est à moitié sur le côté, l'un de ses bras musclés tendu, l'autre passé sur son torse, les jambes écartées, les yeux fermés. Ses boucles noires retombent sur son front et sont un peu trop longues.

Je ne suis pas là.

Pour une fois, je sais que c'est vrai.

L'infirmière Zara est furieuse et a beaucoup de questions. J'expose ma défense. Je suivais simplement les lois de l'État.

Ils remettent le patient 34 sur le lit, dans ses contentions. Ils ignorent le protocole concernant la possibilité de blessures spinales. Peut-être que c'est quelque chose qu'ils espèrent.

— Je vais devoir faire un rapport, déclare l'infirmière Zara. C'est le deuxième.

— Le deuxième ? protesté-je. Quel était mon premier ?

— Incapacité à prendre une tension correcte.

Elle a écrit un rapport sur moi pour ça ? Encore un et je suis virée. Et qu'adviendrait-il de 34 alors ?

Chapitre Onze

Kiro

Je flotte pendant ce qui me semble durer des jours. Peut-être que c'est le cas. Puis son odeur me parvient aux narines, comme le soleil transperçant les nuages.

J'ouvre les yeux. Sa queue de cheval retombe sur son épaule tandis qu'elle baisse les yeux vers moi. Ses pupilles ont la couleur de l'herbe. Ses lèvres roses font une moue boudeuse.

— Merde, chuchote-t-elle. Dis-moi que tu n'es pas aussi absent que tu en as l'air, bon sang.

Elle reste silencieuse après ça. Il s'écoule une minute, ou peut-être une heure, avant qu'elle reparle.

— Tu m'entends ?

Je ne réponds rien. Il ne faut rien leur donner sinon ils vous font du mal. Même elle. C'est elle qui me fait le plus de mal, mais mon cœur continue de chantonner quand elle pose une main sur ma joue.

— Merde.

Je lutte pour ouvrir les yeux, ou peut-être qu'ils sont déjà ouverts.

— Merde, 34.

Elle caresse ma barbe. J'ai l'impression que c'est le paradis.

— 34, 34, 34.

Elle me tapote la joue.

Mon cœur tambourine.

— Merci pour ce que tu as fait. Je sais ce que tu as fait. Je sais ce que tu as abandonné. Je vais t'examiner maintenant.

Elle ouvre ma chemise.

— S'il t'a cassé quoi que ce soit...

Elle parle, mais je n'entends pas de mots. Seulement le ton de sa voix. Je me délecte de sa voix comme les loups le faisaient avec la mienne. Comme je le faisais avec la leur.

Je rêve de mon chez-moi. De la meute. De ma tête sur le ventre chaud et recouvert de fourrure de Red, s'élevant et retombant. C'est le seul endroit où je n'étais pas une bête sauvage.

Quelque chose s'installe dans mon torse, là où la douleur est la plus vive. C'est doux. Comme un nuage. C'est un chuchotement. Non... c'est sa main. Elle murmure des mots rapidement. Ann est en colère, je le sens dans son ton. Au loin, je perçois le chant des oiseaux. Voilà ce qu'elle m'a pris. Toute chance d'être libre.

Sa main s'en va. Elle jure de nouveau.

— *Merde* !

Une douceur se pose de nouveau sur mon torse. C'est différent du gant. C'est chaud. Vivant. Nourrissant en quelque sorte. Sa peau est sur ma peau. Elle me touche sans son gant !

Suis-je en train de rêver ?

Elle me touche de sa main nue. Elle est mon ennemie, ma belle ennemie et je me délecte de son contact. Je le bois comme les rayons du soleil.

Merde, 34, merde. Merde ! Et puis j'entends d'autres choses. *Radio. Où est le médecin ? Est-ce qu'il t'a déjà examiné, putain ?*

Plus de mots. Sa peau sur ma peau. Mon souffle tremble avec la puissance de ce contact.

Chuuut. C'est bon. Soudain, sa main disparaît. Elle remet ma chemise avec de rapides mouvements furtifs.

Elle saisit ma main et la tient ouverte, la paume vers le haut. Elle est penchée au-dessus de moi, comme pour me cacher. Elle pose quelque chose de mouillé sur mes doigts, elle touche mes doigts. Elle appuie mon pouce sur quelque chose de sec. Puis elle presse mes doigts sur quelque chose et les fait rouler. Elle continue de le faire, l'un après l'autre, telle une étrange caresse sur chacun de mes doigts.

— Nous avons besoin de ça, 34, déclare-t-elle. Je vais t'aider... pour que nous obtenions la vérité.

Des alarmes commencent à sonner dans ma tête. Nous. Nous. T'aider. C'est la façon dont le professeur parlait quand il faisait semblant d'être mon ami. La façon dont les ambulanciers ont parlé lorsqu'ils m'ont fait sortir de la forêt, quand j'étais trop faible pour courir. C'est ainsi que mon père adoptif s'adressait à moi lorsqu'il tentait de me piéger.

Je me suis toujours laissé avoir. J'ai toujours voulu croire que les choses seraient différentes. Surtout avec mon père. Mais dès que j'apparaissais, il m'attrapait et me le faisait regretter dans les bois ou dans la cave à légumes, essayant de faire disparaître ma nature sauvage en me collant une raclée.

Je suis sauvage et féroce depuis aussi longtemps que je m'en souvienne, une créature faite de sang, de violence, d'enfer avec une fièvre en moi. Mon père me l'a dit.

Il a vraiment tenté d'anéantir le sauvage en moi en me battant, mais il n'a jamais réussi.

C'étaient surtout les cris de Glenda, ma sœur adoptive, qui faisaient ressortir mon côté sauvage. Les enfants du bout de la rue la taquinaient et la faisaient pleurer à cause de sa lèvre déformée. Parfois, ils lui faisaient du mal. Le bruit de ses pleurs prenait le contrôle de mon esprit et me rendait sauvage sous le coup de la rage. Je blessais beaucoup d'enfants en tentant de protéger Glenda.

Les choses étaient calmes pendant un moment, puis les garçons se réunissaient, encore plus nombreux, parfois avec quelques mecs plus âgés, et ils faisaient de nouveau pleurer Glenda. Je m'énervais et je voulais leur faire du mal.

Ils pensaient toujours qu'un plus grand groupe ou que des mecs plus âgés aideraient, mais ça n'a jamais été le cas. Je les blessais tous. Puis je me faisais battre. Et je finissais ensuite dans la cave à légumes.

La dernière fois que je me suis battu contre les garçons du voisinage, la police est venue. Après cela, j'ai été attaché à un arbre et battu avec une corde de piano.

Ma famille a eu suffisamment d'argent pour réparer la lèvre de Glenda cet hiver-là. Elle était jolie après l'opération et elle ne voulait plus que je reste là. Ma famille adoptait des enfants qui avaient des problèmes et tentait de les réparer, mais il n'y a aucune opération pour vous réparer quand vous êtes sauvage à l'intérieur.

Ce printemps-là, mon père m'a emmené faire du camping au nord avec les autres enfants. C'était juste après mon huitième anniversaire. Il m'a pris à part et m'a dit que la police allait m'enfermer pour toujours quand nous rentrerions. Je n'avais blessé personne depuis des semaines, mais je savais que c'était vrai. Les gens disaient toujours que j'allais finir enfermé. Il disait qu'ils avaient peur que je m'échappe, au fond de la forêt, où ils ne me trouveraient jamais.

Mon père adoptif n'a jamais rien fait de bien pour moi, alors cela signifiait beaucoup pour moi qu'il me dise ce secret. J'ai pris le canoë quand Glenda, les autres enfants et lui sont allés faire une randonnée. Je l'ai enfoncé encore et encore dans cette zone vierge, où ils ne me trouveraient jamais.

La police a envoyé des hélicoptères et des équipes pour me retrouver, mais mon père m'avait donné une grande longueur d'avance.

C'était la chose la plus gentille qu'on ait jamais faite pour moi.

La forêt était bien au début. Je me sentais seul, mais j'étais libre et il n'y avait pas de règles à briser, personne pour me frapper ou me confiner. Des campeurs en randonnée passaient parfois, mais ils me voyaient rarement. Je leur volais de la nourriture avant de pouvoir en trouver moi-même.

Des années plus tard, je voyais des campeurs qui souhaitaient faire la fête et s'envoyer en l'air. Eux aussi, ils me voyaient comme un sauvage. Ils voulaient se taper le sauvage. Ou plutôt, que le sauvage se les tape. C'est ainsi qu'il le disait.

Le bout de mes doigts est étrange. Je me souviens que je suis à l'hôpital. Attaché à mon lit. Elle est là. Elle frotte le bout de mes doigts. Sont-ils sales ?

Elle pose quelque chose de frais autour de mon poignet. J'entends d'autres voix. *Merde. Merde merde merde.* Je sens une odeur chimique de fleur. L'infirmière Zara.

L'infirmière Zara a une voix furieuse. *Plus votre patient... Pas censée être dans cette aile.* L'infirmière Ann se lève. Je peux le sentir à l'écho de sa voix. *Inconscient... protocoles de l'État... avait besoin de voir... serment d'Hippocrate.*

L'infirmière Ann part avec Zara, laissant mes doigts mouillés, mes mains couvertes de quelque chose. Et me procurant cette sensation de bonheur absolu comme à chaque fois qu'elle me touche.

Je n'essaie plus d'entendre les oiseaux chanter désormais, ni de retourner là-bas à travers eux. Au lieu de ça, je me reconcentre sur le moment où elle m'a touché, en peau à peau. Je dérive, perdu.

L'infirmière Ann a enlevé son gant et m'a touché. Elle voulait que sa peau touche la mienne.

Tous ceux qui ont un jour été gentils avec moi voulaient en réalité me faire du mal et elle appartient à cet endroit. Je ne devrais pas lui faire confiance.

Pourtant, son contact était comme le paradis.

Lorsque Donny l'a attaquée, je devais l'arrêter. Je ne pouvais pas le laisser lui faire du mal.

Je rejoue sa visite dans mon esprit. Le bruit lorsqu'elle a enlevé son gant. Sa main sur mon torse. Sur mon cœur, s'élevant et retombant avec ma respiration. Les portes au loin. Les cloches. Les bourdonnements. *Merde, merde, merde, 34,* a-t-elle dit.

Ses yeux verts pétillants. Ses doigts aussi légers qu'un nuage. Ses cheveux bouclés de la couleur des cacahuètes. Ses cils assortis.

Quelque chose d'humide sur le bout de mes doigts. Je me réveille dans un sursaut. C'est l'infirmière Ann. Elle me tient la main. Elle frotte de nouveau mes doigts... *dois t'enlever ça... désolée... pas censée être ici... merde, merde, merde...*

Lorsqu'elle en a terminé avec mes doigts, elle frotte le drap autour de ma main.

— Je vais aller au bout de cette histoire, même si c'est la dernière chose que je fais. Regarde-moi faire, 34. Je vais enquêter comme une folle. Je vais obtenir des réponses pour toi, même si je dois les arracher directement à quelqu'un.

Elle frotte un peu plus. Puis elle s'en va.

Il n'y a que le tic-tac sans fin de l'horloge.

Sa main sur moi est ce à quoi je pense quand Donny revient. Il se tient là où l'infirmière Ann était, pour bloquer la caméra, mais au lieu de me frotter le bout des doigts, il me donne un coup dans les côtes. La douleur me traverse brusque-ment, mais ce n'est pas suffisant pour effacer son contact. *C'est bon ? Tu aimes ça, connard ?* Il pose sa main autour de ma gorge. Je ne peux pas bouger mes bras. Je halète. *Tu aimes ça ? C'est qui l'homme maintenant ?*

J'ai la tête qui tourne. L'obscurité s'insinue au coin de mes yeux, dans mon cerveau... *besoin... d'air.*

Tu veux voir ce que je lui fais ensuite ? Tu veux savoir ce que je vais lui donner ?

Je tire sur mes liens au moment où l'obscurité commence à me consumer.

Je me réveille, haletant et toussant, de nouveau seul avec l'horloge et son tic-tac.

Chapitre Douze

Ann

Je fais attention désormais. Je m'arrête à la station-service à côté de l'institut chaque jour en allant au travail et j'attends quelqu'un qui ne me déteste pas trop pour le suivre, afin de toujours marcher à côté de quelqu'un. C'est comme un système d'entraide que je leur impose.

On m'a donné la garde qui commence à l'aube, mais je m'imagine que Donny fera un petit trajet spécial pour m'intercepter.

Le seul problème est la réserve. Je m'assure d'y aller quand Donny est bien occupé.

Ils ne me laissent plus aller voir 34. Je suis assignée à une aile différente. J'envisage de m'y faufiler, mais avec ce troisième rapport qui me pend au nez, je ne peux pas prendre ce risque. Je pose des questions au médecin sur la condition de 34 lorsque je le vois dans le couloir et tout ce qu'il répond c'est « dur ».

Ma bouche s'assèche.

— Comment ça, *dur* ? Vous lui avez fait passer une radio ?

Est-ce qu'il s'agit de ses côtes ? Sa respiration semblait correcte lorsque je l'ai examiné...

Soudain, l'infirmière Zara apparaît.

— Le patient 34 ne te concerne plus du tout, déclare-t-elle. N'est-ce pas ?

Elle s'adresse à moi comme si rien que le fait de demander me faisait franchir une limite.

Je veux lui balancer une réplique bien sentie, mais je sais où cela me mènerait. Alors je baisse la tête. Je travaille. Je fais mon inventaire de médicaments servant à faire de la méthamphéta-mine. Avec un peu de chance, il y aura de gros changements ici et tout va s'effondrer.

Pendant ce temps-là, j'attends les résultats des empreintes de 34. Cette demande m'a coûté jusqu'à mon dernier centime, une avance sur mon salaire et un emprunt auprès d'un homme vraiment flippant de Duluth, que j'ai trouvé grâce à un de mes collègues journalistes. Je ne sais pas comment je vais rembourser ce mec. C'est l'exemple même de ce qu'on ne devrait jamais faire.

Le processus consistant à analyser les empreintes ne deman-dera qu'une demi-heure à mon contact du FBI, l'agent Hancock, mais en plus de mon moindre centime, elle prendra tout son temps. De temps en temps, je vole sur un plateau un petit pain que les patients n'ont pas mangé. Je chipe des yaourts. Je fais une réserve. Ce n'est pas joli à voir. Ce sera pire quand je devrai payer le loyer.

Je pourrais faire analyser les empreintes de 34 pour moins cher, par un policier, mais s'il y a des tentatives pour étouffer l'affaire, je préfère laisser cette femme mener l'enquête. Elle peut fouiller dans d'autres bases de données, des bases restreintes, si besoin. Dans le journalisme, on apprend à suivre la meilleure personne possible, quand il s'agit des faits. Des informations merdiques gâchent tout.

En plus d'être vraiment chère, l'enquête sur les empreintes est un pari. J'aurais pu choisir l'autre option et payer le contact de mon contact pour qu'il cherche les papiers dans le système, mais les empreintes sont ma meilleure chance d'obtenir un nom. Pourquoi dissimuler son identité ? Le nom est la clé.

Les secrets ont un pouvoir. Parfois, les secrets sont le seul pouvoir que vous avez. Une fois que je connaîtrai ses secrets, je saurai comment me battre pour lui.

L'appel de mon agent du FBI provoque une vibration sur mon mollet, là où je garde mon téléphone secret. Je me précipite dans les toilettes du quatrième étage et verrouille la porte. J'ai essayé de rester loin des toilettes privées, à cause de Donny. C'est l'endroit parfait pour une embuscade. Mais je ne peux pas attendre de quitter le travail.

— D'où viennent les empreintes ? demande-t-elle. Comment les avez-vous obtenues ?

— Ça ne faisait pas partie de notre marché. De vous dire ça.

Je ferme les yeux et prie en silence pour qu'elle ne soit pas agacée et me raccroche au nez. Elle pourrait garder mon argent et ne rien me donner.

— Elles sont apparues deux fois. Elles appartiennent d'abord à un inconnu dans une unité psychiatrique à East Webster, dans le Minnesota. Il y a deux ans. Êtes-vous près d'un ordinateur ?

— Non.

— Eh bien, j'ai pris une certaine liberté. C'était le putain de gosse qui est sorti de la forêt, dans le nord de l'État. Allons, East Webster ? Avec toutes les équipes de journalistes ? Où étiez-vous il y a deux ans ?

— Euh... en Libye.

Je suis sur mes gardes. L'agent Hancock va rarement plus loin que les empreintes.

— Oui, eh bien, ils ont trouvé un gamin dans la Boundary

Waters Canoe Area. C'est énorme, des centaines de mètres carrés de forêt vierge, des millions d'hectares…

— Je connais cet endroit, dis-je, le cœur tambourinant.

Ce n'est pas loin de Fancher. East Webster est dans le comté d'à côté.

— Et cet enfant ? Il s'était perdu ?

— Il ne s'était pas seulement perdu. Il avait grandi dans la forêt. C'était un garçon sauvage. Vous voyez ? Élevé par les loups et tout ?

— C'est vraiment arrivé ?

— Oh, ouais. Ses pieds étaient durs comme du cuir. C'était il y a deux ans. L'Adonis sauvage. Tapez ça sur Google.

— L'Adonis sauvage ?

— C'est le nom que les médias lui ont donné. On le surveillait pour de nombreuses raisons. Des problèmes de contrôle des frontières avec le Canada. Personne n'était ravi d'entendre qu'un gamin vivait de manière totalement sauvage là-bas, parce que les terroristes ont commencé à se renseigner et à avoir des idées sur ce qu'ils pouvaient faire pour passer inaperçus.

— Qu'est-il arrivé au gamin ?

— C'est ce qu'il y a de plus étrange. Lorsqu'ils l'ont sorti de là, il était à moitié mort à cause d'une blessure, une infection, quelque chose dans le genre. Il était conscient et pouvait parler, mais il ne voulait pas donner son nom ni rien. Une fois qu'ils l'ont emmené à l'hôpital, ils se sont dit qu'il vivait de manière totalement sauvage, qu'il l'avait probablement fait toute sa vie. Les médecins peuvent le dire au niveau physiologique et comportemental. Apparemment, ce gosse était violent. Extrêmement malheureux d'être enfermé entre quatre murs. Et visiblement, il était canon. L'histoire de ce garçon incroyablement magnifique a fuité. Un enfant sauvage avec un look de star de cinéma, élevé par les loups. Les paparazzis sont devenus fous.

Le prix pour avoir une photo nette de lui est monté jusqu'à six chiffres.

C'est à ce moment-là qu'on frappe à la porte.

— Juste une seconde, dis-je.

J'observe une ombre sous la porte. L'ombre s'éloigne. Je ferme les yeux. *Mon Dieu, faites que ce ne soit pas Donny.*

— Êtes-vous en contact avec l'intéressé ?

— Je ne peux pas le dire, chuchoté-je, le souffle coupé.

Je lui dis que ça ne fait pas partie de notre accord et elle le sait.

— J'ai besoin de connaître le reste de l'histoire. Je n'ai pas beaucoup de temps.

— Il y avait une légion de paparazzis dans cette ville minuscule du Minnesota, dans l'Iron Range. Un magnifique garçon sauvage et mystérieux... Vu la façon dont ça se passait, il aurait pu finir avec sa photo sur tous les fonds d'écran d'ordinateur, tous les torchons qu'on trouve en supermarché, tous les journaux... il aurait même eu sa propre télé-réalité. Les merdes pour ado. L'intérêt était humain, mais aussi scientifique. Certains experts avaient dans l'idée qu'il deviendrait un genre de super-alpha, une personne pouvant domestiquer des loups sauvages, parce qu'on ne peut pas survivre pendant l'hiver sans les loups. Plusieurs enfants en Sibérie ont déjà survécu de cette façon. Tout le monde voulait un morceau du beau garçon apparemment sauvage. Enfin, vous pouvez imaginer.

— Waouh.

— C'est un miracle qu'aucune photo décente n'ait filtré. Mais le directeur du centre médical était un ex-militaire et il gérait la sécurité comme un général de la Seconde Guerre mondiale. Un employé a attiré l'Adonis sauvage vers une porte sur le côté quand il se réveillait de son anesthésie après une procédure quelconque et nous avons une photo merdique. La presse s'est déchaînée sur le pauvre gamin et plusieurs personnes ont fini en prison à cause de ça. Je vous envoie le cliché qui n'est jamais sorti. Plus tard, quand la passion autour de l'Adonis sauvage était à son apogée, tout s'est achevé.

— Tout s'est achevé ?

— Les autorités d'East Webster se sont exprimées lors d'une conférence de presse et ont dit que c'était une arnaque. L'identité de celui ou ceux qui étaient impliqués dans l'arnaque a été gardée secrète parce que le ou les individus étaient mineurs. Quelque chose d'autre a été révélé cette semaine-là et les paparazzis sont partis, c'était fini. Nous aussi, nous avons laissé tomber. C'était mieux pour nous qu'il s'agisse d'une arnaque, en matière de sécurité des frontières.

— Mais vous n'êtes pas convaincus.

— Ça a toujours paru bizarre. Nous le pensions tous. Nous avons entendu des rumeurs selon lesquelles il s'était fait la belle. Il avait les cheveux en bas des épaules, une barbe. Est-ce que quelqu'un a décidé de le rafraîchir et de le sortir de là pour sa propre santé mentale ? Est-ce qu'il est retourné dans la forêt ? Pourquoi personne n'en parle ? Y avait-il de l'argent en jeu ? Il y avait beaucoup de questions.

— Nom de Dieu.

Je me mets à genoux et jette un coup d'œil sous la porte. Je suis complètement parano à l'idée que Donny soit derrière, attendant de pouvoir se faufiler.

— Voilà ce qu'il y a d'intéressant. Les empreintes sont ressorties une seconde fois. Il y a un an, au moment d'Halloween. Dans le comté de Rhone, dans le Minnesota. Mais le numéro de dossier est derrière un mur. Classifié. Je ne l'aurais pas vu si je n'avais pas cherché les trous et que je n'avais pas vu qu'un numéro de dossier manquait. C'est un bug. Malheureusement, il faut une autorisation pour entrer dans le fichier.

Je n'ai aucune idée de ce dont elle parle avec les trous et les sauts de numéro, mais j'entends fort et clair le mot « classifié ».

— Dites-moi que vous avez réussi à vous infiltrer.

— C'est classifié, Ann. Des informations classifiées, insiste-t-elle. Sécurité nationale.

— Quel est le rapport entre le garçon sauvage et la sécurité nationale ?

— Vous savez que c'est un... domaine large. Très large.

Elle marque une pause, comme si elle choisissait ses mots avec précaution.

— Les dossiers peuvent être classifiés pour de nombreuses raisons. Il est possible que celui-ci ait été classifié juste parce que quelqu'un joue à cache-cache. Enfin, peu importe. Je ne peux vous donner ni le numéro, ni les détails.

— Je vois, chuchoté-je avec un vertige.

Entre les lignes, elle me dit que je ne la paie pas suffisamment pour ce niveau de risque.

Mon sang bouillonne. Qu'a fait 34 pour être caché comme il l'est ?

— Merci.

— Alors vous n'allez pas me dire où vous avez obtenu les empreintes ? Ça ne me dérangerait pas de le savoir. J'apprécierais de connaître la fin de cette saga.

C'est une enquêtrice jusqu'à la moelle. Son message est fort et clair : elle veut savoir et elle m'en revaudrait une si je le lui disais. Mais je dois penser à 34.

— Laissez-moi y réfléchir cette nuit, dis-je. J'apprécie ce que vous avez fait.

— J'aimerais pouvoir vous aider davantage.

— Je comprends, dis-je. Merci d'avoir essayé.

Je jette un rapide coup d'œil à ma boîte mail pour voir l'image et la voilà. C'est un cliché flou pris au-dessus des épaules et c'est clairement le patient 34. Il lance un regard noir à l'appareil photo, beau et féroce, et même un peu mystique avec ses longues et belles boucles recouvrant à moitié son visage. Sa barbe négligée. Il est comme un être mystique furieux, arraché au sommet de sa montagne. Il est si seul. Si joliment et intensément vivant.

En réalité, elle m'a beaucoup aidée, me donnant tout ce qu'elle a pu lire entre les lignes. Elle m'a donné un endroit : le comté de Rhone. Une date : à la période d'Halloween l'année dernière. Le fait qu'elle pense que quelqu'un a fait classifier le dossier, ce qui signifie qu'il ne s'agit probablement pas de sécurité nationale. Que quelqu'un paie pour faire classifier un dossier est une chose que les agents détestent autant que les journalistes.

Le putain de comté de Rhone. Un endroit où un simple accrochage en voiture sur un parking fait les gros titres. Je n'ai pas besoin d'un numéro de dossier et elle le sait.

Mon beau garçon féroce. Qu'a-t-il fait ?

Je tiens le téléphone contre ma poitrine, fixant le joint entre les carreaux brillants sur le sol, derrière la porte. Mon instinct me dit que Donny est là. Le quatrième étage. Que pensais-je en venant ici dans l'après-midi ? Il n'y a rien de prévu ici jusqu'au dîner. J'attrape une ventouse, l'enfonce dans les toilettes et tire une nouvelle fois la chasse d'eau. Encore une fois. Puis j'appelle la maintenance et déclare que les toilettes sont en train de déborder en ce moment même. Je jette un rouleau de papier toilette au fond.

Et j'attends, espérant qu'ils se dépêcheront. Je manque ma ronde.

Dix minutes plus tard, Jerry, le concierge, est devant la porte. Je le laisse entrer et me précipite de l'autre côté. Donny n'est nulle part en vue, mais il était là. Je le sais au fond de mes os. Quand on est journaliste, on apprend à suivre ses instincts.

Je m'active pendant ma ronde et commence à rattraper mon retard, mais mon esprit est focalisé sur 34. Je fais une rapide recherche dans le *Rhone River Tribune* sur mon téléphone entre plusieurs tâches. Je suis contrariée de voir qu'il n'y a rien d'écrit là-dessus. Ou peut-être que si, mais cela a été supprimé.

Le reste de ma garde semble durer une éternité. Je sors de l'institut avec un groupe de soignants, arrive chez moi à dix-sept heures et me connecte directement sur Internet.

Il y a beaucoup de choses sur l'Adonis sauvage et tout cela est basé sur de la spéculation, ainsi que sur les interviews des campeurs qui l'ont trouvé, avec principalement des descriptions de ses blessures et de son incroyable beauté, ses muscles colossaux, ses pieds nus semblables à des semelles en cuir.

L'un d'entre eux lui a donné de l'eau et le garçon sauvage a chuchoté : *Merci.*

Les descriptions à couper le souffle venant de sources inconnues continuent encore et encore. On parle de la beauté incroyable du garçon sauvage. De sa force. On spécule sur son âge, environ la vingtaine selon le consensus, et sur la manière dont il a pu survivre. On évoque d'autres jeunes sauvages, ceux de la Sibérie, deux en France, d'autres en Afrique. Il y a des interviews de soignants anonymes disant qu'il sait parler et qu'il veut sortir de l'hôpital. Quelques campeurs anonymes ont également témoigné en racontant qu'ils s'étaient tapé le garçon sauvage.

Tout comme l'agent Hancock l'a dit, la folie médiatique des paparazzis a explosé en une nuit. La moitié de l'histoire concernait d'ailleurs la couverture médiatique. Tout le monde attendait les premières photos du garçon de la forêt, comme on le fait pour un bébé royal. De grosses sommes d'argent étaient promises pour ces photos jusqu'à ce qu'on déclare qu'il s'agissait d'une arnaque.

Je fouille davantage dans le *Rhone River Tribune*. Je paie les deux dollars pour avoir accès au contenu payant et aux archives. Rien. J'essaie les autres journaux locaux. Pareil. Rien.

Quelle connerie. J'ai grandi dans une petite ville de l'Idaho.

J'ai travaillé dans les journaux locaux pendant l'été. Il s'est passé quelque chose là-bas. Ils ont effacé les traces de la couverture médiatique, mais les gens sont au courant. Je fais défiler les articles pour tomber sur la signature de ceux ayant rapporté les histoires de la ville un an plus tôt. Le journaliste Maxwell Barnes était le principal reporter à couvrir cette zone.

J'affiche le journal du jour. Il est toujours là-bas. Il écrit toujours.

Je sors une carte. C'est à une heure de là. J'ai la tête qui tourne. C'est peut-être la faim. Je n'ai pas d'argent et rien d'autre que du riz dans la cuisine. Il faut quarante minutes pour le cuire et j'ai besoin de l'histoire de 34 maintenant. Je me souviens d'un paquet d'oursons en gélatine qu'il me reste au fond du sac donné par la compagnie aérienne. Je l'attrape et sors de chez moi.

Second problème : j'ai assez d'essence pour aller à Rhone River, mais pas pour en revenir.

Je cours pour retourner dans mon immeuble pourri des années soixante-dix et me dirige vers la chaufferie, qui est remplie d'outils et d'objets inutiles. Je trouve des tubes. J'amène ma voiture dans un coin sombre du parking, puis je siphonne de l'essence dans la voiture de mon voisin du dessous. C'est un acte immonde, mais il met la musique très fort au milieu de la nuit. Donc nous sommes tous les deux des salauds maintenant.

Je referme le bouchon, crachant pour me sortir ce goût de la bouche. Je jette le tube dans mon coffre et m'en vais.

La seule personne présente au bureau du *Rhone River Tribune* est l'employée chargée de la production. Je lui dis que j'écris une histoire pour le *Stormline* qui a un rapport avec un incident s'étant déroulé ici. Elle me donne le numéro de téléphone portable de Maxwell Barnes sans trop de problèmes. Nous, les journalistes, nous nous entraidons. Il est d'accord pour me rencontrer. Il me donne son adresse et me dit de venir le voir.

Barnes ratisse des feuilles devant son petit bungalow au bord d'une route qui serpente au milieu de la forêt. Il est costaud, a peut-être dans la quarantaine, avec un sourire sincère et des lunettes à monture métallique. Je l'apprécie instantanément.

Je le remercie d'accepter de me rencontrer.

— *Stormline*, dit-il en plissant les yeux.

Il connaît et ne me juge pas pour ça.

— Est-ce un événement sur lequel j'ai écrit un article ?

— C'est plutôt une chose sur laquelle vous n'avez rien écrit, dis-je. Le week-end d'Halloween, l'année dernière.

Ses yeux pétillent. Il sait exactement de quoi je parle.

Je lui accorde la politesse de lui offrir ce que j'ai.

— Il y a eu un incident. Un rapport de police a été écrit, mais il est devenu classifié. J'ai jeté un coup d'œil dans le *Rhone River Tribune* et il n'y a rien. J'ai fait mes armes au *Beckerton County Reporter*, juste à côté de Boise. Quelqu'un avait jeté des œufs sur une maison ? On en faisait une histoire. Quelqu'un avait éternué ? On écrivait un article.

Il me sourit d'un air mélancolique. C'est le sourire d'un homme qui a été bridé dans son travail.

— Gardez ça pour vous, mais en travaillant sur un article, j'ai rencontré un inconnu interné dans un institut. Recevant beaucoup de sédatifs. Ça me semble bizarre.

Maxwell acquiesce.

Je prends un risque en lui donnant autant d'informations, mais parfois, on raconte une histoire pour en obtenir une autre.

— Je suis censée faire une enquête sur quelque chose de complètement différent, mais tout ce qui concerne l'internement de ce garçon n'est pas normal.

— Il est interné.

— Oui.

Il grogne.

— Il s'est passé quelque chose... C'est officieux, d'accord ?
Mais vous pouvez l'apprendre aussi facilement des autres habi-
tants du coin que de moi.

Ce qui veut dire qu'il n'a pas le droit d'en parler, mais si j'ai
besoin d'une source, je peux en trouver une.

— Bien sûr.

— J'ai signé quelque chose, déclare-t-il.

Il me fait confiance.

— Compris. Je ne vous ai jamais parlé.

— Au sud-ouest d'ici, vous avez une partie de la réserve, puis
une zone limitée pour la chasse. Il y avait ce gars, Pinder, avec
un panneau « propriété privée » sur sa parcelle. Mais c'était
bizarre, parce qu'il ne l'utilisait pas pour chasser. Il semblait
vivre dans son chalet. Il venait en ville. Il disait être chercheur.
Il était renfermé.

Maxwell hausse les épaules et continue.

— Pendant des années, il venait et repartait. Puis un jour,
des chasseurs ont entendu des cris. Un mec qui appelait à l'aide.
Ils ont suivi la voix et ils ont vu quelque chose digne d'un film :
il y avait un homme en cage à l'intérieur et d'après ce que les
chasseurs voyaient, il était gardé là depuis un bon moment.
Comme un animal sauvage. Avec des barreaux en métal et des
panneaux de plexiglas autour. Les policiers pensent que c'était
pour l'isolation phonique. Il y avait un corps par terre. Mort.
C'était Pinder. Il retenait un mec dans une cage et personne ne
le savait. Vous imaginez à quel point j'avais envie de raconter
cette histoire ?

— J'imagine bien, oui.

Il continue son histoire. Apparemment, l'homme enfermé a
étranglé Pinder au travers des barreaux et a appelé à l'aide. Les

policiers ont brûlé le cadenas au chalumeau pour l'ouvrir et le faire sortir, mais il les a attaqués.

— Comment il était, ce garçon ? Violent ? Fou ? Vous l'avez rencontré ?

— J'ai interrogé l'un des chasseurs qui l'ont trouvé. Il a dit qu'il semblait normal au début, qu'il faisait la conversation comme un mec ordinaire. Les flics ont ouvert le cadenas et il est sorti, courant vers la porte. L'un des flics a essayé de l'empêcher de partir et c'est là qu'il s'est déchaîné. Enfin, il était dans une cage depuis un an. Le mec a cassé le bras du flic et en a frappé un autre au visage en sortant. Il a perdu l'usage d'un œil. C'était un sacré coup.

Il continue son histoire. La chasse à l'homme dans les bois. Et un vétérinaire qui l'a finalement arrêté avec un pistolet contenant des tranquillisants.

— Vous avez obtenu le nom de celui qui était retenu prisonnier ?

— Non, ils le cachaient au commissariat, expliqua Maxwell. J'y suis allé pour trouver les informations qu'ils retenaient. Je n'ai pas pu l'interroger. Les flics ne parlaient pas. Ensuite, j'ai entendu dire que les fédéraux avaient saisi le dossier et le mec est parti. Le propriétaire du journal ne voulait même pas qu'on parle de refus d'obtempérer dans notre article sur la descente de police. C'était une prise d'otage avec un meurtre, et l'affaire a été étouffée. Vous savez la somme qu'il faut pour faire ça ?

— Ç'aurait été une histoire nationale, répliqué-je.

— Facilement.

Il me donne tout ce qu'il peut. Il ne peut pas raconter l'histoire ni être une source, mais il veut vraiment que je le fasse.

Quelques minutes plus tard, je m'en vais, le cœur tambourinant puisqu'il s'agit là d'une grosse histoire. J'établis une frise chronologique pendant que je conduis. J'estime qu'il s'est passé deux semaines entre sa capture et le témoignage pour son internement par le psychiatre de Duluth. Alors où était l'audition ? C'est comme s'il avait contourné tout le système légal.

J'accélère sur la route arborée.

Le patient 34 a des ennemis puissants qui se sont donné beaucoup de mal pour le cacher. C'est plus grand que moi. Je dois travailler prudemment et intelligemment.

Et je me rends compte que mon meilleur allié est en fait le *Stormline*.

Le *Stormline* a mauvaise réputation, mais a un sacré compte en banque et une équipe légale géniale. Ils feraient n'importe quoi pour m'aider... s'ils pouvaient avoir cette histoire.

Un article intitulé « Où est l'Adonis sauvage désormais ? » dans lequel l'Adonis sauvage s'avère être un criminel aliéné, c'est une histoire triste. Une histoire tragique. Mais un article intitulé « Où est l'Adonis sauvage désormais ? » dans lequel il essaie juste d'être libre et a été dépouillé de son identité, puis caché dans une institution pour les criminels aliénés, privé d'un juste système ?

C'est une histoire aussi rare qu'une licorne.

Mais c'est aussi une histoire piège. Le patient 34 est vulné-rable et potentiellement assez dangereux.

La lumière médiatique est vraiment le meilleur espoir de 34 maintenant.

J'hésite un moment avant d'appeler Murray, mon éditeur.

Le patient 34 ne choisirait probablement pas la lumière médiatique, compte tenu du fait qu'il a été envoyé dans un bassin rempli de paparazzis semblables à des requins alors qu'il était faible après une opération. Il a sans doute eu l'impression de subir une attaque vicieuse. La publicité les fera revenir.

Mais tout de même.

Je passe cet appel. Mon éditeur est là, bien sûr, puisqu'à New York personne ne quitte jamais le boulot.

Dès que je marmonne les mots « Adonis sauvage », il prend

une grande inspiration. Il avait envoyé des journalistes sur place au début, bien sûr. Il est totalement captivé par l'Adonis sauvage. Il me dit qu'il veut envoyer son meilleur enquêteur, Garrick, un vrai pourri.

Je lui dis que c'est moi seule ou rien du tout. Il veut des preuves. Des photos. Je veux de l'argent. Je veux les ressources requises pour couvrir correctement cette histoire. Il transfère plusieurs milliers de dollars sur mon compte pour commencer.

Je raccroche et conduis en silence. C'est ainsi que 34 sera libéré : avec la lumière médiatique. Si on expose ce qui a été fait. C'est le mieux que je puisse faire pour lui.

Et je me sens vraiment nulle.

Chapitre Treize

LAZARUS

Ma coach en management, Valerie, dit qu'on doit apprendre une nouvelle leçon tous les jours. Que le monde est rempli de connaissances. Voilà ma leçon du jour : un asile pour les criminels aliénés ? Ça ne sera pas difficile d'y entrer.

Nous mettons une équipe sur les câbles du sous-sol aux environs de cinq heures du matin pour qu'ils désactivent le système d'alarme.

Les gardiens autour du périmètre sont les seuls possédant des armes lourdes ici. Nous en avons payé un pour qu'il fasse semblant d'être malade et parte plus tôt. Nous attendons que l'autre reçoive un appel de sa femme lui signalant un intrus chez eux. Dès qu'il partira, nous nous occuperons des deux autres. Nous désactivons la clôture électrique. Nous mettons nos cagoules sur nos têtes et entrons.

Nous neutralisons quelques gardiens à l'intérieur. La femme d'âge mûr derrière la vitre crie.

— Si tu touches à quoi que ce soit, tu es morte, grogné-je.

Je donne un coup de pied dans la porte et entre dans son espace. Je remarque le bouton d'alerte et caresse le côté de son visage avec mon revolver.

— Tu as touché à ça ?

Elle secoue la tête pour m'indiquer que non. C'est un « non » véhément.

Ça n'aiderait pas de la tuer, mais j'aime qu'on m'obéisse.

Tous les carreaux sont marron ou beige. Est-ce que ces couleurs calment les tarés ? Valerie le saurait. Elle a des opinions sur les couleurs. Elle m'a dit un jour de porter une cravate bleue, elle m'a expliqué que c'était mieux pour le management que d'être tout en noir. Je lui ai répondu que c'était une tradition de longue date de porter du noir dans mon « entreprise de comptabilité » : chemise noire, veste noire, cravate noire. Elle semblait surprise, mais elle voulait que j'essaie le bleu.

— La teinte vive donnera une impression plus moderne aux employés. Vous donnez le ton de votre direction. Vous êtes votre propre patron.

Je crois que les autres ont bien réagi à la cravate bleue.

Mon principal homme de main, Mercal, se précipite à l'intérieur. Nous étudions l'organisation et comptons les employés. C'est simple comme bonjour.

Mais après tout, personne n'a envie de faire sortir quelqu'un d'un asile de criminels aliénés, ce n'est pas comme dans une véritable prison. Une vraie prison est remplie de mecs furieux qui peuvent être utiles pour une organisation. Les criminels aliénés ont tendance à être un peu moins demandés.

J'envoie un de mes gars fermer à clé le couloir menant aux bureaux.

— Tu as une liste de noms ? demandé-je à la femme. Je cherche un certain Kiro Dragusha.

— Je ne crois pas que nous ayons un tel patient.

Elle se met sur son ordinateur et avec des doigts tremblants, elle affiche le tableur. Il y a des noms et des numéros de chambre.

— Il n'y a pas de Kiro.

— Et un Keith ? Tu as un Keith ?

C'était un autre nom donné à Kiro. Le nom que ses parents adoptifs lui ont donné.

Elle me regarde fixement. Comme une biche prise dans les phares d'une voiture. Après un petit coup sur la tempe, elle ne trouve pas de Keith.

Je fais un signe de tête à Mercal, qui emmène la femme ailleurs.

Pas de Kiro. Pas de Keith. Je m'étais dit qu'il aurait un nom différent, mais ça valait la peine d'essayer. Ce n'est rien. Nous savons que Kiro a environ vingt ans. Nous savons qu'il est là depuis un an. Ça réduira les recherches et je sais reconnaître un Dragusha quand j'en vois un.

Je passe un coup de fil et quinze mecs de plus entrent. Nous avons répété cette intrusion. C'est simple. Une prise de pouvoir violente, quatre mecs par aile de l'institut. On recouvrira les murs de sang si nous le devons. J'ajuste ma cagoule.

— Il faut que ce soit rapide et énergique, dis-je à mes gars. Dans dix minutes on est repartis. Appelez-moi quand vous l'aurez retrouvé.

Tuer Kiro est une chose que je dois superviser et filmer moi-même, et je ferai faire un test ADN. On ne doit pas se planter.

Nous entrons et nous dispersons. Ma propre équipe et moi prenons l'étage le plus évident : le dernier. Nous commençons par rassembler les employés. C'est la clé de cette opération : contrôler ceux qui travaillent ici. Prendre les téléphones.

Nous mettons les trois mecs face contre terre. Nous ne nous attendons pas à ce qu'ils se comportent en héros, mais on ne sait jamais. Nous laissons les femmes s'asseoir contre le mur.

J'appuie mon revolver sur le front d'une vieille infirmière. Elle porte un bandeau à pois.

— C'est toi qui es en charge de tout ça ?

Elle acquiesce. Elle pleure et tremble. Son visage poudré contraste avec les lumières fluorescentes.

— Tu devrais te maquiller ici, pas quand tu es encore chez toi. Tout est question de lumière.

Je papote un peu. Valerie serait fière. L'infirmière me regarde avec horreur.

— Tu m'as entendu ?

Une jeune infirmière canon tripote quelque chose. Mercal tourne son arme vers elle.

— J'espère que ce n'était pas un téléphone.

Elle ouvre sa main, ainsi que ses grands yeux verts.

— Je vous ai donné mon téléphone. C'est mon…

Elle nous montre son stéthoscope.

— C'est un tic nerveux.

Je me retourne vers l'infirmière plus âgée.

— Nous recherchons Kiro. Il se fait peut-être appeler Keith. Tu as quelqu'un qui ressemble à ça ?

Ses lèvres bougent quand elle tente de parler.

— Nous n'avons personne répondant à ces noms, répond la jeune femme canon.

Je reporte mon attention sur elle, puisqu'au moins elle sait parler, elle.

— Qu'est-ce que tu es ?

— Infirmière spécialisée. C'était mon étage jusqu'à la semaine dernière…

— Tu es notre guide maintenant. On va rencontrer chaque patient et tu nous diras depuis combien de temps ils sont là.

Elle se lève lentement et sûrement. Ses cheveux sont remontés dans un genre de tresse.

— Vous pouvez me donner un indice ? Je veux aider. Je ne cherche pas les problèmes.

Quelque chose cloche chez elle. Elle n'est pas assez perturbée. Elle s'est plus ou moins portée volontaire, non ? On ne peut pas croire une volontaire. J'avance vers elle, la regarde dans les yeux.

— Tu es flic ?

Elle écarquille les yeux.

— Oh que non.

C'est la vérité. Pourtant, mon instinct me dit qu'elle cache quelque chose. Valerie me dit de croire en mon instinct. Mais après tout, si je la tue, je vais devoir demander à un mec d'être notre guide, ou à cette vieille infirmière flasque. Mon instinct n'apprécie pas plus.

— Je vais vous aider. Mais ne faites de mal à personne.

— Oh, on va faire du mal à quelqu'un, ma sœur. Mais si tu es gentille, on gardera le nombre de victimes au minimum. Bon, on va commencer au bout du couloir et tu vas me présenter les patients.

J'ouvre une porte étroite. Un placard de service.

— Mets les autres ici, Mercal.

Nous commençons le tour, moi, l'infirmière canon et deux de mes meilleurs gars. L'un des mecs crie. Mercal. Il joue. C'est un foutu psychopathe. Est-ce ainsi que les autres me voyaient ?

Nous nous dirigeons vers la première chambre.

— Voici Wendell, explique-t-elle, il est...

— Pas les vieux, répliqué-je. Kiro a la vingtaine. Il est ici depuis environ un an. Quiconque remplit les critères...

— Alors vous ne voulez pas rencontrer ceux qui sont là depuis toujours ?

Je place mon Glock sur sa gorge.

— Est-ce que tu comprends le terme « un an » ?

Elle nous guide le long du couloir. Elle fait un signe vers une porte.

— Ronald a cinquante ans.

Je jette un coup d'œil. C'est un vieux. Je regarde derrière moi et constate qu'elle me jauge. Je la pousse.

Nous passons devant une autre porte.

— Pearson est là depuis deux ans. Il est peut-être un peu vieux...

J'entre. Blond. Maigre.

— Arrête de me faire perdre mon temps.

Nous continuons. Elle est nerveuse. Nous passons devant une autre chambre. La couleur des cheveux est la bonne. Je ne peux pas voir son visage.

— Lui ?

— Il a quarante ans. Il est là depuis vingt ans. Mais le prochain pourrait être le bon... le prochain pourrait être votre Kiro, c'est sûr. Elle accélère, comme si elle voulait vraiment que nous entrions pour voir le patient suivant.

Nous la suivons, mais le prochain est un rouquin. Ce n'est clairement pas un Dragusha. Merde. Nous continuons, jetant un coup d'œil à chaque patient. Personne ne correspond à la description. Nous repartons en arrière et c'est là que je jette un coup d'œil dans la chambre du mec aux cheveux bruns. Tous ces cheveux bruns. Cette grande carrure. Je ralentis.

Elle me lance un regard paniqué.

J'attrape ses cheveux et l'attire dans la chambre.

C'est un putain de Dragusha, ils sont tous pareils.

Kiro Dragusha.

Je la secoue et appuie le revolver sur son œil.

— Tu essaies de te foutre de nous ? Ce mec n'a pas quarante ans.

— Ce n'est pas votre homme !

Je tords son bras et lui cogne la tête contre le mur.

— Mauvaise réponse. Commencez à filmer et prenez une mèche de ses cheveux, dis-je par-dessus mon épaule.

— Laissez-le !

— Il est ligoté et drogué. Merci, Fitcher, ou peu importe comment s'appelle cet endroit.

C'est alors que l'infirmière décide que c'est le bon moment pour commencer à se déchaîner et à hurler comme une banshee, appelant le numéro 34.

Elle devient folle. J'incline mon revolver. Je m'apprête à lui donner un coup sur la tête quand j'entends le craquement. Je me retourne et me retrouve face à face avec Kiro, qui tient une paire de ciseaux dans ses foutues mains. Il respire difficilement. Et s'approche de moi.

Mes trois gardes du corps sont à terre. Je ne les regarde pas directement. Je n'en ai pas besoin. Ils sont allongés par terre dans des postures tordues. Telles des poupées brisées.

Cette putain d'infirmière crie comme une tarée.

— Ne le tue pas. Ne le tue pas !

J'enlève ma cagoule et relève mon revolver vers lui.

— Arrête-toi.

Un canon juste devant les yeux, c'est suffisant pour la plupart des gens. Mais ce mec ne fait pas partie des « gens ». Il est drogué, c'est clair. Il n'est pas en équilibre sur ses pieds.

Mais c'est plus que ça.

Il n'est pas vraiment humain. C'est quoi ce délire ?

Il est plus grand que ses frères. Il halète, semble furieux. Mais c'est dans son regard... c'est dans son regard que je vois quelque chose de plus animal que d'humain.

J'ai vu tout genre de mecs, je les ai vus quand ils devenaient fous sous le coup de la peur, de la colère.

Ce mec est un genre à part entière. Comme si les mots ne servaient à rien et à ce moment où nous nous faisons face, je me dis que j'aurais aimé prendre une arme plus grosse. Plus qu'un simple canon. Mais ce mec ne voit même pas mon arme. C'est comme si je pointais un calibre 45 sur un ours qui cherchait à me sauter dessus. Si je tire, est-ce que ça aura un impact ?

— N'en tue pas un de plus, 34, halète-t-elle derrière moi.

Le regard de Kiro dérive. Les mots n'atteignent pas ses oreilles, sauf quand c'est l'infirmière canon qui les prononce. Mais elle commence ensuite à sangloter, peut-être qu'elle a vu les corps.

Mon cœur tambourine.

— Écoute la dame, dis-je. Ne tue pas.

C'est comme si je parlais au vent. Ce mec a perdu la tête.

Je réussis à tirer quand il se lance sur moi. Il bondit, comme un taré, visant ma gorge, ses doigts attrapant mon visage. Je le frappe, mais il est animé par une rage pure. Kiro n'aime pas qu'on embête son infirmière.

Il me frappe. Je fais le mort, mais il me relève. On ne peut pas berner un tueur comme ça. Il me tient par le cou. Je m'accroche à ses doigts et à ce moment-là, ma vie défile devant mes yeux. Des points se dessinent dans mon champ de vision. Je sens mes jambes qui commencent à flancher.

Je pense à la prophétie de la vieille pétasse. Les frères ensemble. C'est un arsenal nucléaire à lui seul. J'aurais dû dynamiter tout cet endroit.

— Non, 34 ! Ne le tue pas.

Chapitre Quatorze

Ann

Il ÉTOUFFE cet homme à mort. Juste devant mes yeux.

— Non, sangloté-je.

J'ignore à quoi je dis « non ». Les gravats. L'odeur du sang. De l'antiseptique. Donny. Le chaton qui pleure. Les insomnies.

Le patient 34 écrase l'homme contre le mur, telle une poupée de chiffon. Le bruit est écœurant. L'homme s'effondre par terre, inconscient. Peut-être mort.

Le patient 34 se tourne alors vers moi. Je gémis et me précipite dans un coin, mais visiblement, cela ne fait que l'attirer. Dans un geste fluide, il me prend le bras.

Ma bouche s'assèche. Ses cheveux sont en bataille, ses yeux couleur ambre sont impétueux. Je me fige, incapable de bouger. Ses narines se dilatent et se contractent, je peux le sentir trembler, d'une énergie meurtrière me semble-t-il. Il est effrayant, oui. Comme une bête guerrière.

Mais le principal mot qui me vient en tête, c'est « majestueux ».

Peut-être qu'il y a également de l'admiration.

Il tend la main vers ma joue. Je m'écarte brusquement, ne voulant pas qu'il me fasse du mal, mais il raffermit sa prise sur mon bras.

— N'aie pas peur, Ann.

Je suis étourdie en entendant avec quelle force il prononce mon nom. Il lève de nouveau la main et pose gentiment ses doigts sur mon visage. Collant. À cause du sang. Est-ce que je saigne ? Est-ce qu'il va également me tuer ?

— S'il te plaît, laisse-moi partir, chuchoté-je. S'il te plaît, 34.

Il ne m'écoute pas, ou peut-être qu'il est au-delà de ça. Je regarde frénétiquement les hommes inconscients et morts. Je n'ai jamais rien vu de tel. Pas même en zone de guerre.

Il semble captivé par mon front. Je ferme les yeux, tremblant de peur lorsqu'il touche mes cheveux. Il me maintient en place avec une poigne de fer. J'essaie encore de me dégager.

— Non.

Il me touche la joue et j'ouvre les yeux. Les émotions n'ont pas toutes la même ampleur. La colère de cet homme est immense, elle a sa propre force. Je sens que je craque. À cause de l'épuisement, de la peur, du chaton et du désinfectant. Des larmes coulent sur mes joues.

— Tu veux sortir, sangloté-je. Je sais que tu en as envie. C'est ta chance. Vas-y.

Je me fiche totalement de mon histoire maintenant. Je veux juste qu'il survive. Je veux qu'il soit libre.

— Tu es blessée, halète-t-il.

— Ce n'est qu'une coupure. Tu n'auras pas d'autre chance, 34 !

Il n'arrête pas d'examiner mon crâne. Je tente de le repousser, mais c'est comme essayer de se battre contre le vent. Il continue de me toucher, ses doigts sont sur mon front et ma tête comme si j'étais un objet inanimé qu'il pouvait contrôler.

— Ils... Ils sont venus de la cage d'escalier côté nord. Tu peux sortir de l'autre côté.

— Blessée.

— Écoute-moi, 34 ! Il y a une sortie de secours au fond de l'atelier de travaux manuels. Tu sais où elle se trouve ?

Il écarte les cheveux de mes yeux. Mon cœur tambourine. L'Adonis sauvage.

— Vas-y !

Il regarde en direction de l'atelier et je pense qu'il va y aller. C'est le garçon sauvage qui sent la liberté.

— Tu comprends, n'est-ce pas ?

Il s'agenouille et me prend dans ses bras.

— Non ! crié-je quand nous passons précipitamment la porte. Tu ne peux pas !

Mais il peut. Il le fait. Il court dans le couloir, jusqu'à l'atelier, comme je l'ai dit.

Il me porte.

C'est alors que je me rends compte qu'il n'est pas entièrement stable. Est-ce que l'adrénaline du combat s'évanouit ? Il y a eu un coup de feu. A-t-il été blessé ? Son pyjama bleu est couvert de sang.

— Repose-moi, le supplié-je. Ça ira pour moi.

Pas de réponse. Il dévale une autre volée de marches.

Je lutte dans ses bras. Il raffermit sa poigne, son visage est joliment féroce, ses boucles foncées sont libres et son regard distant, animal.

Nous atteignons la porte de la sortie de secours. Il donne un coup de pied pour l'ouvrir.

Elle tombe, *totalement arrachée.*

La matinée est nuageuse et il est à peine plus de sept heures. Les tours de garde sont sinistrement sombres. Où sont les gardiens ? Les projecteurs sont tous éteints.

Il se fige, prend une inspiration. Je me rends alors compte

127

que c'est la première fois qu'il respire l'air extérieur depuis des mois.

— Tu es sorti maintenant.

Je pousse sur son torse. Il m'ignore, me portant jusqu'à l'avant de l'institut, vers le parking et les grilles.

Je commence à dire quelque chose, mais il scelle ma bouche avec sa main. Il halète, me portant le long du bâtiment.

C'est comme être dans les bras de King Kong.

Nous tournons à un angle.

— Hé ! Hé, toi !

Quelques hommes se précipitent vers nous avec des armes de style militaire.

Ce ne sont pas des employés de l'institut.

Je sens 34 se raidir.

— Arrêtez ! À terre ! Tous les deux !

Il s'accroupit derrière une voiture et me pose doucement sur le trottoir.

— 34 !

Il touche de nouveau mes cheveux, ma joue. J'ai l'impression étrange d'être une poupée dont il a décidé de s'occuper. Puis je vois qu'il saigne au niveau de l'épaule.

Je m'exclame.

Dans un éclair, il s'en va.

— Le voilà !

Un coup de feu résonne. D'autres viennent ensuite. Je me recroqueville, terrifiée. J'entends un bruit sourd, un grognement, un craquement écœurant.

Je serre mes genoux contre mon torse, tandis que les bruits continuent, puis je rampe sur le côté de la voiture. Ce que je devrais vraiment faire, c'est sortir mon téléphone pour prendre quelques vidéos. C'est ce que je faisais quand ils ont attaqué. Lorsqu'ils nous ont fait asseoir dans le couloir. Les mecs ont failli me chopper, mais j'ai inventé cette histoire de stéthoscope.

Maintenant, j'ai juste envie de survivre.

J'incline la tête juste à temps pour voir le patient 34 secouer un homme par le cou plusieurs fois avant de frapper son visage contre le côté du SUV noir brillant. L'homme s'effondre par terre à côté de deux autres corps.

Et 34 les surplombe, le sang coulant de ses mains. Je prends une brusque inspiration.

Il a tué des hommes armés à mains nues.

Puis il se tourne vers moi. Nos regards se croisent. Un élan de peur me traverse.

C'est une force de la nature. D'une vitalité brute. D'une puissance brute. Il est la chose la plus férocement canon que j'aie jamais vue. La chose la plus dangereuse que j'aie jamais vue.

Il est à peine humain.

Cet Adonis sauvage.

Me voit-il ? Ou me perçoit-il comme une proie ? La chaleur emplit son regard quand il avance vers moi. Il y a une étrange inévitabilité dans cette situation maintenant, comme s'il tentait de s'approcher de moi depuis des années.

Je tremble intensément. Tous ces morts. Je ne peux plus supporter la mort. Encore moins l'horreur. Des bras musclés me soulèvent. La terre s'incline.

— Je vais te protéger, infirmière Ann.

Il me porte vers l'endroit où les corps sont allongés.

— T-Tu les as tués.

Il m'installe doucement sur le siège passager du SUV. Il ne dit rien.

— Qu'est-ce que tu fais ?

Il tire sur la ceinture et met la boucle dans ma main, comme s'il voulait que je finisse de l'attacher.

— Tu es blessé. Tu as besoin de soins médicaux, déclaré-je.

Il prend mon visage en coupe.

— Ceinture.

Il claque la portière et commence à contourner la voiture, posant une main sur le capot en passant devant. Il entre et démarre le moteur. Est-ce qu'il a pris les clés sur un mec qu'il a tué ou étaient-elles sur le contact ?

— Tu sais conduire ?

— J'ai déjà conduit.

Il étudie le tableau de bord, pose une main incertaine sur le levier vitesse qu'il met en première avant de démarrer en trombe.

— Nom de Dieu ! crié-je.

Il se précipite hors du parking, démolissant le portail. Il roule vite. C'est un très mauvais conducteur.

— Va du bon côté de la route ! Nom de Dieu, 34 !

Il me lance un regard hésitant.

Je fais un geste frénétique.

— Reste de ce côté-là de la ligne ! Tu la vois ? Tu vois la ligne ?

Il fait une embardée pour se mettre sur la bonne file. Il conduit comme un novice, appuyant sur l'accélérateur par à-coups.

— *J'ai déjà conduit* ça ne veut pas dire *je sais conduire*, lui fis-je remarquer.

Il ne répond pas. Il se balance sur son siège. Il chancelle. Je crie et attrape le volant, ce qui le réveille brusquement.

— Tu vas t'évanouir et nous tuer tous les deux ! Allez ! Laisse-moi conduire.

Il repousse ma main. Il est pâle. Perd-il du sang ? Est-ce à cause des médicaments ?

— Tu es à moitié dans les vapes !

Il n'a même pas bouclé sa ceinture.

Il jette un regard noir en direction de la route. C'est une autoroute à deux voies au milieu de nulle part. Nous passons à côté d'un panneau « Motel Pomme de Pin Wi-Fi gratuit ». Des projecteurs l'illuminent depuis le dessous. La lumière ambiante embrasse ses lèvres pulpeuses, ses pommettes saillantes.

Je m'agrippe à la poignée de la portière et détache discrètement ma ceinture, la maintenant en place, prête à courir.

— Attache-la.

— Non !

Il prend une grande inspiration.

— ... n'iras pas loin.

— Je n'irai pas loin non plus si je suis morte.

Il ne répond pas, se contentant de raffermir sa poigne sur le volant.

— Parle-moi. As-tu déjà conduit sur une route auparavant ?

— Voitures des campeurs.

— Tu vas nous tuer. Est-ce que tu connais au moins les panneaux routiers ? Gare-toi.

Il accélère. Il va trop vite pour que je saute. Ou devrais-je essayer quand même ?

— Je ne vais pas mourir dans une voiture, 34.

Il conduit, se concentrant. J'agrippe la poignée, ne pouvant rien faire d'autre.

— Tu vas t'évanouir.

— Non.

Garde-le éveillé, pensé-je.

— Ils essayaient de te tuer. Pourquoi voulaient-ils te tuer ?

— Les gens veulent toujours me tuer.

— Non. Eux, c'étaient des poids lourds. Des mecs du crime organisé.

Une voiture arrive en face et éclaire son visage.

— Merde !

Nos feux ne sont même pas allumés. Nous devrions avoir les antibrouillards.

— Reste de ce côté de la ligne. Mon Dieu !

Je ferme les yeux et me recroqueville quand la voiture passe, klaxonnant.

— Laisse-moi conduire.

— Non.

— Ralentis, alors.

Il plisse les yeux. Dans le cirage. *Ne t'évanouis pas.*

— Ils t'ont appelé Kiro. C'est ton nom ? Tu ressembles à un Kiro.

Il commence à zigzaguer.

— Reste éveillé, bon sang !

Je lui donne un petit coup.

— Il doit bien y avoir une raison pour laquelle ils auraient envie de te tuer. N'est-ce pas ?

— Je suis différent, grogne-t-il comme si c'était évident.

— Tu n'es pas si différent, déclaré-je. Tu ne veux pas laisser une femme conduire même quand c'est ta meilleure option.

Il me lance un regard étrange, puis fait une embardée.

— Gare-toi ! crié-je.

Grâce à mon cri, il semble de nouveau alerte. Mais pour combien de temps ?

— Où allons-nous ?

Il lève les yeux vers le ciel.

— Par là.

Qu'y a-t-il dans le ciel ? Puis je me rends compte qu'il se repère par rapport au ciel. Il retourne vers la forêt. Vers sa maison. Et... il m'emmène avec lui ?

— Tu n'es pas en état de conduire. Laisse-moi conduire.

— Tu vas t'enfuir.

— Je ne le ferai pas. Je te promets que je ne le ferai pas. Kiro...

Il pense que je vais m'enfuir. Pourquoi pas ? Tous ceux qui l'ont croisé ont probablement essayé de lui échapper ou de lui faire du mal. De le tuer. De le droguer. De l'emprisonner. Il commence de nouveau à avoir l'air groggy. Il fait une autre embardée.

J'attrape son bras en criant.

— Ralentis, merde !

Il n'en fait rien. Je le secoue. Je commence à pleurer. Il perd du sang. Il ne fait confiance à personne. Il va avoir un accident.

— Kiro ! sangloté-je.

Je suis sincèrement effrayée désormais.

— Arrête de pleurer, infirmière Ann. Arrête. S'il te plaît.

Il déteste vraiment quand je pleure. Cela l'atteint plus que mes cris. Non, ça ne me dérangerait pas d'en abuser un peu.

— Tu me fais peur, sangloté-je.

— Arrête !

Je continue, le suppliant de reposer un peu ses yeux, lui disant à quel point je suis terrifiée.

— Tu veux aller vers le nord ? Je t'emmènerai vers le nord. S'il te plaît.

Il grince des dents.

— Regarde-moi !

Il se tourne et m'observe avec une expression peinée.

— Nous sommes du même côté. Tu m'as sauvée. Gare-toi. Nous nous entraidons.

— Tu vas...

Il ne termine pas sa phrase.

Je pose une main sur son bras.

— Ralentis, dis-je. Ralentis.

L'aiguille sur le compteur de vitesse descend. Peut-être qu'il perd seulement de la force.

— Bien.

Il chancelle en avant. Il perd connaissance. Le pick-up se dirige vers la bande d'arrêt d'urgence.

J'attrape le volant. Nous ralentissons toujours. Je me penche vers lui, m'asseyant à moitié sur ses cuisses. Je donne de petits coups de pied, essayant de trouver le frein, appuyant dessus en me dirigeant vers la bande d'arrêt d'urgence.

Je soupire de soulagement quand nous nous arrêtons finalement, assise là, sur les cuisses de cet homme féroce et inconscient. Puis il passe ses bras autour de moi, chuchotant quelque chose qui ressemble à « à moi ».

Je le pousse et l'amadoue pour qu'il s'asseye sur le siège passager. Heureusement, il coopère, grimpant de l'autre côté. Je déchire son t-shirt. Il saigne toujours. J'utilise la lumière de son téléphone pour inspecter la plaie. Je découpe des morceaux de son t-shirt et bande la blessure du mieux que je le peux. Il a une entaille dans l'épaule. Ce n'est pas si horrible. Son pouls semble correct. Je pense que les médicaments qu'il a pris l'assomment, comme s'il avait utilisé toute l'adrénaline qu'il avait. Je pose une main sur son cou, sur sa joue.

— Kiro, dis-je.

Il marmonne.

Je me place derrière le volant, passe la première vitesse et démarre, les mains tremblantes. Qu'est-ce que je fais ? Je devrais m'enfuir. Me sauver. Mais je jette ensuite un coup d'œil sur lui, affalé sur son siège, et je sens cet élan de folle affection.

Il veut juste rentrer chez lui. Il veut retourner dans les bois. Et il y a toute son histoire derrière ça. Qui est-il ? Pourquoi essaient-ils de le tuer ?

— Kiro !

Pas de réponse.

Je lui donne un coup dans le bras. Il est inconscient. Je tends la main dans l'obscurité et saisis son poignet. Son pouls est puissant. Pas étonnant qu'il se soit évanoui. Avec les médicaments et deux combats à mort.

J'essaie de ne pas y penser.

Je conduis exactement à la vitesse limite, puis sors mon téléphone pour envoyer un message à mon éditeur, Murray. Je lui envoie les photos que j'ai de ceux qui ont attaqué l'Institut Fancher. Quelques minutes plus tard, je lui passe un coup de fil.

— Ann !

C'est là l'entièreté de la réponse essoufflée de Murray.

— Ann Ann Ann ! L'attaque de Fancher commence à faire le tour des médias. Vas-y. Parle.

Je lui raconte l'histoire, de façon précipitée et pyramidale. Son plaisir ne connaît aucune limite quand je l'informe que l'attaque était en rapport avec 34, qu'il s'agissait de criminels professionnels pourchassant spécifiquement le patient 34.

— Oh que oui. Merci, mon Dieu, dit-il. L'Adonis sauvage pourchassé par la mafia albanaise.

— Excuse-moi ?

— Le tatouage du lion sur l'une des photos que tu as prises. L'un de tes mecs à cagoule ? Tu as regardé les images ?

— J'étais trop occupée à rester en vie, mec.

— Le moteur de recherche vient juste de l'identifier comme un symbole de la mafia albanaise. Qu'a dit 34 sur l'attaque ?

— Apparemment, il ne sait pas qui ils sont. Mais eux le connaissaient clairement.

— Et tu es certaine qu'il ne sait rien ? Tu es sûre qu'il ne se foutait pas de toi ?

Je touche ses cheveux.

— Non, il ne se foutait pas de moi.

Je ne sais pas grand-chose de 34, Kiro, mais ce n'est pas un menteur. Il ne semblait vraiment pas les connaître.

Je suis différent. Ils le voient tous.

Je ne raconte pas cette partie à Murray. Est-il possible qu'il pense que ces hommes veulent le tuer juste parce qu'il est une sorte d'abomination ? Cela me brise légèrement le cœur qu'il puisse penser cela, mais il n'a jamais eu aucune raison de faire confiance à quiconque. Évidemment que c'est ce qu'il croit.

— Il pourrait s'agir d'une vendetta, je ne sais pas, déclare Murray. Enfin, peut-être. La mafia albanaise est clairement impliquée dans cette merde. Tu savais que lorsqu'un membre d'une famille est tué, la vengeance s'étend à *tous* les membres masculins de la famille du tueur ? Ces mafieux albanais sont des psychopathes.

— Attends, ils auraient envoyé une équipe dans un asile de haute sécurité juste pour une vendetta ? Ils auraient risqué la vie d'une dizaine de gars, juste comme ça ? Même une organisation psychotique ne ferait pas ça. Non. Il se passe autre chose. Tout est lié. L'Adonis sauvage. Ce coup. Il y a des éléments supplémentaires. Il se passe quelque chose de plus grand.

— Ce qu'il se passe dans toute cette histoire vient de devenir deux fois plus dangereux. Tu es sûre que tu ne veux pas que j'envoie Garrick ?

Il a vraiment envie de faire venir ce pourri de Garrick.

— Je gère.

— D'accord. Abandonne ce véhicule. Je t'envoie une voiture de location.

Je lui donne ma localisation. Nous élaborons des plans. Il me donne des nouvelles de l'attaque à Fancher grâce aux médias. On parle de patients qui se sont échappés. D'employés disparus.

— Ils ne savent pas grand-chose pour le moment, dit-il.

Je souris. Quand un journaliste dit qu'il ne sait pas grand-chose pour le moment, c'est qu'il ne sait rien du tout. Ou qu'il n'a pas le droit de le dévoiler.

— Je vais passer un coup de fil. Je vais dire que j'ai flippé et que je me suis échappée quand Kiro est sorti, expliqué-je.

Les gens font ça pendant les fusillades, ils prennent juste la poudre d'escampette.

— Pour l'instant, je dois nous emmener quelque part. J'ai

besoin de matériel médical. Kiro a besoin de soins médicaux. J'ai une carte d'identité, mais...

— Ne l'utilise pas.

Il me dit qu'il y a un magasin à quinze kilomètres de ma position où je pourrai acheter du matériel médical de base. Il me donne les indications pour que je rejoigne un petit motel bien plus loin de là où il louera une chambre à son nom.

— Ne t'embête pas à donner ta carte d'identité ou ta plaque d'immatriculation. Ils prendront la mienne.

Évidemment. Les fouineurs savent bien que ces choses peuvent également se monnayer.

— Restez en sécurité. Je t'envoie du cash et des cartes d'identité. Ils frapperont à la porte et te diront que c'est un paquet de chez *Stormline*.

— Compris.

— Ses cheveux sont longs ? demande Murray.

— Quoi ?

— Est-ce que ses cheveux sont longs ?

— Oui. Je vais devoir le rafraîchir.

— Ne les coupe pas.

— Quoi ?

— Écoute, un coursier se dirige vers toi avec dix mille dollars. Tu sais pourquoi ? Parce que j'achète l'histoire sur l'Adonis sauvage. Quand j'achète une histoire sur l'Adonis sauvage, je veux l'Adonis sauvage, pas un mec propret.

Je passe mes doigts dans ses cheveux.

— Tout ce qu'il veut, c'est aller vers le nord. Je pense que peut-être il veut rentrer chez lui.

— Et tu pars avec lui. Tu vas l'aider. Tu prendras des photos tout du long.

— La mafia albanaise..., chuchoté-je à moitié pour lui et à moitié pour moi-même.

— Ton gars leur a infligé un sacré revers. Reste hors des radars et ça ira.

Bien sûûûûr, dis-je dans ma barbe.

Il continue :

— L'Adonis sauvage veut aller dans les bois ? Bien. C'est l'endroit le plus sûr où vous pourrez être. Si quelqu'un peut se perdre dans la forêt, c'est lui. Dis-moi que tu as un chargeur pour ton téléphone.

— J'en achèterai un.

— C'est bien. Reste avec lui. N'arrête pas de prendre des photos.

Chapitre Quinze

Aleksio

J'ENTRE à l'Agronika avec mon frère Viktor, Tito, Yuri et quelques-uns de nos hommes. Nous avançons vers l'autre bout de la salle à manger, tout en panneaux de bois sombres, illuminés par la lumière des bougies, comme les lourds rideaux rouges et les tapisseries sur le mur.

Tout le monde se tait dans la pièce.

Ouais, nous sommes les frères Dragusha entrant à l'Agronika, réputé pour son agneau rôti, ses poivrons farcis, et pour être le repaire de notre plus grand ennemi, Lazarus Morina le Sanglant.

Les gens se relèvent brusquement de leur table chargée d'un festin et s'en vont, rapidement et discrètement. Certains sont même encore en train de mâcher.

Je croise le regard de Viktor. Il est déterminé. Prêt à se déchaîner. Son costume noir est légèrement brillant, comme si même ses vêtements étaient prêts à être tachés de sang.

Les images sur les tapisseries qui couvrent les murs ne sont rien d'autre que des animaux étranges et des soldats à dos de cheval, à moins que l'on s'intéresse à l'histoire albanaise. Alors dans ce cas, on sait qu'il s'agit de contes traditionnels. L'amour et la guerre, la tragédie et la rédemption. Des familles superbement puissantes symbolisées par des bêtes mythiques tissées ici et là. Les lions représentent la plupart du temps les Dragusha.

Les Dragusha sont une vieille famille.

Viktor et moi connaissons les histoires, les traditions et tout cela. Nous savons qui nous sommes. Nos ennemis ont tenté de nous empêcher de le savoir, d'ailleurs. Ils ont envoyé Viktor dans un orphelinat à Moscou et Kiro dans un centre d'adoption, et m'ont pourchassé. Ils ont mis ma tête à prix.

Mais les Dragusha sont de fortes têtes.

Mon ancien mentor, l'homme qui m'a sauvé lors de ce jour sanglant dans la chambre d'enfant lorsqu'ils ont pris ma famille, a instillé en moi l'appréciation des traditions albanaises, ainsi que l'honneur du clan du Black Lion, l'empire criminel que nous reprendrons puisqu'il nous appartient. C'est ce que j'ai appris à Viktor lorsque je l'ai retrouvé.

— C'est l'heure du spectacle, marmonne mon gars, Tito.

Il ajuste ses manches tandis que nous nous approchons de la sortie de la salle à manger pour les civils. Ou peut-être qu'il touche le manche fin de sa lame, cachée là-dessous. Il aime faire ça avant un combat tout comme certains aiment toucher la coque de l'avion avant de monter dedans.

À l'angle, la lumière deviendra plus tamisée et le nombre de criminels sera plus élevé. Les hommes de Lazarus. Les poids lourds de Lazarus, tous ses malfrats.

Mais nous savons que Lazarus est blessé, coincé quelque part dans une clinique privée avec beaucoup de ses mecs le protégeant.

Nous avons entendu parler de son attaque sur un asile au nord, à une heure de là, l'Institut Fancher. Il a pourchassé Kiro, nous en sommes certains. Nous savions que Kiro était dans le système, mais nous ne savions pas *où* dans le système. Comment Lazarus a pu trouver Kiro en premier ?

En revanche, le plus important, c'est qu'il ne l'a pas eu. Un flic à l'intérieur nous a décrit la scène, a organisé plusieurs interrogatoires et envoyé des photos. Il y a beaucoup de blessés, mais aucun d'entre eux n'est Kiro. Et si Kiro était mort, cela aurait déjà été révélé. Lazarus s'en serait assuré.

C'est mauvais, mais ce n'est pas comme si Kiro était mort.

Nous nous dirigeons vers cet institut. Là, nous ne faisons qu'un petit arrêt au stand. Nous sommes passés ici pour emmerder quelques mecs et en chopper d'autres pour avoir des informations. Nous devons savoir ce dont Lazarus est au courant.

Nous tournons à l'angle et les voilà : une poignée de durs à cuire de l'équipe de Lazarus en train de boire de l'eau-de-vie et de fumer des cigarettes. Les lois sur la santé ne s'appliquent pas à l'Agronika.

Ils commencent à tirer, mais pas suffisamment vite. Nous en abattons quelques-uns. Nous secouons les autres.

Chapitre Seize

Ann

Murray nous a loué une chambre au fond d'un motel des années soixante-dix. C'est un petit bâtiment bas avec une alternance de portes et de fenêtres. Je reste assise dans le pick-up, regardant fixement Kiro, qui est totalement inconscient. J'observe alternativement cet homme et la porte de notre chambre.

Puis je soupire.

Je me considère comme une femme à même de se débrouiller. Je l'étais clairement avant l'incident du chaton, mais porter un homme inconscient de quatre-vingt-dix kilos, même sur seulement trois mètres, n'est pas et n'a jamais été dans mes cordes.

Je secoue Kiro.

Je le vois comme Kiro désormais. C'est un nom fort, fabuleux, génial et totalement unique qui lui convient parfaitement.

Je ne devrais pas m'attacher à lui de cette façon. Je ne le devrais vraiment pas.

Je lui tapote les joues. Rien. Je n'aime pas qu'il soit si profondément endormi. J'attrape le sac plastique du magasin et bois l'une des bouteilles d'eau en réfléchissant.

Je sors et entre dans la chambre pour voir avec quoi je peux travailler. La chance se présente sous la forme d'une chaise à roulettes. Est-ce que je peux le faire monter là-dessus ?

Il s'avère que oui, ce qui m'aide. Je lui pince les joues et il se réveille suffisamment pour me laisser le placer dans la chaise.

Dix minutes plus tard, il est inconscient sur le lit et je suis éreintée, exténuée, restant éveillée uniquement grâce à ma fureur et rien d'autre. Il est entièrement possible que je ne prenne pas les bonnes décisions.

Kiro mérite quelqu'un de mieux pour le protéger. Quelqu'un de mieux que moi.

Mais je suis tout ce qu'il a.

Un pied devant l'autre, pensé-je. Il faut juste se concentrer sur le prochain pas, qui est, dans ce cas, de me débarrasser du véhicule. La mafia albanaise est dehors, probablement avec un réseau de flics travaillant pour eux, à la recherche du véhicule que Kiro a volé, probablement l'un des leurs.

Ce SUV doit disparaître.

Je sors et enlève les plaques d'immatriculation avant de le conduire sur un parking vide, derrière un cabanon caché par un magasin, à un kilomètre au bout de la rue.

Puis je trottine vers ma chambre, heureuse de le retrouver allongé sur le lit. Je ne pensais pas qu'il pouvait s'enfuir, mais on ne sait jamais avec Kiro. Je reste là un moment, émerveillée tant il m'a l'air cinétique et sauvage, même lorsqu'il dort. C'est incroyable pour moi qu'il puisse tenir entre les quatre coins du lit. Il m'impressionne. Je veux me battre pour son côté sauvage. Je veux me battre pour *lui*.

Je sors mon téléphone, prends une rapide photo et le range.

Je coupe son t-shirt avec les ciseaux que j'ai achetés, mettant à nu son grand torse sale, ensanglanté et poisseux. C'est la blessure qui m'inquiète. J'enlève le bandage de fortune que j'ai créé et commence à nettoyer la plaie avec le désinfectant acheté au magasin.

Kiro a été transpercé par quelque chose dans l'épaule. Ce n'est pas aussi horrible que je le pensais. Lorsque j'étais infirmière sur le terrain, je travaillais sur beaucoup de blessures comme celle-ci. Ainsi que d'autres bien pires.

Elle n'est pas infectée. Il ira bien, même si ce n'est pas demain la veille qu'il fera des saltos. Comment a-t-il fait pour me porter ?

Il tremble, mais je crois qu'il se désintoxique. Il a reçu beaucoup de psychotropes très puissants.

La morsure du désinfectant le réveille. Je m'écarte, méfiante, mais il bouge juste ses bras pour s'assurer qu'il est libre.

— Ce n'est rien, dis-je. Je suis là pour t'aider.

Il plisse les yeux dans ma direction.

— Tu te sens probablement aussi mal que tu en as l'air, dis-je. Ou est-ce l'inverse ?

C'est agréable de lui parler comme je le faisais. Comme si c'était quelque chose de normal dans cette folle situation. Non pas que la situation précédente ait été sensée.

Il déglutit. Me jetant un coup d'œil. Je me demande à quel point il se sent mal.

J'attrape un gant frais et l'approche lentement, gentiment.

— Ne t'ai-je pas dit que j'allais rester ?

Il forme un mot.

— Où...

Je m'agenouille pour être au niveau de ses yeux dorés, sentant un élan d'affection pour lui. Je ne peux m'en empêcher.

Reste objective.

— Tu es en sécurité. Nous sommes cachés. Tu es en sécurité avec moi.

Je lui propose de l'eau et il boit avidement, sa grande pomme d'Adam ondulant.

Je sors trois aspirines pour lui. Il les repousse.

— Je n'essaie pas de te droguer, d'accord ? Tu t'es fait tirer dessus.

Est-ce qu'il me comprend ?

— Je vais recoudre la plaie. Tu es avec moi ?

Il ouvre de nouveau les yeux. Je touche sa joue, la caressant doucement pour montrer que je ne suis pas une menace. Il ferme ses paupières, appréciant apparemment mon contact.

Reste objective, me dis-je, alors même que je tombe pour sa beauté, pour ce garçon perdu, foutu et féroce qui a peut-être huit, neuf, même dix ans de moins que moi. Je caresse de nouveau sa joue et il semble se détendre plus profondément. J'aimerais ne pas avoir à le recoudre et à lui faire du mal. J'aimerais avoir tout l'argent du monde pour l'aider et le libérer sans avoir à écrire une histoire le concernant en échange. Mais ce marché avec le diable de la publicité m'aide à le garder en sécurité. Il ne le sait pas, mais moi, oui.

Murray voudra son histoire aussi vite que possible. L'Adonis sauvage dans toute sa sauvagerie torride. Kiro mérite mieux que ça. Il mérite un bel article réfléchi.

Kiro a été traité comme quelqu'un d'inhumain par le système et les médias, mais quand je le regarde, je vois un homme douloureusement et intensément humain.

Il est effrayant et violent, oui. Mais quel choix avait-il ? Des hommes armés lui couraient après. Il n'a pas tué quand je lui ai dit de ne pas le faire. Bon sang, il n'a même pas tué Donny pendant ses premières tentatives de fuite. Cela montre à quel point il se retient, si ce n'est même une vraie preuve de sainteté.

Et il m'a portée même si je lui ai demandé de me poser. Il

m'avait l'air... protecteur. Ce qui collerait avec ce que je sais de lui. Kiro a abandonné sa chance de s'échapper d'un véritable enfer pour m'aider quand Donny m'a attaquée, après tout. Cela en dit long et démontre que la force de sa volonté ainsi que son sentiment sur ce qui est bon et ce qui est mauvais n'ont pas été détruits malgré ses circonstances dégradantes et démoralisantes.

Alors c'est dans cette direction que je vais partir pour mon fichu article.

Murray peut aller se faire foutre s'il n'aime pas.

Je ne sais pas ce qu'il se passera lorsque je ramènerai Kiro chez lui. Est-ce que Murray envisage d'envoyer des caméras et des équipes de journalistes ? Je peux m'assurer que Murray ne trouve pas Kiro, mais ces hommes de main ?

Je ne peux pas me battre pour Kiro si je ne connais pas toute l'histoire.

Je baisse les yeux vers lui. C'est peut-être mieux de m'éloigner de lui avant que les sédatifs disparaissent de son système sanguin. Je le sais par expérience. Mais tout ce dont j'ai envie, c'est de me blottir contre lui et de le tenir contre moi.

— Ça va te faire mal, mais c'est ainsi que je dois t'aider.

Je parle des points de suture, mais j'imagine que cela s'applique également à son histoire.

Lentement, il ouvre ses yeux couleur ambre.

— D'accord ? dis-je.

Il cligne des paupières, luttant contre le sommeil. Comme s'il voulait continuer de me regarder aussi longtemps que possible.

Je sors le kit que j'ai acheté, stérilisant le tout. J'attrape le fil de pêche et une petite pince pour me mettre au travail. Il ouvre brusquement les yeux quand je perce sa peau pour la première fois. Mais il ne s'écarte pas, il me regarde simplement travailler. C'est un peu troublant de sentir son regard sur moi quand je recouds son épaule. Il me laisse faire. J'ai légèrement anesthésié la zone avec un peu de glace, c'est tout. Il est calme. Il me regarde.

Est-il assommé à cause des médicaments ? Ou est-il simplement habitué à la douleur ? Mon cœur se brise légèrement pour lui.

Je lui parle doucement tandis que je suture la plaie, lui disant que nous allons retourner dans la forêt dès qu'il sera en forme et aura recouvré ses forces. Il semble s'endormir jusqu'à ce que le bruit du sparadrap que l'on déchire le réveille. Il lève sa main vers le bandage propre et sec, puis il me regarde.

Ses yeux sont remplis de gratitude.

— Tu es en sécurité maintenant. Je vais faire de mon mieux pour t'aider, mais désormais, tu dois te reposer.

Il jette un coup d'œil à la fenêtre où le soleil à son zénith filtre au travers des volets.

— Repose-toi pour moi, d'accord ? Rendors-toi.

Il tend la main et m'attrape par la taille.

Je m'éloigne, mais il ne veut pas me lâcher. Avec un élan de force inattendue, il m'attire sur le lit avec lui, me tenant contre son grand corps. Il se blottit contre moi, comme si j'étais son ours en peluche.

J'essaie de bouger et il raffermit ses bras puissants.

Merde.

— Dors, chuchote-t-il contre mes cheveux.

Mon pouls tambourine. J'attends un peu, puis essaie de me dégager d'un coup.

Pas moyen. C'est comme essayer de briser un rocher.

Je me rends alors compte que je suis dans une chambre de motel avec un homme sortant d'un institut pour criminels aliénés. Et, oui, je ressens cette affection pour lui. Et il est magnifique. Et j'ai de bonnes raisons de croire qu'il n'est pas un criminel aliéné, mais après tout, il a tué plusieurs personnes à mains nues. Mon éditeur pense que traîner avec lui est une excellente idée, toutefois il ne veut que l'histoire.

Ça n'a pas l'air terrible sur le papier.

Et maintenant, Kiro agit comme s'il avait le contrôle de la situation. Je suis censée être en charge.

— Kiro, laisse-moi me lever.

Son souffle se calme. Est-il en train de dormir ? Il ne veut même pas me laisser dans son sommeil ?

Je soupire et me dis de me détendre. Ce n'est pas comme s'il y avait autre chose à faire. Je ne vais pas pouvoir quitter ce lit jusqu'à ce qu'il me laisse me lever. Ça devrait être effrayant, mais je découvre que je n'ai pas peur du tout.

En fait, il y a un silence agréable dans mon esprit. Cela faisait plusieurs mois que je vivais avec une anxiété vibrante, comme des grésillements sur une radio, mais en plus fort, en plus irrégulier.

Et maintenant, il y n'a que le silence. Mon esprit semble étrangement clair. Je n'ai plus de poids sur les épaules.

Je suis une créature dans ses bras. Un battement de cœur. Je suis tenue. Piégée. Cette sensation est si étrange, si nouvelle.

Alors que je m'endors, je me rends compte que cette nouvelle sensation étrange est la paix.

***

JE ME RÉVEILLE EN SURSAUT, désorientée par le poids autour de moi, les bras massifs qui m'enferment. Le soulèvement chaud et rythmique derrière moi.

Le patient 34, Kiro. Je me souviens de mon plan : attendre que sa respiration se calme, indiquant qu'il dort, pour pouvoir me sortir de là.

Je lève la tête et plisse les yeux vers les chiffres rouges sur l'horloge digitale, choquée de voir que c'est le milieu de la nuit.

Annika Martin

J'ai dormi ? Je cligne des yeux, n'y croyant pas. J'ai dormi pendant si longtemps ? Huit ? Dix heures ?

Je gigote et il bouge aussi, m'attirant plus près de lui. Mon cœur tambourine. Je n'ai pas dormi si longtemps depuis une éternité. D'aussi loin que je m'en souvienne. Depuis l'effondrement de l'hôpital. Les enfants. Le chaton.

Je me raidis, attendant que la peur revienne. C'est toujours ainsi que ça se passe. Je me réveille en me sentant bien, puis les souvenirs refont surface et la peur se referme autour de moi, empoisonnant le tout.

Je reste allongée, attendant cette peur. Mais je me sens... bien.

Lorsqu'on est journaliste, on reconnaît le poids relatif des détails. On veut dénicher ce petit détail qui a une importance significative pour les gens, le détail qui aide l'histoire comme les mots ne le peuvent pas. Peut-être que c'est quelque chose qu'une personne dit, ou une image. Les mains de quelqu'un. Une poupée cassée dans la rue.

Le détail qui prend le pas sur tout.

Le chaton est devenu ce détail pour moi, d'une manière négative. Il hante tout, bloque tout. Je ne pouvais pas voir autre chose que ça. Le chaton, l'odeur d'antiseptique.

Et soudain, allongée dans les bras étranges de cet homme sauvage, au milieu de nulle part, en plein milieu de la nuit, le chaton a le poids... d'un chaton.

Et quand je prends une inspiration par le nez, l'odeur disparaît. L'odeur qui s'accrochait à moi pendant des jours, même lors des longs week-ends de congés, même quand je n'étais pas à l'hôpital.

Et j'ai dormi. Est-ce que j'ai dormi parce que l'odeur n'était pas là ? Ou est-ce que l'odeur a disparu parce que j'ai pu dormir ?

Il m'attire plus près de lui, sa respiration régulière. Et je me dis que je ne pourrais pas aller où que ce soit, même si j'en avais envie. C'est alors que je me rends compte que je n'ai pas envie de partir.

Je laisse mes yeux se refermer. Je me demande si nous nous sauvons l'un l'autre.

Chapitre Dix-Sept

KIRO

JE DEVRAIS LA DÉTESTER. Je devrais sortir de cette chambre et la laisser. L'enfermer pour qu'elle ne puisse pas me suivre. La tuer si elle prend une autre photo de moi. Je devrais la tuer tant elle m'a trompé.

Au lieu de ça, je respire le parfum de ses cheveux.

Pendant ces longs mois exténuants, je n'ai voulu qu'une chose : retourner à la maison. Être de retour avec ma meute, le seul endroit au monde où j'aie jamais eu ma place. Avec les seuls êtres vivants qui aient jamais voulu de moi.

Ann fait comme si elle me voulait, mais elle veut juste mon histoire. Je le sais maintenant.

Je devrais la tuer pour être si gentille avec moi. Pour m'avoir fait croire que je comptais pour elle.

Je devrais la tuer. Sauf que je ne peux pas. Et je la veux.

Ma tête est toujours embrumée à cause des médicaments, mais elle va mieux que depuis bien longtemps. Mon épaule me brûle, néanmoins aucun sentiment n'est aussi puissant que celui que je ressens en la tenant dans mes bras.

Je la veux, d'une fièvre si ardente que je n'arrive pas à penser à quoi que ce soit d'autre.

C'est le matin. Il y a des oiseaux non loin. Ils ne sont pas « non loin » comme à l'Institut Fancher, mais juste derrière la porte. Le soleil ne fait que se lever. Je peux l'entendre dans le chant des oiseaux. J'ai besoin d'eau. De soleil. De nourriture. D'air. De courir.

Mais mon désir pour elle surpasse tout ça.

Elle n'est rien d'autre qu'une journaliste, avide d'avoir mon histoire. Je l'ai entendue au téléphone. J'ai entendu ce que l'homme au bout du fil disait.

Elle veut mon histoire parce que je suis différent, sauvage, mauvais.

Pourtant, je la veux. J'ai besoin d'elle.

Je savais qu'elle avait des secrets, avec cette étrange histoire de chaton. Je savais qu'elle n'était pas comme les autres infirmières. Je ne m'étais jamais attendu à ce qu'elle fasse partie *des leurs*. Ces journalistes.

Je me souviens encore du jour où ils m'ont agressé quand j'étais si faible, incapable de me défendre.

J'ai affronté de nombreux prédateurs mortels dans la forêt, mais ça a toujours été l'ordre naturel des choses. Ils étaient après moi parce qu'ils étaient affamés. Ils tentaient de protéger les jeunes.

Les journalistes me sont tombés dessus parce que j'étais différent. Mauvais. Anormal. Sauvage. C'était personnel.

Je me souviens m'être accroché au mur, près de la porte de derrière de l'hôpital où cet homme me menait. Je me tenais pour rester debout, chancelant, toujours sous sédatifs après l'opération, coincé entre cette foule de reporters et la porte verrouillée.

J'avais extrêmement mal, mais c'est le désespoir qui me

tordait le cœur. D'une façon ou d'une autre, après avoir été accepté par les loups de toutes les façons possibles, j'en étais venu à penser que je n'étais pas une abomination.

Ce troupeau de journalistes m'a démontré que je l'étais toujours. Leurs cris, leurs photos et leurs questions... Ils m'appelaient l'Adonis sauvage.

Je n'ai rien fait d'autre que vouloir m'intégrer.

Je pensais qu'Ann était différente. J'aurais fait n'importe quoi pour elle.

Puis j'ai entendu Ann parler à cet homme du nom de Murray, discutant de façon si décontractée de photos ou d'histoires sur moi.

Quand j'achète une histoire sur l'Adonis sauvage, je veux l'Adonis sauvage.

Je faisais confiance à Ann. J'ai rêvé d'elle. Nous étions un binôme, là-bas, à l'hôpital. Nous nous entraidions. Nous nous battions l'un pour l'autre.

Elle est l'un d'entre eux.

La trahison fait mal.

Au moins, les autres employés de l'Institut Fancher ne faisaient pas semblant de tenir à moi, d'être de mèche avec moi.

Elle veut rentrer à la maison avec moi et prendre des photos. Je le comprends maintenant. C'est la raison pour laquelle elle est ici.

Je regarde fixement le soleil brillant dépassant des bords du rideau. Elle a tenté de couvrir la fenêtre exactement comme elle a tenté de couvrir sa véritable nature, mais cela finit tout de même par transparaître.

Je ferme les yeux, détestant qu'elle soit l'un d'entre eux.

Je devrais l'assommer. Je devrais l'attacher et partir. Mais je ne peux pas la lâcher. Je l'attire contre moi. Je caresse ses douces boucles brunes. Ces vagues comme les bords d'une cacahuète.

À moi.

Je l'imaginais avec moi, là-bas. Ça me rendait heureux d'y penser.

Et je me rends compte que je ne suis pas obligé de la laisser tomber.

L'endroit où nous allons est tellement reculé, si profond dans les bois, qu'elle ne trouvera jamais le chemin pour en sortir. Pas sans moi.

Je pourrais la prendre pour compagne. Là, dans cette étendue sauvage, je n'aurais pas besoin de lui faire confiance. Elle serait à moi. Je m'occuperais d'elle.

Elle serait entièrement et complètement à moi.

Mon cœur commence à tambouriner tandis que des images de moi en train de la prendre affluent dans mon esprit. La férocité de mon envie d'elle rend ma réflexion difficile.

Elle se battrait et je la pourchasserais, puis je l'attraperais et... je ne la lâcherais pas.

Quelque chose d'incroyable se produit dans les bois quand un prédateur attrape sa proie. Lorsqu'un loup a un écureuil entre ses crocs, pas seulement la queue, mais quand tout son corps chaud est coincé dans sa mâchoire, les dents appuyant dans sa chair chaude. Il ne peut plus s'échapper.

L'écureuil arrête de se battre et se ramollit. Il se détend juste dans son piège.

Son cœur martelant furieusement, il se soumet à la force supérieure du loup.

Ça m'a toujours fasciné et cette idée s'est imposée à moi depuis que j'en ai été le témoin quand j'étais enfant, que j'avais froid, faim et que je me sentais seul. Ce corps mou, comme la danse de la mort et de la vie.

Cela semblait à la fois ancien, cruel et beau.

Je blottis mon nez contre ses cheveux, mon sexe dur comme de la pierre. Elle pourrait être ma compagne. Je la laverai, la blottirai dans les fourrures et la garderai en sécurité, loin de tous les Donny du monde. Je trouverai de la nourriture pour elle. Je l'emmènerai au sommet d'une colline sur laquelle on peut regarder la lumière du soleil levant qui rosit l'eau du lac au travers des arbres. Je l'allongerai, la prendrai et m'occuperai d'elle. Je ne la lâcherai jamais.

Elle grogne et gigote contre ma verge, endormie et adorable. Je pose ma bouche sur sa nuque, la goûte et respire son odeur, laissant sa douceur envahir mes sens.

Elle était différente à l'hôpital. Méfiante. Sur ses gardes. Ici elle est douce. Je bouge mes lèvres vers son oreille, y goûtant sa peau, mon sexe appuyé contre son dos.

Je bouge mes mains sur ses cheveux. Elle est si chaude, son corps est si doux et mignon. Elle me trahit et pourtant, je ne peux arrêter de l'apprécier.

Je veux son affection aussi. Pas une fausse affection, une vraie.

C'est quelque chose que je ne peux avoir.

Je me dis que je n'en ai pas besoin. Je la prendrai dans tous les cas.

Je passe mes mains sur son ventre, les relève sous son t-shirt et touche sa peau. Son ventre n'est pas dur et rêche comme le mien. Il est lisse et doux. J'écarte ma main et attire ses fesses contre moi. Je manque de perdre le contrôle, séparé de sa chaleur uniquement par quelques couches de tissu. Je l'imagine penchée sur le lit, ses fesses pâles et nues, son sexe ouvert pour moi.

À ce moment-là, je sens l'odeur de son excitation et tout mon corps est stimulé. J'ai réveillé son corps, mais pas son esprit.

Je m'imagine en train de la goûter. Elle lutterait, mais je ne la laisserais pas faire. Je plongerais ma langue dans sa chaleur. Ma langue et mes doigts.

Je l'imagine dans un champ ensoleillé, nue, roulant sur le dos, me regardant, se mettant à nu pour moi, m'attendant.

Je caresse son ventre doux. Elle souffle dans un soupir endormi et bouge avec moi.

Lentement, doucement, je descends ma main et m'accroche à la ceinture de son pantalon.

Son souffle est comme l'eau, il est lent et profond. Je l'attire contre moi.

Sa respiration rythmique me dit qu'elle dort encore.

Pourtant, je continue de la toucher.

Sauvage, disaient les campeurs drogués en riant. *Tu t'envoies en l'air comme un sauvage.* Je n'ai pas totalement compris ce qu'ils disaient jusqu'à ce que je vois tous ces gens gentils à la télé.

J'étais une attraction pour eux aussi. Un taré. Un sauvage à baiser. Je l'ignorais.

Je caresse son ventre, faisant accélérer sa respiration.

Elle soupire dans son sommeil.

Les campeuses plaisantaient en disant que j'avais été élevé par les loups. Elles ne comprenaient pas que dans un sens, je l'avais été. Elles marchaient, nues et droguées, avec leurs colliers et leurs bracelets scintillants. Elles touchaient mes cheveux.

Elles arrachaient leurs vêtements et me fuyaient, en riant. Elles aimaient que je les pourchasse et que je les baise. Les drogues les rendaient avides de contact et de chasse. Finalement, je me fichais qu'elles me voient comme une étrangeté. J'étais un adolescent à l'époque, et tout ce que je voulais, c'était m'envoyer en l'air.

Au moins, elles ne me gardaient pas dans une cage. Au moins, elles ne faisaient pas semblant d'être mes alliées juste pour m'utiliser et avoir mon histoire.

Nous bougeons en rythme, animés par le désir. Son corps me répond, gigotant contre le mien.

Un soubresaut la secoue. Elle se tourne dans mes bras, le

regard rempli de peur. Elle me repousse et se glisse hors du lit, tombant par terre. Elle se relève, choquée.

— Qu'est-ce que tu fais ?

Je sors du lit, chancelant sur mes pieds.

Dans un éclair, elle se retourne et déguerpit vers la salle de bain. Elle n'est pas assez rapide.

Je la suis et la piège contre le mur à côté de la porte de la salle de bain. Elle tremble, effrayée. Je suis un sauvage pour elle.

Je ne devrais pas m'inquiéter de ce qu'elle pense. Mon cœur tambourine tant j'ai besoin de la pencher en avant et de la prendre. La sensation qui émane d'elle est insupportable. Son odeur, sa douceur.

Mais c'est Ann. Je protège Ann. Même de moi-même.

Je glisse une main sur sa joue, respirant le parfum puissant de son excitation. Elle prend une grande inspiration quand je l'appuie contre le mur, la recouvrant avec mon corps.

Dans un effort sauvage, je pousse contre le mur, titube en arrière.

— Entre. Ferme la porte à clé.

Elle écarquille les yeux, puis va dans la salle de bain. Il y a un cliquètement. Non pas qu'un simple verrou pourrait m'arrêter.

J'appuie ma main contre la porte, puis mon visage.

Je me concentre sur le bruit des oiseaux, dehors. C'est l'aube. Les chants des oiseaux aux premières heures du jour. Leurs mélodies ne veulent presque rien dire quand elle est là, avec moi. J'ai tellement envie d'elle.

Mais elle est à moi maintenant. Je prends soin d'elle. Ce qui veut dire que je ne dois pas l'effrayer.

— Lave-toi, dis-je.

— Q-Quoi ?

— Je peux te sentir, haleté-je.

L'eau commence à couler. Je sens que je retrouve plus de contrôle.

Je me force à reporter mon attention sur l'extérieur. La lumière qui filtre autour du rideau. Le soleil.

Sa voix qui résonne de l'intérieur de la pièce.

— Kiro ? Tu vas bien ?

J'appuie mon poing sur la porte. Je ne suis pas doué avec les mots comme Ann l'est. Je tape encore une fois du poing.

Je me retourne et me concentre sur la lumière dépassant sur les côtés du rideau. La liberté, c'est ce que j'ai toujours voulu. Je m'oblige à bouger dans la petite chambre, loin d'Ann. J'ouvre la porte, m'attendant à du vert, mais le ciel est gris. La rue est grise. Les voitures et les lumières colorées tourbillonnent. De gigantesques magasins sont alignés dans la rue comme des lions endormis, surveillant leur parking.

Mais l'air est frais. Et puis, de l'autre côté de la petite allée du motel, je vois un petit bout de vert. De l'herbe. La nature.

Je suis nu, à part le bandage sur mon épaule, mais ce bout de vitalité m'appelle. La terre. Je dois la toucher. Je ferme la porte, et comme un somnambule, j'y vais. Le trottoir est rêche sous mes pieds. Comme lorsque je suis arrivé pour la première fois dans la forêt. Ils vont s'endurcir. Je serai de nouveau normal.

Il y a un arbre, une table de pique-nique avec de la terre autour... Mes pas s'accélèrent. Lorsque j'y arrive, je tombe à genoux, les paumes appuyées contre le sol. Je prends une inspiration, me sentant presque normal.

Chez moi. Je dois rentrer chez moi.

Je me blottis sur le côté, avec ma joue appuyée contre l'herbe. Elle est épaisse et épineuse, pas comme l'herbe que j'aime, mais c'est tout de même de la verdure. C'est vivant.

Je prends une inspiration, sentant le tout. Le ciel au-dessus de moi est brillant sur les côtés. La terre me semble vaste sous mes pieds. Je lève les yeux vers les étoiles faiblissantes.

J'ai tellement envie d'elle que c'est douloureux.

Je ferme les yeux et suis de retour sur le lit, en train de la tenir, douce entre mes bras, offerte à moi, avec le parfum puissant de son excitation.

Comme si je l'avais appelée avec mes pensées, la porte de notre chambre s'ouvre dans un rayon de lumière. Je ne la vois pas, mais je l'entends. Je ne sens plus son excitation. Je la piste. Elle ne va pas s'enfuir. Va-t-elle essayer ?

J'entends des pas sur le trottoir.

Une silhouette sombre au-dessus de moi.

— Kiro.

Elle s'agenouille à côté de moi et pose quelque chose de doux autour de ma taille. Une serviette.

— Mec, notre meilleure chance pour l'instant, c'est de ne pas nous faire remarquer. S'allonger nu, sur la zone de pique-nique d'un motel à six heures du matin ? C'est, euh...

Elle ne s'inquiète pas sincèrement. Elle ne veut pas qu'on se fasse prendre, c'est tout. Elle veut mon histoire pour elle toute seule. Ça me picote. Je grogne.

Elle pose une main sur mon épaule.

— Nous sommes impliqués tous les deux.

Tous les deux. J'aimerais de tout mon cœur que ce soit vrai. Je suis seul depuis si longtemps.

Elle me touche la joue. Je ferme les yeux, m'imprégnant de toute la bonté de son contact.

Lorsqu'elle effleure ma peau, je peux faire comme si je n'étais pas seul.

Chapitre Dix-Huit

Ann

Il ferme les yeux quand je caresse sa barbe.

Son esprit élimine les médicaments. Il ne perd plus de sang. Les choses deviennent réelles. Peut-être même dangereuses.

Pourtant, je devais quand même m'approcher de lui.

Ce foutu petit coin de nature est gelé dans le froid du matin. Il est allongé là, comme si c'était le paradis. Les gens ont pris tellement de choses à Kiro.

Il est dangereux. Je le sais.

Mais il est aussi génial. Féroce, vulnérable et beau. Et honnête, d'une façon que les autres hommes que je connais ne peuvent l'être.

Je n'ai jamais dormi si profondément que lorsque j'étais dans ses bras. Et je ne me suis jamais sentie si excitée jusqu'à ce que je me réveille avec ses mains sur mon ventre et ses dents telles deux fantômes malicieux dans ma nuque. C'était... dangereusement torride.

Et lorsqu'il m'a coincée contre le mur, je savais qu'il était hors de contrôle. Ça m'a vraiment effrayée, mais j'ai aussi aimé ça.

L'électricité qui crépitait entre nous me paraissait interdite et agréable.

Je bouge ma main sur sa barbe. Mon Dieu, comme j'ai bien dormi. Pour la première fois depuis une éternité, j'ai dormi. L'anxiété revient maintenant. J'ai été si stupide de croire qu'elle ne reviendrait pas. Pendant un moment, je me suis sentie bien et heureuse. Libre. Normale.

Il n'enlève pas sa joue de l'herbe. Ses cheveux sombres sont en bataille autour de sa tête. Il y a quelque chose de si bestial dans sa façon de se comporter en ce moment même.

Il prend de nouveau une respiration difficile, comme si mon contact le brûlait. Pourquoi me toucher lui ferait-il mal ?

— Qu'est-ce que tu ressens ? Sur l'herbe, qu'est-ce que tu ressens ?

— Elle sent les produits chimiques.

Oui, j'imagine que c'est le cas.

— Les gaz d'échappement. Probablement les pesticides.

Sait-il ce que sont ces choses ? Peut-être. Il a sûrement beaucoup regardé la télé à Fancher, avant d'être confiné dans sa chambre du moins. Il est familier avec les voitures.

— Ton sens de l'odorat est incroyable.

Ses yeux couleur ambre très expressifs ne quittent jamais les miens. Est-ce qu'il pense au parfum de mon excitation... qu'il pouvait sentir *au travers d'une putain de porte ?*

Je sens la chaleur me monter aux joues.

— Les odeurs à l'hôpital ont dû te rendre fou.

Il m'observe d'un air méfiant. Les lampadaires illuminent la matinée morose, soulignant d'un air théâtral ses pommettes, ainsi que ses yeux. Et ses lèvres appelant les baisers.

— C'est agréable, dit-il.

Je me rends compte qu'il parle de l'herbe.

Je souris.

— Ce petit bout de terre crasseux ?

— Je ne suis pas sorti plus de quelques minutes en... deux ans.

Merde.

— Tu te souviens de quelque chose sur ta vie avant l'état sauvage ? demandé-je.

— Non.

— Tu sais pourquoi quelqu'un voudrait que tu sois enfermé là-bas ? À Fancher ? Te cacher, te garder hors des radars... Je ne sais pas. Plus nous aurons d'informations, plus nous serons forts. Ils t'ont appelé Kiro.

— Ça n'a jamais été mon nom. Je ne l'ai jamais entendu auparavant.

— Comment t'appelles-tu ?

— Keith, répond-il. Keith Knutson.

— Je vais t'appeler Keith, alors.

— Non, ne le fais pas. La famille qui m'a donné ce nom n'a jamais voulu de moi. Ce n'était pas ma vraie famille.

— Où est ta vraie famille ?

Il se contente de me regarder tristement.

— Comment veux-tu que je t'appelle ? Tu ne veux pas que je continue de t'appeler 34, n'est-ce pas ?

— Ils m'ont appelé Kiro ? Ceux qui ont essayé de me tuer ?

— Oui.

— Peut-être que c'est mon vrai nom.

— Tu aimes le nom *Kiro* ?

Il grogne. Il semble que ce soit un oui.

— C'est un prénom assez cool. Je vais t'appeler Kiro à partir de maintenant, mais c'est une décision que tu peux prendre seul. Je veux que tu puisses prendre beaucoup de décisions. C'est ton droit.

Je passe ma main sur sa barbe sombre.

— Je vais te remmener dans la forêt, chez toi, Kiro. Et nous allons le faire intelligemment.

Il ne répond rien.

— Je sais que des gens ont été horribles avec toi. Je sais pour l'homme qui t'a gardé dans une cage. Le professeur.

Il ne montre aucun signe prouvant qu'il m'entend. Je sais pourtant que c'est le cas.

— Je vais t'aider. Je suis allée dans toutes sortes d'endroits. J'ai beaucoup de ressources. Sans parler du fait que je sais conduire.

Il regarde alors vers le ciel.

— On va te remmener là-bas, d'accord ?

Il pose un doigt sur mon genou, y traçant paresseusement une ligne, un léger toucher d'une intensité sauvage. Je pense au moment où il m'a appuyée contre le mur, ayant tellement perdu le contrôle. C'est une force magnifique de la nature.

— Mais nous devons être malins. Une chasse à l'homme a probablement été organisée par les flics. Sans parler du fait que certaines personnes vraiment dangereuses tentent de te tuer.

Il dirige son regard rempli de douleur dans ma direction.

Ne veut-il pas de mon aide ? Eh bien, ça n'a pas d'importance. Il a besoin d'une alliée, étant donné que sa tentative pour retrouver son foyer l'a poussé à me porter hors d'un champ de tir alors qu'il était blessé, et qu'il est maintenant allongé, nu, sur un bout d'herbe dans la zone de pique-nique d'un motel.

J'ai un compte en banque bien rempli. Je peux le remmener là où personne ne le trouvera.

Une bonne histoire est puissante. Et pour lui, il y a également de l'argent en jeu. Je peux m'assurer qu'il en touche sans être sauvagement exploité. Je peux me mettre entre lui et le public. Je peux avoir l'histoire et les photos, mais garder sa localisation secrète. Je peux utiliser mon pouvoir de journaliste pour m'assurer que les choses soient faites de manière à ce qu'il puisse vivre libre. Peut-être que je peux aussi m'assurer qu'il soit payé pour que nous puissions lui acheter beaucoup de terres. Un endroit à lui. Les terrains ne sont pas chers dans le nord du Minnesota.

Surtout, je peux découvrir qui lui court après et pourquoi. C'est l'une des seules façons pour qu'il soit en sécurité. Les mecs de la mafia le pourchassent. Les flics le pourchassent. Tout comme les quasi-paparazzis envoyés par le *Stormline*. Je parie que ce sont les paparazzis qui le trouveront en premier, franchement.

Mais il a peut-être des alliés quelque part. Une vraie famille. Je dois le découvrir.

— Voici mon plan, Kiro. Nous allons te nettoyer pour que tu ne ressembles pas à un mec venant de s'échapper d'un institut pour criminels aliénés. Ensuite, on achètera ce qu'il nous faut et on prendra une voiture. On l'utilisera pour aller au nord, aussi loin qu'ils nous laisseront aller avec ce véhicule. Tu pourras nous guider sur le reste du chemin.

Il semble... en colère.

— Dis quelque chose.

Il scrute mon regard.

— Est-ce que tu peux te contrôler face à mes incroyables charmes féminins suffisamment longtemps pour que nous puissions couper tes cheveux et rebander ta blessure avant que tu enfiles des vêtements propres ? Est-ce qu'on peut juste faire ça ?

— Oui, infirmière Ann.

Il le dit comme si ça allait être difficile pour lui.

Ça ne devrait pas être si torride.

Pas torride, me dis-je.

— Ça nous prendra combien de temps si nous conduisons et qu'on prend ensuite un canoë ?

— Pas longtemps, répond-il.

— On prendra un canoë et de quoi tenir. Une fois qu'on aura mangé une tonne de nourriture. Tu as faim ?

Il dit un mot dans un souffle.

— Oui.

— Tu aimes... les œufs ? La viande ? Les petits pains chauds et beurrés ? Qu'est-ce que tu aimes manger ?

— Tout.

Il me regarde d'une façon qui me fait comprendre qu'il ne parle pas que de nourriture. Mon cœur loupe un battement.

Pas torride, me rappelé-je.

La façon la plus rapide de gâcher toute cette histoire, c'est de m'impliquer émotionnellement avec lui. Toute ma crédibilité et mon pouvoir me permettant de l'aider en tant que journaliste passeraient par la fenêtre si je me le tapais.

Je regarde autour de moi, nerveusement. Il y a plus de voitures.

— Allons-y, alors. On ne voudrait pas que quelqu'un appelle les flics.

J'aimerais un peu mieux coincer la serviette autour de lui, mais c'est légèrement... intime.

J'ai l'impression que nous sommes tous les deux à deux doigts de perdre le contrôle.

Je me lève.

— Tiens la serviette autour de toi et allons-y. On va faire ça comme il faut et on te trouvera de la véritable herbe. Pas ces brins pathétiques et tout collants.

Chapitre Dix-Neuf

Ann

Je n'ai jamais vu quelqu'un manger autant. Je m'y étais attendue, bien sûr. J'ai commandé cinq petits-déjeuners avec steaks et œufs au restaurant le plus proche pour pouvoir nous faire livrer. Et il en a mangé quatre, ainsi que le steak de mon petit-déjeuner, assis là, sur le lit d'un motel, portant le pantalon de survêtement ridicule affublé du logo des Golden Gophers de l'Université du Minnesota que je lui ai acheté à la station-service. Curieusement, il ne semble pas si ridicule quand c'est lui qui le porte.

Je sors mon téléphone. Je me sens bizarre à l'idée de prendre tant de photos en secret, alors j'en fais une sans me cacher.

— Souris, dis-je.

Il me lance un regard noir.

— Oh, allez, dis-je d'un air malicieux.

Je prends une photo de lui, puis fais un selfie de nous deux. J'ai de moins en moins envie de prendre des clichés de lui. De moins en moins envie de raconter son histoire.

Il boit verre d'eau après verre d'eau, comme s'il essayait d'éliminer les médicaments de son système.

Le blanc de son bandage contraste avec son immense torse, ses muscles barrés de cicatrices et de terre, tel le torse d'une bête de guerre.

Même sa façon de s'attaquer à la viande est torride. Il transforme tout autour de lui. Il fait briller le monde d'une manière sombre. Il me donne l'impression d'être en vie.

Je me reprends et tire une chaise vers la salle de bain.

— Nous devons couper tes cheveux et tailler ta barbe.

Il se raidit et je pense à ce qu'ils lui ont fait à l'institut en guise de toilette. Ils coupaient probablement ses boucles avec un nombre minimal de coups de ciseaux, avant de faire la même chose sur sa barbe, puis de le jeter sous la douche pour qu'il soit simplement arrosé. Il subissait ça de la part de personnes qui le craignaient et le détestaient.

Je m'avance vers lui.

— Laisse-moi faire, Kiro. S'il te plaît ?

Je saisis son poignet et l'attire à l'intérieur, pour le faire asseoir sur la chaise que j'ai amenée dans la salle de bain. Je drape une serviette autour de ses épaules nues et commence à brosser ses boucles sombres. J'y vais doucement, les démêlant en faisant attention de ne pas tirer.

— Tu n'aimes pas mes cheveux, dit-il.

— Oh, si. Ce look de roi de la Renaissance te va bien, là. Mais je pense qu'on devrait adopter celui de barbu urbain. Tu te fondras dans la masse.

Mais tu auras toujours l'air sauvage. Comme mon éditeur le souhaite.

Je sors mon téléphone.

— On va faire une photo « avant », dis-je comme si c'était un genre de faveur.

J'ignore cette sensation poisseuse au fond de mon estomac

en prenant le cliché. Les photos du relooking de l'Adonis sauvage se vendront mieux que n'importe quelle autre image. Le public aime les photos avant/après. Je me dis que ces clichés ont une valeur potentielle, ce qui donne du pouvoir à Kiro.

— Je me fiche de me fondre dans la masse, grogne-t-il quand je mets mon téléphone dans ma poche.

— Tu ne devrais pas. Des gens te pourchassent, pour une raison quelconque. Des meurtriers.

— Je tuerai quiconque essaiera de m'arrêter, répond-il nonchalamment.

Ma bouche s'assèche. L'atmosphère semble trop chargée, trop remplie de possibilités obscures.

Je continue de lui brosser les cheveux. C'est un homme qui a été mis en cage, emprisonné, attaché à un lit par d'autres personnes. Peut-être que c'est idiot de me sentir tellement à l'aise avec lui.

— Je t'ai fait peur, dit-il.

Comment le sait-il ? Entend-il mon foutu pouls ? Sent-il ma peur d'une façon ou d'une autre ?

— Je te le dirais s'il y avait un problème avec nous.

Il acquiesce.

— Nous devons juste nous assurer qu'ils ne nous trouvent pas. Nous ne devons pas sortir du lot. La meilleure attaque, c'est une bonne défense, ce qui veut dire qu'on va trouver des vêtements convenables et du matériel de camping. Sans faire trop de cirque.

Il fronce les sourcils.

J'arrange ses boucles brunes soyeuses sur ses épaules. L'ai-je blessé ? Je me rends soudain compte que c'était probablement à cause de la référence au cirque. Un endroit où l'on expose des animaux. Des numéros bizarres.

— Je ne le disais pas dans ce sens-là.

Il croise mon regard. Depuis qu'il s'est échappé, depuis que je me suis rendu compte à quel point il avait retrouvé ses esprits, j'ai commencé à penser que parfois, il me déteste.

Je déglutis et continue à brosser ses cheveux, puis je m'attaque à sa barbe. Je la taille lentement, avec précaution, le cœur battant. J'essaie d'avoir un contact purement clinique, comme ils nous entraînent à le faire à l'école d'infirmières.

La chaleur qui émane de lui est cependant étourdissante. Parfois je ne sais pas si c'est vraiment de la chaleur, peut-être juste une sensation. Une prise de conscience.

À chaque fois que j'effleure son cou ou ses épaules nues, l'électricité sauvage grandit entre nous, comme si la surface de nos peaux avait des charges opposées. À la façon dont sa respiration change, je pense qu'il le sent aussi.

Je peux même sentir le balayage de son regard sur ma peau. Cette chose indomptée et malsaine entre nous a beaucoup trop d'énergie pour cet endroit minuscule. Ses lèvres sont à quelques centimètres de ma poitrine.

Finalement, il prend la parole.

— La meilleure attaque, c'est la *défense* ?

Je me raidis.

— Tu n'es pas d'accord ?

Il jette un coup d'œil à la baignoire, son visage magnifique assombri par le dédain.

— La meilleure attaque, c'est une meilleure attaque, grogne-t-il.

Je retiens un sourire, appréciant qu'il dise ça. Comme c'est étrangement intelligent. Je bouge autour de lui. Lissant et coupant.

Finalement, il ferme les yeux et je me dis qu'il est peut-être enfin en train de se détendre. Quelqu'un dans sa misérable vie lui a-t-il déjà démontré de l'affection ?

Je taille le dessous de sa barbe, tentant d'éviter de toucher son cou épais et musclé. Il a le cou d'une bête.

La bête des enfers, l'a appelé Donny.

La façon dont il m'a sortie de cet endroit me revient brièvement en mémoire. La manière dont il m'a sauvée des griffes de Donny. Comme il m'a appuyée contre le mur. Mon cœur tambourine.

Tu ne peux pas l'avoir.

Je me concentre sur le fait de tailler sa barbe de façon régulière.

Parfois, il regarde ma gorge. Je me sens étrangement vulnérable devant ses yeux lorsqu'il observe mon cou de cette manière. Comme s'il pouvait obtenir n'importe quoi de moi.

Lisse. Coupe. Ne croise pas son regard.

Je canalise mon désir vraiment malsain en prenant soin de lui. En lui offrant cela. Je veux qu'il ait l'air beau. Qu'il ressemble toujours à un garçon sauvage, mais qu'il soit super canon.

Lorsque sa barbe est taillée à la perfection, je déballe l'un des rasoirs du paquet que j'ai acheté. Je mouille son cou avec du savon et le nettoie avant de donner des coups de rasoir méticuleux. Je suis douce. Lente.

Il est l'un des hommes les plus puissants que j'aie jamais rencontrés et il me laisse mettre un rasoir sur sa gorge. Ce n'est pas rien.

Je dois beaucoup le toucher pour cette partie et il semble apprécier. Il aime apparemment qu'on le touche. J'imagine qu'il n'a pas beaucoup été touché dans sa vie. Pas de façon affectueuse, en tout cas.

Je recule. Parfait.

Il regarde simplement sur le côté.

— C'est vraiment bien, déclaré-je.

C'est l'euphémisme de l'année.

Visiblement, il n'aime pas qu'on lui accorde de l'importance. Alors je passe simplement à autre chose.

Je rince son cou, le tapote pour le sécher, essayant de ne pas trop l'adorer, mais il commence à avoir l'air bien trop beau.

Je passe à ses cheveux. Je coupe la longueur. Je lui fais un dégradé tombant juste au-dessus de l'épaule. Il ne regarde pas une fois dans le miroir. Son grand corps libère un soupir à un moment. Il y a toujours ce côté méfiant chez lui.

Cela signifie beaucoup qu'il se rende vulnérable pour moi de cette façon, étant donné qui il est et ce qu'il a traversé.

Étant donné qu'il est complètement féroce.

Je crois que je n'avais jamais compris le concept de férocité jusqu'à ce que Kiro s'agrippe à mon bras et m'appuie contre le mur, tremblant, à deux doigts de perdre le contrôle. Je me suis sentie totalement maîtrisée. Absolument ouverte. Totalement impuissante.

Lorsque j'ai terminé, je me tiens derrière lui et regarde dans le miroir. Il conserve cet air distant, les yeux juste braqués sur le côté, apparemment perdu dans ses pensées. Ou peut-être qu'il résiste juste à mes attentions. J'écarte une boucle noire comme de la suie, puis m'oblige à m'arrêter de le toucher.

Mon Dieu, l'allure qu'il a maintenant... Il était canon avec les cheveux longs, mais maintenant il n'est que folie pure et totale...

— Merde, dis-je. Kiro.

Il garde son regard fixé sur le robinet de la baignoire.

C'est un ange sombre et boudeur. Difficile et magnifique. Sa barbe parfaitement taillée fait ressortir ses pommettes et la ligne confiante de sa mâchoire. Je veux simplement toucher sa barbe de nouveau.

— Merde, déclaré-je.

Apparemment, il ne me reste plus que ce vocabulaire-là.

— Regarde-toi, mec.

Il se retourne finalement vers le miroir, mais n'observe pas son reflet. Il scrute le mien. Mes yeux.

— Tu ne trouves pas ça bien ? demande-t-il.

— Non, déclaré-je avec la bouche sèche. Je trouve que c'est ce qu'on appelle *incroyable, putain.*

Il n'arrête pas de me regarder dans les yeux. C'est tellement typique de Kiro. Concentré. Impliqué.

— Regarde-toi.

— Non, merci.

Quelque chose me saisit le cœur.

— Regarde, insisté-je.

Il continue de river son regard sur le mien, tel le garçon têtu qu'il est.

— D'accord.

Je le contourne pour me mettre face à lui, mon dos au lavabo et au miroir.

— Alors regarde dans le miroir de mes yeux, exigé-je. Non seulement tu es l'homme le plus courageux et le plus sauvage que j'aie jamais rencontré, mais tu es officiellement le plus canon.

Il reste raide et méfiant. L'air entre nous semble trembler. Il prend visiblement plus de place qu'il n'en a jamais pris. Il a presque éliminé tous les médicaments maintenant. Il est tellement là, tellement vivant, tellement... viril.

— Tu ne me crois sérieusement pas ? Tu penses que je suis une menteuse ?

Son regard m'indique que oui.

— Nous devons te laver maintenant. Sans mouiller ton bandage ou tes points de suture. Peut-être que tu pourrais te pencher sur le côté de la baignoire et tenir une serviette sur ton épaule pendant que je te lave les cheveux avec le pommeau de douche, puis tu prendras un bain après, en évitant minutieusement de...

Il se lève, prenant toute la place dans ce petit espace. Il me prend la serviette des mains.

— Laisse-moi.

— Tu vas le faire ?

Il me fusille du regard.

— Ne mouille pas le bandage.

Son regard noir s'intensifie ou peut-être que c'est l'atmosphère dans ce petit espace qui s'intensifie. Nerveusement, je sors de la salle de bain à reculons et ferme la porte. J'écoute l'eau couler dans la baignoire, m'appuyant sur l'endroit où il m'a coincée, me souvenant de la façon dont il m'a pressée contre le mur. Sentant ses bras autour de moi lorsqu'il m'a tenue dans le lit. Je serre mes jambes, imaginant que ses doigts y sont.

Je l'écoute agiter le pommeau de douche, testant l'eau.

Il est dans la baignoire maintenant.

J'attrape mon téléphone et appelle Murray, parlant à voix basse. Il m'envoie une voiture de location et un portable prépayé. Il me dit qu'ils devraient arriver d'une minute à l'autre.

Bien. Je le tiens au courant de la situation. Il y a un magasin rural à vingt minutes. Je vais aller lui acheter des vêtements et des chaussures décents. Des affaires d'extérieur. Je lui ai aussi coupé les cheveux.

— L'Adonis sauvage se fait relooker. Dis-moi que tu filmes tout.

— On n'est pas dans *Pretty Woman*, dis-je.

— Non, c'est mieux que *Pretty Woman*, grogne Murray.

— J'ai eu une photo « avant », ne t'inquiète pas.

— Et tu as pris des notes ?

Je mens et dis que oui, même si j'en ai pris très peu. Je lui parle du repas qu'il a mangé. Je fais l'impasse sur une grosse partie.

— Écoute, j'ai regardé l'affaire sous l'angle de la mafia. Le tatouage de lion est probablement celui du clan du Black Lion, dirigé par Lazarus Morina, aussi connu sous le nom de Lazarus le Sanglant. Ils sont puissants, mais visiblement, ils ne semblent pas avoir de vendetta en cours qui mériterait ce genre de chasse à l'homme. Une autre famille, les Valchek, était leur rivale à un moment, mais ils ont disparu il y a environ vingt ans. Tous les hommes.

— Kiro pourrait-il être un Valchek ? Peut-être qu'il était caché ? Au moment de la guerre ?

— Le timing est le bon, mais j'ai fait mes recherches et il n'y a pas de Kiro Valchek. J'ai vu le nom d'un Kiro décédé, ici et là. Quelques-uns, en Albanie, sont reliés à cette organisation, donc on se renseigne sur eux pour s'assurer qu'ils y sont toujours. Mais je pense que tu as raison. On n'utilise pas cette puissance de feu pour une vendetta. Ces mafieux ne sont pas idiots. Ils ne vont pas dépenser des ressources aussi importantes que celles que nous avons vues à l'Institut Fancher pour une vengeance personnelle. Ils ont une entreprise criminelle à faire tourner, des limites auxquelles ils doivent penser. Ça n'a pas de sens.

— Tiens-moi au courant. Recherche tous les Kiro dans la vingtaine qui ont disparu. J'ai besoin de ce côté-là de l'affaire.

— Et pour sa vie dans les bois ? J'ai besoin des trucs de loup. Une coupe de cheveux et un repas, ce n'est pas ce qui fait les gros titres.

— Tu veux en faire un gros titre ?

Murray continue son explication. Cette histoire fera la une, pendant plusieurs jours. Ça sera repris partout. Il veut garder les images sexy pour les vendre à *BMZ Confidential*, le site de potins hollywoodiens le plus glauque qui soit.

— Demande-lui son prix. Est-ce qu'il ne veut pas être indépendant financièrement ? Tu le priverais de ça ? S'il la joue comme il faut, il pourra signer ses propres chèques.

— Je ne vais pas faire un article à la *BMZ*.

C'est alors qu'il prononce les deux pires mots qu'il aurait pu dire : Garrick Price.

— Je pense que je vais l'envoyer. Il t'aidera beaucoup.

— Je n'ai pas besoin de Garrick.

— Je pense que si. Je le mets dans un avion dans une heure...

— Je gère, déclaré-je doucement.

Je tends l'oreille pour m'assurer que l'eau coule toujours dans la douche.

— Et je vais te dire quelque chose d'autre : Kiro n'appréciera pas la présence de Garrick.

— Garrick s'entend avec tout le monde.

C'est vrai, d'une certaine façon. Il peut arnaquer n'importe qui. Il réussit à faire tomber les autres sous son charme, puis il leur plante un couteau dans le dos. Il détruit les gens. Pourrait-il le faire avec Kiro ?

Mon cœur tambourine. Soit Garrick va effrayer Kiro, soit il en fera son grand copain. Ce serait mauvais dans les deux sens.

— J'ai l'intuition que Garrick va tout gâcher.

— Une intuition forte à quel point ?

— Plus que Garrick n'en aura jamais.

Je dirais n'importe quoi pour l'empêcher d'envoyer ce type.

— Je gère, chuchoté-je d'une voix sonore.

Peut-être trop sonore.

— Tu en es sûre ?

— Est-ce que tu as trouvé l'Adonis sauvage ? Après toutes ces années, qui est la journaliste géniale qui a trouvé sa putain d'histoire ? Qui ? Moi, voilà qui, dis-je.

Je me déteste, mais je ne peux pas laisser Garrick venir.

— Je vais écrire un article de dingue sur cette histoire.

— Prouve-le.

— Regarde-moi faire.

Je raccroche. Je dois lui envoyer quelque chose de décent. De bonnes images. Je dois garder Garrick en dehors de ça. Si je peux le faire, je contrôlerai toujours mon histoire.

Puis Kiro sort de la salle de bain en survêtement, ses cheveux mouillés ébouriffés autour de son visage anguleux.

178

— Qu'est-ce qui ne va pas ?

Son attention est dirigée vers la porte. On dirait qu'il a envie de la démolir.

— Il y a quelqu'un.

— Qu'est-ce que tu veux dire ?

C'est alors qu'on frappe à la porte.

— Oh.

Je me lève.

— Je gère. C'est un ami. Qui nous amène des affaires.

Il me regarde.

Sans ouvrir la porte, je demande :

— Qui est là ?

— J'apporte un paquet de chez *Stormline*.

— C'est un ami.

La voiture, l'argent, le téléphone. J'entrouvre la porte, signe le papier avec le faux nom que Murray m'a donné, puis remercie le livreur.

Je ferme la porte et me retourne. Kiro a mis un t-shirt.

— Allons-y, continuons de bouger.

J'attrape le pull à capuche que j'ai acheté au magasin.

— Nous allons faire des achats.

Chapitre Vingt

Ann

Il faut savoir une chose sur le nord du Minnesota : il y a beaucoup de magasins spécialisés dans les articles de plein air. Je me dirige vers les vêtements de randonnée et de chasse les plus chers dans le plus grand d'entre eux.

Je sens les regards se poser sur moi quand nous entrons. Le magasin est presque vide, mais ce n'est pas la raison. C'est Kiro, la raison. Deux vendeuses arrivent. L'une sourit. L'autre vérifie discrètement la main de Kiro. Il n'est pas marié.

Elles me jettent un coup d'œil aussi. Je suis un peu plus vieille et seulement pas trop mal. Je porte un pull à capuche trop grand par-dessus une tenue d'infirmière.

Je ne suis pas sa copine.

Je souris malgré la nausée qui me traverse.

— Nous avons besoin de tout pour lui. Les meilleurs articles d'extérieur que vous ayez. Il faut plusieurs couches, quelque chose qui fonctionnera en toute saison. Il va...

Je lève les yeux et découvre que son regard est scotché au

mien. Je suis tellement habituée à ce qu'il soit le garçon sauvage drogué que c'est difficile de s'habituer à le voir si alerte. Il sait tout ce que je vais faire avant même que je le fasse.

— Euh... camper et chasser pendant de longues périodes. Il a perdu son ancien matériel. On veut ce qu'il y a de meilleur, mais que ce soit transportable.

Nous nous approchons du rayon des chaussures.

— Je pense à des bottes d'hiver et à des sandales bien solides.

— Je n'ai pas besoin qu'on me couvre les pieds, dit-il.

— Si.

Il me lance un regard noir et je m'en imprègne. Je suis de nouveau de retour dans notre chambre de motel, collée contre le mur. Je pourrais me délecter de son regard noir pour toujours. J'aime tous les airs qu'il affiche.

— Tu as besoin de chaussures. Les tongs de la station-service tombent en morceaux. Et ils te vireront de certains endroits si tu n'as pas de chaussures.

Son regard change et je comprends alors : tous les endroits qui le vireraient parce qu'il ne porte pas de chaussures sont des endroits où il ne veut pas aller. Il retourne dans la forêt. Je m'approche de lui.

— Ça m'aiderait juste à me sentir mieux.

Il grogne doucement. Il me donne son consentement agacé. Avec un petit côté furieux.

J'acquiesce, me demandant distraitement quand je serai capable de comprendre ses grognements et ses regards noirs.

Les vendeuses continuent de lui sourire.

Elles se concentrent sur lui et les poils de ma nuque se hérissent carrément. Ouais, Kiro n'est pas le seul à avoir des instincts déchaînés ici.

Je ne peux pas l'avoir, me dis-je. *Non... juste non.*

— Ça te dérange si je te laisse et que je vais chercher des vêtements pour moi ?

Il me lance un regard méfiant. Il n'aime pas ça, mais il peut le tolérer pour l'instant.

Je m'oblige à aller dans le rayon des femmes afin d'acheter quelques basiques : des sous-vêtements, des jeans, des bottes, plusieurs hauts. Je regarde le temps qu'il fera ces prochains jours. Il fera plutôt chaud, mais les nuits s'approcheront de zéro.

Je fais mes achats et enfile mes nouveaux vêtements. Puis je me dirige vers le rayon des hommes.

Je le remarque de l'autre côté du magasin, assisté des deux femmes. Il a l'air pitoyable. Et inquiet.

Je n'ai pas une bonne vue sur lui, mais je pense qu'elles lui ont fait enfiler une nouvelle tenue. L'une d'entre elles lui met une casquette sur la tête. Il l'enlève brusquement.

J'envisage d'intervenir, mais il a besoin de vêtements corrects.

Je m'avance vers l'étalage de cirés. Il voudra aussi quelque chose d'imperméable. Je les passe en revue, puis m'arrête et observe de l'autre côté du magasin avec une tension me tenaillant l'estomac lorsqu'une des vendeuses ajuste les boutons de sa chemise.

Il la laisse faire. À peine.

Elles reculent toutes les deux pour le regarder.

L'air semble se figer. Les bruits du magasin s'évanouissent. Les portants et les lumières semblent disparaître. Tout ce que je vois, c'est Kiro.

Des frissons me traversent. Il est magnifique, dans le genre mannequin.

Lorsqu'il était attaché au lit, avec son pyjama crasseux et sa coupe de cheveux brute, il était la plus belle chose que j'avais jamais vue. Maintenant, il est plus que magnifique.

Je l'admire en me cachant derrière un portant.

Je m'oblige à sortir mon téléphone et à prendre quelques photos discrètes, tenant le portable d'un air nonchalant comme si je n'en prenais pas. On devient doué pour prendre des clichés discrets quand on est *moi*.

Et ceux-ci, je dois les avoir. Le relooking du garçon sauvage au magasin de vêtements. Ce seront les photos les plus chères. Sa marge de négociation. Ces images satisferont suffisamment Murray pour tenir éloignés des mecs comme Garrick. Ils permettront à Kiro d'obtenir le foutu argent nécessaire pour qu'on lui fiche la paix.

Je vérifie les images. Kiro est terriblement photogénique. C'est ironique pour un mec qui déteste se voir dans le miroir.

Une autre vendeuse amène des lunettes de soleil.

Lunettes de soleil. Merde. Je prends une grande inspiration.

Nos regards se croisent. C'est comme s'il m'avait entendue respirer.

Il accepte les lunettes de soleil et, sans arrêter de me regarder, il les met sur son nez. Il me regarde derrière les verres teintés, surplombant les vendeuses comme une star de cinéma.

Je sais alors deux choses : tout d'abord, il déteste ces lunettes, et deuxièmement, il les met pour moi. Il m'a entendue et il sait.

Mon cœur tambourine lorsqu'il me regarde, pendant si longtemps que cela devient inapproprié. Il me regarde ouvertement, prenant ce qu'il veut, bouleversant toutes les règles. Kiro veut que le monde fonctionne à sa façon.

Il rend le monde beau.

Une des deux femmes enroule une écharpe pour homme autour de son cou. Ils l'habillent comme s'il était leur propre mannequin de défilé. Quand un bûcheron rencontre GQ. Pourtant, il ne détourne pas le regard.

Mon cœur bat à toute allure dans mes oreilles. *Kiro*.

Les vendeuses reculent de nouveau.

Ma bouche s'assèche. Il a toujours eu cette présence puissante, mais avec ces beaux vêtements et ses cheveux injustement canon, même ébouriffés après avoir essayé des vêtements, il est hors du commun. Il emplit l'air. Vole l'air.

L'une d'entre elles parle maintenant, lui demandant de décider de la couleur. Il baisse les yeux.

Je prends plusieurs photos supplémentaires et en transmets une à mon éditeur. Elles sont de mauvaise qualité, rien qu'il puisse vendre pour trop cher, mais c'est comme envoyer un morceau de viande pour que le requin reste occupé. Je vais faire cracher le pognon à Murray pour avoir les photos haute résolution et l'argent ira à Kiro.

Je mets rapidement mon portable dans la poche.

Il a enlevé les lunettes de soleil maintenant. Une autre vendeuse lui amène deux hauts pour qu'il choisisse. Il les prend tous les deux, plongeant de nouveau son regard dans le mien. Il est invasif, impertinent.

Furieux. Pourquoi ?

J'envisage de m'avancer, mais elles ont presque fini.

Je m'occupe avec le portant des cirés. J'en prends un grand. Que faisait Kiro sous la pluie pendant toutes ses années dans la forêt ?

Un vendeur arrive et glisse une carte épaisse dans le cadre du portant qui annonce le prix. Cinquante pour cent.

— Les soldes sur les vêtements d'automne commencent aujourd'hui, déclare-t-il.

Je touche la manche d'un imperméable du bout du doigt.

— Ils sont probablement trop lourds. Il aura sûrement besoin de plusieurs couches plutôt que d'un manteau.

— Nous avons des vestes le long du mur.

J'aperçois un mouvement du coin de l'œil. Je me retourne et vois Kiro en train d'avancer dans sa nouvelle tenue canon. La veste est à carreaux, le tissu est thermoréfléchissant, mais son regard reste purement barbare. Il avance et se tient entre moi et le vendeur, envahissant son espace personnel.

— Kiro...

Le mec est déjà en train de reculer.

— Dites-le-nous si vous n'arrivez pas à trouver quelque chose.

Il s'en va.

Je me retourne vers Kiro.

— Il me donnait juste des informations sur les soldes.

— Ce n'est pas le problème.

— Évidemment que c'est le problème.

Il fusille du regard le dos du vendeur. L'atmosphère est remplie de testostérone et de chaleur.

— Nous devons y aller, grommelle-t-il.

— Nous devons finir, d'abord.

Kiro continue à lancer un regard noir, mais cette fois-ci il est dirigé vers tout le magasin.

— S'il te plaît, Kiro. On finit ça et on s'en va. Et tu n'auras plus jamais à revenir ici.

La vendeuse qui semble être en charge du magasin revient et tend une veste dans le dos de Kiro.

— Finissons-en, lui dis-je.

— Il a besoin d'un imper. Voici un XXXL. Je pourrais avoir une taille au-dessus, mais nous allons devoir la commander.

— Nous en avons besoin maintenant.

J'entends un grognement. Je lui lance un regard suppliant. Il doit garder son calme un peu plus longtemps. Nous avons besoin de vêtements et de matériel pour l'extérieur. Nous ne pouvons pas nous montrer stupides.

— Nous avons presque terminé.

Il soupire.

Je suis son regard sombre. D'autres clients sont entrés maintenant, et je remarque qu'ils jettent tous des coups d'œil à Kiro. Ça ne me surprend pas vraiment. Il est juste canon, il a une présence aussi brutale qu'imposante.

Ils le regardent vraiment beaucoup. Je me rends alors compte qu'ils doivent penser qu'il est célèbre.

Est-ce ce qui le dérange ? Est-ce la raison pour laquelle il grogne ?

D'autres lunettes de soleil apparaissent.

— Pas de lunettes de soleil, dis-je. Il aime avoir le soleil dans les yeux.

Je ne sais pas comment je le sais. Je le sais, c'est tout.

Kiro me jette un coup d'œil, avec un air hanté. Quelque chose ne va pas. Quelque chose ne va vraiment pas. Que s'est-il passé ?

La plus jeune vendeuse amène une chemise à carreaux pour qu'il l'essaie. Le noir et le marron sont assortis à ses cheveux, le bleu contraste avec le doré dans ses yeux.

— Essayez celle-ci, dit-elle.

Il touche le tissu, toujours avec ce regard hanté.

Je tends les lunettes de soleil à la vendeuse.

— J'apprécierais beaucoup si vous pouviez vérifier ce que vous avez dans les grandes tailles de vestes et de t-shirts, déclaré-je.

Mais ce que je veux vraiment dire, c'est *donnez-nous un moment.*

— Qu'est-ce qu'il y a ? demandé-je une fois que les vendeuses sont parties.

— Tu ne le vois pas ? me demande-t-il.

— Non. Quoi ?

— Moi. Je suis exposé comme un sauvage. Je suis habillé comme un animal de cirque.

J'agrippe son bras avant qu'il puisse s'en aller.

— Ce n'est pas ce qu'ils sont en train de se dire.

— Ils savent tous ce que je suis. Tout le monde le sait. La façon dont ils me regardent...

— Ce n'est pas la raison pour laquelle ils te regardent ! Ils te trouvent canon. Magnifique. Kiro... tu n'es pas un sauvage.

Son regard distant est dirigé au-dessus de ma tête maintenant, ne croisant pas mon regard. Il a l'air si vulnérable, si en colère. *Ils veulent me tuer parce que je suis différent.*

C'est ce qu'il pense. C'est ce qu'il pense vraiment.

— Je te jure, ce n'est pas ce qui est en train de se passer.

Il secoue la tête.

— Tu as passé du temps, perdu dans les bois. Ça ne fait pas de toi un sauvage.

— C'est ce que tu dis.

— Je sais que de tous les patients internés à l'Institut Fancher, c'est toi qui m'as montré le plus d'humanité.

Ses lèvres se tordent. Il ne me croit pas.

— Le professeur qui m'a enfermé dans une cage avait une théorie. Il disait que mon cerveau primitif, mon cerveau reptilien prenait le contrôle. Il pensait que c'était parce que j'avais vécu avec les loups. Il ne comprenait pas que j'étais né de cette façon.

— Quoi ? Aucun enfant ne naît de cette façon.

C'est lui qui saisit maintenant *mon* bras, son regard plongeant dans le mien.

— Demande-moi quel effet ça m'a fait de l'étrangler. De le sentir mourir entre mes mains. Demande-moi.

— Tu dois laisser tomber, chuchoté-je.

Son regard brûle le mien, me mettant à nu, nous mettant tous les deux à nu.

— J'ai aimé ça. J'ai aimé sentir la vie le quitter.

— Il te gardait dans une cage.

Il baisse la voix, la réduisant à un grognement.

— Demande-moi ce que j'ai envie de te faire.

L'énergie palpite entre mes jambes tandis que j'essaie de m'échapper de sa poigne. Ses yeux pétillent alors qu'il resserre ses doigts. Je suis de retour dans cette chambre de motel, avec lui me pressant contre le mur. J'ai l'impression que mes entrailles fondent.

Sa voix gronde sous le coup de l'émotion.

— Demande-moi.

— Kiro...

— Tu peux m'habiller et me couper les cheveux, mais tu ne pourras jamais dissimuler le sauvage qui est en moi.

Il me lâche et se précipite vers les cabines d'essayage pour homme.

Je le regarde, sentant sa douleur si intensément... tout comme son isolement.

Je ne peux pas le laisser seul. Je le suis. Il n'est pas difficile à trouver. Il n'y a qu'une seule porte fermée.

Je frappe.

Il grogne. Quelque chose se déchire. Des boutons rebondissent par terre.

— Laisse-moi entrer.

— Va-t'en.

Je m'agrippe à la poignée.

— Je vais entrer.

Pourtant, je continue d'hésiter. Il est d'humeur dangereuse. Mais peu importe, il a besoin de moi. J'ouvre la porte.

Il se tient là, dans tous ses états, de gigantesques mains arrachant les boutons. Il marque une pause, avec un regard indéchiffrable. Il me rappelle la tête que font parfois les chats, mais on ne peut jamais savoir ce qu'ils sont en train de se dire. Ça peut être de l'affection tout comme une envie de vous tuer. Il recommence à s'acharner sur les boutons.

— Garde des vêtements.

Il jette un coup d'œil au survêtement par terre. Envisage-t-il de le remettre ? Oui.

— La chemise en flanelle et le jean sont pratiques, dis-je.

— Je n'ai pas besoin de choses pratiques.

— Fais-le pour moi.

Il semble déchiré, son torse se soulève doucement. Il est sacrément beau, ma détermination se brise. J'ai bien trop conscience de sa chaleur, de son pouvoir.

— Encore quelques affaires et on sort de là. Garde tes nouveaux vêtements, on va y aller.

— J'en ai assez de faire du shopping.

— Encore un peu.

— Tu étais si belle, là, de l'autre côté du magasin, halète-t-il. J'ai aimé te regarder. Et puis ce mec, qui t'a parlé comme ça. J'ai eu envie de lui arracher le visage et de te baiser devant tout le monde. De te maintenir en place... de te prendre, de te sentir et de t'avoir.

Il serre les poings.

— J'ai à peine pu rester en place.

Je ne sais pas vraiment quoi faire de ce mélange étrange de possessivité et de vulnérabilité.

— Eh bien, dis-je d'une voix vacillante, étant donné que nous essayons de ne pas attirer l'attention, c'est probablement une bonne chose que tu n'aies pas mis ton plan à exécution.

Il se contente de me regarder avec ses yeux couleur ambre.

— Je peux te sentir, Ann. Ton parfum m'enivre.

Je déglutis. Est-ce qu'il sent l'excitation ?

Il ferme les yeux.

— Il est mieux que tout ce que je connais.

Un homme ne s'est jamais autant focalisé sur moi. Je serre les jambes.

— Allons chercher le matériel de camping et partons, d'accord ?

Je m'avance vers lui et rattache un bouton. Mes doigts tremblent. J'arrive à peine à le faire. Les vendeuses lui ont fait enfiler un t-shirt noir sous la chemise en flanelle rembourrée.

— Ce sera chaud et agréable à porter. Tu en seras ravi.

Il attrape ma main, l'électricité crépitant dans ses yeux.

— Quoi ?

Il baisse les yeux vers mon entrejambe.

— Quoi ?

— Ton odeur.

Je déglutis.

— Euh...

Il braque une fois de plus son regard sur le mien et j'ai la sensation qu'il peut maintenant déchiffrer mes « euh » aussi facilement que mes grognements. Il se lève, m'attirant dans le petit espace.

La chaleur me traverse.

Il me lâche. Ses mains sont sur mon jean maintenant. Il tâtonne avec le bouton, la fermeture éclair, soutenant mon regard comme il aime le faire.

— Kiro ! chuchoté-je.

Je tente de l'arrêter, mais c'est comme si ses mains étaient faites d'acier et de pierre. Disons de l'acier et de la pierre en fusion, car elles sont sur mes hanches, sur mes fesses, poussant mon jean jusqu'à mes chevilles.

— Oh mon Dieu, Kiro, tu ne peux pas juste...

La chaleur dans son regard est assortie à la mienne. Il grogne. *Il peut le faire. Il le fait.* Il baisse ma culotte et m'attire sur le banc de la cabine d'essayage.

— Kiro !

Il me déshabille sous la taille et s'agenouille devant moi. Il s'agrippe à mes deux poignets d'une main, les coinçant contre le mur.

Doucement, il saisit ma cuisse de l'autre main et l'écarte, exposant ouvertement mon sexe dans la cabine d'essayage. Je suis sans voix, je halète.

Il me tient simplement ouverte à lui, là, sur le banc.

Son corps palpite d'un pouvoir sauvage. Je ne sais pas si je dois être effrayée ou désespérément excitée. Je suis les deux, j'imagine.

L'air est frais, telle une sensation sauvage sur mon sexe.

Je me tortille et tremble, prise dans sa poigne.

— Nous sommes dans un endroit public. Allez, Kiro. Tu ne peux pas...

Il raffermit sa poigne en réponse. *Il peut le faire.*

Il se penche et se place face à face avec mon sexe, me maintenant ouverte. Il ne me touche même pas, il ne fait que regarder. Il me sent. Je ne me suis jamais sentie aussi vulnérable, je ne me suis jamais sentie plus exposée.

Mon sexe frissonne sous cette sensation.

Je suis coincée. Impuissante. Désespérément excitée.

Il me fige avec son regard chaud, ses cheveux bruns s'enroulant autour de ses pommettes, il rapproche sa bouche et prend une inspiration.

Je retiens mon souffle, entièrement réceptive. C'est comme si les lèvres de mon sexe étaient recouvertes de terminaisons nerveuses sentant l'afflux frais des molécules de l'air.

Je m'immobilise, figée par l'anticipation.

Il souffle ensuite. Sa respiration est chaude. Attise ma libido. Il prend une autre inspiration pour me sentir.

Je fonds dans sa poigne. Tout mon corps est un puits de désir. Il ne fait que me sentir et je m'apprête à jouir.

Juste parce qu'il me sent.

— Kiro, nous sommes dans la cabine d'essayage. Nous sommes en cavale. Nous ne pouvons pas...

— Tu n'aimes pas ?

Maintenant, c'est moi qui n'ai pas de réponse.

Il lève les yeux vers les miens.

— Je crois que tu aimes qu'un sauvage te rende impuissante.

Les cuisses si écartées que tu sens tout, là où n'importe qui pourrait nous surprendre. Dis-moi.

— Kiro...

Il prend une autre inspiration et se rapproche, suffisamment près pour que le bout de son nez touche mon clitoris devenu sensible.

— Oh mon Dieu !

Il donne un coup de sa langue épaisse et chaude entre mes lèvres. Je commence à crier et il plaque une main sur ma bouche.

Je sens sa respiration comme une bourrasque. Il suit le contour de mon sexe avec sa langue. Il me lèche de nouveau, un long coup de langue lascif. Puis il suçote à peu près tous les plis qui s'offrent à sa bouche.

Mon cerveau fond.

Il me suce. La force de son geste me fait tomber dans des sables mouvants de sensations. Sa barbe gratte l'intérieur tendre de mes cuisses. Il bouge sa langue tout en suçant la zone entourant l'entrée de mon vagin, dans un mouvement impitoyable qui liquéfie mon cerveau.

Je crie derrière sa main, secouant la tête. Il enlève ses doigts de ma bouche, apparemment agacé par mon interruption.

— Quoi ?

— Nous sommes dans une cabine d'essayage, haleté-je.

Son regard dit : *Tu m'as vraiment interrompu pour ça ?*

Il se contente de plaquer de nouveau sa main puissante sur ma bouche et de recommencer ses suçotements et ses caresses lascives et affamées.

Puis il lèche. Sa langue semble pousser la sensation jusqu'au fond de moi. Elle pousse, lèche, pousse, lèche, entre... Je proteste derrière sa main.

Mes exclamations sont inutiles. Mes objections sont comme un moucheron pour un taureau. Mon sexe lui appartient.

Annika Martin

Il prend son temps avec de longs coups de langue noncha-
lants, utilisant la partie plate de son appendice maintenant.

Je suis impuissante dans ses bras. Il me prend. Il aime ce
qu'il me fait. Il bouge sans pitié sur moi, avec la partie pointue
de sa langue désormais. Mon cœur tambourine quand je me
rends compte qu'il pourchasse mon orgasme, comme s'il s'agissait d'une proie ou quelque chose comme ça.

La sensation étincelante apparaît rapidement et se cache. Il
la trouve, la pourchasse, se précipite. Je gémis derrière sa main.
Je me tortille.

Mes mouvements rendent sa chasse impitoyable.

Je déglutis, le visage chaud, le corps électrique. Il me maintient, me lèche, me pousse à deux doigts de la jouissance. Je ne
peux soudain plus me cacher.

Je tente de le faire, j'essaie de me reculer, comme poussée
par mon instinct.

Il grogne et repousse mes mains, comme pour me soumettre.
C'est tellement agréable, je ne sais pas quoi faire. Tout ce que je
peux faire, c'est rester immobile.

Il me lèche encore et c'est comme s'il savait que j'étais
proche, parce qu'il donne un coup de langue sur mon clitoris,
diaboliquement, impitoyablement. Il sait qu'il m'a. Il le sait.

Il veut m'achever.

Je me brise sous son pouvoir. Il grogne doucement quand je
jouis. Il change sa façon de me tenir. Il me berce pendant les
soubresauts qui traversent mon corps.

Pourtant, il n'arrête pas de me lécher. C'est doux. C'est
brusque. C'est totalement incroyable.

J'ai la tête qui tourne, je halète.

Il ralentit et grogne. Il enlève sa main de ma bouche et glisse
deux doigts en moi, m'envoyant presque dans la stratosphère. Mes
hanches ondulent, comme si elles avaient leur propre volonté.

Il amène ses doigts glissants vers mes lèvres.

— Suce.

— Q-Quoi ?

Il me lance un regard sombre et serre mes joues d'une main, m'obligeant à ouvrir la bouche.

— C'est à moi aussi.

Il fait entrer ses doigts dans ma bouche.

— Suce.

Je m'exécute en tremblant.

— Voilà à quel point tu es belle, dit-il. Voilà comme ton goût est bon. Voilà comment je le sais.

Comment il sait quoi ?

Il enlève ses doigts de ma bouche et les pousse dans la sienne.

Je le regarde d'un air abasourdi.

Il écarte un peu plus mes jambes et glisse ses doigts gigantesques en moi. Je tente de refermer brusquement mes genoux. Il les écarte encore plus.

— Encore.

Il recommence à me lécher, cette fois-ci avec ses doigts fermement plongés en moi.

— Je ne peux pas ! Je suis trop...

Il appuie de nouveau sa main contre ma bouche, continue de lécher et de me prendre avec ses doigts immenses. La sensation est merveilleuse, mais mon clitoris est tellement sensible, tellement sensible.

Je me tortille et le supplie d'arrêter, ce qui finit par prendre la forme d'un gémissement derrière sa main. Je tente de repousser sa tête avec mes deux mains.

Il se retire dans un soupir qui semble me parcourir entièrement.

— Quoi ?

Remets ton doigt en moi est la seule pensée que je peux formuler dans ma tête.

— Euh..., dis-je.

Il appuie ses mains sur mon ventre.

— Je te trouverai toujours, je te prendrai toujours.

— Euh, soufflé-je.

Il sourit d'un air lascif, puis il pousse sa langue épaisse dans mon vagin. Je gémis. Il remonte sur mon clitoris. Il va de bas en haut. Je frissonne à chaque coup de langue. Je suis à nu, exposée.

Il me chasse et je bats en retraite, perplexe, à bout de souffle. Je me fiche de tout. Est-ce que des gens passent devant la cabine ? Je m'en moque.

Il pourchasse ce sentiment scintillant. Je ne peux me cacher. Je secoue la tête, épuisée. Voilà ce que c'est d'être à la merci d'un véritable prédateur, pensé-je vaguement. Il sent tout, utilise tout. Il ne me laisse pas une seule chance.

À un moment, mes cris et mes protestations se transforment en supplications chuchotées. Il plaque de nouveau sa main sur ma bouche.

Il me possède. Il me prendra toujours. Il joue avec moi, me maîtrise.

Il semble parfaitement conscient de ça, tout comme il semble tout savoir.

Il pousse sa langue plus profond. Elle paraît géante et vivante. Il l'enroule et la déroule, me léchant à l'intérieur. Je m'imagine que c'est son membre. Je veux qu'il m'étire, qu'il me remplisse, qu'il me prenne, qu'il m'utilise, qu'il me possède.

Il la retire et la fait de nouveau passer sur mon clitoris, brusquement.

Je frissonne, en extase.

Il me possède et il va me faire jouir de nouveau.

Je peux courir, mais je ne peux me cacher. Ça me semble

injuste. Peut-être que c'est le cas. Ça n'a pas d'importance. Il passe de nouveau sa langue sur moi.

Je ne peux plus le supporter, mais j'y suis obligée, encore et encore. Je suis une créature appartenant à un tout. Je suis coincée au bout de sa langue.

Il se fige et se retire, tournant son regard doré vers moi.

Il semble presque prétentieux.

Il voit tout. Il voit que je suis juste là, que je l'attends, ouverte et désespérée, autant qu'un être humain peut l'être. Je tente d'extirper mes poignets de sa main, voulant attraper ses cheveux pour le faire revenir. J'ai besoin de lui. Je suis folle sans lui. Je ne peux le supplier avec mes mots ou mes mains, alors je le fais avec mes yeux.

Il semble satisfait. Il baisse son visage vers moi, appuie de nouveau sa langue sur mon clitoris horriblement sensible. Il sait, il s'en amuse.

Le plaisir jaillit en moi. Il me fait continuer, me fait tourbillonner. Je crie derrière sa main. Il a franchi tellement de lignes. Je n'arrive pas à compter combien. Je m'en moque.

Je jouis, ébranlée et déboussolée.

Il m'a brisée, d'une façon ou d'une autre. Et j'aime ça. Je veux qu'il me brise encore et encore. Il se lève et m'embrasse dans le cou, sur la joue.

Finalement, il se démêle de mes membres et se lève, me surplombant d'un air sombre.

— Pour moi, tout est beau chez toi, grince-t-il.

Je m'assieds, vautrée sous lui, comprenant à peine ses mots. Je ne sais pas ce que tout ça signifie. J'ai juste cet élan d'affection indescriptible envers lui. Mon affection pour lui ressemble un peu à de la folie.

C'est hors de contrôle que je lève les mains vers lui. Les deux mains.

J'ai besoin qu'il soit de retour avec moi. Qu'il me touche.

Il me regarde de la plus étrange des façons. Il ne saisit pas mes mains, au lieu de ça, il se penche et me prend dans ses bras.

J'ai l'impression d'être un poids plume, d'être chérie.

Il pose son nez contre mes cheveux et prend une inspiration. Je suis une petite chose dans ses bras, au milieu d'un magasin rural du Minnesota, au bord d'une forêt primitive sous la vaste étendue des étoiles, des planètes, des systèmes solaires. Et tout est différent.

Il me repose et caresse mes cheveux. Il désigne mes vêtements.

— Nous devons y aller.

Mon regard tombe sur son pantalon, où il y a un grand renflement.

— Tu ne veux pas...

Je tends la main vers son sexe. Il attrape ma main avant que je le touche, glissant son pouce à l'intérieur de mon poignet, le long de la veine, comme s'il vérifiait mon pouls.

Comme si j'étais son animal de compagnie ou quelque chose dans le genre. Comme si j'étais à lui.

— Je veux y aller, déclare-t-il.

Je lève les yeux vers son regard indéchiffrable, rempli de sévérité et d'affection. C'est là que j'ose y penser : peut-être qu'il est différent. Plus sauvage, en quelque sorte.

Je sens toujours ses grandes mains sur moi, la façon dont il m'a tenue, dont il m'a sentie, comme s'il était animé par une force primale.

Voilà un homme qui peut se battre comme s'il avait des yeux à l'arrière de la tête. J'ai vu des hommes se battre. J'ai regardé au travers de fentes dans des chars et j'ai vu les pires meurtriers de ce monde en mode bataille. J'ai vu encore pire que ça sur des vidéos qui ne seront pas rendues publiques avant des milliards d'années.

Mais je n'ai jamais vu quelqu'un se battre comme Kiro le

fait. Il est possible qu'il ait littéralement eu envie de saccager le magasin. Les mecs détestent le shopping, mais ils n'ont généralement pas une envie urgente de détruire la boutique. Et la façon dont il vient de me prendre...

Je suis différent, infirmière Ann. Il me l'a dit assez de fois. Je sens la vérité de ses paroles comme lui sent les saisons, ainsi que les prédateurs. Les implications semblent énormes, anciennes.

Il baisse les yeux vers moi. Mon cœur tambourine. Que pense-t-il quand il me voit ? Que pense-t-il de tout ça ?

Je tente de tirer sur mon jean déchiré, me sentant brisée moi-même. Et incroyablement triste.

Il fronce les sourcils.

— Qu'est-ce qui ne va pas ?

Je ne sais pas quoi dire. Tout semble soudain si tragique. La façon dont il perçoit le monde, la façon dont les gens veulent l'utiliser.

— On ne peut pas traîner dans cette ville trop longtemps, mais on ne peut pas s'en aller sans matériel.

Je plie le haut de mon jean déchiré. Je ne peux pas faire mieux maintenant que les boutons ont été arrachés. C'est ainsi que Kiro enlève les vêtements des femmes.

— Tu dois récupérer le matériel qu'il te faudra pour vivre là-bas, dis-je.

— Tu vas m'aider.

— Je vais t'aider.

Même si je ne sais pas pourquoi il a besoin d'aide. Qui saurait mieux que lui ce dont il a besoin ?

J'achète un jean supplémentaire et l'enfile rapidement au magasin de matériel de camping et de chasse. Lorsque je sors de la cabine d'essayage, je le trouve au comptoir des couteaux.

J'arrive derrière lui, sachant qu'il sait que je suis là. Il inspecte une série de couteaux de chasse, les évaluant et les rejetant les uns après les autres, tel le super-prédateur qu'il est.

Qu'est-il en train d'imaginer en les faisant tourner entre ses doigts ? Je devrais prendre une photo de ça, aussi. Les gens voudront savoir ce qu'il a choisi.

Merde, l'argent provenant de la publication d'un cliché comme celui-ci pourrait lui acheter des milliers d'hectares dans sa forêt pour qu'ils soient à lui. Car qui ne voudrait pas avoir le même couteau que l'Adonis sauvage ?

Je sors mon téléphone comme pour vérifier mes e-mails, et prends discrètement quelques photos. Je commence à remettre en question tout ce processus, mais le truc avec les photos, c'est qu'une fois que le moment est terminé, vous avez perdu le cliché.

Il opte pour un grand couteau et un autre avec un petit manche. Le petit semble trop minuscule pour sa main. À quoi servira-t-il ?

Pendant que les vendeurs emballent les lames, il inspecte le contenu d'une boîte sur le comptoir. Des porte-clés en forme d'animaux différents.

Soudain, il tire sur l'un d'eux et le tient dans sa grande paume, le fixant avec un mélange de choc et de révérence, comme s'il avait découvert un joyau rare et précieux.

Je m'approche et vois qu'il s'agit d'une silhouette de loup hurlant attaché à un porte-clés. Juste un petit objet de plastique bon marché, fabriqué en Chine. Pratiquement inutile.

Mais apparemment, pas pour Kiro.

C'est la seule chose pour laquelle il a vraiment montré un intérêt lors de ce shopping.

Les loups. Sa famille.

Tout ce temps passé à vouloir rentrer chez lui. Je me rends alors compte que tout ça n'est pas en rapport avec la forêt, mais avec les loups. Ils ont dit qu'il avait été élevé par les loups. Est-ce que cela pourrait être vrai ? La façon dont il tient ce stupide porte-clés m'indique que oui. Pour Kiro, c'est comme tomber sur la photo d'une mère disparue depuis longtemps.

Je fais un signe de tête vers l'objet.

— Achetons-le.

— Pour quoi faire ? demande-t-il sans le lâcher. C'est pour les clés. Je n'ai pas de clés.

— Si tu l'aimes, c'est une raison suffisante pour l'acheter. Bienvenue dans une virée shopping.

Il referme ses grands doigts autour. Cela me provoque tout un tas de sensations de le regarder s'accrocher à cette chose.

C'est le détail autour duquel je vais faire tourner l'histoire. Kiro, arraché au seul endroit où il a toujours été heureux. Il a été mis en cage, emprisonné, drogué.

Il veut juste rentrer chez lui, avec la seule famille qu'il ait jamais connue. Le seul endroit où il s'est senti aimé.

Et il s'accroche à ce foutu porte-clés.

— On devrait clairement l'acheter, déclaré-je nonchalamment.

Nous avançons vers le rayon des sacs de couchage. Il touche l'intérieur de chacun d'eux, me demandant mon avis, choisissant finalement le plus grand et le plus doux. Je souris, amusée que Kiro apprécie un peu de confort finalement.

Il me regarde et me surprend en train de sourire.

Il sourit à son tour.

Chapitre Vingt-Et-Un

KIRO

J'AI VU BEAUCOUP de belles choses. Des beautés inattendues et surprenantes lors des matinées brumeuses. Dans le plus profond de la nuit. Pendant les batailles les plus sanglantes. Lors des jours d'automne ensoleillés et paresseux.

Mais rien n'était aussi beau qu'Ann, à moitié nue, dans la cabine d'essayage. Quand elle tendait la main vers moi comme si elle pensait que j'étais quelqu'un de bien.

Je passe mes doigts sur le tissu du sac de couchage qu'Ann a choisi, comme pour vérifier sa douceur, mais je revis plutôt ce moment dans la cabine d'essayage quand elle était sous moi, levant les mains vers moi.

Je me rappelle que je ne peux pas lui faire confiance. Elle est uniquement avec moi pour mon histoire.

Pourtant, je devais la prendre dans mes bras.

Même les choses fausses peuvent nous aider à nous sentir bien.

Comme Ann, levant les mains vers moi.

Comme le loup dans ma main.

C'est juste un bout de plastique, mais il ressemble à Red, l'un des meilleurs amis que j'aie jamais eus. Mon cœur se tord quand je le tiens. Je vais revoir Red. Je peux presque sentir sa fourrure rêche et chaude. Et Sally, avec son petit museau noir. Ses yeux féroces. Ils étaient tous si distincts.

Quand j'étais allongé sur le lit de l'institut, j'imaginais le moment où je sentirais mes vieux amis, où je les verrais, où je sentirais le bonheur les faire frissonner. Je n'aurais jamais imaginé que cela puisse se réaliser.

Ann traverse le magasin, pointant du doigt toutes les choses dont j'ai besoin selon elle.

— Et de la corde ? Un purificateur d'eau de camping ? Ce serait bien, non ?

Je dis oui à tout, puisque ce sont les choses dont *elle* pense avoir besoin.

Une femme comme Ann est fragile et peu habituée à la forêt. Avoir toutes ces choses la mettra plus à l'aise.

Le loup en plastique est la seule chose que je veux dans le magasin. Et un canoë. Parce qu'un canoë nous ramènera plus rapidement à la maison. Elle en choisit un en Kevlar.

Notre caddie est rempli à ras bord avant même d'avoir atteint le rayon des tentes. Elle finira par découvrir que nous n'avons besoin que de la tanière, ou peut-être de la grotte si nous voulons faire du feu. Mais les loups sont plus utiles pour réchauffer les doigts et les orteils froids que n'importe quel feu. Pourtant, nous en choisissons une.

Elle sera effrayée au début, mais les loups se souviendront de moi et si je la mène à eux, ils l'accepteront comme étant mienne.

Finalement, elle finira par être heureuse comme je l'ai été.

— Nous irons là-bas en canoë, on déposera tout ça chez toi et tu me ramèneras à la voiture, déclare-t-elle.

Je comprends à la façon dont elle le dit qu'elle s'imagine que notre voyage prendra un jour, peut-être deux. Elle ignore totalement à quel point cette contrée sauvage est vaste. Elle ignore totalement que nous voyagerons pendant plusieurs jours.

Je touche l'ourlet de son t-shirt, pensant au goût qu'elle avait. Je souris.

Elle aime quand je souris. Les gens ont toujours voulu que je sourie, ils m'ont toujours dit de sourire. Je ne le faisais jamais. Mais Ann est différente. Je veux sourire quand je suis avec Ann.

Nous déballons ce que nous avons acheté et qui se trouve dans des contenants en plastique exaspérants, puis nous les chargeons dans les sacs à dos, là, directement dans le magasin. Nous les mettons sur nos épaules et portons le canoë sur nos têtes. Nous ne sommes qu'à quelques pas de la porte quand je m'arrête.

Ils sont là.

— Quoi ?

— Retourne dans le magasin. *Maintenant.*

Je l'oblige à tourner, avec le canoë et tout, pour retourner dans le magasin comme si nous avions oublié quelque chose. Nous posons le canoë.

— Quoi ? demande-t-elle.

— Ils sont là, dis-je.

Elle écarquille les yeux.

— Qui ?

— Ceux qui ont attaqué l'Institut Fancher.

— Le canoë était au-dessus de ta tête... Comment tu les as vus ?

— Je ne les ai pas vus, j'ai senti leur odeur chimique. Ils nous attendent près de la voiture.

— La voiture de location ? Comment ont-ils pu nous trouver ?

Ann s'inquiète des détails. Moi, non.

— Tu attends là pendant que je les tue.

— Non.

Elle pose une main sur mon bras.

— Ils nous attendent devant notre voiture de location. Laissons-les attendre.

— On part à pied ?

Elle regarde autour d'elle.

— On va emprunter une voiture.

— Emprunter ?

— On va sortir par derrière et trouver quelque chose... voler/emprunter une voiture, dit-elle.

— Tu as besoin de clés.

— Non, déclare-t-elle. Nous devons juste être rapides. Je la démarrerai pendant que tu attacheras le canoë avec la corde. Tu pourras le sentir s'il y a quelqu'un là derrière ?

— Bien sûr.

Je la laisse et avance vers la porte de derrière. Je renifle et retourne vers elle.

— Ils ne sont pas derrière, juste devant.

Elle sourit, comme si je venais de faire un tour de magie. Elle collecte des faits pour son article. Je saisis le canoë et le porte tout seul cette fois-ci. C'est ce que je voulais faire avant, mais Ann a insisté pour m'aider. Je l'ai laissée faire, puisque cela semblait important pour elle, mais maintenant les hommes qui nous ont attaqués sont là.

Elle me guide vers un pick-up bleu garé au bout du parking, caché derrière une voiture plus grosse. Elle brise la vitre et une alarme résonne, me perçant les tympans. Rapidement, elle se glisse à l'intérieur et se met au travail, faisant quelque chose à côté du volant, tirant et forçant. L'alarme s'arrête.

Elle s'affaire avec assurance.

Elle est encore plus belle quand elle est sûre d'elle. Cela me rend également triste, puisqu'elle n'est pas vraiment avec moi. Elle n'est pas vraiment de mon côté. Elle est mon ennemie naturelle. Une journaliste.

Néanmoins, pendant une seconde, je m'autorise à l'imaginer rentrer chez moi comme une véritable compagne, comme si elle voulait vraiment être là.

Le moteur démarre.

J'accroche le canoë sur le toit. Ann s'assied derrière le volant, démontant son téléphone.

— Qu'est-ce que tu fais ?

— Juste au cas où, répond-elle mystérieusement.

Nous nous retrouvons vite sur la route.

— Tu peux démarrer une voiture sans la clé, dis-je. Comment tu sais faire ça ?

Elle hésite et mon cœur se noircit puisque je sais qu'elle va mentir, ou du moins me raconter une semi-vérité.

C'est bon de me souvenir qu'elle ment et qu'elle ne veut pas être avec moi, qu'elle ne me veut que pour l'histoire.

— Je l'ai appris quand j'étais à l'étranger, explique-t-elle enfin.

J'acquiesce.

— Quand je travaillais dans des zones de conflits, ajoute-t-elle. Dans certains de ces endroits, la moitié des voitures n'ont plus de clés.

— Tu étais infirmière en zone de conflits ? demandé-je.

Je glisse un doigt sur le côté du loup en plastique qui ressemble tellement à mon vieil ami. Un véritable allié. Je vais bientôt les voir. C'est au-delà de l'imagination.

Je suis sûr qu'ils aimeront Ann. J'espère qu'elle en arrivera à les aimer.

— Tu travaillais comme infirmière dans les zones de guerre, déclaré-je.

J'ai envie qu'elle continue de mentir, qu'elle me rappelle ce qu'elle est vraiment. Le professeur m'a lu un livre célèbre sur un hôpital de guerre un jour. L'homme était blessé, dans un hôpital, et une infirmière l'aimait. En revanche, l'infirmière du roman aimait vraiment cet homme.

— J'ai effectué des tâches d'infirmière, répond-elle.

Je me rends alors compte que c'est ce qu'elle fait partout. Elle fait semblant d'être infirmière alors qu'elle ne l'est pas.

Elle fait semblant de s'intéresser aux patients. Je ne devrais pas avoir l'impression de me prendre un coup de couteau dans le ventre. Elle fait la même chose avec tout le monde.

Je me dis que ça n'a pas d'importance. Elle se soumettra à moi tout comme la proie se soumet à la force supérieure du prédateur.

— As-tu repensé à cette histoire de Kiro ? demande-t-elle. Tu as d'autres souvenirs ?

J'étudie ses lèvres. J'aime les regarder.

— Non.

— Comment étaient les personnes qui t'ont élevé ? Étaient-ils albanais ? Ceux qui nous pourchassent avaient des tatouages de la mafia albanaise.

Elle marque une pause.

— Tu connais l'Albanie ? C'est un pays minuscule...

Mon visage rougit de honte.

— Je ne connais pas ce pays.

— Beaucoup de personnes ne le connaissent pas. C'est un pays d'Europe de l'Est, près de la Grèce. Le crime organisé peut être très meurtrier dans cette partie du monde. Très vicieux. Est-ce que les gens qui t'ont élevé avaient de quelconques liens avec...

— Les gens qui m'ont élevé étaient plus intéressés par leur

église, les bateaux et la correction des problèmes de leurs enfants adoptés. Mon père était propriétaire d'une quincaillerie. Ma mère était professeure.

— Hmm. Quand même, auraient-ils pu... je ne sais pas, contracter un prêt auprès des mauvaises personnes ? Même si c'est un peu tiré par les cheveux. En plus, les hommes qui t'ont attaqué t'ont appelé Kiro, dit-elle. Tu te souviens de quoi que ce soit avant ta famille adoptive ?

— Tu es clairement passionnée par mon histoire.

— Ces mecs te pourchassent pour une raison, et elle est énorme, déclare-t-elle.

— Est-ce que ça a vraiment de l'importance ?

— Ils ont désespérément envie de te tuer. Tu ne veux pas savoir pourquoi ? Si tu n'as vraiment eu aucune interaction avec la mafia albanaise en grandissant et que tu ne sais rien qui pourrait leur faire du mal, alors ça veut dire qu'ils veulent te tuer à cause de la personne que tu es. Tu représentes quelque chose... une menace. Ou peut-être que tu as un genre de pouvoir ou des possessions que tu ignores et ils veulent t'empêcher d'y accéder. Peut-être que tu es important pour quelqu'un à qui ils veulent faire du mal. Peut-être que tu es de la famille d'un de leurs ennemis. Tu as une histoire, Kiro. Tu ne veux pas la connaître ?

— Mon histoire, craché-je. C'est à cause de mon histoire que les journalistes ont envahi l'hôpital quand j'ai été enlevé la première fois. C'est à cause de mon histoire que le professeur m'a gardé dans une cage. C'est à cause de mon histoire qu'ils essaient de me tuer. Je ne veux rien avoir à faire avec mon histoire.

— Ce que le professeur a fait, ce que ces journalistes ont fait, ce qui t'est arrivé à Fancher, tout ça était horrible. Ça me dégoûte et me dérange.

Son émotion semble réelle.

— Mais ce n'est pas une raison pour faire l'autruche, continue-t-elle. Si tu ne connais pas ta propre histoire, elle te contrôle. L'ignorance de ton histoire nous fait du mal.

Nous. Je me dis de ne pas la croire.

Je pensais que le professeur était de mon côté. Je voulais tellement le croire que je l'ai laissé me piéger.

Je ferme les yeux, tellement fatigué d'être seul.

Chapitre Vingt-Deux

Ann

Il ne dit rien pendant des kilomètres. Il observe simplement la forêt qui défile par la vitre. Nous entrons dans une contrée sacrément sauvage maintenant. Il ne restera plus qu'un chemin de terre dans environ vingt-cinq kilomètres, d'après la carte.

Il semble si troublé. Si triste.

Il pose le petit porte-clés en forme de loup sur le tableau de bord.

— Ils seront déjà dans leur secteur hivernal.

— Ils ont plusieurs secteurs ?

— Plus près de la civilisation quand l'hiver approche.

— Et ils se souviendront de toi ?

— C'est ma famille.

Mon estomac se tord. Il va retrouver sa famille. Ce sont des photos que mon éditeur voudra voir. Kiro s'approchant de la tanière du loup, ou peu importe ce que c'est, pour la première fois. C'est un cliché qui vaudra de l'or pour Murray Moliter. Personne ne pourra mettre la main dessus.

Je détourne le regard de son petit porte-clés, me sentant incroyablement mal et reconnaissante de pouvoir me concentrer sur ma conduite. Je ne veux pas qu'il voie mes yeux. J'ai l'impression qu'il peut lire en moi parfois. Comme s'il ne me faisait pas confiance.

Je devrais lui dire ce que je suis. Quel est mon plan.

Mais s'il savait que j'étais journaliste, il me détesterait. Je serais comme tous ces gens qui l'ont utilisé.

Les phares créent de petites taches de lumière sur le chemin boueux devant nous. Il est réduit à deux sillons de pneus maintenant. Ce n'est même plus une route.

Il se raidit.

— Il y aura une occasion de tourner à gauche plus loin. Prends cette direction.

— D'accord.

Effectivement, il y a un croisement. Je prends à gauche. Nous nous enfonçons plus profondément dans le parc maintenant.

Kiro prend le volant peu de temps après et nous conduisons dans la nuit. Nous avançons lentement. Nous sommes sur des chemins sombres, non éclairés, et ce pick-up n'est pas le plus adapté.

Le sommeil commence à assombrir et désorganiser mon esprit. Je ferme les yeux.

Quand je me réveille, je suis allongée, seule, sur le siège passager. Il est trois heures du matin à en juger par l'horloge sur le tableau de bord. Je m'assieds et me frotte les yeux. Il est devant le pick-up en train de dégager des branches à la lumière des phares.

Personne n'est passé là avec un véhicule depuis des mois, peut-être même des années.

Je remets ma carte SIM et vérifie mon téléphone. Il y a

toujours du réseau. C'est un miracle. J'ai des messages de mon éditeur disant qu'il a adoré l'image que j'ai envoyée.

Il m'envoie en retour des accroches pour la série, car oui, c'est une série maintenant. Il s'agit de la photo de Kiro avec la légende : *Vous ne devinerez jamais où nous avons retrouvé l'Adonis sauvage.* Il y a une autre accroche, plus percutante : *Enfermé par un fou. Attaché à un lit dans un asile psychiatrique, l'Adonis sauvage réapparaît et vous n'imaginerez jamais comment.* Et une autre adoptant un angle plus mystérieux : *Pourquoi a-t-on menti au public ? Pourquoi l'Adonis sauvage a-t-il été caché ? Assistez à ses retrouvailles avec la meute. Le garçon-loup se met à nu, exclusivement chez* Stormline.

Je l'appelle.

— Tu aimes ? demande-t-il. J'allais inclure la mafia et une pluie de balles, mais personne n'y aurait cru. Cette putain d'histoire a tous les ingrédients qu'il faut. J'ai besoin des photos en haute résolution. Tu dois les envoyer.

— Écoute... Je ne vais pas dévoiler le grand jeu maintenant. Ce sera un profil sérieux. Et *se met à nu* ? Non.

— C'est pratiquement un homme des cavernes. Ne me dis pas que tu ne peux pas lui demander de se déshabiller et de signer un bout de papier.

— Ce n'est pas ainsi que je travaille sur cette histoire, déclaré-je. Ce n'est pas de l'exploitation.

En guise de réponse, je n'ai que le silence. Ce n'était pas la chose à dire. Du point de vue de Murray, tout est une question d'exploitation.

— Tu dois me faire confiance, ajouté-je. Tu dois croire que je fais ce qu'il faut *et* que je vais livrer un bon article.

— Non, en fait j'ai juste besoin que tu livres l'article, déclare-t-il. Je te paie pour me le livrer, compris ?

La colère monte en moi.

— Non, en fait, tu me paies pour que je fasse des recherches et que j'écrive jusqu'à un millier de mots si besoin sur une chaîne d'approvisionnement en méthamphétamine à l'Institut Fancher, déclaré-je. Au lieu de ça, tu as le foutu Adonis sauvage. Même si nous n'avons pas l'ombre d'un contrat à ce propos.

— Je t'ai envoyé de l'argent.

— Je te le renverrai.

Un silence inconfortable s'installe alors que Murray essaie de me mettre la pression. Je la ressens, un petit peu. Je ne veux pas qu'il envoie une équipe de journalistes passer la forêt au peigne fin. Même si la mafia et la police le feront probablement bientôt.

— Ça va être une histoire tellement géniale qui lui donnera de la dignité et de l'argent. Tu la veux ? Parce que sinon, je peux m'occuper de ton histoire de méth...

— Évidemment que je veux l'Adonis sauvage. J'enverrai un contrat...

— Je vais te faire gagner du temps et t'envoyer ce qu'il faudra insérer au sujet du fait que je devrai approuver la version finale.

Il grommelle quand je lui dis ce que je veux comme argent.

— Et n'envisage même pas de me sous-payer.

Je lui dis de se dépêcher, que je n'aurai bientôt plus de réseau. Une fois que les protections seront en place, je lui enverrai les images en haute résolution pour la promotion. Nous passons un peu de temps à nous poser des questions et à nous répondre jusqu'à ce que j'obtienne le meilleur marché que je puisse négocier pour Kiro.

Je branche le téléphone sur son chargeur.

Kiro est toujours dehors, peinant avec un énorme tronc maintenant, son torse immense et transpirant illuminé par les phares. Il essaie de le pousser hors de la route. Lorsqu'il se pousse et se met dos au tronc, j'aperçois du sang d'un rouge vif contrastant avec le blanc de son bandage à l'épaule. Merde !

J'ouvre la portière et sors difficilement.

— Hé ! Tu saignes !

Il s'arrête, le dos contre cette chose immense, mais il est juste appuyé dessus maintenant. Il halète, le visage encadré par ses boucles trempées de sueur.

— Ce n'est rien, déclare-t-il.

Une goutte de transpiration pend au bout de son nez. J'ai vraiment envie de le toucher, de l'essuyer.

— Je peux juste regarder ?

— Quand la voie sera dégagée.

— Je vais t'aider, alors.

Il ricane.

— Le concept disant que deux personnes valent mieux qu'une ? La libération de la femme ? Tu en as déjà entendu parler ?

Il me lance un regard noir, laissant émaner un genre de brutalité sauvage et furieuse qu'aucune caméra ne pourrait jamais capturer. J'ai envie de lui dire qu'il est beau. Je veux caresser sa barbe de la façon qui lui plaît.

Au lieu de ça, je pose mon épaule contre le tronc et tente de le soulever.

Je lève les yeux et constate qu'il m'observe.

— Euh. Quoi ?

— Tu crois que tu peux le bouger, constate-t-il.

— Je crois que je peux essayer.

Il y a une étincelle étrange dans son regard. C'est peut-être du désir. C'est peut-être de la haine. Ou les deux.

C'est comme s'il ajustait sa vision sur moi, verrouillant sa cible. Personne ne m'a jamais regardée aussi intensément que Kiro le fait, alors même que je me tiens devant lui. C'est comme s'il me pistait. J'ai toujours été l'observatrice, celle qui traque. C'est étrange de se retrouver de l'autre côté.

— Tu veux ma photo ? plaisanté-je, les nerfs à vif.

Je suis juste tellement consciente de sa chaleur et de sa testostérone. Du fait que nous soyons seuls ici.

Ses narines se dilatent.

Instinctivement, je recule. Un pas, puis un autre, le long du tronc.

Il suit le mouvement. C'est comme s'il y avait un fil entre nous et que je l'entraînais à ma suite, de manière régulière, inexorable, son regard rivé sur le mien.

Mes fesses heurtent quelque chose, un morceau de l'arbre qui est tombé. Mon pouls s'accélère quand il continue d'avancer vers moi, me piégeant.

— As-tu peur de moi, infirmière Ann ?

— Un peu. Je ne sais pas, je viens juste de me réveiller.

Il fait glisser deux doigts sur ma joue, dans mon cou. Il tend la main et saisit une poignée de mes cheveux.

Fermement.

— Aïe, soufflé-je.

Son regard brûlant tombe sur mes lèvres.

— Maintenant ? demande-t-il.

Il me malmène et cela me réchauffe. Visiblement, je n'arrive pas à répondre. Tout ce que je peux faire, c'est fixer ses lèvres du regard, ses pommettes, sa beauté sauvage et féroce.

Il m'attire plus près de lui.

— Maintenant ?

— Qu'est-ce que tu fais ?

Ses lèvres sont suspendues au-dessus des miennes, l'air est électrique. Mon cœur tambourine et je sais qu'il l'entend. Je suis complètement excitée et je sais qu'il le sent. C'est injuste qu'il ait cette connaissance interne.

— À ton avis, qu'est-ce que je fais ? dit-il d'une voix grinçante, son souffle chaud, son regard fixé sur mes lèvres. Dis-moi.

Toute cette conversation n'a aucun sens. Il se fiche de savoir ce que je pense de ses actions, il veut juste voir mes lèvres bouger. Il apprécie de voir mes lèvres bouger.

C'est tellement fou. Je travaille avec des mots et ce mec, cet homme des cavernes canon, il se moque totalement des mots. Je lui renvoie sa phrase, l'énonçant avec un maximum de mouvement dans mes lèvres.

— À mon avis, tu...

Il dévore ma bouche avant que je puisse terminer, tordant mes cheveux, m'obligeant à me coller à lui dans un baiser douloureux.

Il me serre contre lui, poitrine contre poitrine, le renflement de son érection entre mes jambes.

J'ai soudain envie de lui. Je veux qu'il soit sur moi. En moi.

Il s'éloigne.

— Kiro, chuchoté-je.

Il m'embrasse de nouveau, me traînant cette fois-ci loin du chemin de terre.

Je fais un rapide calcul qui n'a rien de romantique. Je sais que je n'ai aucune MST. Et j'ai eu une injection hormonale pour ne pas tomber enceinte. Kiro n'a rien non plus. J'ai vu son dossier, ses tests.

Il brise le baiser et me pose sur un rondin, sur le côté de la route.

— Tu vas regarder.

Il recommence ses efforts physiques.

— Quoi ?

— Nous devons faire plus de progrès que ça.

— Est-ce que tu viens juste de m'embrasser pour me distraire et m'empêcher de t'aider ?

— Je t'ai embrassée parce que j'en avais envie.

Il grogne et s'appuie contre l'arbre tombé.

Je me relève brusquement et pousse avec lui. Il me fusille du regard.

— Sérieusement ? dis-je.

Soudain, le tronc bouge légèrement. Il glisse. Ensemble, nous arrivons à le dégager du passage.

Kiro me regarde comme si c'était quelque chose de génial que nous ayons travaillé ensemble pour bouger cette chose. Ce moment semble poignant, curieusement.

Je lève la main.

— Tape-m'en cinq.

Il la fixe du regard.

— Nous sommes censés nous taper dans la main. C'est un truc qu'on fait avec quelqu'un dans un moment comme celui-ci. Dans le genre : c'est du bon boulot, mec ! Tape-m'en cinq !

— Allons-y.

Je laisse ma main en l'air, attendant. J'ignore pourquoi. Je suis toute chamboulée et j'aimerais qu'au moins une chose ait l'air normale.

— Allez, Kiro.

Il attrape ma main et referme ses doigts autour.

— On va travailler là-dessus.

Je fais un signe de tête vers son épaule.

— Maintenant, tu vas me laisser examiner ta blessure et on pourra s'en aller.

Il grommelle, mais je vois au ton de sa voix qu'il consentira.

De retour dans le véhicule, j'enlève le vieux bandage et nettoie correctement la plaie. Il ne réagit pas à la douleur, comme d'habitude.

— Tu dois faire attention à cette épaule. Ce n'est pas si horrible, mais ça pourrait le devenir. Il y a une grande bouteille d'antiseptique dans nos affaires, plus les petits sachets individuels de désinfectant, du sparadrap et des bandages. Le kit que je t'ai fait est vraiment bien.

— Tu prendras soin de mon épaule.

— Je veux dire, quand je ne serai plus avec toi. Quand tu auras retrouvé ta maison.

Il grogne. Pour une fois, je n'arrive pas à déchiffrer ce grondement.

Rapidement, nous sommes de retour sur la route. J'essaie de me rendormir, mais j'en suis incapable. Plus tard, Kiro arrête de nouveau le pick-up. Le terrain devant nous semble vraiment sauvage et impraticable.

Je plisse les yeux et regarde Kiro. Ses narines se dilatent d'une façon qui m'indique qu'il vit une expérience intense. Il ouvre doucement et lentement la portière, comme s'il ne voulait pas me réveiller.

Je reste là, le laissant profiter de ce moment seul.

Kiro s'avance vers un arbre, le touche. Même dans l'obscurité, loin du scintillement des phares, je peux voir sa grande silhouette s'élever et retomber.

Il se met à genoux.

Sanglotant ou riant ou ayant juste beaucoup de mal à respirer. Cela ne fait aucune différence. Il est heureux.

Il est chez lui.

Depuis combien de temps en rêve-t-il ? Lorsqu'il était attaché à ce lit dans cet endroit horrible...

Je pense, vaguement, que cela pourrait être la photo d'accroche. Instinctivement, je remets la batterie dans mon téléphone, je réinstalle le cache et je l'allume. Puis je m'arrête.

Je ne peux pas faire ça.

Je n'ai pas besoin de documenter chaque moment. Je ne devrais même pas regarder.

Je m'oblige à baisser les yeux vers le portable. C'est le moment de Kiro. Son moment, à lui seul.

J'enlève le mode avion, juste pour vérifier, et je suis surprise de constater que j'ai toujours du réseau. À peine, mais j'en ai toujours.

Les messages commencent à arriver. Murray. Il veut que je lui envoie plus d'images. Toutes celles que j'ai jusqu'à maintenant. Nous avons le contrat, maintenant il veut que je lui livre ce que j'ai.

Je commence à les parcourir, m'assurant qu'elles sont enregistrées sur le *cloud*. J'en envoie quelques-unes par e-mail à moi-même juste pour avoir une double précaution. Il y a le cliché du magasin, quand il était tout habillé avec cette écharpe et ces lunettes, mais je vois son cœur sauvage briller malgré tout. Et les photos avant/après de la coupe de cheveux. Je marque une pause sur les clichés du motel. Kiro, allongé contre la tête de lit, lançant un regard noir, un os dans chaque main, entouré de cartons de repas à emporter, ses cheveux toujours ébouriffés et longs.

Je l'agrandis et étudie son visage. Je souris, même si lui me fusille du regard. Je ne me lasserai jamais de regarder Kiro.

Je décide de ne pas encore envoyer les photos. Je m'en occuperai plus tard. J'éteins le téléphone et enlève la batterie.

Je la range dans un sachet en plastique et je mets le cache dans un autre. C'est mieux ainsi pour les préserver. Je mets les deux sachets dans une poche de mon sac et regarde Kiro, agenouillé là, si immobile. J'aime qu'il soit de retour.

Comment peut-on lui en vouloir s'il souhaite se perdre dans cette forêt vierge après la façon dont le monde l'a traité ?

J'attrape le stupide porte-clés en forme de loup sur le tableau de bord et le fais tourner dans ma main.

Je n'ai jamais connu quelqu'un comme Kiro. Je ne connaîtrai plus jamais quelqu'un comme lui.

Cela me fait mal au cœur.

Chapitre Vingt-Trois

LAZARUS

MA COACH EN MANAGEMENT, Valerie, a une préférence pour la carotte plutôt que le bâton. Si vous lui demandiez, elle essaierait probablement de vous dire que la peur n'inspire pas l'excellence.

Il est possible qu'elle ait raison vis-à-vis du monde de l'entreprise. Les employés craignant pour leur travail ne sont sûrement pas aussi créatifs qu'ils pourraient l'être. Mais ceux qui craignent pour leur vie... c'est un tout autre niveau de créativité. L'animal humain souhaite rester en vie. Il fera à peu près tout, même ce qui semble apparemment impossible, pour rester en vie.

Alors quand mon équipe perd Kiro et la fille à l'extérieur du magasin, j'envoie mon poids lourd, Tarik, s'occuper de leur leader. Parce qu'il a été d'une inefficacité épatante. Kiro et la fille étaient dans le magasin. Ils étaient des cibles faciles. C'était déjà un miracle que nous ayons retrouvé leur trace.

Et qu'ont fait mes gars ? Ils se sont focalisés sur le véhicule plutôt que sur les deux personnes qu'ils suivaient. Une équipe de cinq meurtriers et ils sont tous restés plantés sur le parking, en vue les uns des autres. Ils se sont montrés carrément feignants.

Et c'était un coup tellement facile. Une balle dans la tête sur un parking. C'était du gâteau à filmer.

Curieusement, la fille et Kiro se sont foutus de mes gars et se sont échappés par l'arrière.

Feignasses. Négligents.

J'appelle le commandant en second, un homme du nom de Dirk. Je lui dis que je veux que ses hommes et lui élaborent trois stratégies pour localiser les deux cibles. Plus de gars arrivent. Il doit s'occuper de la chasse à l'homme. Je ne le menace pas de le tuer s'il ne réussit pas. Mais il comprend que je vais le tuer s'il ne se donne pas à cent dix pour cent.

Kiro doit mourir. Bon sang, il devait mourir avant même de m'assommer et de me disloquer l'épaule. Cette histoire ne sent pas bon.

Jusqu'à sept heures plus tard.

C'est à ce moment-là que je reçois l'appel d'un certain éditeur venant de l'est du pays me disant qu'il a une façon d'obtenir la localisation de Kiro et de la fille, qui s'avère être journaliste. En échange, il souhaite une généreuse somme pour le tuyau ainsi qu'une faveur. Il veut qu'on embarque son propre reporter. Il utilise vraiment le mot « embarquer ». Comme si nous étions un escadron.

— Comment avez-vous pu obtenir mon numéro ?

— J'ai des sources partout, répond-il. Un journaliste ne révèle jamais ses sources. Ça vaut pour vous aussi. Vous voulez mon info ou pas ?

— Vous savez où ils sont actuellement ? lui demandé-je.

— Je sais où ils étaient il y a deux heures. Et dès que ma

journaliste freelance remettra la batterie dans son téléphone, j'aurai sa localisation.

— Ils se dirigent vers une zone vierge de la taille d'un petit État. Vous pensez que vous pouvez activer le GPS sur son téléphone ?

— Non, je lui ai mis un mouchard. Il fonctionne en arrière-plan de la batterie au lithium, explique-t-il. Le téléphone n'a pas besoin de se connecter au réseau pour me donner sa localisation. Elle doit juste assembler son portable pour prendre une photo. Ce n'est qu'une question de temps.

— Et je voudrais qu'un reporter raconte au monde entier ce que font mes gars... pourquoi ?

— Mon gars, Garrick, aimerait avoir quelques photos de l'Adonis sauvage dans son territoire et, si possible, lui dire un mot ou deux. Après ça, Garrick s'en ira. Une rapide interview, quelques images de Kiro dans son habitat naturel. Il vous gardera strictement hors de cette histoire.

— Je ne comprends pas. Cette journaliste freelance qui est avec lui en ce moment, elle ne travaille pas pour vous, comme vous l'avez dit ?

— Elle... fait du hors-piste. Elle ne se charge plus vraiment de l'histoire.

— Ouais.

Je me dis que peut-être ce mec pourrait suivre quelques sessions avec Valerie pour son management.

— Je suppose que vous avez des gars là-bas. Probablement un hélicoptère à votre disposition, mais il y a beaucoup de toundra. Nous pouvons vous envoyer les coordonnées, propose-t-il.

C'est étrange, mais créatif. Je n'ai pas besoin d'y réfléchir trop longtemps. L'une des principales compétences qui distinguent un leader accompli, c'est la prise de décision rapide, d'après Valerie. C'est l'une des choses avec lesquelles je n'ai pas de problème. J'ai besoin de cette localisation.

— Mettez votre gars dans un avion direction Duluth. S'il est cool, nous le serons aussi.

Je pose le téléphone. Quand une porte se ferme, une autre s'ouvre.

Nous allons descendre l'Adonis sauvage. Nous verrons si nous pouvons nous arranger avec ce reporter embarqué. Mes gars savent évaluer les gens. Ils verront si nous pouvons tirer quelque chose de ce Garrick. Si ce n'est pas possible, nous le tuerons, lui aussi.

Chapitre Vingt-Quatre

KIRO

J'INSPIRE l'air de la nuit, les paumes appuyées contre la terre fraîche, sentant l'étendue sauvage s'éveiller autour de moi.

Je devrais être heureux, mais tout me fait mal.

La blessure à mon épaule palpite. Mes muscles sont douloureux. Ann a dit que cela arriverait peut-être, qu'il s'agissait des médicaments disparaissant de mon système.

Mais ce n'est rien comparé à la douleur que je ressens à cause d'elle qui me trahit encore et encore. Elle n'est qu'une journaliste courant après mon histoire.

J'ai entendu les bruits du téléphone. A-t-elle pris plus de photos ? Je ferme les yeux, me souvenant à quel point je me sentais enfermé dans cet hôpital avec ces journalistes en train de prendre leurs photos, me harcelant alors que je tenais à peine debout. Criant leurs questions, me rappelant que j'étais différent. Mauvais.

Pour Ann aussi, je suis une histoire et un sauvage.

Le couteau tourne dans mon dos et mon cœur parce que, pendant un moment, alors qu'on s'occupait des branches, j'avais l'impression que nous étions vraiment ensemble.

Enfin, je suis presque à la maison maintenant. Ma meute est quelque part, ici. C'est ma famille.

Je respire l'odeur de la terre. Des feuilles mouillées qui sèchent. Du cours d'eau non loin. Cet endroit est au bord de la zone où j'avais l'habitude de vagabonder. Je reconnais les types d'arbres. L'air. L'aspect des rochers.

Cette étendue sauvage a beaucoup d'entrées officielles à travers le nord du Minnesota et le Canada. Celle-ci n'est pas l'une des entrées officielles. On ne verra probablement personne à partir de maintenant.

Je me frotte les mains pour enlever la terre et essuie mes yeux avec ma manche. Je ne veux pas qu'elle voie mes larmes.

J'entends de nouveau le téléphone. La douleur me traverse brutalement.

Elle veut découvrir qui est le sauvage. Eh bien, elle l'aura, son sauvage.

Les gens aiment tenir leur téléphone, ils aiment les regarder quand ils sont en colère. Je déteste le téléphone et je hais surtout celui d'Ann. J'aimerais lui prendre son portable et l'écraser, mais je ne le ferai pas.

Pas encore.

J'attendrai que nous soyons au plus profond des bois. J'ai besoin qu'elle vienne avec moi de sa propre volonté.

Nous sommes à deux cent cinquante kilomètres de ma meute. Je peux en faire cinquante par jour en canoë et à pied. En la portant pendant qu'elle se débat ? Je n'en ferais probablement que vingt-cinq.

J'essaie de ne pas penser qu'elle pourrait lutter. Je ne veux pas qu'elle soit bouleversée et je ne veux pas qu'elle se débatte, mais même si elle le fait, je l'emmènerai avec moi.

Je dois la prendre avec moi. J'ai ce sentiment écrasant dans ma poitrine lorsque je m'imagine en train de la laisser.

Elle descend du pick-up. Elle sourit. Mon cœur se gonfle malgré tout.

Elle m'a aidé. Pendant un moment, elle a vraiment semblé s'inquiéter pour moi.

Elle lève les yeux vers le soleil levant, au-dessus de la cime des pins. Je suis son regard, souhaitant qu'elle voie la beauté qui s'y cache. Elle baisse alors les yeux.

— Tu ne vas pas...

Elle baisse les yeux vers un arbre tombé, puis elle se tourne vers moi, quelque peu étonnée. Elle pense que je vais le bouger. Je réprime un sourire. Même moi, j'ai des limites.

— Non, déclaré-je simplement. Nous y sommes. Presque.

Elle semble heureuse.

Mon cœur gonfle quand je la vois heureuse.

— On va laisser le pick-up ici, déclaré-je.

Elle me regarde un peu plus longtemps et je me dis qu'elle va prendre une photo discrètement comme elle le fait d'habitude, mais au lieu de ça, elle s'avance vers l'arbre tombé et commence à grimper. Je saute dessus et l'aide à monter puis à garder son équilibre. Nous sommes là, tous les deux, face à face. Elle me regarde dans les yeux et je me demande ce qu'elle recherche, ce qu'elle espère voir.

Je fais glisser mes doigts sur ses boucles. Elle frissonne légèrement. Je crois que c'est à cause de moi, puis je me rends compte que c'est à cause du froid. C'est le début de l'automne. Il y a un petit air frais. J'enlève ma veste et la pose autour de ses épaules, par-dessus son manteau fin.

Elle résiste.

— Kiro, un t-shirt ne peut pas te tenir chaud. Tu as besoin de ça, allez.

Elle commence à la retirer, mais j'immobilise ses bras.

— Tu vas la porter.

— Tu ne peux pas juste m'obliger à la porter.

— Ah bon ?

Son pouls s'accélère. Je le vois dans sa gorge. Elle comprend tellement bien la situation dans laquelle elle est.

— Tu vas geler.

— Je ne vais pas geler. C'est juste que tu n'as aucune tolérance pour les variations de température.

Pas encore.

Elle met la veste autour de ses épaules, comme si c'était étrange, comme si elle n'était pas habituée à... ça. Aucun homme n'a jamais pris soin d'elle ? Je trouve ça choquant, mais en même temps, l'idée d'un autre homme la réchauffant, lui donnant à manger ou la baisant me rend fou.

— Alors nous ne sommes pas loin ?

Je saute du tronc. Non seulement c'est à deux cent cinquante kilomètres, mais c'est au fin fond du Canada. Je le sais juste parce que mon professeur me montrait des cartes sur son ordinateur, essayant de m'obliger à lui indiquer où j'avais habité. Les secteurs d'été et d'hiver. Il a découvert beaucoup de choses sur moi et les loups.

— Ça te réchauffera de marcher, déclaré-je simplement.

Nous prenons les sacs à l'arrière de la voiture. Nous décrochons le canoë. Ann met un plastique sur la fenêtre cassée, pour que les sièges ne pourrissent pas.

J'acquiesce comme si je pensais que ça avait de l'importance.

Elle a apporté beaucoup de barres énergétiques et de nourriture séchée. Elle verra bientôt qu'elle n'en a pas besoin. Je lui donnerai tout ce dont elle a besoin. Elle a également apporté le porte-clés en forme de loup. Je n'en aurai pas besoin non plus. J'aurai le vrai loup.

— Il y a une rivière de ce côté-là, dis-je. Peut-être à une heure de marche en partant dans cette direction.

— Tu connais vraiment bien cet endroit.

Nous commençons à marcher d'un pas lourd. Je porte le canoë sur ma tête. Il nous ralentit, mais pas autant qu'elle. Elle me pose des questions de temps en temps, montrant les oiseaux du doigt.

— Arrête ! s'exclame-t-elle après un moment.

Je m'exécute, pensant que quelque chose ne va pas. Elle montre une biche sur la crête au-dessus de nous.

N'en a-t-elle jamais vu ? Je pose le canoë et nous l'observons ensemble.

— C'est magique, s'extasie-t-elle.

Elle n'appréciera pas quand j'en tuerai une. Je me dis que je tuerai les animaux loin d'elle et que je ne lui ramènerai que les morceaux pour ne pas qu'elle voie la bête entière.

— Tu n'as jamais été dans la forêt ?

— Pas comme ça. Le parc pour caravanes où nous vivions était plus du genre banlieue, j'imagine. Et quand je travaillais dans les zones de guerre, les animaux étaient généralement partis depuis longtemps. Ici, c'est vraiment sauvage. Une nature profonde et sauvage.

J'acquiesce, amusé qu'elle pense que c'est profond et sauvage ici.

Il nous faut deux heures pour atteindre la rivière. Il est midi lorsque nous posons le canoë sur l'eau. Je prends la pagaie. Elle veut aider, mais je lui dis que ce sera plus rapide si je m'en charge seul.

Elle monte, s'assied de côté et nous partons. Je remonte le courant, vers le nord. L'eau est basse, mais pas trop, et nous pouvons profiter de ce moyen de transport idéal. Elle regarde les arbres qui défilent. De temps en temps, des bernaches du

Canada volent au-dessus de nos têtes, cacardant, se dirigeant vers le sud pour l'hiver. La direction opposée à la nôtre.

Elle frissonne. Est-ce à cause des oies qui s'envolent vers le sud ? Est-ce qu'elles lui font penser à l'hiver ?

— Tu es sûr que tu ne veux pas de mon aide ? Il y a une autre pagaie. Enfin, je suis là pour t'aider.

— Je n'ai pas besoin de ton aide.

Elle fronce les sourcils. La forêt autour de nous devient plus sombre et plus profonde.

— Alors tu gères vraiment ? Tu n'as vraiment pas besoin de moi ?

— Pas pour l'instant.

— Mais ce sera peut-être le cas plus tard ? Pour t'aider à porter des trucs ?

— Je te le dirai.

— Oh. Je pensais que tu avais besoin de mon aide.

Peut-être qu'elle s'imaginait que ce n'était qu'une question de matériel. Elle m'aidait à ramener le matériel. Et je la raccompagnerai au véhicule. Comme un rencard, ceux que je voyais à la télévision à l'Institut Fancher.

— Est-ce qu'une meute de loups peut bouger ?

— La meute bouge tout le temps. Il y a des endroits différents pour chaque saison.

— Oh. Alors il n'y a pas qu'une zone... qu'une grotte ?

— Les loups sont des chasseurs. Les chasseurs se déplacent toujours.

— Est-ce que la meute peut totalement se déplacer, pour aller dans une zone vierge entièrement différente ? S'il y a un meilleur endroit pour vivre.

— Il n'y a pas de meilleur endroit pour vivre.

— C'était peut-être le cas avant, mais tu comprends, tu vis sur une terre fédérale, ce qui est illégal.

— Ça n'a jamais été un problème.

— Tu n'as jamais eu la mafia et la police américaine aux trousses. C'est une chasse à l'homme. Ils ignoraient que tu vivais là-bas avant.

Elle regarde autour d'elle, avant d'ajouter :

— Mais maintenant, ils le savent. La police va te pister ici, parce qu'ils savent que tu viens d'ici.

— Ils ne pourront pas me pister.

— Ce n'est pas comme si tu étais sur la lune, Kiro. Ils vont impliquer des rangers pour fouiller la forêt. Et puis il y a la mafia albanaise...

— C'est un vaste endroit, répliqué-je. Mon endroit.

— Mais tu n'en es pas propriétaire. C'est un parc. Et si tu avais un endroit qui t'appartenait ? Et si tu avais une terre à toi où personne ne pourrait te toucher ? Même les campeurs ne pourraient rentrer sans ton accord. Tout serait à toi. Ta maison. Des kilomètres de terrain.

— C'est ce que j'ai maintenant. Je possède tout ça, de toutes les façons qui importent. Ce n'est pas un parc. C'est un monde.

Elle regarde les nuages.

— Sérieusement, tu ne veux pas savoir pourquoi ils te pourchassent ?

Encore cette histoire.

— Je sais pourquoi ils me pourchassent.

— Euh, tu as tort. Tu ne le sais *tellement* pas.

J'aime quand elle est si confiante et compétente. Elle a tort, bien sûr, mais j'aime ça, et ça me donne envie de l'embrasser.

— Quoi ?

— Rien, dis-je.

Nous prenons une courbe. Le cours d'eau s'ouvre en un grand lac entouré d'arbres et d'énormes formations rocheuses.

— Oh mon Dieu, chuchote-t-elle.

— Quoi ?

— Quoi ? Euh, allô ! Tout cet endroit ! C'est magnifique.

Mon cœur se gonfle de fierté.

— Regarde comment le lac reflète parfaitement les arbres. Tous ces jaunes et ces oranges. Le brouillard qui se lève au bout. C'est comme un petit vallon enchanté ou un truc dans le genre.

Elle remarque un aigle. Un élan sur la crête.

— Combien de temps ? demande-t-elle une heure plus tard.

Nous remontons une rivière plus petite.

— On n'y arrivera pas aujourd'hui, déclaré-je simplement. On va s'arrêter pour la nuit.

Elle se fige, observant la couleur de la mousse dans la lumière déclinante. Ce regard vague m'indique qu'elle a des pensées compliquées.

Elle mord le coin de sa lèvre inférieure. Elle sait pourquoi elle veut m'accompagner. Pour obtenir mon histoire. Se demande-t-elle enfin pourquoi *je* veux qu'elle vienne ?

— Tu vois les pierres noires sous l'eau ? Elles sont aussi glissantes que du verglas.

Son visage s'illumine.

— Tu parles par expérience ?

— Oui. Je l'ai appris à mes dépens.

Je lui raconte que j'étais tombé dans l'eau glacée, étant enfant. Combien de temps il m'a fallu pour maîtriser les choses les plus simples du monde. Les détails de mon histoire semblent la calmer.

Les détails pour l'article qu'elle s'imagine écrire sur moi. Le sale sauvage.

— Tu n'avais pas faim ?

— La solitude était pire que la faim.

— Ça a dû être si difficile.

Elle n'en a aucune idée. Comme la solitude m'a rongé.

Je ne voulais que de la compagnie. De l'affection. L'affection des loups voulait tout dire pour moi... même la plus minime des démonstrations.

L'affection d'Ann à l'institut était même plus puissante pour moi que celle des loups. Cette prise de conscience me secoue. Son affection était plus importante.

Et maintenant, je la ramène chez moi.

Chapitre Vingt-Cinq

Aleksio

Nous nous installons au Sky Slope Hotel, juste en périphérie de Duluth. La suite luxueuse devient un centre de commande et mes gars et moi, des généraux planifiant notre excursion dans la gigantesque étendue sauvage au nord. Nous rassemblons des guides, nous nous tenons au courant des actions de la police locale, nous montons des équipes et engageons des hélicos.

Mon frère, Viktor, essaie d'obtenir des informations sur l'organisation de Lazarus le Sanglant. Lazarus obtient des tuyaux qui lui permettent d'avoir toujours une longueur d'avance sur nous.

Ma petite amie, Mira, entre. Elle porte sa tenue d'avocate : le tailleur, la jupe. Elle est tellement canon que j'ai envie de mourir.

— Chérie, dis-je.

Elle enlève les pieds de Viktor de la table basse. Il lui sourit.

Elle laisse tomber un dossier dessus. L'ordre d'internement de Kiro. Annulé.

— Ton frère ne retournera pas dans cet endroit, déclare-t-elle. Jamais.

C'est un malheureux choix de mots. J'adorerais qu'il retourne là-bas. J'adorerais qu'il soit n'importe où tant que je peux le trouver, plutôt que dans une vaste étendue sauvage, inconscient du danger dans lequel il se trouve.

— Ils sont déjà sur le dos de l'officier ayant réclamé son internement, explique-t-elle. Je pense que le directeur est mouillé aussi. Le docteur Fancher.

— Bon travail, dis-je.

Elle est géniale. Elle vient juste de lancer son propre cabinet, à Chicago, et elle botte déjà des fesses.

— Tu vas le trouver.

Elle jette un coup d'œil au matériel de camping par terre, puis observe Viktor.

— C'est ce que tu vas porter dehors ? Un costume-cravate ? Des chaussures brillantes ? Tu sais que c'est la forêt, hein ?

— Il ne vient pas. Il est toujours en convalescence.

— Et toi, c'est quoi ton excuse ? demande-t-elle à Yuri.

— C'est dans cette tenue que je me bats le mieux, répond celui-ci.

Je ricane. Les Russes aiment leurs costumes.

Elle saisit un Tavor avec vue holographique, le dernier cri en matière d'armes semi-automatiques.

— Tu emmènes ça dans les bois ? Ça pèse une tonne. Tu penses que tu vas pouvoir marcher ?

— Quand tu en as besoin, pas le choix, dis-je.

Elle le pose. Elle déteste les flingues. Une fois que nous aurons récupéré Kiro, les choses vont changer.

— Le monde entier pourchasse ton frère. Comment saura-t-il que vous êtes les gentils ? Que vous êtes ses frères ?

— Notre *bratik* nous reconnaîtra grâce à la traînée de sang que nous allons tracer en allant le sauver, déclare Viktor.

Je souris. J'ai hâte de le rencontrer.

Chapitre Vingt-Six

KIRO

Nous AVANÇONS BIEN, progressant sur la terre ferme et sur l'eau. Parfois, nous sommes tellement enfoncés dans les arbres que nous ne pouvons voir le ciel sombre. D'autres fois, la canopée s'ouvre tellement qu'on a l'impression d'être au sommet de la Terre.

Nous traversons un lac.

— Tu ne respires pas, déclaré-je.

Je fais glisser la pagaie dans les eaux sombres, nous faisant doucement avancer.

Elle soupire.

— Tu le sens ? Les feuilles ? La mousse ?

— Je sens... rien du tout.

Je fronce les sourcils.

— Non, c'est bien, rétorque-t-elle. C'est un soulagement.

— À cause de l'odeur à Fancher ?

— Ouais. Pendant un moment, j'ai cru que je n'allais jamais m'en débarrasser. De l'odeur d'antiseptique. Parfois, j'ai presque l'impression qu'elle me pourchasse. Comme si elle allait partout où j'allais.

Son expression devient hantée, comme lorsqu'elle était à l'institut.

— J'espère ne jamais la sentir de nouveau. Cette odeur est juste tellement...

Elle semble soudain perdue.

Me perdre dans ma tête était une façon de survivre. Je me perdais dans mes souvenirs, lors desquels je courais avec la meute. Je m'allongeais sur le sol de la forêt. Sous les arbres. Tandis qu'elle, lorsqu'elle se perd, ce n'est pas bon signe.

— Hé.

J'attrape la pagaie supplémentaire et tapote l'espace à côté de moi.

— Viens ici.

Elle fronce les sourcils.

— Viens ici.

— Tu veux que je t'aide à pagayer maintenant ?

— Ouais.

— Je croyais que j'allais juste te ralentir.

— Non, je veux que tu aides.

Elle accepte ma main et s'assied à côté de moi, prenant la pagaie. Nous nous activons, l'un à côté de l'autre. La brise secoue la cime des arbres. Un cri de huart à collier perce le silence.

— Un peu plus vite, l'encouragé-je.

Elle y met plus de muscle. Nous prenons de la vitesse, pas autant que lorsque j'étais seul, mais cela lui permet de quitter ses pensées.

— Tu peux sentir les feuilles ? La mousse ?

— Oui.

— Les deux ? Maintenant ? Toutes les notes différentes ?

demande-t-elle. Comme quelqu'un qui s'y connaît en vin ou quelque chose du genre ?

— Je ne sais pas pour les connaisseurs de vin, mais... c'est juste là, dans l'air et tout le monde peut le sentir.

Elle sourit. Elle est heureuse d'être avec moi, j'imagine. Pour le moment, en tout cas.

— L'odeur à l'institut a dû te rendre fou.

— Plus que tu ne peux l'imaginer.

— L'antiseptique. Oh mon Dieu. Tu sais, le détergent qu'ils utilisaient ?

— C'est vrai, déclaré-je. L'odeur du sol était la pire. Mais vraiment chaque personne et chaque surface avait son parfum puissant.

— Tu as un tel odorat. Ça a dû être l'enfer.

— Pas quand je repérais ton odeur.

Elle rougit.

— Je veux dire, ton parfum de tous les jours. Frais et épicé. Je pouvais être dans une pièce avec une dizaine de personnes et des centaines d'odeurs, et c'est la tienne que je repérais. Je remarquais quand tu entrais dans le bâtiment.

— Waouh.

Elle continue de pagayer, agitant l'eau de la rivière.

— Ce n'est rien de spécial. Juste une capacité que j'ai développée.

Elle lève la tête.

— Pour chasser ?

Mon cœur s'enfonce. C'est le genre de trucs que le professeur voulait savoir. Est-ce que je m'entraînais à renifler ? Est-ce que la faim améliorait mon odorat ? Est-ce que je sentais et traquais ma proie ? Que je la tuais à mains nues ? Que je sentais la vie disparaître ? Même avec une belle biche ? Oui. Absolument.

Son patron, Murray, m'a qualifié d'homme des cavernes

pendant l'une de leurs conversations. Mon visage s'échauffe quand j'y pense. Il y avait un dessin animé sur les hommes des cavernes à la télé de l'institut. Une représentation ridicule. Ils traînaient les femmes par les cheveux.

— C'était un talent pour chasser ? redemande-t-elle.

— L'odorat est une bonne chose à avoir pour chasser, craché-je.

Elle se mord les lèvres.

Nous pagayons en silence. Je vois le trouble dans ses yeux. Je déteste quand elle fait cette tête. C'est celle qu'elle faisait lorsqu'elle pensait au chaton, ce mystérieux chaton. Elle devient de plus en plus furieuse maintenant. Plus en colère à chaque coup de pagaie.

Je la calme de la seule façon que je connais : en lui donnant un bout de moi.

— Ça m'a toujours ébahi que personne d'autre ne puisse sentir les choses comme moi. Au début, en tout cas.

Elle est intéressée. Alerte.

— Tu veux dire, lorsqu'ils t'ont sorti de la forêt ?

— Oui.

— Tu pensais que tout le monde avait un bon odorat, mais ce n'était pas le cas et tu as été surpris ?

— Oui.

— Waouh, dit-elle. Ça a dû être comme entrer dans un autre monde.

— C'est vrai.

Ça fonctionne, elle est de retour avec moi. Je me dis que c'est pour le mieux, que plus j'arrive à l'emmener loin et moins j'aurai à la porter.

Mais je n'aime simplement pas la voir bouleversée.

— Évidemment, ils n'avaient pas eu à utiliser leur odorat pour survivre. Je l'ai compris quand je me suis rappelé ce que c'était d'être un enfant. Je n'avais qu'à m'asseoir devant la table et la nourriture apparaissait, ou vers la fin, je n'avais qu'à aller dans la cave à légumes.

— La cave à légumes ?

— Une petite pièce dans le sol, sur le côté de la maison...

— Mec, je sais ce qu'est une cave à légumes.

— Donc oui, je chassais à l'odeur là-bas. C'était important, surtout en hiver, mais c'était aussi plus difficile à cette époque puisque les animaux froids ne sentent pas aussi fort. C'était encore pire lorsqu'il n'y avait pas de neige et qu'il faisait seulement froid. J'avais aussi besoin d'utiliser mon ouïe.

Elle se fige.

— Tu veux dire que ton ouïe est aussi bonne que ton odorat ?

— Peut-être.

— Eh bien.

— La plupart du temps, je chassais dans l'immobilité. Je faisais semblant de faire partie du décor. Lorsque les lapins arrivaient en sautant à proximité, je les attrapais. Si tu attends suffisamment longtemps, quelque chose va passer par là.

Je baisse la voix.

— C'était une astuce que j'utilisais lorsque j'étais le plus désespéré. Même un enfant affamé peut attendre.

Nous avançons plus vite désormais, trouvant notre rythme. Elle s'active. Elle se concentre sur moi, sur la tâche consistant à pagayer ensemble.

— Pourquoi n'as-tu pas simplement demandé de l'aide ? Tu n'as pas trouvé de campeurs pour t'aider ?

— Pourquoi aurais-je demandé de l'aide ? La police voulait m'arrêter.

— Attends... Je croyais que tu avais huit ans.

— Ouais et la police était après moi.

— La police n'arrête pas les garçons de huit ans.

— Ils voulaient déjà m'enfermer à l'époque, lui expliqué-je. Tout comme maintenant.

— Ça ne fonctionne pas comme ça. Un enfant, tout seul dehors ? Tellement de personnes t'auraient aidé.

— Non merci.

— Comment ça *non merci* ? Les gens auraient voulu t'*aider*...

— Ils m'auraient aidé à me faire enfermer ou tuer, grogné-je. Ou ils m'auraient fait parader devant les caméras comme une bête de foire au cirque. Ils voulaient mon histoire.

— Je suis désolée que ça te soit arrivé.

Elle a l'air véritablement désolée, comme si elle s'inquiétait vraiment.

Je grogne.

— Ça a dû être... horrible.

La colère me submerge. Je veux croire qu'elle tient à moi.

— J'ai géré beaucoup de prédateurs, dehors. J'ai été à la merci des pires d'entre eux. Mais la façon dont ces journalistes m'ont sauté dessus... J'étais faible à cause de ma blessure, à cause des médicaments. Je ne comprenais pas.

— J'ai appris pour l'aide-soignant quand je faisais des recherches sur ton cas. Celui qu'ils ont payé pour te faire sortir de l'hôpital.

— J'ai cru qu'il voulait m'aider, expliqué-je. Il a dit qu'il allait me faire sortir. Je voulais toucher l'herbe.

Manger l'herbe, mais ça, je ne le dis pas.

— J'étais tellement faible et étourdi. L'infection me faisait halluciner, ou peut-être que c'étaient les médicaments. Je voulais tellement rentrer chez moi. C'est tout ce que je voulais.

Je regarde la scène qui défile. C'est toujours comme un rêve d'être à la maison.

— Kiro, chuchote-t-elle.

— Il a enlevé les tubes dans mon bras et m'a donné une veste d'hiver avec des chaussures. Il m'a donné un chapeau, enfin un masque de ski, et m'a obligé à le mettre. Il m'a dit de marcher normalement. Il m'a dit qu'ils ne voulaient pas que je parte, mais qu'il m'aiderait à aller à la maison. Il m'a fait sortir par une porte sur le côté. Au lieu de la nature, il y avait un trottoir et une meute de journalistes, lançant des flashs dans ma direction, criant. J'étais... perplexe. L'aide-soignant a essayé d'enlever le masque de ski et c'est là que j'ai commencé à me battre. Je l'ai frappé. J'ai frappé tous ceux que je pouvais. Les flashs m'aveuglaient. Je pouvais à peine tenir debout. J'étais si faible. Je me débattais.

Comme un animal sauvage. Elle le sait probablement. Il y avait beaucoup de témoins.

— J'en ai entendu parler.

— Je me suis finalement collé au mur, luttant juste pour rester debout, incapable de m'échapper. Ils continuaient de me poser des questions sur les loups : m'avaient-ils élevé ? Me donnaient-ils à manger ? Où vivais-je ? Et les flashs des appareils photo...

Je prends une inspiration, essayant de rester calme. Le terrain est en train de changer. Je me concentre là-dessus.

— Le genre de travail de ces reporters déshumanise les gens. C'est mal. Mais tous les journalistes ne sont pas de tels prédateurs.

Je ferme les yeux, me souvenant de leur faim obscure. J'aimerais pouvoir lui faire confiance. J'aimerais qu'elle ne soit pas l'un d'entre eux.

Chapitre Vingt-Sept

Ann

Je me sens vraiment mal et arrête de poser des questions.

Nous atteignons la rive et marchons d'un pas lourd. C'est plus loin que je l'imaginais.

Et cela semble vraiment trop loin pour qu'il fasse simplement demi-tour et me raccompagne jusqu'au pick-up.

Au début, je me disais que je pourrais de nouveau lui rendre visite. Je m'imaginais entrer ses coordonnées sur mon téléphone. Je conduirais un peu et le rejoindrais à pied.

Plus nous avançons, plus je me rends compte à quel point j'ai été bête.

Et, petit à petit, j'ai l'impression que nous nous enfonçons dans la forêt profonde, pas seulement géographiquement, il y a autre chose... c'est comme mettre un pied dans des sables mouvants.

Cela me met mal à l'aise.

J'avais l'habitude de dire qu'une histoire commençait là où la zone de confort se terminait, mais c'est différent cette fois.

C'est dangereux. Je le regarde alors et il est si beau, si sauvage. Je pense à la façon dont il a été traité. Il n'a jamais rencontré quelqu'un qui ne veuille pas le blesser.

Surtout, je commence à me poser des questions sur une quelconque histoire le concernant.

Je ne veux pas l'utiliser comme ces journalistes l'ont fait. Je ne le ferai pas. Mais qu'est-ce qu'il me reste ? L'idée d'écrire son histoire pour son propre bien ? De l'aider à gagner son indépendance économique ?

Il n'en a pas plus besoin que le vent.

Je pourrais cependant découvrir pourquoi on le pourchasse. Je pourrais l'informer sur qui sont ses ennemis et pourquoi. C'est toujours important. Ou peut-être pas ?

Je gère, dit-il.

L'étendue sauvage est aussi grande qu'un petit État. Peut-être qu'il peut vraiment se perdre dedans. Peut-être qu'il n'a pas besoin de posséder son propre territoire. Peut-être que je ne sais absolument rien.

Nous nous dirigeons vers une rivière, bordée de rochers massifs, comme de petits blocs empilés n'importe comment. Des pins sur le côté s'étirent vers le ciel, comme pour créer un plafond cathédrale.

Quelquefois, lorsque j'étais enfoncée dans les tropiques, j'avais l'impression d'être dans un endroit exotique et mystique, mais le côté sauvage de cet endroit est tout aussi intense.

Mais qu'est-ce que je fous là ?

C'est alors que je me tourne vers Kiro et je sais ce que je fais là. C'est l'homme qui m'a tendu la main, qui m'a protégée de Donny. Et notre connexion crépite. Elle crépitait à chaque fois que j'entrais dans sa chambre et elle continue maintenant.

Et je le vois, chez lui. C'est juste un trajet plus long que je l'imaginais.

Il porte le canoë d'un cours d'eau à un autre, comme s'il ne pesait rien. Lorsque je demande à m'arrêter, il se moque de moi. Je mange quelques barres énergétiques. Je dois faire durer la nourriture un jour ou deux de plus que prévu.

Je veux prendre des photos, mais je décide d'attendre. Je garde la batterie. Nous finissons par rejoindre une autre rivière à la nuit tombante. Il nous pousse sur l'eau. Il y en a tellement ici. Les étoiles luisent au-dessus de nous.

— On ne peut pas s'arrêter ? Je suis tellement fatiguée.

— Dors.

Je résiste d'abord, mais cède finalement et me recroqueville, la tête contre un sac à dos, me disant que je vais juste fermer les yeux. Je m'endors au doux bruit de la pagaie.

Lorsque je me réveille, il me porte dans ses bras.

— Kiro ? chuchoté-je.

— Tu n'es pas obligée de chuchoter, Ann.

Il me pose sur quelque chose de mou. Le sac de couchage. Il referme la fermeture éclair et s'étend à côté de moi.

Un cri étrange fait écho dans la forêt sombre, envoyant un frisson dans ma colonne vertébrale.

— C'est quoi ?

— Un prédateur et sa proie, gronde-t-il.

Il fait glisser un doigt sur ma joue.

— Tu es en sécurité, ici. Il ne peut rien t'arriver.

— Est-ce que c'est ici ? Est-ce qu'on est chez toi ?

— C'est une île. Dors.

JE SORS quatre petits sachets de café instantané Starbucks le matin suivant et les pose sur une bûche, près du feu. Quatre petits sachets de Starbucks.

— J'ai besoin de faire chauffer de l'eau. Tu as de la chance que j'aie amené du rab. Je serais un monstre sans mon café.

— Tu as besoin de café tous les jours ?

— Oh que oui. Ne t'inquiète pas. J'en ai quatre.

Il semble inquiet.

— Je suis une vraie accro. Qu'est-ce que je peux dire ?

— Que se passe-t-il lorsque tu n'as pas ton café ?

— Tu n'as pas envie de le savoir.

— Tu survivrais, n'est-ce pas ?

— Non.

Il m'attire plus près de lui et saisit une mèche de mes cheveux.

— Dis-moi ce qu'il se passe.

C'est plus ou moins un ordre.

— Pourquoi ?

— J'ai juste besoin de le savoir.

Je plisse les yeux.

— Où se trouve ton chez-toi, exactement ?

Il enroule une de mes boucles autour de son doigt rêche et sinueux.

— Loin.

— Loin comment ?

— Je peux faire cinquante kilomètres par jour.

Il observe mon visage, ses yeux perceptifs bordés de cils riches, couleur chocolat.

— Encore quatre jours, je dirais, ajoute-t-il nonchalamment, déroulant maintenant la boucle.

— Attends... quoi ?

J'en ai le souffle coupé. Je suis sûre qu'il plaisante... sauf que Kiro ne plaisante jamais.

— Quatre jours ? Tu veux dire deux jours aller, deux jours retour ?

— Non, je veux dire quatre jours pour y aller.

— Deux cents kilomètres dans la forêt ? C'est là que nous allons ? Nous serons au Canada.

Il hausse les épaules.

— Et tu vas me ramener ? Tu vas refaire tout ce chemin ?

Il m'observe curieusement, comme s'il attendait quelque chose.

J'ai l'impression que les sables mouvants que j'ai cru ressentir sont *vraiment* des sables mouvants. Les choses ne sont plus solidement établies. Je suis plongée dans un monde différent.

— C'est un long chemin juste pour... me montrer ton chez-toi...

Les oiseaux chantent autour de moi. Le clapotis de l'eau résonne sur les rochers.

— C'est un long chemin pour faire simplement demi-tour, ajouté-je.

À la façon dont il me regarde désormais, une idée folle jaillit dans mon esprit. Il est le prédateur et je suis la proie.

— C'est un long chemin...

Sa voix devient grave.

— Tu ne repartiras pas.

— Sérieusement, Kiro. Allez.

— Tu viens à la maison avec moi.

— Et puis je rentrerai. Je dois rentrer. Tu le sais.

— Tu ne repartiras pas.

Quelque chose se retourne dans mon estomac. *Tu ne repartiras pas.* Il est sérieux. Vraiment sérieux.

Je souris tout de même, tant c'est grotesque.

— Non, Kiro. Ça n'arrivera pas.

Il scrute mon regard. Nous sommes plongés dans un moment de vérité, un étrange pivot entre deux univers. Ce n'est pas une question pour lui. Peut-être que ça ne l'a jamais été.

— Tu seras ma compagne.

Ma bouche s'assèche.

— Tu ne peux pas juste m'obliger à venir avec toi et faire de moi ta compagne.

Il m'observe avec ces yeux dorés insondables, attendant de voir ce que je vais faire, pensant que peut-être, je vais tenter de m'échapper. Alors que je sais qu'il peut m'arrêter.

Parce qu'il est le roi ici.

Mon cœur tambourine. Est-il possible qu'il nous imagine vieillir ensemble dans une grotte ou quelque chose dans le genre ? Qu'il m'imagine étendre le linge sur la branche d'un arbre ? Pendant que des animaux de la forêt gambadent en arrière-plan ?

Pourquoi pas ? C'est le territoire de Kiro ici.

Comme j'ai été stupide ! J'ai été tellement aveuglée par la beauté déchirante de cet homme, j'ai été tellement consumée d'affection pour lui, par l'envie d'avoir son histoire, que je l'ai laissé me conduire pendant des kilomètres dans son monde. Nous y sommes tellement enfoncés que je n'ai aucune façon de retrouver mon chemin.

Oui, il fait mouiller ma culotte. De qui je me moque ? Il m'inspire des sentiments confus et douloureux qui vont plus loin que le simple désir. Mais je l'ai également vu tuer des hommes à mains nues, aussi facilement qu'il ouvrirait un bocal de cornichons.

— Ça n'arrivera pas, dis-je.

— C'est déjà arrivé.

— Quoi ? Tu vas juste me tirer là-bas par les cheveux ?

Un petit éclat douloureux dans son regard m'indique que mon commentaire l'a blessé.

— Je ne te tirerai jamais par les cheveux, Ann, dit-il doucement.

Il touche de nouveau mes cheveux. Regarde mes lèvres.

— Mais je te porterai. Si tu m'y forces.

— Tu es sérieux ? Écoute-toi.

Je le repousse.

— Tu me priverais de ma liberté ? Après l'enfer que tu as vécu confiné et la façon dont nous nous sommes battus pour sortir de cet endroit, tu retournerais ta veste et tu me ferais la même chose ?

Il s'accroupit à côté de la pile de bois noircie et commence à faire du feu en frottant un bâton. Parce qu'il est Kiro.

— On va bientôt se remettre en route.

— Tu ne me le dis que maintenant ?

— Je savais que tu n'aimerais pas cette idée.

— Je n'arrive même pas à te croire. Tu me piégerais et me prendrais ma liberté ? Est-ce que tu comprends à quel point c'est tordu ? À quel point c'est merdique à tous les niveaux ? Toi plus que quiconque, tu devrais comprendre à quel point c'est horrible.

Le feu prend vie.

— Oui, ce serait horrible, n'est-ce pas ? De tromper quelqu'un. De marcher avec cette personne sur des kilomètres, sans jamais révéler son véritable but.

Je me raidis. *Il sait.*

Il me lance un regard noir, une beauté purement brutale, plus sauvage et plus chaude que le feu qu'il a allumé de ses mains nues.

Mon cœur tambourine quand je pense à la conversation téléphonique que j'ai eue dans la chambre de motel avec mon éditeur. Son ouïe est-elle aussi fine que son odorat ? Évidemment ! Et, oh mon Dieu, la façon dont j'ai parlé à mon éditeur dans le pick-up...

— Pour la piéger, continue-t-il. Pour lui faire croire que tu veux juste aider.

Mon pouls s'accélère lorsqu'il se lève et avance vers moi.

— Tout ce que tu voulais, c'était avoir l'histoire du sauvage.

Avoir des photos de lui que personne ne pourrait obtenir. Pour ton journal.

— Tu te méprends, Kiro. Je ne suis pas l'un d'entre eux... je le jure.

Il pose les doigts sur le col de ma veste.

— Alors pourquoi tu ne m'as pas dit quel était ton véritable but ? Ta véritable identité ?

Merde.

— Alors c'est ma punition ? Je deviens ta femme soumise ?

Un autre éclat douloureux illumine ses yeux. Je me sens nulle.

— Kiro, écoute... c'était un accident quand j'ai découvert qui tu étais. J'étais là-bas pour une histoire différente. Et je voulais t'aider. Je le veux encore.

— Comme tous les autres journalistes ?

— Je ne suis pas comme eux.

Ses yeux sont beaux, dorés et totalement féroces... Comment ai-je pu ne pas le voir ? Il utilise le col de ma veste pour m'attirer vers lui. Il fait glisser une main sur le revers et je me dis qu'il va l'arracher, qu'il va me déshabiller.

Je referme les pans de ma veste. Mais au lieu de ça, il tend la main vers ma poche et en sort les sacs plastiques dans lesquels se trouvent les morceaux de mon téléphone. Mon filet de sécurité. Il les met dans *sa* poche.

Je tente de les attraper, mais il saisit mes poignets.

— Je croyais que nous étions amis.

Sa voix est un grondement voluptueux lorsqu'il répond :

— Nous ne sommes pas amis.

— Pourquoi voudrais-tu d'une femme qui n'est pas ton amie pour compagne ?

Il pose ses lèvres sur le sommet de mon crâne.

— Tu n'as pas besoin d'être mon amie pour devenir ma compagne.

— Kiro, réfléchis. Je suis de ton côté. On te pourchasse. Pourquoi ? Tu dois comprendre ce qu'il se passe. Tu vis dans ce monde, que tu le veuilles ou non, tu as besoin de moyens, tu as besoin de connaissances sur ta situation... Je peux t'aider avec tout ça.

— J'ai tout ce dont j'ai besoin.

Le grondement dans sa voix me fait penser à la cabine d'essayage. Il y pense aussi. Je peux le sentir.

Quatre ou cinq jours de trajet.

Plus nous nous enfonçons, plus je deviendrai impuissante. Et il a mon téléphone, même si ce n'était pas comme si j'allais avoir du réseau de toute façon.

Je suis vraiment seule... avec Kiro. Il est complètement en charge de mon destin maintenant.

Je regarde le canoë. Et si je sautais dessus et pagayais pour m'en aller ? Je pourrais retrouver mon chemin... peut-être.

Il semble lire dans mon esprit.

— Tu penses pouvoir pagayer plus vite que je ne peux nager ? Tu penses pouvoir courir plus vite que moi ? Et même si tu pouvais, d'une façon ou d'une autre, m'handicaper ou me perdre, ce qui n'arriverait pas, mais *même si*... tu crois que tu pourrais retrouver ton chemin ?

Il pose un doigt sous mon menton et relève ma tête.

Il me touche maintenant, parce qu'il le peut. Parce que je suis à lui. Je suis emplie de chaleur.

Il baisse la voix.

— Même si tu pouvais retrouver ton chemin, tu penses que tu pourrais t'en sortir ? Je ne suis pas le seul prédateur de ces bois. Il y a des ours, des lynx, et des loups, bien sûr. D'énormes nids de guêpes au sol. Des falaises instables. Une centaine de façons de te blesser.

— Je survivrais jusqu'à trouver un campeur.

— Ce n'est pas une zone dans laquelle les campeurs aiment

venir, même en haute saison. Les cartes les avertissent de rester éloignés. C'est quelque chose que j'ai appris dans la cage du professeur. C'est le territoire le plus sauvage. Et ce n'est pas la saison des campeurs.

— Ça n'arrivera pas, chuchoté-je d'une voix rauque.

Il me relâche et me tourne le dos, fouillant dans le sac. C'est comme s'il se moquait de moi. Cours, vas-y. Essaie.

Il prend la tasse en inox dans le sac et s'avance vers la rivière. Il la plonge dans l'eau et bois. Si je cours, il va me rattraper. Nous le savons tous les deux. Il replonge la tasse dans l'eau et l'amène vers le feu, étirant la poignée rétractable.

— Qu'est-ce que tu fais ?

— Tu aimes que ton café soit chaud.

Il tient la tasse au-dessus du feu.

Du café. Comment ai-je pu oublier ? Être prisonnière d'un homme féroce est bien trop difficile à appréhender avant même d'avoir bu mon café.

— C'est une chose que je ne pourrai pas te fournir indéfiniment. Tu veux tout boire d'un coup ou essayer de le faire durer ?

— Aucun des deux. Et si tu prenais une grande tasse de *même dans tes rêves ça n'arrivera pas* ?

— Dans la forêt, on veut faire durer les choses, déclare-t-il, pensif. Je vais t'en préparer une petite quantité. Je veux qu'il t'en reste pendant un long moment, ensuite, tu n'en auras plus. Tu ne vas pas mourir, je pense. Je trouverai d'autres choses que tu apprécieras.

— Je ne veux pas apprécier d'autres choses.

— J'en trouverai quand même. Je vais prendre soin de toi, Ann. Je te donnerai tout.

Il lève les yeux.

— Je vais te protéger. Je mourrai même pour toi, si je le dois.

Mon pouls s'accélère. Kiro ne dit toujours que ce qu'il pense.

— Tu es à moi maintenant, explique-t-il.

Comme si cela clarifiait tout.

Tu es à moi maintenant.

Il renverse un peu d'eau sur son doigt.

— C'est prêt.

Je regarde le canoë.

— Je pense que tu ne vas pas aimer nager pour me rattraper dans l'eau glacée. L'eau provient des glaciers ou quelque chose comme ça, non ?

— Le corps humain peut s'ajuster à bien plus de températures qu'à une tranche de vingt/vingt-cinq degrés, infirmière Ann.

Le fait qu'il m'appelle infirmière Ann a un côté malsain maintenant. Comme s'il attirait l'attention sur ma tromperie.

— Je ne t'ai pas dit ce que je faisais parce que je savais que tu détesterais. Je n'avais pas de motivations malfaisantes. Je voulais seulement t'aider.

Il attend avec ma tasse d'eau chaude à la main.

— Tu ne peux pas me garder.

— Je crois que si.

Il pose la tasse en inox et attrape l'un des petits sachets contenant le café. L'un des quatre. Il reste quatre portions.

— Vas-y alors, mets tout le paquet. Parce que cette idée merdique que tu as en tête ? Ça n'arrivera pas.

Il verse le tout.

J'attrape une barre protéinée et croque dedans.

— Et je vais manger autant de ces trucs que je veux, parce qu'il est hors de question que je joue à la famille Pierrafeu avec toi !

Je mélange mon café. Il est plus fort qu'il n'aurait dû l'être.

J'en bois une gorgée et commence instantanément à me sentir plus rationnelle.

Il roule le sac de couchage. *Mon* sac de couchage. Il n'a pas utilisé le sien. J'imagine que celui-ci était pour moi aussi. Je me rends compte que tout ce matériel de camping est pour moi.

Kiro est l'un de ces mecs de la forêt qui peut être déposé au milieu de nulle part, nu, et survivre sans aucun problème. Et voilà que je suis allée dans un magasin de camping, à choisir des trucs comme une idiote. Pas étonnant qu'il ait été si intéressé par mes opinions.

J'erre jusqu'au bord de la rivière, savourant mon café, essayant de réfléchir. Et si je l'handicapais effectivement d'une façon ou d'une autre ? Il a peut-être raison quand il dit à quel point ce sera difficile pour moi de retrouver mon chemin. Mais si je marche suffisamment vers le sud, j'aurais peut-être du réseau sur mon portable ou je croiserais quelqu'un. Et si j'avais le canoë ? Ce n'est pas comme si j'étais dans le désert sans eau ni nourriture, ou que j'étais entourée de scorpions et de serpents à sonnette. J'ai besoin du canoë et d'une longueur d'avance, me dis-je alors. Ainsi que de mon téléphone.

Ce serait stupide d'essayer de m'enfuir, il a probablement raison sur ce point. Mais ne serait-ce pas stupide de partir simplement avec lui ? La balance de la stupidité semble assez bien équilibrée entre mes deux options.

Je sirote mon café, observant la rive rocheuse et escarpée. Je repère l'un des rochers noirs glissants dont Kiro m'a avertie de me méfier. Je vais éviter ceux-là.

Il arrive près de moi.

— Tout ça m'a manqué. Cette beauté. Le soleil. Le silence. L'odeur des êtres vivants. Tu ne peux pas savoir ce que ça fait de rentrer à la maison.

— Et je n'ai pas le droit à la même considération ? Je n'ai pas le droit de rentrer à la maison ?

— Tu as dit que tu n'en avais pas.

— Je suis entre deux. Ça n'a pas d'importance. Ce qui compte, c'est que j'aime choisir mon chez-moi.

Il s'avance vers la rivière pour mettre nos sacs dans le canoë. Je le regarde, mon esprit tournant en boucle, passant d'une option à l'autre. Il m'a plus ou moins mise échec et mat. Même si je l'assommais avec un rocher et que je prenais le canoë, ainsi que mon téléphone, je ne pense pas que je pourrais retrouver mon chemin. J'ai besoin d'une carte. De campeurs. De quelque chose.

Je repère une biche broutant sur la rive et tout ce que j'arrive à me dire, c'est *putain*.

— Est-ce que tu apprécies ton café ?

— Toujours.

— Finis-le. Nous devons partir.

— Nous ne prenons pas de petit-déjeuner ?

— Plus tard.

Ses cheveux reflètent la lumière lorsqu'il remet nos affaires dans le canoë. Sa chemise à carreaux semble douce, se resserrant sur ses énormes muscles. Son short en toile moule ses fesses lorsqu'il se penche pour tout attacher avec les tendeurs.

Il est mon ravisseur. Je ne devrais plus le trouver si canon.

Je me retourne et bois une autre gorgée. Je ne suis pas stupide. Je sais que je ne peux pas tenter de m'échapper maintenant. C'est exactement ce à quoi il s'attendra.

— Prête ?

— Ce qui compte lorsqu'on boit un café le matin, c'est de pouvoir l'apprécier.

Il arrive derrière moi et caresse mes boucles. Mon pouls s'accélère lorsqu'il me touche, avec cet étrange mélange de tendresse et de domination.

— J'aime tes cheveux comme ça.

Je regarde fixement les dernières gouttes de mon café, refroidissant dans la tasse de camping en inox, avec sa poignée rétractable. Le café ne m'aide pas vraiment à accepter le fait que ce Kiro beau et sauvage m'a emmenée au milieu de la forêt, sous son contrôle total.

Parce que tu es ma compagne. Ces mots font fondre mon estomac.

Il appuie ses lèvres sur mon cou.

— Tu peux le finir dans le canoë.

Je reste là. Cela semble fou de consentir à s'enfoncer davantage dans les bois désormais.

— Si je te porte sur le canoë, tu penses que tu vas renverser ton précieux café ? Je pense que oui.

Choisis tes batailles.

— D'accord.

Je rejoins l'embarcation. Il stabilise le canoë quand je monte dedans. Il a arrangé les sacs différemment, donc le seul endroit où je peux m'asseoir, c'est un petit nid, juste devant l'endroit où il va pagayer.

— Tu veux que je m'asseye entre tes jambes maintenant ?

— J'ignore ce que tu pourrais faire.

— J'aimais bien où j'étais assise avant. Quand j'étais tout devant. Comme la reine de Saba.

— Et maintenant, tu vas t'asseoir à un autre endroit.

Il me pousse pour que j'avance.

Choisis tes batailles, pensé-je de nouveau. Même si je me rends compte qu'il les gagne toutes.

— D'accord.

Je m'installe et tends mes jambes sur la planche au fond du canoë, le dos contre le sac de couchage. Il donne un coup de pagaie et nous commençons à avancer. Ses longs coups puissants nous font silencieusement progresser sur le cours d'eau.

Je sirote le reste de mon café et observe la scène qui défile, me demandant où nous sommes, ou est le soleil. Je dois y faire attention maintenant.

— À quoi penses-tu ? demande-t-il.

— À comment je vais m'échapper.

— Hmm-hmm.

C'est normal pour un journaliste freelance de s'aventurer trop loin en terrain dangereux pour déterrer une véritable histoire. Il faut continuer d'avancer, encore et encore, puisque c'est de la vérité dont vous avez besoin, c'est cette pépite qu'il vous faut et elle est juste devant... vous en êtes sûr. Vous en avez tellement besoin pour cette histoire que vous allez écrire, cette histoire qui fera une foutue différence dans ce monde tordu et emmêlé.

On en voit beaucoup mourir pour obtenir une histoire. On en voit beaucoup démissionner une fois qu'ils se marient et qu'ils ont une femme. La dernière chose que l'on veut pour nos enfants, c'est qu'il voie une vidéo de notre décapitation. Ou que notre compagnon reçoive notre corps en centaines de morceaux, envoyés dans un sac plastique.

Je m'étais toujours dit que j'allais arrêter ce travail.

Mais ce n'est pas ce que j'avais en tête. Je pensais plus à quelque chose du genre écrire un livre ou un blog. Mais pas être captive dans la forêt.

Je me penche en arrière, soutenue par des mollets épais et musclés, qui sont légèrement couverts de poils. Ses muscles se contractent à chaque coup de pagaie, épais et puissants. Je détourne le regard, m'obligeant à observer les chaussures que nous lui avons achetées.

— Comment sont les chaussures ?

— Bien, pour l'instant. Une fois que mes pieds se seront de nouveau habitués au sol, je n'en aurai plus besoin. Toi aussi, tu finiras par ne plus avoir besoin d'elles.

Je ricane.

— Et si vous regardez par la vitre à droite du bus, mes chers amis, vous verrez une immense formation rocheuse tandis que nous entrons dans un putain d'endroit merveilleux.

— À droite du bus ? De quoi ?

— Rien. Ça ne fait rien.

— Tu ne veux pas être forte ? demande-t-il. Comment ça pourrait être mauvais pour tes pieds d'être si solides et forts que tu n'aies plus besoin de chaussures ? D'être si libre et sauvage que tu n'aies plus besoin de rien et que ceci soit ta maison, que toute cette beauté t'appartienne ? Dehors, on est plus riche que la personne la plus riche du monde.

Mon cœur tambourine, comme il le fait à chaque fois que je ressens les contours de la réalité d'une autre personne. Nous voyons tous le monde si différemment les uns des autres, mais de temps en temps, on le perçoit au travers des yeux d'un autre. Et ça ne manque jamais de m'émerveiller.

Kiro m'émerveille complètement.

On a toujours abusé de lui et on lui a menti toute sa vie. Alors il crée sa propre vie et que tous ces gens, que tous ces téléphones, ces voitures et ces assurances aillent se faire voir. Le ciel est à lui. La rivière est à lui. Avec tout ce qu'il me dit, j'en veux plus, plus, plus. Pas pour l'histoire, mais juste... pour le connaître.

— Le roi de la forêt.

Il ne dit rien. Il *est* le roi de la forêt. Le maître de tout ce qu'il voit. C'est de la folie.

Et c'est vraiment canon.

J'incline la tête pour le regarder. Nos regards se croisent.

— Le roi des loups.

Il me fusille du regard. D'immenses pins s'étirent vers le bleu du ciel derrière lui. Un plafond cathédrale qui change constamment. Et Kiro en est le prêtre.

— Ce n'est pas comme si j'allais m'enfuir et le raconter, hein ?

Il pagaie de façon régulière, tout en se renfrognant et en me regardant. C'est silencieux ici. Les seuls bruits que nous entendons sont les coups de pagaie dans l'eau et le chuchotement de la brise au-dessus de nous.

— Tu as vraiment couru avec les loups ?

— Un homme ne peut pas courir aussi vite qu'un loup.

— Mais tu étais leur leader ?

Il ricane.

— C'est cool. Je sais pourquoi tu ne veux pas me le dire. Parce que tu sais que je vais m'enfuir. Je vais tellement partir et tu le sais.

— Tu ne t'enfuiras pas.

— Si, je vais le faire. C'est pour ça que tu ne veux pas me le dire.

Un long silence s'étire.

— Je sais ce que tu fais, déclare-t-il.

— Tu as pris le contrôle d'une meute de loups. Tu es le roi des loups.

— Ça ne s'est pas passé comme ça.

— Dis-moi comment c'était. S'il te plaît. J'ai tellement envie de savoir.

Il baisse les yeux vers moi et mon antenne de journaliste crépite en lui prêtant attention. Il est en train d'y réfléchir, je le vois bien. Kiro ne veut pas que je pense qu'il était le roi des loups. Il veut me faire comprendre la vérité.

— Le professeur utilisait toujours le terme de « super-alpha », commence-t-il. En parlant de moi et de la meute. Il pensait que je prenais le contrôle de la meute avec un genre de démonstration de force, mais il avait tort. Ce n'était pas une démonstration de force. Je les ai amadoués. Par désespoir.

— Qui n'aurait pas été désespéré ? Un adulte l'aurait été.
Toi, tu n'avais que huit ans.

Il semble y réfléchir.

— Quand je me suis retrouvé seul pour la première fois,
j'avais peur des gens, à cause de la menace de la police.

Qui n'existait pas, mais je ne le contredis pas.

— D'accord, dis-je.

— Mais j'étais seul. J'ai passé beaucoup de temps dans les
arbres et je regardais les loups, en bas. Pour moi, ils ressem-
blaient à des chiens. J'avais un chien que j'aimais. Je me suis dit
que peut-être, les loups pouvaient être amis avec moi comme le
chien l'était. Alors j'ai élaboré un plan pour gagner leur amitié.
C'est ainsi que ça a commencé.

Il plonge la pagaie dans l'eau semblable à du velours et la
retire avec force et habileté.

— J'ai commencé à voler des campeurs. Je prenais leur
viande et la ramenais au loup, avant de grimper à un arbre le
temps qu'ils la mangent. Je ne voulais pas devenir leur chef ou
prendre le contrôle de la meute. Je voulais qu'ils soient mes
amis.

— Comme ton chien, à la maison.

Il acquiesce.

— Tu avais d'autres amis chez toi ?

— J'avais des frères et sœurs d'adoption. Aucun ne m'aimait,
sauf ma petite sœur. Pendant un moment, en tout cas. Elle en
est finalement venue à me détester, mais au moins, je n'étais pas
seul. Seul *et* solitaire, c'est encore plus difficile.

— Alors tu as nourri les loups.

— Oui. Je volais surtout de la viande. Je prenais les barres et
les trucs secs pour moi, mais la viande était toujours pour les
loups. Je ne pensais même pas à l'hiver, dit-il. Il y avait cette
tente que j'avais volée et je me disais que ce serait suffisant.
J'étais enfant, qu'est-ce que j'en savais ? Les hivers du Minne-

sota ne semblent jamais être si rudes. Quand les campeurs ont commencé à se faire rares, j'appâtais et piégeais des lapins pour avoir quelque chose à donner aux loups. Au début, c'était difficile de les tuer, mais je me suis amélioré. Finalement, quelques loups m'ont laissé leur donner à manger à la main. C'était une si petite victoire, mais c'était bien. Ma vie était si simple. Juste de la survie. Et ces petites victoires. Je me sentais... heureux. Je me disais : « Tant que je continue, ils me laisseront être leur ami. » Je voulais... juste un ami.

— Et ça a fonctionné ?

— Deux d'entre eux se sont approchés de moi quand je n'avais pas de nourriture, ils m'ont reniflé, m'ont mordillé. Mais pas le reste. Le chef, que j'ai appelé Brutus, me grognait toujours après. Il montrait les dents et faisait gonfler sa fourrure. Les loups sont comme les gens. Chacun d'entre eux à des idées différentes.

Nous arrivons à un endroit peu profond de la rivière. Kiro utilise sa pagaie pour nous sortir d'une zone boueuse et retourner vers l'eau claire.

— Puis est arrivé le premier froid mordant de l'hiver. Il faisait si froid, bien en dessous de zéro, alors que j'avais eu assez chaud pendant tout ce temps. Et il n'y avait aucune neige sur laquelle je pouvais remarquer des traces. Juste un froid qui me gelait la moelle. J'ai essayé, encore et encore, d'attraper quelque chose, mais il faisait trop froid et il y avait trop de vent pour que je me déplace à l'extérieur. Je savais où étaient les loups. C'était un endroit sec, près d'un rocher, sous un énorme arbre qui était tombé, mais je n'osais pas aller là-bas. Je m'étais installé dans une grotte à ce moment-là, alors je m'asseyais et attendais la nuit, frissonnant, couvert des manteaux et des sacs de couchage que j'avais volés. Je faisais du feu, mais il s'éteignait sans cesse à cause du vent hurlant. Il avait changé de direction pendant l'hiver. À un moment, les braises ont brûlé ma couverture la plus chaude. Tous les briquets que j'avais volés étaient vides. Il n'y avait plus de campeurs dans le coin.

Je suis ébahie qu'un enfant de huit ans ait pu rester en vie si longtemps. Cela faisait déjà des mois qu'il était dehors.

— Deux loups sont venus. Ils avaient l'habitude que je leur donne à manger et je me suis dit que puisque je n'avais pas de nourriture pour eux, ils allaient me tuer. J'étais recroquevillé, j'avais si froid que je m'en moquais. Ils ont reniflé la grotte à la recherche de nourriture et je me suis contenté de pleurer, honteux.

Il marque une pause et je me demande s'il a honte maintenant.

— Et puis celui qui avait la fourrure marron, le premier qui m'avait laissé lui donner à manger à la main, m'a reniflé. Je me suis dit qu'il allait me mordre la main, vraiment. J'étais prêt à le laisser faire. J'étais vraiment dans un sale état à ce moment-là.

Il marque une grande pause. Je vois à son regard qu'il est de retour là-bas, dans ses songes.

— J'ai attendu. Il a senti ma main et j'ai vu l'éclat de ses dents. Puis il s'est blotti contre moi, son corps chaud à moitié sur moi...

Sa voix devient un chuchotement.

— Ça ressemble peut-être à un conte de fées, mais c'est ce qu'il a fait. Il m'a tenu chaud. Et l'autre s'est recroquevillé à côté de lui. Ils étaient juste si chauds. Je frissonnais, là, pleurant et leur parlant. Les caressant. Ils étaient gentils avec moi, même si je n'avais rien à leur offrir. C'était la meilleure expérience de ma vie.

Des frissons me traversent.

— Je ne l'ai jamais raconté à quiconque.

— Ça signifie beaucoup pour moi que tu me le dises.

Est-ce qu'il me croit ? J'ai tellement envie qu'il me croie.

— Tu es ma compagne maintenant. Tu devrais savoir ces choses.

Je ne réponds pas.

— La neige est arrivée et ça m'a aidé pour chasser. Je jouais avec le loup marron, que j'ai appelé Brownie. Mon premier ami. L'autre, Beardy, voulait bien jouer aussi. Je me blessais souvent. Les loups ne sont pas comme les chiens. Ils sont vraiment brusques. Mais je me suis vite endurci. Il y avait sept loups dans la meute et ils disparaissaient parfois. Je me sentais si triste, me disant qu'ils ne reviendraient pas, mais ils l'ont toujours fait. Ils partaient chasser, voilà où ils étaient. J'ai travaillé plus dur pour pouvoir les aider après ça. Il faisait de plus en plus froid et ce n'était même pas l'hiver. J'ai alors compris que j'allais mourir s'ils ne me laissaient pas entrer dans leur tanière. J'ai commencé à créer des pièges, surtout des fosses cachées. C'est ainsi que le professeur les appelait. Il m'a montré des photos, pour tenter de me faire parler. Il voulait que nous partagions le même vocabulaire sur la forêt, c'est ce qu'il a toujours dit.

— Mais tu ne lui as pas parlé.

— Non. Je voulais seulement le tuer, déclare-t-il. J'attendais, en silence, devant mes fosses cachées. J'étais tellement petit à l'époque, mais je savais comment attendre. Une nuit, j'ai eu cinq lapins et je me suis affairé. Je les ai ramenés dans la tanière. Les loups ont mangé leur dîner. Et je suis resté pour la nuit, blotti au bord, juste contre le rocher, me faisant aussi petit que possible. Brutus donnait des coups de dents dans ma direction quand je m'approchais trop du groupe, donc j'ai frissonné, tout seul. Il ne faisait pas aussi froid que la nuit où j'ai failli mourir. La nuit suivante, j'ai fait la même chose. J'ai ramené deux lapins et je suis resté. Mais j'avais tellement froid au milieu de la nuit que je me suis approché du groupe. Je savais que c'était dangereux, mais je me suis dit que si j'étais mort, au moins, je n'aurais plus froid. Brutus s'est immédiatement jeté sur moi. Il m'a fait tomber sur le dos, grognant, les mâchoires au niveau de ma gorge. J'ai crié. Je pensais qu'il allait me tuer. Et là, il m'a léché le visage.

Kiro baisse les yeux vers moi avec un éclat joyeux dans le regard. Il a l'air si jeune.

— C'est la première fois que j'ai vraiment senti... que j'avais ma place.

— Ça a dû être génial.

— C'était la meilleure sensation au monde. Brutus ne m'a jamais aimé, je pense. Mais il ne m'a pas tué. Avec les autres loups, ça se passait bien. C'était... génial.

Génial. Il utilise mon langage, essayant de ne pas paraître sauvage.

Il observe les arbres comme il le fait parfois.

— J'ai toujours été rapide et malin pour mon âge. Actif. Énergique. C'était quelque chose que ma famille adoptive détestait chez moi. En revanche, ça m'a sauvé la vie avec les loups. Ils m'ont vu comme un de leur compagnon de chasse.

— Ta famille te détestait parce que tu étais fort et énergique ?

— Ils aimaient rester assis à regarder la télé alors que j'avais tellement de liberté et de sauvagerie en moi... Je n'ai jamais aimé rester assis à ne rien faire.

— C'est le comportement normal d'un garçon, ce n'est pas de la *sauvagerie.*

Il me scrute.

— Tu dis ça parce que tu ne sais pas.

Je sais. Je sais qu'il a tort, mais ce n'est pas un sujet que je veux aborder maintenant.

— Alors ils n'aimaient pas ton... énergie.

— Dans la forêt, personne ne me détestait pour qui j'étais. Les loups ne m'ont jamais laissé chasser avec eux. Ils étaient trop rapides. Trop doués. Mais ils me rapportaient à manger. Tu ne peux pas imaginer ce que j'ai ressenti. Ils ont changé d'endroit pour l'été. Je n'ai pas compris ce qu'ils faisaient. Je pensais qu'ils m'avaient abandonné. Mais j'ai suivi leurs hurlements et je les ai trouvés. Ils m'ont tout de suite accepté.

— Alors qu'est-ce que tu mangeais ? Juste... de la chair ?

— Il y a beaucoup de choses à manger dans les bois. Des framboises, des graines. Des noix. Certaines plantes ont des feuilles sucrées. Des poissons. J'ai commencé à faire pousser des choses dans notre repaire estival. Des pommes de terre et des betteraves. Je les ai obtenues auprès de campeurs. C'est devenu encore plus facile quand les portées sont nées. Les louveteaux m'ont vu dès le début comme l'un des leurs. Je suis resté pendant plus de deux générations. Parfois, quand les loups partaient chasser et que j'avais l'impression que ce serait long, que je me sentirais seul avant qu'ils reviennent, je marchais jusqu'aux campings et prenais des vêtements. Ou de la nourriture. Je parlais avec des campeurs parfois, inventant des histoires sur ma famille qui ne vivait pas loin. Je volais des bandes dessinées. Je savais encore lire. Quand j'ai vieilli, j'ai commencé à prendre des livres. Parfois, ils m'invitaient même à fumer, à boire et à baiser. Je le faisais joyeusement.

Une sensation déplaisante monte dans ma colonne vertébrale.

— Ah oui ?

— Je volais parfois des radios. Quand j'ai commencé à m'aventurer plus loin, je volais des voitures. Des quatre-quatre, même.

— Aux campeurs ?

Il acquiesce.

— Ce qui explique pourquoi tu sais conduire.

Il me lance un regard étrange.

— J'aime conduire.

Ses coups de pagaie deviennent hypnotisants. Un coup,

deux coups. Je regarde la canopée bouger au-dessus de nos têtes. C'est étrangement relaxant. Je dois me rappeler que je suis en train de me faire kidnapper.

— Ça signifie beaucoup pour moi que tu me fasses assez confiance pour me le raconter.

— Je ne te fais pas du tout confiance, déclare-t-il. Tu es journaliste. Tu veux montrer au monde entier que je suis un sauvage.

— Mon Dieu, Kiro, je ne suis *pas* comme ces reporters. Ce n'est pas du tout mon intérêt.

— Ça ne fait aucune différence maintenant.

— Pour moi, ça en fait une. Si je racontais ton histoire comme je le voulais, je ne ferais pas de toi un sauvage. Je parlerais de toi comme d'un humain. C'est ça qui m'intéresse. Je ne transforme pas les gens en objet. C'est à l'opposé de ce que je fais.

Il observe mes lèvres. Mes mots ne veulent rien dire pour lui. Ce ne sont que d'autres mensonges, comme tous les autres. Il désigne un haut sommet. Il me dit comment repérer où un ours hiberne.

— Je pourrais utiliser ces informations pour m'échapper.

Une mèche de cheveux brune et soyeuse tombe sur sa pommette saillante lorsqu'il baisse les yeux vers moi. Il y a de la brutalité dans cette beauté qui parfois me coupe le souffle. Comme maintenant, alors que je me trouve sous lui, sur un coussin de sacs, entre ses jambes.

— Tu ne vas pas t'échapper, déclare-t-il nonchalamment.

Un frisson me traverse. Je suis en colère, bien sûr. Je suis vexée. Mais je suis un peu excitée et c'est ce qui me fait le plus peur.

J'étais excitée dans la cabine d'essayage à cause de son comportement d'homme des cavernes. Maintenant, alors qu'il baisse les yeux vers moi, tel un seigneur et maître de la forêt, je ressens la même chaleur. Qu'est-ce qu'il m'arrive ?

— Eh bien, tu as tort, dis-je, la bouche sèche. Je vais tellement partir d'ici.

Il arrête de pagayer et lisse mes cheveux. C'est un geste tendre au début. Il semble apprécier toucher mes cheveux tout comme il aime fixer mes lèvres du regard. Après un moment, il serre ses poings, comme s'il se souvenait soudain qu'il devrait probablement être brusque lorsque je dis de telles choses. Il tire, m'obligeant à tourner la tête vers lui.

— Je te suggère de ne pas essayer.

Il est d'une férocité sauvage dans cet environnement étourdissant surplombé d'un ciel bleu.

Il fait glisser son autre main sur ma gorge exposée, puis saisit mon menton, gardant ma tête levée vers lui. Le sang palpite dans ma jugulaire et je sais qu'il le ressent avec ses doigts.

C'est comme si nous communiquions à un niveau primitif.

Comme s'il avait compris que j'avais un truc pour les hommes des cavernes.

C'est tellement malsain. Mais nous dérivons sous le ciel bleu et il a cette main immense sur ma gorge. Il a juré de prendre soin de moi et de donner sa vie pour me protéger.

C'est étrangement puissant qu'il dise ça.

Kiro ne ment pas.

C'est assez extraordinaire étant donné que les gens lui ont toujours menti et l'ont toujours abandonné, mais Kiro ne me laissera pas tomber. C'est une étrange façon de penser à son ravisseur.

Mon pouls tambourine sous sa main gigantesque, son immense main que je ne veux pas qu'il bouge.

Je voulais l'histoire du sauvage.

Maintenant, j'en fais partie.

Chapitre Vingt-Huit

KIRO

JE LÂCHE SES CHEVEUX, mais elle ne dégage pas immédiatement sa tête.

Elle me laisse toucher ses cheveux pendant un petit moment. Je fais glisser ma main dessus, ils sont si doux et lisses. Elle me laisse la toucher librement, ne sachant pas ce qu'elle m'indique en me montrant son cou de cette façon, comme si elle était une louve soumise.

Parfois, je n'arrive pas à croire qu'elle est mienne. Non pas que j'aille m'imaginer qu'elle ne veut pas s'échapper. Je sais que c'est le cas. Mais si elle reste suffisamment longtemps, je pourrai l'aider à aimer cet endroit. Et elle verra que je peux être un bon compagnon pour elle. Elle verra que je vais la protéger, que je ferais n'importe quoi pour la rendre heureuse.

Mis à part la laisser partir.

Toute la nuit, sur l'île, je l'ai regardée dormir, ne somnolant que de temps en temps. J'ai apprécié ce que j'ai ressenti en la regardant. Je ne voulais pas que ça s'arrête. Je ne voulais rien louper de tout ça.

Je regardais les louveteaux, de temps en temps, mais ça n'a rien à voir quand je le fais avec Ann. Les bébés avaient des dents et des griffes pour se battre, ainsi que de la fourrure pour les garder au chaud. Sans parler du fait qu'ils pouvaient trouver de la nourriture et repousser la plupart des prédateurs. Mais pas Ann. Elle a besoin de moi ici.

Je la lâche et recommence à pagayer. Il y a une étendue de terre devant nous.

— On va bientôt marcher.

Je peux sentir qu'elle reporte son attention sur cette idée. Est-ce qu'elle essaiera vraiment de s'enfuir ?

Je fais avancer le canoë sur la rive et le tire. Je prends mon sac et le mets sur mes épaules, puis soulève le kayak.

— Je vais marcher devant toi. Tu poses tes pieds là où je pose les miens.

Son attention est ailleurs. Elle regarde autour d'elle, évaluant ses options. Mon cœur s'enfonce. Ça ne devrait pas être surprenant qu'elle ait envie de s'enfuir. Je savais que ce serait le cas.

J'en suis tout de même triste.

Lui raconter mon histoire m'a fait me sentir plus proche d'elle. J'ai envie qu'elle ressente la même chose pour moi.

Je pose le canoë et enlève le grand sac de mon dos avant de l'ouvrir et de fouiller dedans. Je sors la corde.

— C'est quoi ce délire ? Qu'est-ce que tu fais ?

— Tu veux t'enfuir.

J'avance vers elle.

— Qu'est-ce que tu fais ?

Elle fait quelque pas en arrière, mais je plonge sur elle et l'attrape, liant rapidement ses poignets. J'essaie d'être doux. Je déteste l'idée de devoir l'attacher. Peut-être que si j'avais été moins brusque... moins sauvage avec elle....

Elle tente de tirer et de se tortiller. J'attrape ses mains avec les miennes.

— Arrête, ça resserre juste le nœud.

Elle se fige, les yeux brillants sous le coup du choc et de la colère.

S'il te plaît, pensé-je.

Je noue l'autre extrémité de la corde autour de mon poignet et remets mon sac, puis je porte le canoë sur mon dos.

— Plus tu tireras et plus la corde va se resserrer.

Je commence à marcher.

— Est-ce que tu te fous de moi ? Je suis ton animal de compagnie maintenant ?

Elle attrape la corde et tire dessus, mais elle n'est pas assez forte pour faire quoi que ce soit.

Je tire en retour et la laisse tituber derrière moi. J'essaie de ne pas être trop brusque avec elle, mais nous devons atteindre un certain endroit avant la tombée de la nuit.

Je traverse un cours d'eau, en équilibre précaire sur un rocher.

— Pas question !

Elle se campe sur ses talons et fait un mouvement brusque en arrière qui me déséquilibre et me fait presque tomber dans l'eau.

Je m'arrête et me retourne.

Elle écarquille les yeux, mais ne bouge pas d'un pouce.

Je pose le canoë et m'avance vers elle, lentement. Elle recule, mais je tiens sa laisse. Je l'enroule en approchant.

— Je devrais te laisser t'échapper, juste pour que tu voies à quel point c'est dangereux. Mais je ne suis pas ce genre d'homme.

— Ah non ? Prévenez les voisins et réveillez les enfants !

Je ne vois pas ce qu'elle veut dire par là, mais je sais que ce n'est pas le moment de demander. J'aimerais mieux la comprendre.

Je m'agenouille et noue ses chevilles avec la longueur de la corde que j'avais espéré ne pas être obligé d'utiliser.

— Hé ! C'est quoi ce...

Elle donne un coup de pied.

— Je suis désolé.

— Je ne pense pas que tu sois désolé du tout.

Je suis navré de la bouleverser. Je suis navré qu'elle ne veuille pas venir avec moi.

Je ne peux pas vivre sans elle. Le glissement de ma main sur sa gorge nue était la chose la plus puissante que j'ai ressentie depuis une éternité. Ou peut-être que c'est la façon dont elle s'est tortillée dans la cabine d'essayage, sous mes mains et ma langue. Je lui ai dit mes secrets. J'ai juré de la protéger. Je ne peux pas la laisser partir.

Je la hisse sur mon épaule.

Elle se tortille et je resserre ma prise. D'un bras, je remets mon sac à dos, puis le canoë sur ma tête, même si elle essaie de m'en empêcher. Je le bloque contre mon épaule et partiellement contre elle, l'utilisant pour qu'il soit en équilibre. Ça ne va pas être facile.

— Aïe ! La corde me coupe la jambe.

— Nous devons traverser.

Elle donne un coup de pied.

— Allez. Ça me coupe la circulation.

— Tu vas survivre.

Elle fait de son mieux pour rendre notre avancée difficile. C'est effectivement difficile. Marcher ainsi est la dernière chose dont j'ai envie. Monter les collines est particulièrement dur.

— Je vais marcher toute seule.

— Tu m'as prouvé que tu n'allais pas le faire, répliqué-je.

J'espère dissimuler à quel point je me sens reconnaissant d'entendre qu'elle va marcher. Je ne suis pas doué pour lui cacher des choses. Peut-être qu'elle le remarque, je ne sais pas.

— Ça fait mal. C'est stupide.

— Je suis d'accord.

— Va te faire voir. Allez.

— Comment puis-je te faire confiance ?

— Je ne t'ai jamais menti. Si ? T'ai-je déjà menti ?

Je grogne. C'est vrai, elle n'a jamais menti. Elle a omis des choses, mais elle n'a jamais menti.

— Je te le dis. Je ne vais pas m'échapper. *Pour l'instant.*

— Tu veux bien marcher avec moi ? Et tu ne tireras pas sur la corde ?

— Pour l'instant.

Je la repose.

Elle me tend ses poignets.

— Détache-moi.

— Tu dois d'abord prouver ta bonne foi.

— Tu veux une relation avec moi ? Ce n'est pas un bon début.

Une relation.

Les relations sont pour ces gens parfaits à la télé de l'Institut Fancher. Elles sont pour les gens qui sont allés à l'école, qui ont un travail et une famille qui les aime.

— Qu'est-ce que j'en ai à faire d'une relation ? grogné-je. Montre-moi que tu peux marcher, sinon je recommence à te porter.

Je détache ses chevilles, mais pas ses poignets et je continue, portant le sac et le canoë. Elle me suit.

C'est mal de l'attacher, mais c'est ma mission de la protéger.

Nous avançons le long d'une crête au-dessus du cours d'eau. D'ici, on peut voir la rivière se séparer, continuer de couler avant de se diviser encore, comme les veines d'une feuille. J'ai passé beaucoup de temps à déchirer des feuilles étant enfant. Ce n'est pas comme si j'avais beaucoup de choses à faire ici.

Je lui montre. Elle grince des dents et détourne le regard, mais je sais qu'elle écoute.

Avec horreur, je me souviens comment j'étais avec le professeur, comme je m'imprégnais de ses mots, à quel point j'aimais lorsqu'il me faisait la lecture parce que cela mettait fin à mon ennui, mais je ne lui ai jamais fait savoir.

Un sentiment de malaise me submerge quand je repense à ses paroles amères. *Tu me piégerais et me prendrais ma liberté ? Est-ce que tu comprends à quel point c'est tordu ? À quel point c'est merdique à tous les niveaux ? Toi plus que quiconque, tu devrais comprendre à quel point c'est horrible.*

Je me dis que je ne suis pas comme le professeur. Je me rappelle comme elle m'a trahi, comme elle veut m'utiliser. Mais le sentiment de malaise ne fait que grandir.

Chapitre Vingt-Neuf

Ann

L'ADONIS SAUVAGE *m'entraîne par mes poignets liés, nous enfonçant de plus en plus profondément dans une forêt vierge. Il porte le canoë sur sa tête. Il me portera aussi si je me comporte mal. Hier matin, il m'a coincée et m'a obligée à entrer dans la cabine d'essayage d'un magasin. Aujourd'hui, il m'a informée que j'allais être sa compagne. Il marque une pause et me montre comment les courants se divisent et se séparent. Il me dit que les rivières sont comme les veines avec le sang et que nos veines à nous sont les mêmes que celles des feuilles. Il semble percevoir la forêt comme un corps, un système. Inutile de dire que les feuilles, les cours d'eau et les forêts sont loin de mon esprit.*

Est-ce que ce serait une sacrée accroche ou non ? Pour moi, ça ressemble à une accroche honnête, mais cela cache ce qu'il se passe vraiment pour moi. Bien sûr, nous nous enfonçons encore plus dans les bois, où je ne trouverai peut-être jamais un chemin pour en sortir. Mais j'ai l'impression que je progresse de plus en plus dans un genre de désir interdit pour lui, avec ces attitudes

279

de roi et la façon dont il me malmène, la façon dont il me fait jouir en toute impunité. Un élan de plaisir me traverse quand je pense à lui en train de me tenir et de me prendre.

Kiro est beau et puissant, il prend ce qu'il veut. Et je suis ce qu'il veut. C'est malsain. C'est effrayant. C'est enivrant.

Je me dis que je suis simplement faible en ce moment, c'est tout. Je suis fatiguée depuis si longtemps et épuisée à cause du chat. Alors la paix de cet endroit ainsi que la domination de Kiro, son intelligence et sa beauté intérieure sont évidemment puissantes. Bien sûr que je suis partagée.

Nous nous arrêtons à midi. Peut-être même plus tard. J'imagine que ça n'a pas d'importance. C'est une autre raison pour laquelle je dois sérieusement m'échapper.

Cet homme pourrait aspirer mon âme.

— Je vais pêcher quelques poissons, dit-il.

— D'accord.

Il baisse les yeux vers le cours d'eau, peut-être à trois mètres en contrebas d'un ravin rocailleux.

— Il y a des truites là-bas.

— Tu vas t'assommer.

Il attrape la corde qui lie mes poignets.

— Tu vas t'enfuir, alors ?

Mon pouls s'accélère.

— Moi seule le sais, tu verras bien.

En vérité, je ne prévois pas de le faire. Le fait qu'il sera dans le cours d'eau ne me laissera pas une très grande longueur d'avance. Il m'attraperait. Et mes mains sont liées. Cela va me ralentir et me déséquilibrer. Je ne veux pas aller plus loin, mais je ne veux pas être stupide.

Néanmoins, je lui souris, juste pour le rendre nerveux. J'aime ça, alors même que je me rends compte de ce que je fais : je prends le pouvoir dans l'impuissance. Une petite rébellion inutile.

Il m'attire contre lui.

— Ce serait stupide, même sans tes mains liées.

Je lui lance mon sourire le plus défiant, juste pour qu'il sente qu'il perd le contrôle. Parce que lui *me* fait perdre le contrôle.

— Peut-être que tu aurais dû y penser avant de m'adopter comme compagne forcée.

L'air entre nous semble crépiter lorsqu'il me pousse par terre, me faisant asseoir sur un rocher à côté d'un arbre. Il recule et étire ma laisse sur environ deux mètres, sans arrêter de me regarder pendant tout ce temps.

— Il semblerait que cette bonne vieille laisse ne puisse pas atteindre le ruisseau à truites, n'est-ce pas ?

Il grimace.

— Que va-t-il faire ? demandé-je malicieusement.

Sa bouche tressaute. Tôt ou tard, il va devoir se rendre compte que tout son plan est fou. Il s'accroupit et place ses bras de chaque côté d'un rocher.

Qu'est-ce qu'il fait ? Il ne pourra jamais soulever un tel truc. C'est digne d'un homme des cavernes.

Je ricane.

— Il te faut un levier et un point d'appui, mec.

Il me regarde, les yeux plissés, une moue sur ses lèvres. Il s'agrippe aux côtés du rocher. Les veines de son cou se gonflent. Son visage se durcit dans une grimace. Il lève la pierre, la porte sur environ un mètre et la laisse retomber sur le bout de ma laisse dans un bruit sourd qui fait trembler le sol.

Je me relève brusquement, tirant dessus. Je suis coincée.

— C'est quoi ce délire ?

Il lève les yeux vers moi. Et il sourit.

Il sourit.

J'oublie comment respirer. Son sourire illumine ses traits, adoucit tout. Quelque chose bouge dans mon estomac.

— C'est quoi ce délire ? déclaré-je en tirant sur la corde.

Il rit.

Je devrais être en colère, mais je... m'amuse. C'est la plus étrange des prises de conscience. Quelle était la dernière fois où je me suis amusée ? Peut-être avant le chaton. Merde, j'ai oublié le chaton.

J'ai oublié le chaton ?

Je tire sur ma corde.

— C'est tellement fou.

— Je ne peux pas te laisser t'échapper. C'est trop dangereux.

— Tu ne vois pas à quel point c'est ridicule ?

— Tu es ma compagne. Je tiens à toi. Pour l'instant tu n'aimes pas ça, mais ça viendra.

— J'en doute beaucoup.

Il me rapproche de lui.

— Ah oui ? Tu en doutes vraiment ?

— Vraiment, dis-je.

Je sens mon ventre fondre. *Foutu homme des cavernes*, me dis-je. *Je n'aime pas les hommes des cavernes.*

Doucement, lentement, il saisit mes cheveux. Il tire, comme s'il voulait que ma gorge soit entièrement exposée. Je frissonne quand il appuie ses lèvres rêches contre mon cou tendre. Toutes les terminaisons nerveuses de mon corps s'enflamment, attisées par l'effleurement de ses lèvres, qui remontent, encore et encore, vers la ligne de ma mâchoire.

La chaleur couve dans mon estomac.

Je... n'aime pas... les hommes des cavernes.

Je me dis que c'est l'air frais de cette forêt. L'effort physique. Le fait que j'ai oublié le chaton.

Il fait glisser ses lèvres sur ma carotide et remonte, puis chuchote d'une voix grave dans mon oreille :

— Voilà ce qui va se passer. Je vais attraper un bon gros poisson pour nous là-bas.

— Comment ?

— Avec mes mains.

— Qu'est-ce que tu es ? Un ours ? Tu ne peux pas attraper un poisson à mains nues.

— Je le peux, Ann. Ensuite, je ferai du feu.

— En frottant des bâtons l'un contre l'autre ? demandé-je bêtement.

Le grondement de sa voix fait quelque chose à mon cerveau. Il lâche mes cheveux.

— Je vais utiliser le briquet.

Son ton est comme une promesse obscène.

— Mais si nous n'en avions pas, j'aurais frotté deux bâtons l'un contre l'autre. Je suis à la maison maintenant. Cet endroit est à moi. Tout ici est à moi.

Je déglutis.

— Puis je vais cuisiner. Ce sera délicieux et juteux, et tu vas manger.

— D'accord, déclaré-je sarcastiquement.

Un éclat apparaît dans son regard. Je crains qu'il sente mon excitation sur ma peau, comme si elle émanait de mes pores.

— Je vais te donner à manger.

Mon cœur tambourine lorsqu'il fait glisser ses mains sur mes bras, baissant les yeux, féroce et canon avec ces lèvres ne demandant qu'à être embrassées.

— Ensuite, je vais te pencher en avant et te baiser.

Mon estomac tombe dans mes talons.

— Euh, pardon ?

— Tu as entendu ce que j'ai dit. Ce serait mieux si tu te préparais pour moi.

— Quoi ? Tu crois que c'est ce qu'il va se passer ici ?

L'étincelle sauvage dans son regard réchauffe encore davantage ma peau.

— Je sais que c'est ce qu'il va se passer ici.

— Et je vais me préparer pour toi. Tu penses que ça va fonctionner comme ça.

Il baisse la voix.

— Tu es déjà excitée. Je le sens dans ta gorge. Je le vois dans tes yeux. Et ton odeur...

Des frissons me traversent.

— Tu rêves.

Il pose une main au centre de ma poitrine et me fait reculer contre l'arbre. Il prend ma main et la guide vers mon entrejambe. Je tire, essayant de la dévier, mais il est trop fort. Il attrape deux de mes doigts et les bouge pour moi. Je siffle quand tout mon entrejambe se réveille.

Quelques caresses et je pourrais carrément jouir.

— Ne me résiste pas.

— Je comprends l'idée. Je me prépare. Je n'ai pas besoin de ta démonstration.

Il continue, guidant mes doigts entre mes jambes.

— Merde, soufflé-je en fermant les yeux.

— Ouvre les yeux. Ouvre-les.

Je garde les yeux fermés. Il ne peut pas faire grand-chose étant donné qu'il n'a pas de troisième bras ni de troisième main.

Il grogne et me mord la joue. J'ouvre les yeux.

— C'est mieux.

Il continue, m'excitant. Lentement, sûrement, je m'apprête à jouir.

— Sens-le, dit-il. C'est comme ça que tu vas te préparer pour moi.

— Pour quelqu'un qui est si sensible à l'idée de passer pour un sauvage, haleté-je, tu agis comme l'un d'entre eux.

— Je pense que tu aimes ça.

Il m'appuie plus fermement contre l'arbre. L'écorce m'égratigne le dos tandis que le plaisir grimpe entre mes jambes.

— C'est comme ça que je te veux. Prête pour que je te prenne où et quand je le choisis.

Je bouge la main toute seule maintenant, l'ajustant pour atteindre les meilleurs endroits, parce que bordel, c'est agréable. Ma respiration s'accélère.

Son souffle chatouille mon oreille.

— C'est comme ça que je veux que tu te prépares pour moi, quand je te pencherai en avant.

Je me positionne pour toucher une zone en particulier, haletant, folle tant mon plaisir augmente. Ce n'est pas moi, je ne suis pas excitée par un homme des cavernes. Mon esprit et mon corps sont sous le contrôle d'une brute possessive.

Son souffle est voluptueux sur ma joue.

— Il n'y a nulle part où tu peux te cacher de moi. Aucune partie de ton corps que tu peux me dissimuler.

Soudain, il s'écarte de moi. Je suis à quatre-vingt-dix-huit pour cent du chemin pour atteindre l'orgasme et il m'allonge sur le sol de la forêt, sur un lit de branches et d'aiguilles de pin. Je m'allonge, tremblant à ses pieds. Je suis comme un morceau de viande pour le sauvage, un sacrifice virginal pour la bête.

Il s'éloigne, avec sa puissance, sa gloire et sa virilité dans son sillage.

Mon visage rougit sous le coup du choc.

— C'est quoi ton délire ? l'appelé-je en criant.

C'était une démonstration de pouvoir. Kiro me montrant qu'il pouvait prendre le contrôle de mon corps et de mon esprit. Il va me faire manger, puis il va me pencher en avant et me baiser. Et le pire, c'est que je vais aimer ça. Puis nous nous enfoncerons davantage dans cette forêt, dans cette folie.

L'homme des cavernes et la captive, c'est un fantasme de jeu de rôle, mais celui-ci devient réalité à une vitesse alarmante. La femme des cavernes n'est pas le style de vie que je préfère. Allongée à ses pieds, je lui aurais tout donné. Tout.

C'est comme s'il était le prédateur et que j'étais la proie au niveau le plus profond de nos âmes.

Je me suis une nouvelle fois perdue.

Je dois m'échapper.

Il a son couteau avec lui, mais je ne m'étais pas rendu compte qu'il avait amené le briquet. Je jette un coup d'œil au sac, juste hors de portée. Le briquet est dans le sac.

Je ne vois pas Kiro, mais j'entends l'eau clapoter. Je sais qu'il est en bas... à attraper des poissons à mains nues, apparemment. Est-ce qu'il se moque de moi ? Personne ne peut faire ça.

Mais je sais qu'il pense que je suis piégée. La laisse sous le rocher est un moyen efficace, ou ce serait le cas si j'étais un animal à quatre pattes.

Heureusement, je suis une femme humaine, avec des pouces opposables.

J'arrache une branche sur un jeune arbre et l'utilise pour approcher le sac. Bientôt, j'ai le briquet en main. Je tiens la flamme sous la corde, heureuse que la brise éloigne l'odeur du cours d'eau où il est en train de pêcher, car il ne le sentira pas facilement.

Ou peut-être qu'il peut le sentir. Il a plus ou moins des superpouvoirs. Pourtant je dois essayer.

Il est le maître de la forêt, c'est certain, mais ce sont ses superpouvoirs sur moi qui m'inquiètent vraiment. Cette impression sombre de lui appartenir me tiraille l'estomac. La sensation d'être à sa merci m'enivre comme n'importe quelle drogue.

La corde noircit et brûle.

J'utilise mes dents pour l'arracher totalement, crachant les fils brûlés et amers.

La liberté.

Je peux le faire. Je suis pleine de ressources. J'ai survécu dans tout un tas d'endroits dangereux. Si un garçon de huit ans peut survivre dans les bois, moi aussi je le peux certainement.

Je mets le briquet dans ma poche et saisis mon téléphone, qui est toujours en deux morceaux dans les petits sacs plastiques.

Aussi discrète qu'une souris, je pars dans l'autre sens, d'où nous sommes arrivés. Nous sommes restés assez réguliers dans notre direction nord/nord-ouest. Je pars au sud/sud-est. Je vais continuer jusqu'à avoir du réseau.

La culpabilité me tord l'estomac quand j'avance entre les arbres. Je suis surprise de voir à quel point je me sens mal, laissant l'homme qui m'a privée de ma liberté.

Après tout, sous cette histoire de captivité, il y a une amitié. Peut-être même quelque chose de plus profond que ça.

Je m'inquiète pour lui. Je ne veux pas qu'il soit seul.

Cependant, retenir une femme captive n'est pas une solution.

J'avance à une allure régulière. Je vais assez vite. Je ne suis pas une véritable idiote, je sais avancer discrètement. Je suis allée dans des zones contestées. Des zones de guerre. J'évite les branches qui pourraient craquer. Les tas de feuilles. Je me déporte du chemin et casse des branches au hasard pour le duper. Ou du moins pour essayer.

J'arrive à un croisement et prends la mauvaise direction, pensant faire une boucle. Avec un peu de chance, il ne s'y attendra pas.

Je continue pendant peut-être vingt minutes. Devant moi, je vois un bosquet de pins. Je me dis que je pourrais y aller et grimper dans l'un des arbres. Il ne s'attendra pas à ça non plus. Les gens ne regardent pas en l'air. Je le fais vraiment. Une part de moi me dit que c'est un peu stupide, mais j'ai de l'eau, du feu, et suffisamment de vêtements pour rester au chaud. Un humain peut survivre deux mois sans manger. J'attrape des aiguilles de pin et les frotte entre mes doigts, faisant couler leur jus âcre.

C'est comme un parfum pour couvrir mon odeur. Je le frotte sur mes points de pulsation.

Je brouille davantage les pistes. J'écrase quelques feuilles, puis je marche sur quelque chose qui bruisse étrangement. Je crois que je viens de mettre le pied sur un trou. Jusqu'à ce que je sente des chatouilles le long de ma cheville.

Remontant mon pantalon.

Puis des picotements, comme des aiguilles me piquant jusqu'à la moelle.

Ma jambe est couverte de guêpes noires.

Je crie.

Les guêpes sortent de terre et grouillent sur mon pantalon. Je secoue la jambe, hurlant, me débattant, mais elles continuent de me piquer sur les jambes et au travers de ma veste.

Avec des mouvements frénétiques, je les balaie loin de mon visage et de mes cheveux, tournoyant, essayant de les éloigner de moi. Puis je commence à courir, agitant les bras.

J'ai l'impression que ma jambe est en feu. Je sens des piqûres dans mon dos, sur mes bras.

Je cours comme une folle, agitant les mains devant mon visage. Elles sont dans mes cheveux, partout.

Je me précipite dans la forêt. Je trébuche et tombe. Je me relève et continue.

Je cours pendant ce qui me semble une éternité, hystérique. Elles ne se calment pas.

Des mains m'agrippent, me figent, chassent les guêpes. Je suis en train de pleurer. De crier. On me soulève du sol. Quelque chose est enroulé autour de moi. Un manteau, une couverture.

Kiro.

Il me porte, court à toute vitesse. Je m'accroche à lui tandis que le monde bascule et tremble. Sa joue est parsemée de guêpes noires, le long de sa pommette saillante.

Il avance rapidement, n'essaie pas d'être doux. Lui-même s'agite. Merde, les insectes doivent être en train de le piquer terriblement.

— Ne me regarde pas, exige-t-il, les dents serrées.

Il les chasse en frottant sa joue sur la couverture autour de moi.

— Mets ton visage contre mon torse. Prends une grande inspiration, au travers de ma chemise ! Maintenant !

La dernière chose que je vois, c'est son beau visage, parsemé de nouvelles guêpes noires, avant d'appuyer le mien contre sa chemise et de prendre une inspiration profonde.

— Inspire encore, commande-t-il, les dents toujours serrées. Retiens ta respiration.

Je suis à peine capable d'obéir avant de sentir que nous volons dans les airs.

Puis un froid me transperce quand nous plongeons dans l'eau glaciale.

Je m'accroche plus fermement à lui. J'attends que nous remontions, mais ce n'est pas le cas.

Je le sens nous faire avancer dans l'eau, sous l'eau, utilisant ses jambes puissantes pour nous propulser. Le froid glacial est agréable sur mes piqûres, mais j'ai besoin d'air. J'éloigne ma tête de son torse. J'ai besoin d'air !

Il me tient fermement.

J'essaie de m'écarter. Au travers de l'eau trouble, je vois une lumière au-dessus de nous, mais il nous enfonce. Je panique, lutte contre lui. Il attrape quelques rochers et soudain, nous remontons, encore et encore, à la surface.

Il va trop lentement ! J'ai besoin de respirer ! Je dois atteindre la surface !

Je lutte tandis que je vois la lumière au-dessus de nous, poussant, tirant. J'ai l'impression que je vais m'évanouir.

Comme si mes poumons allaient se dégonfler. Ou peut-être exploser.

Il appuie sur mes épaules, comme pour m'obliger à me calmer. J'essaie. Vraiment. Il attrape mes cheveux et appuie sur ma tête, me gardant en bas alors qu'il est au-dessus, partant vers la surface. Pourquoi ne veut-il pas me laisser respirer ? Essaie-t-il de me tuer ?

Je lui donne un coup de pied et me bats contre lui. Je le vois briser la surface. Il fait quelque chose là-haut. Il jette des cailloux ? Soudain, nous redescendons.

Non ! Je dois remonter ! Mes poumons me brûlent !

Il me tire vers le bas, vers le sol rocailleux du lac une nouvelle fois. Je lutte comme si ma vie en dépendait. J'ai l'impression que c'est le cas.

Il me tient fermement contre lui. Des étoiles noires dansent devant mes yeux.

Je ne fais plus attention à ce qu'il fait. Tout ce que je sais, c'est que je dois m'éloigner de lui, pour respirer. Quand je vois la lumière au-dessus. Je me débats plus frénétiquement.

De l'air.

Il pose sa paume sur ma tête, me gardant sous l'eau pendant qu'il brise la surface. Puis, finalement, il me guide, lentement. Il semble me communiquer quelque chose. Je ne sais pas quoi, je m'en moque. J'ai besoin d'air.

Je brise la surface et prends de grandes bouffées d'air, crachotant et toussant.

— Doucement, chuchote Kiro. *Pas* d'éclaboussures !

Je ne peux m'empêcher de prendre de grandes inspirations, bien sonores. Je m'éloigne de lui et patauge. Mes chaussures sont lourdes, m'attirent vers le bas. J'essaie désespérément de me concentrer.

— Chuuut !

Il montre un nuage noir à l'autre bout du lac, à moins de cent mètres.

Un frisson me traverse quand je me rends compte qu'il s'agit des guêpes, essaimant là-bas.

— Oh mon Dieu, soufflé-je.

— Chuuut. Reste immobile.

Doucement, et avec grâce, Kiro soulève son corps lourd hors de l'eau, jetant un caillou dans le ciel. Il replonge et m'attire à côté de lui.

Nous sommes deux têtes, ressortant de la surface, regardant le caillou qu'il a jeté s'envoler près des arbres, dans le dôme bleu au-dessus de nous. Il décrit un arc paresseux avant d'entamer sa descente, à proximité de l'essaim noir. Il finit dans l'eau avec un splash.

L'essaim devient plus sombre, palpitant furieusement autour de l'endroit où le caillou est entré dans l'eau, semblant même attaquer l'eau.

Un frisson me traverse. Cela aurait pu être nous.

Elles nous attendaient. Elles nous cherchaient.

Si nous étions remontés pour prendre notre respiration là où nous avions plongé, sans nous faufiler et jouer les plus malins, elles nous auraient tués.

Merde.

Je me retourne pour croiser son regard doré. De grandes marques rouges luisent sur ses pommettes.

Puis il sourit. Je n'arrive pas à croire qu'il sourie dans un moment comme celui-ci.

— Elles sont dangereuses, chuchote-t-il. Mais tellement stupides.

Et soudain, je souris en retour. Nous sommes dans une eau horriblement glaciale, pourchassés par des guêpes furieuses et je souris comme une folle. Je ne peux m'arrêter. Je n'arrive pas à croire à quel point il déchire. Il est si jeune. Si beau.

Sa beauté me transperce.

— Je replonge, dit-il alors. D'accord ?

— On ne peut pas rester là.

Mes membres semblent lourds et ce n'est pas simplement parce que j'ai des chaussures de randonnée. L'eau est glacée. Mes doigts sont engourdis. Tout comme mes lèvres. Nous risquons l'hypothermie.

— Continue d'avancer, me commande-t-il.

— Ce froid est dangereux aussi.

Il ne répond rien. Il sait que c'est dangereux.

— Je suis ravi de voir que ma compagne sait nager.

— Je ne suis pas ta compagne.

Il sourit. Il se moque de moi. Il m'évite de penser aux guêpes.

— Elles sont stupides, mais chassent bien, souffle-t-il. Je replonge.

Question tacite : *Est-ce que je peux tenir le coup ?*

J'acquiesce, claquant des dents.

Il étudie mon regard, puis disparaît sous la surface.

Je fais du surplace dans l'eau, surveillant l'essaim, me préparant pour ces insectes. Mes os semblent fragiles, comme si le froid était en train de les transformer en filament d'acier. Mon souffle sort par halètement, un effet du froid. Tout se comprime. Ce n'est pas bon.

Après un temps ridiculement long pendant lequel je commence à m'inquiéter, Kiro brise la surface sans un bruit.

Mon cœur fait un salto lorsque nos regards se croisent. Il jette une série de cailloux, l'un après l'autre, semblant presque défier la gravité à la façon dont son corps sort de l'eau pour faire ses lancers.

Il dirige l'essaim loin de nous, il les déplace.

— J'ai froid, chuchoté-je. Ce n'est pas bon.

Comprend-il à quel point nous sommes proches de l'hypo-thermie à cet instant ?

— Bientôt, déclare-t-il doucement, observant l'essaim. Une fois qu'on sera sortis, crois-moi, on n'aura plus envie de replonger.

Je tente de sourire, ne sachant pas vraiment si mes lèvres prennent la forme que je veux.

— La voix de l'...

Ma bouche est trop gelée pour que j'articule le mot « expérience ».

— Oui.

Il plonge et revient avec davantage de pierres, les lançant encore plus loin. Il les fait atterrir dans la forêt, à l'autre bout du lac désormais. Il leur fait parcourir une sacrée distance. Je pense qu'il aurait pu être joueur de baseball. Il aurait pu être tellement de choses.

— Elles sont parties, dit-il.

Nous nageons vers la rive rocailleuse. Il m'aide à sortir.

Je tremble comme une feuille. Je me blottis sur le sol, relevant mes genoux contre mon torse. La journée est fraîche, peut-être dans les dix degrés, et un soleil vaporeux fait scintiller la cime des arbres.

— Nous devons nous réchauffer, déclaré-je en claquant violemment des dents.

Il essore la couverture que j'ai rejetée. Je n'arrive pas à croire qu'il ait eu la présence d'esprit d'attraper notre seule couverture. Il pense à tout, il sait tout ce qu'il se passe à un moment donné. Il l'essore d'une poigne de fer.

— Je vais te réchauffer.

Il me relève et nous enferme tous les deux fermement dans la couverture humide. Je ne sais pas comment il fait pour marcher. Je ne pense pas pouvoir le faire sur mes membres gelés. Je veux juste m'accrocher à lui, passer mes bras autour de son cou.

Il me regarde dans les yeux en me portant, l'air si féroce et fort. Il ne ressemble à aucune des personnes que je connais. Même de loin.

— Merci, Kiro. Je suis tellement désolée. Si tu ne m'avais pas trouvée...

Je n'arrive pas à finir ma phrase. Aucun mot ne peut capturer l'horreur d'une mort par piqûres de guêpes.

Cette douceur revient sur ses traits. Plus que ça, c'est une sorte de gentillesse qu'il dégage.

— Je viendrai toujours pour toi, déclare-t-il. Toujours, tant que mon cœur battra, je viendrai pour toi. Je te protégerai.

Je sais à ce moment-là que c'est vrai. Je m'accroche fermement à lui tandis que quelque chose en moi se déploie, se débloque. C'est quelque chose de si profond, de tellement caché que je n'en avais même pas conscience.

Je suis lasse de me battre. Je crois que je ne me suis pas détendue depuis l'Institut Fancher. Ou peut-être même avant ça. Kaboul. L'effondrement de l'hôpital. Quand me suis-je détendue pour la dernière fois ?

Je pense au chaton. Je me souviens de lui, dans la rue. Le besoin de le sauver. Comme le sauver a gâché tout le reste. La façon dont mon monde s'est effondré. C'est un train de pensées qui finit toujours par me condamner ou me faire me détester à cause du fait que j'ai attrapé le chaton et que j'ai tout gâché.

Ma vie a implosé le jour où j'ai sauvé le chaton.

Néanmoins, une nouvelle idée s'insinue. Tout n'a pas implosé. Le monde du chaton n'a pas implosé. Il était effrayé et mourant. Je l'ai sauvé et l'ai mis en sécurité.

Je me détestais pour avoir sauvé ce chaton. Comme si c'était la mauvaise chose à faire. Mais était-ce si mal ? Quelque chose se détend en moi. J'ai l'impression de me pardonner quelque peu.

Je remarque que Kiro baisse les yeux vers moi.

— Ne t'inquiète pas, Ann. Je te protégerai toujours.

Je le regarde au-dessus de moi, un peu choquée. Je suis comme le chaton. Quelqu'un, ici, s'inquiète suffisamment pour moi pour me sauver. Pas juste « quelqu'un », ce mec-là.

— Fais bouger tes orteils.

Je m'exécute.

Nous marchons pendant une éternité. À chaque fois que je m'immobilise, il m'ordonne de bouger.

Avant que je m'en rende compte, je suis sur le sol dur et froid, entourée de nos affaires. Il allume un feu. Il détache mes chaussures, ses gros doigts s'affairant maladroitement. Lui aussi est affecté par le froid. Je ne veux pas enlever mes vêtements, mais je sais qu'il a raison. Je l'aide, gigotant pour retirer mon manteau et me débarrasser de toutes mes couches.

— Tu devrais le faire aussi, déclaré-je avec mes lèvres toujours engourdies.

— Ça va, gronde-t-il en dézippant mon pantalon.

— Je gère, dis-je en me levant et le retirant.

J'enlève également mon soutien-gorge et ma culotte. Je m'assieds près du feu, totalement nue, tendant mes mains et mes pieds, me couvrant à peine.

Il s'agite avec la petite casserole en inox de l'autre côté du feu. Va-t-il nous préparer quelque chose de chaud à boire ? Ça ne semble pas être la priorité. Il mélange avec une branche.

Le ciel est en train de se couvrir, non pas que cela ait de l'importance sous la canopée épaisse de la forêt.

— Toi aussi, tu dois enlever tes vêtements.

Il grogne. Eh bien, certaines choses sont revenues à la normale.

Après un moment, il se lève et marche jusqu'à moi, tenant la petite casserole en inox. Il baisse les yeux vers moi. Je ne sais pas à quoi il pense, s'il est en colère ou autre. J'imagine qu'il devrait l'être.

— Tu recommences à sentir tes orteils ?

— Oui, déclaré-je. Je vais bien. Et toi ?

Il s'accroupit, mélangeant sa préparation avec le bâton.

— Je vais bien.

Il pose la petite branche sur le côté, mets de grands doigts dans le plat et tamponne les énormes marques rouges qui couvrent mon mollet avec quelque chose de frais.

— Aah !

Je retire brusquement ma jambe.

Il saisit ma cheville d'une poigne de fer.

— Ne bouge pas !

— Qu'est-ce que tu fais ? Qu'est-ce que c'est ?

— De la boue, répond-il. Je vais enlever le venin. Ça atténuera la douleur.

La boue semble rafraîchir les piqûres, et médicalement parlant, il a probablement raison, c'est une forme de cataplasme. Il doit être particulièrement efficace s'il y a beaucoup d'argile dedans.

— C'est malin.

Ses mouvements sont lents, et ses grands doigts, doux. Comment a-t-il appris à faire ça ? Est-ce que les animaux font la même chose lorsqu'il se font sacrément piquer par les guêpes ? Ils se roulent dans l'argile ?

— Il y a tellement de piqûres. Tes mollets vont être raides pendant un jour ou deux.

— J'ai déjà une sensation bizarre dans mes muscles.

— Lève-toi, exige-t-il.

Mes mollets sont maintenant à moitié recouverts par de la boue.

Je me lève et il applique l'argile sur mes cuisses, ainsi que sur mes fesses. Je suis gelée et j'ai failli mourir dans des conditions atroces, mais il y a quelque chose d'étrangement sensuel dans la façon dont il me recouvre ainsi. Il se lève, tenant la casserole.

— Lève les bras.

J'obéis et il peint mon ventre avec la boue apaisante, avec des coups de main lents, mais assurés. Il repère chaque piqûre. Je sens ses mains trembler. Il dit qu'il va bien, mais il doit être gelé.

— Enlève tes vêtements, Kiro. Je peux finir.

Il m'ignore et se dirige vers mon dos, balayant mes cheveux sur le côté. Son contact est étrangement enrichissant. Il applique de la boue sur mon cou et, finalement, sur ma joue. Puis il saisit le sac de couchage sec et l'enroule autour de moi.

C'est seulement à ce moment-là qu'il retire son propre t-shirt.

Je m'assieds, recouverte par le sac de couchage, mais gardant mes orteils et mes doigts exposés au feu.

— Ne le laisse pas prendre feu, m'avertit-il.

— Je ne le ferai pas.

Il enlève son propre pantalon. Son corps est tellement couvert de rougeurs que c'en est choquant. Il y a plus d'endroits recouverts de piqûres que d'endroits sains.

— Tu dois avoir l'impression d'être en feu.

Il ne répond pas. Ouais, il est en feu. À cause de moi.

Il attrape le bâton et se retourne d'un pas raide pour préparer plus de son onguent à la boue. Les courbes de ses cuisses et ses fesses pâles sont soulignées par la lumière du feu et recouvertes de points rouges.

Il applique la boue sur son corps, l'étalant sur son cou et son torse à la lumière du feu. C'est un guerrier, expérimenté et féroce devant les flammes qui l'éclairent.

Annika Martin

Sa façon de se comporter est excitante tant il est habile. Pas étonnant qu'il ait pu déjouer le système de l'Institut Fancher.

— Laisse-moi t'en mettre dans le dos.

Il plisse les yeux, comme s'il ne me faisait pas totalement confiance là-dessus.

— Je *suis* infirmière.

Nos mains s'effleurent lorsqu'il me donne la petite casserole. Il se retourne.

J'enroule le sac de couchage autour de mes épaules dans l'air frais, frissonnant tandis que j'étale la boue épaisse et froide sur les gonflements qui recouvrent son dos musclé.

Je termine et il se retourne vers moi. Kiro a une façon de me regarder sans aucune honte dans les yeux alors que les hommes civilisés auraient tourné la tête depuis longtemps.

— Quoi ? demandé-je.

Il enroule correctement le sac de couchage autour de moi.

— Assieds-toi.

— Tu dois t'y mettre avec moi !

Ses lèvres se tordent.

— Pour la chaleur corporelle, expliqué-je. Allez. Tu dois t'y mettre avec moi. C'est trop dangereux pour toi d'être exposé à l'air frais après avoir été immergé dans cette eau.

Et je veux qu'il soit à mon côté. Je veux que l'on soit blottis l'un contre l'autre. Pour que je le tienne dans mes bras. Que je prenne soin de lui comme il a pris soin de moi.

Il s'agenouille devant moi.

— Je ne suis pas comme toi.

Je ne sais pas ce qu'il veut dire. Est-ce un avertissement ? Un triste fait ? Il aplatit mes cheveux, démêle quelques mèches, puis il pose ses doigts sur mon menton, aussi légers que des papillons sous les pins qui nous surplombent.

Comment un homme si féroce peut s'avérer si tendre ?

C'est juste tellement surréaliste. Nous sommes là, seuls

298

dans cet endroit parfaitement sauvage. Puis une pensée horrible me vient :

— Mon téléphone !

Il s'éloigne. L'expression que je peux lire sur son visage trahit sa tristesse. Il déteste mon téléphone. Mais c'est ma seule corde de survie pour... tout. C'est précisément pourquoi il le déteste, j'imagine.

— Il est dans la poche de ma veste. Je dois...

Je commence à me débarrasser du sac de couchage. L'air frais me picote.

Il attrape mes épaules et m'oblige à me rasseoir.

— Non.

— J'en ai besoin, j'en ai juste besoin. Je dois savoir s'il fonctionne, c'est tout.

L'émotion me saisit, comme un poing autour de mon cœur quand je pense que je l'ai perdu, ce seul lien avec ma vie d'avant.

— Si je pouvais juste voir qu'il fonctionne... c'est tout. S'il a été mouillé, je pourrais le mettre à sécher. Je dois juste savoir.

Merde, je vais vraiment pleurer à cause de mon téléphone ?

— Tu n'as plus besoin de ton téléphone.

— Il y a ma vie dessus. Des photos. Ma famille. Toute ma...

Des larmes commencent à réchauffer mes yeux. J'ai l'impression d'être une idiote, mais il représente tout. Pas seulement mon passé, mais également ma détermination à lui échapper. À ne pas abandonner qui je suis.

Il resserre les extrémités du sac de couchage autour de moi.

— Je vais le faire.

— Ah oui ?

Il fronce les sourcils. On dirait que son envie de me faire arrêter de pleurer est plus forte que sa haine de mon portable. Il se lève.

— Dans la poche ?

— Oui.

Il saisit la veste mouillée.

— Attention.

Il ouvre la poche et en sort les sachets plastiques. Ils contiennent un morceau de mon téléphone chacun.

— Il y a de l'eau ?

Il les lève devant son visage. Il y a un peu d'eau au fond de l'un des sachets.

— Je devrais les jeter dans le feu.

— S'il te plaît. Non.

Il les fusille du regard. Évidemment, il a dû m'entendre parler avec mon éditeur. Comment aurait-il pu faire autrement ? Cet homme sait tout ce qu'il se passe autour de lui. Merde, il a probablement entendu à chaque fois que je prenais une photo.

Je ne lui en voudrais pas s'il écrasait le téléphone et le jetait dans le feu, étant donné ce qu'il a traversé avec la meute de journalistes enragés.

Mon téléphone est la chose que je pourrais utiliser pour le détruire. Il le sait.

— S'il te plaît ?

C'est une sacrée scène à voir. Il est nu, avec de la boue le recouvrant comme des peintures de guerre. Ses cheveux sont emmêlés. Ses muscles sont immenses et son sexe, à moitié en érection, ou peut-être que c'est juste sa taille normale. Il est sauvagement magnifique, c'est la seule façon de le décrire. Lorsqu'il tient mon téléphone ainsi, il est un plus grand ennemi que les guêpes.

— Ne le penche pas plus.

Son regard noir s'accentue sur son visage et le rend encore plus canon. Un homme ne devrait pas avoir l'air si beau lorsque son regard envoie des éclairs.

— Est-ce que tu as l'impression que j'incline le sachet ?

— Non. Fais juste... attention.

— Tu veux que j'assemble les pièces et que je l'allume ?

— Non... on va d'abord s'assurer qu'il est complètement sec. Enlève les morceaux du sac en faisant bien attention. Laisse l'eau couler. Pose-les sur les rochers avec le plastique vers le haut. Tu vois ce que je veux dire ?

Il me lance un regard sombre qui m'indique que oui. Il sort les pièces du sachet comme s'il s'agissait de bijoux précieux et les pose sur les rochers, pas trop près du feu, mais pas trop loin non plus. Parce que je veux qu'il le fasse. J'ai besoin qu'il le fasse.

— Ton précieux téléphone. Tu veux t'assurer qu'il sèche et soit bien au chaud avant que toi, tu le sois.

— J'en ai juste besoin.

Il grogne et essuie la batterie avant de la poser. Ma seule connexion. Ma seule corde de survie.

Étrangement, le coup du téléphone est plus douloureux pour lui que l'incident avec les guêpes. Ce qui me donne envie de l'aimer un peu.

— Merci, Kiro.

Il s'approche de moi et me surplombe, l'air féroce et sacrément glorieux.

— Je prendrai toujours soin de toi, que tu le veuilles ou non.

Mon sang bouillonne quand il baisse la main vers ma poitrine, où mes mains serrent le sac de couchage. Il rapproche davantage les bords pour me tenir au chaud. Ses abdominaux sont au niveau de mon visage, légèrement recouverts de poils, mais c'est son pénis qui retient toute mon attention. Il est aussi beau que lui, bronzé et rude, mais probablement doux au toucher.

Kiro prend mes cheveux entre ses doigts. Il commence à bander en me touchant. Il est plus dur, plus gros.

— Tu devrais te préparer pour moi.

— Q-quoi ?

— Je veux que tu passes un moment à te toucher et à te préparer pour moi, que je te baise plutôt que tu t'enfuies cette fois-ci. Compris ?

— On en est revenus là ? Tu me nourris et me baises, c'est tout ?

Il m'observe comme si j'avais perdu la tête. Comme s'il ne voyait pas ce qu'on pourrait bien faire d'autre.

Il disparaît. Je resserre le sac de couchage autour de moi. Est-ce qu'il repart pêcher ? Pour lui, les guêpes n'étaient qu'une banalité ?

Je frissonne devant le feu, entourée par nos vêtements mouillés, étalés sur les arbres, couverte de boue soignant les piqûres de guêpes. Kiro est dans l'eau, en train de pêcher nu, avec ses mains.

Je suis une journaliste ayant commencé en tant qu'infirmière. Peu de choses me surprennent. Mais c'est le cas de Kiro. Non, oubliez ça. Il ne me surprend pas. Il m'émerveille.

Je n'ai jamais vraiment respecté ce qu'il est. Sauvage.

Quelques minutes plus tard, il revient avec un poisson dans chaque main. Il va me donner à manger, puis il va me prendre. C'est ça le plan.

Il s'accroupit devant le feu, s'occupant des poissons avec son couteau, coupant les têtes et les queues, les tranchant délicatement en deux. Il les pose sur la grille que je lui ai fait acheter, puis se retourne vers moi avec son regard noir habituel. J'ai des papillons dans le ventre.

Des papillons.

— Tu aimes quand c'est bien cuit, j'imagine, grommelle-t-il.

— Pas toi ? Tu n'es pas content qu'on ait une grille ? demandé-je bêtement.

Il s'accroupit, nu, puissant et magnifique, arrangeant les poissons au-dessus du feu.

— Non ? Comment tu le ferais cuire, autrement ?

Nonchalamment, il bouge le premier poisson et l'ouvre. Il saisit l'arête centrale et la jette sur le côté. Il fait la même chose pour le second poisson.

— Je ne le cuirais pas, répond-il finalement.

— Quoi ? Tu mordrais juste dedans comme un ours ? Genre *rrr-rrr* avec tes dents ? plaisanté-je.

Il fronce les sourcils. Je me rends compte que c'est précisément ce qu'il aurait fait.

— Je ne voulais pas dire ça comme ça...

Il n'y a aucun bruit à part le crépitement du poisson.

— Oui, je le dévore comme un ours. Vraiment comme un ours.

Je l'ai blessé. Merde.

Il tortille de petites feuilles entre ses doigts. Il assaisonne le poisson.

Je me rends compte que le bandage que je lui ai mis sur sa blessure à l'épaule est parti depuis longtemps.

— Je devrais regarder ta plaie.

Il me jette un coup d'œil comme pour me dire : *Sérieusement ?*

— Je dis ça comme ça.

— Tu devrais te préparer pour moi là-dessous.

— Et si je ne le fais pas ? Tu ne peux pas juste dire : je t'ai nourrie, maintenant je te baise.

Il étudie mon visage, sans aucune expression et avec son air sauvage.

— Tu es à moi maintenant, infirmière Ann.

Il le dit que comme si c'était tout un concept que je ne comprenais pas.

— Kiro...

Il retourne à sa tâche.

— Si tu ne te prépares pas, alors c'est moi qui le ferai.

Il se concentre sur le poisson. Je peux sentir son odeur en train de cuire. Ça sent bon. J'imagine que j'ai faim, quelque part, au fond de moi, mais tout ce que j'arrive à faire, c'est regarder son immense pénis. Gros, sauvage et beau comme lui.

Et il est recouvert de boue. Sa jeunesse est belle et animale. Plus je le regarde et plus je suis émerveillée. Je ressens de la gratitude. De la chaleur.

Je l'observe et je me dis : *À moi*. Comme s'il était à moi.

Il met deux morceaux de poisson sur le côté, pour qu'ils refroidissent, pendant qu'il en cuit deux autres.

Il suit le même processus que précédemment.

Lorsqu'il juge que la cuisson est terminée, il met les morceaux dans la gamelle en inox qui va avec le kit contenant la tasse. Puis il s'avance vers moi, avec un regard brûlant et son torse immense s'élevant, puis retombant.

Le poisson sent incroyablement bon.

— Lève-toi.

Je m'exécute, enveloppée fermement dans mon sac de couchage.

Il s'assied sur le rocher où je me trouvais et m'attire simplement sur ses genoux, me blottissant contre lui. Mes bras sont coincés à l'intérieur du sac de couchage, mais je suis surtout consciente de son sexe dur comme de la pierre au niveau de mes fesses. Je serre les cuisses, le sentant... énormément.

— J'ai besoin de mes bras.

Il place sa bouche à côté de mon oreille.

— Je vais te faire manger.

— Je peux tenir le poisson et manger moi-même.

Il raffermit son bras autour de moi, me gardant dans mon cocon.

— Tout ce que tu dois faire, c'est rester au chaud.

Il tient le poisson d'une main et de l'autre, il en arrache un morceau.

— Ouvre.

Je tourne la tête.

— Je peux me nourrir toute seule.

Il tient le morceau en l'air.

— Mec, je ne suis pas une poupée géante. Je peux me nourrir.

Il approche le morceau plus près de mes lèvres.

— Ouvre.

J'hésite, puis ouvre. Il le met sur ma langue.

Je mâche. C'est délicieux. Et soudain, j'ai envie de pleurer. C'est fou, mais je laisse les larmes couler. Personne n'a jamais autant pris soin de moi. Pas depuis des années, en tout cas.

— Qu'y a-t-il ? demande-t-il doucement.

— Je ne sais pas, reniflé-je. J'imagine que j'ai toujours voulu essayer le régime paléo.

— Tu plaisantes quand tu es en colère. Un autre morceau.

Il m'en donne un autre.

— Tu ne manges pas ?

— Je vais le faire.

J'ouvre la bouche. Il me donne à manger.

C'est le poisson le plus délicieux que j'aie jamais goûté et soudain, je meurs de faim. J'en veux plus et il m'en donne plus. Son bras est comme une barre de fer autour de ma poitrine.

— C'est bon ?

— Oui, haleté-je.

Il en mange un morceau lui-même. Il grogne. Il se fout de la nourriture.

Il m'en donne un peu plus.

— Rien ne pourra te blesser tant que je serai en vie.

Je m'apprête à répondre qu'il ne peut pas me faire cette promesse, mais il le peut. Il a failli mourir en me sauvant aujourd'hui. Parce que je lui appartiens. J'appartiens à ce sauvage dans les bois.

Le mot « surréaliste » signifie « au-delà du réel ». Je n'ai jamais compris la véritable portée de ce mot jusqu'à maintenant. Avec Kiro. C'est tellement surréaliste.

Je suis captive, enroulée dans un sac de couchage sur les genoux d'un homme nu à moitié sauvage qui est couvert de boue. Il ne veut pas me laisser partir. Il dit que je lui appartiens. Il a risqué sa vie en me sauvant aujourd'hui. Il a chassé pour moi. Et maintenant il me donne à manger. Son sexe est comme de la pierre sur la raie de mes fesses. C'est agréable. Et moi, je pense à l'origine du mot surréaliste.

Merde. Où est-ce que je vais avec ça ?

Il approche ses lèvres de mes cheveux. Sa voix est profonde et rocailleuse.

— Ouvre, commande-t-il.

J'ouvre la bouche et il me donne un autre morceau. Il me regarde mâcher, arrangeant mes cheveux autour de mes épaules. Parce qu'il veut me regarder manger la nourriture qu'il a préparée pour moi. Parce que je lui appartiens.

Le deuxième poisson est prêt. Nous le mangeons. Ou plutôt, il me le fait manger et en prend pour lui aussi. Finalement, je me sens rassasiée.

— Pas plus, déclaré-je quand il essaie de m'en faire avaler un autre bout.

Il continue à manger.

— Est-ce que tu te prépares pour moi, là-dessous ?

— Pardon ? Non.

— Pourquoi ?

Il semble agacé.

— Je t'ai dit que j'allais te baiser, non ?

— Ça ne fonctionne pas comme ça.

— Tu ne sais pas du tout comment ça fonctionne.

Il pose le poisson et appuie un doigt sur mes lèvres. Je tourne la tête.

Il attrape une mèche de mes cheveux et m'oblige à tourner la tête vers lui.

— Suce, ordonne-t-il. Nettoie-le.

— Je ne suis pas ta nettoyeuse de doigts.

Il touche ma lèvre inférieure avec son index, me tenant fermement. Mon ventre semble animé d'une énergie propre. Merde... ça ne m'excite pas. Ce n'est pas possible.

Il trace le contour de ma bouche avec son doigt.

— Ouvre.

Je fixe ses yeux couleur ambre. Ses boucles brunes sont figées par la boue. C'est un look fabuleux chez lui. Bien sûr, tout semble fabuleux sur Kiro. Il attend patiemment, les doigts sur mes lèvres. Il est prêt à attendre. Il sait qu'il a le contrôle dans cette situation.

Je garde la bouche fermée, mon cœur tambourinant. Ce n'est pas que je refuse de laisser ses doigts m'envahir. Ce n'est pas que je n'ai pas envie de lui.

J'ai trop envie de lui. Il est *trop*. C'est un homme trop imposant, trop sexy. Je suis trop reconnaissante. Il a trop le contrôle de cette situation. La balance des pouvoirs est bien trop déséquilibrée.

Il approche son visage de ma joue. Je me raidis. Va-t-il encore me mordre ? Il peut me faire tout ce qu'il veut ici.

Mais au lieu de ça, il appuie ses lèvres sur ma joue. Il m'embrasse doucement. Je ne pensais même pas qu'il était capable de faire ça, d'embrasser sans violence, d'une façon moins sauvage.

Sa voix est un souffle chaud à mon oreille.

— Je sais quand tu es excitée. Je l'entends dans le ton de ta voix. Je le remarque à la façon dont ton regard change, comme si tu voyais tout et rien. Dans le goût de ta peau. Et ton odeur...

Je laisse échapper un souffle tremblant.

Il appuie ses deux doigts sur mes lèvres, demandant l'accès.

— Prends-moi, infirmière Ann.

C'est le besoin dans sa voix qui me fait céder. Ce besoin qui m'indique qu'il commence lui aussi à perdre le contrôle. J'ouvre.

Il fait entrer un doigt.

— Suce.

J'obéis. Son doigt a principalement l'odeur... d'une certaine épice. Du thym, je pense. Peut-être qu'il en pousse dans la forêt. Peut-être que c'est ce qu'il a utilisé pour assaisonner le poisson. Pour moi. Il le mangerait cru, bien sûr. Et pas en sushi.

Je me sens contrôlée, envahie. Sauvagement excitée.

— Prends-en deux.

Il pousse deux doigts dans ma bouche, les faisant glisser à l'intérieur, envahissant ma bouche, l'explorant, sa respiration s'accélérant. Puis il en met trois. C'est une répétition pour le moment où je sucerai son membre. Nous le savons tous les deux.

Je l'imagine en train de tenir ma tête et d'enfoncer son membre épais et bronzé dans ma bouche, prenant son pied. Et je libérerai une de mes mains pour serrer sa base et lui donner du plaisir. Quelqu'un lui a-t-il déjà fait une bonne fellation et lui a permis de ressentir du plaisir ainsi ?

Haletant, il retire ses doigts et les fait glisser le long de mon cou, laissant une traînée fraîche et mouillée.

Il arrache le sac de couchage de mes poings, exposant mon corps nu à l'air frais.

— Hé !

Il ignore mes protestations et explore tendrement mon corps, marquant une pause sur mon sein droit. Il en trace le dessous d'un doigt, le levant légèrement en même temps.

Je tremble. Je suis une prisonnière nue, dans une demi-coquille, mon pouls tambourinant comme un marteau-piqueur. Ses doigts sont magiques sur moi. Il joue avec moi comme si j'étais un instrument étrange, mais au lieu de faire du bruit, il crée une électricité sauvage.

La sensation est tellement intense que j'ai l'impression que ma peau se resserre. J'ai l'impression que je ne peux plus supporter son contact, mais je ne veux pas qu'il arrête.

— Je sens déjà ton excitation.

Il coince ses pieds entre mes chevilles, ouvrant mes jambes, exposant mon sexe nu à l'air froid de la fin d'après-midi.

Mon cœur martèle encore davantage.

Il pose une main sur mon ventre.

— Tu aimes quand l'air souffle sur toi. Je m'en souviens depuis le magasin. Tu as été stimulée quand j'ai gardé tes jambes ouvertes. Tu te souviens ?

— Euh...

— Tu vois cette pierre calcaire plate, là-bas ? demande-t-il.

Il touche mon téton d'un air révérencieux, respectueux. La façon dont il me touche n'est pas seulement une question d'excitation, pourtant il m'excite terriblement. C'est comme s'il avait besoin de me toucher, de faire glisser une main sur moi, peau sur peau.

— J'ignorais que tu serais douce à cet endroit, dit-il. Tes seins sont les choses les plus douces que j'aie jamais touchées. Et juste ici...

Il saisit un de mes tétons entre deux doigts, le serrant fermement.

Je m'exclame en ressentant ce picotement et il arrête.

Je halète.

— C'est trop ?

— Juste assez !

— Mets ta tête en arrière. Montre-moi ton cou.

Je rejette ma tête en arrière, n'étant pas certaine de ce mouvement. Il pose sa bouche sur ma jugulaire, m'embrasse là, me dominant complètement, appréciant mon contact.

Il fait glisser ses doigts rêches sur mon ventre, s'attarde là.

Je me tortille, mais il ne lâche pas. Mon sexe est nu devant cette étendue sauvage et sombre autour de nous. Quelque part au-dessus de nous, le soleil est sorti. Le sol de la forêt est taché d'éclats de lumière.

— Je t'ai posé une question. Cette pierre calcaire plate, plus claire que les autres. Tu la vois ?

— Oui, et alors ?

— Elle est un peu chaude, grâce au feu, mais pas trop. Je vais tenir tes cheveux et appuyer ta joue contre ce rocher pendant que je vais te prendre. Ça sera agréable sur ta peau. Un peu rugueux, mais ça ne te fera pas de marque.

Je déglutis.

Il glisse sa main au-dessus de mon sexe. Toute mon âme s'enroule et se déroule à cause de cette pure anticipation. Je veux l'avoir en moi. Ses doigts, son sexe, sa langue, peu importe ce qu'il me donnera.

Il me caresse d'une main, touchant mon pubis mouillé.

— Tu es prête pour moi, chuchote-t-il en étalant ma moiteur avec deux doigts.

Ils sont ronds et épais, comme ceux d'un homme des cavernes, mais il joue avec moi comme un maître. C'est un chasseur talentueux, avec des capacités physiques surhumaines.

— Je vais devoir te baiser violemment, dit-il. Je ne peux pas m'en empêcher. Nous avons failli mourir et il se passe quelque chose en moi quand c'est le cas.

Sa respiration semble un peu irrégulière.

— Mais je vais vraiment te préparer.

Il utilise deux doigts pour me faire prendre mon pied dès maintenant.

Plus je me tortille, puis il m'agrippe fermement.

Il est comme l'un de ces doigtiers chinois qui se resserrent à chaque fois que vous essayez de vous libérer, sauf qu'en plus de me coincer fermement contre lui, il caresse mon sexe avec plus de concentration et de détermination assidue. C'est une tech-

nique plus machiavélique. Je fais exprès de me tortiller maintenant, appréciant sa poigne brusque.

— J'ai envie d'entrer en toi, Ann, et de te sentir te resserrer
autour de moi.

Il me caresse, haletant. Je lutte pour ne pas jouir, serrant
mon vagin, mais vraiment, cela ne fait qu'intensifier la
sensation.

— Je vais te tenir par les hanches. Je vais te coincer.

Il bouge ses doigts. Ou peut-être que c'est moi qui bouge
sous eux.

— Nous avons failli mourir et ça me donne tellement envie
de toi.

Il enlève sa main de mon sexe et retourne sur mes tétons,
étalant mes fluides sur eux, doucement cette fois-ci.

Mon sexe palpite de désir dans l'air frais.

— Kiro ! Touche-moi encore là, le supplié-je. Ou lâche une
de mes mains et je vais... je vais me préparer.

— *Maintenant* tu veux te préparer ? Tu es déjà prête.

— Mon Dieu, oui, haleté-je. Tellement prête.

Il me prend par les poignets et me tire vers le rocher plat
qu'il m'a montré.

Il me met à genoux, se tenant derrière moi. Je suis nue, dans
l'air frais. Je suis une princesse guerrière nue, couverte de boue,
agenouillée devant Kiro.

— Mets ta joue là où je t'ai montré. Lève les fesses pour moi.

Il n'attend pas que j'obéisse, ou peut-être qu'il est juste
aussi à fond dans le délire homme des cavernes que je le suis
en ce moment. Il attrape mes cheveux et m'oblige à poser la
tête, appuyant ma joue contre la roche. Puis il caresse mes
fesses, comme si c'était le nouvel endroit qu'il souhaitait
explorer.

— Tu es si belle.

Il tient mes fesses ouvertes et glisse un doigt sur le sillon.

Mon anus sursaute et tremble lorsqu'il passe un doigt malicieux dessus.

J'implose presque sous le coup de l'excitation.

— Kirooo...

Cette sensation de plaisir s'étire en moi lorsqu'il appuie une main au creux de mes reins, me coinçant. Cela m'excite tellement que je me sens folle.

Je sens des doigts parcourir toute ma peau maintenant, même là où il ne me touche pas. Mon corps est une carte topographique de désir. Moi aussi, j'ai failli mourir aujourd'hui. Et maintenant, je n'ai jamais été aussi en vie.

Il enfonce ses doigts dans mes hanches, me positionnant pour son plaisir.

Je suis complètement avilie, j'ai envie que cet animal me prenne. Je ne l'ai jamais autant voulu.

Je le sens positionner l'extrémité de son sexe devant mon vagin et tout ce que j'arrive à me dire, c'est *oui*. Je veux qu'il me prenne. Pas seulement qu'il me prenne, mais qu'il le fasse comme ça.

Je le sens devant mon entrée, ses doigts rêches positionnant l'extrémité pour moi. Ils heurtent mon clitoris et mon sexe se serre, essayant de s'empêcher de jouir. Mais cela ne fait que rendre l'acte plus torride. La sensation de ses doigts me traverse avec effervescence et il n'est même pas encore en moi.

— Détends-toi. Ouvre-toi pour moi, grogne-t-il en me pénétrant.

Mon sexe palpite, désireux, voulant tout ce qu'il me donnera. Il commence lentement, poussant, me remplissant. Puis il s'enfonce brusquement, s'écrasant en moi sans aucune pitié. Il m'emplit, complète mon corps et envahit mon esprit.

Je peux le sentir jusqu'à mes yeux.

Il reste profondément en moi, appuyé contre mon corps.

Puis il passe sa main autour de moi, me touche, trouvant mon plaisir, le saisissant comme une proie.

Je jouis, me brisant en un millier de morceaux. Un son se dégage de sa gorge et il commence à bouger, me faisant encore plus prendre mon pied, me faisant atteindre le septième ciel, me prenant tout ce qui m'appartient.

Il jouit en relâchant quelque chose qui sonne entre le grognement et le cri. Il éjacule indéfiniment, glissant ses mains dans le bas de mon dos, se calmant par à-coups.

Chapitre Trente

KIRO

Nous nous remettons en route et prenons un excellent rythme. J'autorise Ann à marcher sans avoir les mains liées désormais. Je porte le canoë et elle me suit sans objection.

Elle semble... différente. Je lui demande ce qui ne va pas et elle me dit qu'il n'y a rien. Pourtant, elle me regarde différemment maintenant. Comme si elle voyait de nouvelles choses sur mon visage qu'elle n'avait pas remarquées avant. Elle est un peu sur ses gardes avec moi, je pense.

L'avoir penchée devant moi, me suppliant, était la chose la plus extraordinaire que j'aie jamais vécue. Non, être en elle était la chose la plus extraordinaire. Ou peut-être que c'était juste le fait de la toucher. De l'écouter respirer. Ou de l'avoir sur mes genoux, à l'écouter apprécier la manière dont je l'explorais et la caressais. Peut-être que c'était ça, la meilleure partie.

Tout était merveilleux.

Plusieurs heures et de nombreux kilomètres plus tard, je pose le canoë dans les rapides. J'ai déjà de nouveau envie d'elle.

Si nous n'avions pas besoin d'avancer rapidement, je m'arrêterais pour la prendre.

Au lieu de ça, nous continuons. Nous allons vers l'ouest pendant un moment. Le courant sera avec nous. L'eau est belle et haute pour cette époque de l'année, grâce aux précipitations estivales. Tant mieux, la partie à pied était épuisante. Je ressens toujours le venin des piqûres de guêpes dans mon corps, même si la boue que j'ai trouvée était bien. Elle avait une couleur claire, c'est ce qu'il y a de mieux pour les piqûres.

Dans le kayak, je pose des questions à Ann sur son enfance. Je veux tout savoir d'elle.

Elle me raconte qu'elle allait à l'école à pied. « Une petite école de merde », l'appelle-t-elle. Son visage se radoucit. Les histoires la détendent.

Elle est allée au lycée, contrairement à moi. Je me suis arrêté au CE2. Elle me raconte ce que c'est, le lycée. Elle a étudié des matières que je ne reconnais même pas.

Elle m'assure que je suis aussi malin que quiconque ayant effectué ses années de lycée, mais je sais que mes connaissances ne sont pas les mêmes.

Je lui pose une question sur la chose qui me perturbe vraiment : le chaton.

— Je ne parle pas du chaton, répond-elle.

L'expérience avec cet animal l'a blessée, d'une façon ou d'une autre. Elle ne me fait pas suffisamment confiance pour me le dire. J'attends, mais elle ne cède pas.

Je meurs un petit peu lorsque je me rends compte qu'elle ne me fait toujours pas confiance. Mais pourquoi serait-ce le cas ? Je suis son ravisseur. Je l'ai attachée et portée. J'ai eu tort de faire ça. J'ai toujours détesté quand on me le faisait. Je ne pourrais pas recommencer. Je ne recommencerai pas. Je trouverai d'autres moyens de la pousser à venir avec moi.

Je lui pose des questions sur sa sœur et ses parents. Elle

appréciait les dîners en famille au lieu de les craindre, comme moi. Elle racontait à ses parents ce qui importait pour elle, au lieu de leur cacher comme je le faisais, de peur qu'on détruise ou qu'on me prenne ces choses-là. Elle aime sa sœur aussi. Elle me dit à quel point elle est fière de cette sœur, devenue actrice à Hollywood.

J'écoute, saisi par tant d'émotions, et je peux à peine pagayer. C'est ce qu'ont les gens à la télé : une famille qui les aime et qu'ils aiment en retour. Ils veulent se voir et se raconter des choses. S'entraider.

J'aurais aimé avoir une telle famille.

Est-ce ce dont je prive Ann ?

J'essaie de ne pas y penser. Je vais la rendre heureuse. Je sais que je le peux.

Parfois, elle marque une pause et observe les arbres. Je sais qu'elle pense qu'ils sont beaux. Cela me donne l'espoir que je peux la rendre heureuse. Je dois la rendre heureuse. Je ne veux pas me retrouver sans elle.

Nous avançons bien. Nous restons sur une autre île pour la nuit. Je la penche en avant et la prends une fois qu'elle s'est bien préparée et qu'elle m'a aussi supplié. Je décide de ne la baiser que si elle me supplie. C'est ce qu'elle semble apprécier le plus.

Nous partageons le sac de couchage. Je veux être près d'elle, mais j'ai également besoin de savoir si elle se lève.

Le matin suivant, nous rejoignons le rivage, à l'ombre des rochers qui nous surplombent. Elle s'assied devant moi, regardant devant et me tournant donc le dos. Visiblement, elle veut avoir un peu d'intimité parfois.

Je le lui autorise.

Elle ne sautera pas puisque l'eau est gelée. Je suis sûr qu'elle en a eu plus qu'assez de nager ici et l'eau est même plus fraîche maintenant, étant donné que nous sommes plus au nord.

Je l'imagine pagayer toute seule un jour et revenir vers

moi. Non pas parce qu'elle ne peut pas survivre ou n'arrive pas à retrouver son chemin, mais parce qu'elle veut être à mes côtés. C'est une pensée dangereuse, pourtant je ne peux m'empêcher de l'avoir. J'ai terriblement envie de lui faire confiance, de penser qu'elle est ma compagne, mon alliée, ma meute, comme lorsque nous étions à l'institut.

À ce moment-là, elle semblait être une véritable alliée. Une véritable amie. Tellement plus.

Je pagaie pour nous faire avancer, sous les rochers et les arbres nous surplombant. Avec le courant derrière nous, on a l'impression de voler.

Il faut encore trois jours pour que nous arrivions. Seul, je pourrais y arriver en deux.

Mon cœur tambourine quand je m'imagine revoir ma meute. Ils ne s'agit pas uniquement de ceux que j'ai rencontrés : ils sont plus. Il y a les loups avec qui j'ai grandi. Je les décris chacun leur tour à Ann et donne leur nom. Je lui dis exactement comment ils m'accueilleront et dans quel ordre.

D'abord, Red va me sauter dessus et me mordiller. C'est mon ami le plus proche, comme un petit frère. Il était le chef de la meute quand je suis parti. J'attraperai sa fourrure, grise et noire avec une bande rousse le long de son dos. Il y aura ensuite Snowy. Sauvage et joueuse. Elle viendra en second.

Je raconte à Ann les différentes choses qu'ils font. Par exemple, quand ils claquent des dents, ils n'essaient pas de nous mordre, ils produisent juste ce son avec leurs dents pour nous avertir. Ou quand ils font une révérence, le menton vers le sol, les yeux levés, cela signifie qu'ils veulent jouer.

Red, Snowy et moi formions une unité dans la meute. Ils étaient restés avec moi quand j'étais blessé et ne pouvais bouger. Ils avaient dormi avec moi et m'avaient protégé des loups peu amicaux. Ils ne s'étaient enfuis que lorsque des campeurs étaient arrivés avec des armes. Mon cœur martèle à l'idée de les revoir.

De temps en temps, j'entends d'autres loups hurler. Pas les miens, nous sommes sur le territoire d'une autre meute. Mais bientôt. Toutes ces odeurs me font me sentir à la maison. Comme si je retrouvais ma famille.

Je peux presque sentir la fourrure rêche de Red sous mes doigts, l'humidité froide de son museau.

Ils accepteront Ann si elle est avec moi. Je la surveillerai jusqu'à ce que je sois sûr que tout va bien.

— Attends, dit-elle. Où est le porte-clés ? Attends.

Elle le sort du sac et l'examine.

— C'est comme ton ami. Red. Avec le dos roux. Est-ce pour cette raison que tu aimes cet objet ? Parce qu'il lui ressemble ?

— Oui. Mais je n'en ai plus besoin.

Elle me lance un sourire radieux.

— Tu retournes à la maison, dans ta famille. Tu as tellement hâte de les voir.

— J'ai tellement hâte, répliqué-je.

Elle sourit. Elle le fait quand je dis les choses de la même façon qu'elle.

Ses cheveux bruns sont tressés, exposant son cou pâle. Je trouve qu'elle est plus belle que tout ici. Plus belle et me faisant encore plus de mal.

Elle aurait pu mourir si facilement. Elle n'aurait eu qu'à avaler une guêpe.

Elle fait attention à son environnement, mémorisant le chemin du retour. Je déteste ça.

— Jusqu'à ce que tu sois vraiment habituée à cette étendue sauvage, tous les arbres et les rochers se ressembleront.

— On verra.

Je mets un peu plus de muscle dans mes coups de pagaie, comme si je glissais sur ses mots, que je la détestais, que je haïssais cette situation. Je la contrôle entièrement ici, alors pourquoi est-ce que je me sens si impuissant ? J'ai tellement envie de la prendre de nouveau, je n'arrive plus à réfléchir correctement.

— Ne t'inquiète pas, je ne prévois pas de m'échapper et de marcher dans un autre nid de guêpes, si c'est ce qui te tracasse.

En vérité, tout me tracasse.

— Mais je vais partir. Et je vais découvrir ton histoire, pas celle de la forêt. Celle-ci est *ton* histoire et je ne vais pas empiéter dessus. Mais Kiro, ton problème avec la mafia. C'est quoi ce délire ? Je n'arrête pas d'y penser. Peu importe à quel point on s'enfonce dans la forêt, j'ai l'impression que c'est dangereux. Tu as déjà entendu l'adage « on ne peut pas fuir éternellement » ?

Je soupire, las de cette discussion sur mon histoire.

— Je comprends, tu ne me fais pas encore confiance. Mais tu devrais croire en mes instincts de journaliste. J'aimerais que tu saches que tout ce que j'ai voulu faire, c'est t'aider.

L'émotion dans sa voix me frappe. Elle veut vraiment que je la croie.

— Bref, le truc c'est que tu n'as pas de pouvoir jusqu'à ce que tu connaisses ton histoire. Plus tu auras de connaissances et mieux ce sera. Plus tu seras éclairé et plus tu seras en sécurité. Si j'étais toi, je ferais n'importe quoi pour comprendre tout ce bordel.

— Connaître mon histoire ne va pas les empêcher de me pourchasser. Mon passé n'est pas la raison pour laquelle...

— Ouais, ouais, ouais. Ils te chassent parce que tu es différent.

Ses yeux brillent.

— C'est une véritable et totale *connerie*.

Sa férocité me coupe le souffle.

— Tu es pourchassé et tu ignores totalement pourquoi. Je

sais que tu penses que c'est parce que tu es différent, mais fais-moi confiance quand je te dis que tu te trompes.

Elle a l'air si sûre d'elle. J'aime quand elle est comme ça.

— C'est ce que tu dis.

— Je le sais ! Ils connaissaient le nom que tu portais avant ton adoption. Ton nom. Kiro. Pourquoi ont-ils autant besoin de te tuer ? Je n'arrive pas à croire que ça ne te rende pas fou. Parce que moi, ça me rend complètement dingue.

La lune s'est levée, tel un cercle dans le ciel, une marque pâle et luisante dans l'eau.

— Je comprends que tu détestes le fait que je sois journaliste, mais devine quoi ? Je sais quand je tombe sur quelque chose d'énorme. J'ai de l'instinct. Je ne sais peut-être pas reconnaître un tas de cailloux d'un autre, c'est vrai. Mais tu ne connais rien aux histoires. La lumière, c'est mieux que l'obscurité. La connaissance est mieux que l'ignorance. C'est vrai pour toi, comme pour n'importe qui. Tu penses que tu es tellement différent.

— Tu ne comprends pas. Tu ne peux pas comprendre à moins d'être moi.

— Pfff !

Elle se penche en arrière, frustrée. J'ai envie de l'embrasser, mais je ne pense pas qu'elle apprécierait à l'instant.

Nous entrons dans une portion plus étroite de la rivière. Des pépiements familiers se répercutent dans les arbres. Des oiseaux de nuit qui commencent à chasser. Le terrain se déroule comme une carte dans mon cœur.

Je ferme les yeux et imagine les hurlements de ma meute, chacun d'entre eux parfaitement distinct. J'imagine le soulagement en les entendant et en les appelant en retour. Je m'imagine tomber sur eux.

Mon cœur tambourine. Même Ann veut s'éloigner de moi,

mais Red n'a jamais eu envie de s'échapper. Snowy n'a jamais souhaité me fuir.

— Pourquoi les guêpes m'ont-elles pourchassée ? demande-t-elle après un moment.

— Parce que tu as mis un pied dans leur nid. Tu es devenue une menace, expliqué-je.

Je suis surpris qu'elle ne comprenne pas quelque chose d'aussi évident.

— Peut-être qu'elles m'ont attaquée parce que je suis humaine.

— Elles ne prennent la peine d'attaquer que si elles perçoivent une menace.

— Peut-être qu'elles ne m'aimaient pas parce que j'étais différente.

Je grogne. Le professeur avait l'habitude de faire ce qu'elle est en train de faire. Elle pose des questions et donne des réponses pour m'apprendre des choses.

— Soit tu me parles normalement, soit tu ne me parles pas du tout.

— Tu dois te poser ces questions, Kiro. Pourquoi serais-tu une menace pour la mafia ? Tu ne leur cours clairement pas après, alors pourquoi ton existence représente-t-elle une menace ?

Je nous fais avancer. Il y a une île non loin. Il vaut mieux toujours s'arrêter sur une île pour la nuit. Je bande déjà rien qu'en pensant à Ann.

— Tu dois te poser les bonnes questions pour obtenir l'histoire.

— Le professeur disait : « Si tout ce que vous avez est un marteau, tout ressemble à un clou. » Tu es journaliste. Tu ne penses qu'aux histoires. Tout est une histoire. Laisse-les venir à moi. S'ils s'approchent de trop près, je leur arracherai la gorge.

Elle continue, toujours pas découragée.

— Un patron de la mafia dépense des milliers de dollars par jour pour envoyer des soldats pourchasser une cible. Et pour les envoyer faire ce qu'ils ont fait ? C'est qu'il doit y avoir une bonne raison de vouloir ta mort. J'y ai réfléchi. Soit tu as du pouvoir, soit tu as des gens.

L'île apparaît dans mon champ de vision. Je la montre du doigt.

— On va s'arrêter là.

Nous approchons le canoë de la rive. Elle défait les sacs pendant que je prépare un feu.

— Tu pourrais avoir de quelconques atouts dont tu ignores l'existence. Je me demande si c'est ça.

— J'en ai assez de cette conversation.

— Pas moi. Plus j'y songe et plus je parie sur la famille. Tu as une famille. Une vraie famille. Peut-être que tes ennemis veulent leur faire du mal ou usurper un territoire...

— J'ai une vraie famille. Les loups sont ma famille.

Elle s'assied et réchauffe ses mains près du feu.

— Tu n'es pas un loup.

Je ne suis pas un loup. Je ne suis pas un homme.

Je prends ses cheveux dans ma main et lève sa tête. Je place mes lèvres près de son oreille.

— Les loups sont ma vraie famille. Et tu es ma compagne, alors ils sont officiellement ta famille aussi maintenant.

— Ce n'est pas parce que tu le répètes que ça deviendra vrai.

Je la pousse doucement pour lui rappeler qui a le contrôle. Son pouls commence à tambouriner dans sa gorge.

— C'est à moi de te nourrir. À moi de prendre soin de toi.

Je sens bientôt son excitation.

— À moi de te baiser, soufflé-je à son oreille.

La lune se reflète sur ses cheveux, les faisant légèrement briller.

— À moi de te faire jouir.

— Tu peux me faire jouir, déclare-t-elle, à bout de souffle. Félicitations. Tu penses que ça fait de moi ta compagne ? Une relation est mutuelle. C'est une question de confiance et de respect mutuels de ce que l'autre sait et dit.

Je tords lamentablement ses cheveux, me demandant s'il existe un homme avec qui elle a connu ça. Une confiance et un respect mutuels. De l'amour. Un homme qui n'est pas un sauvage.

— Comme un putain d'homme des cavernes. Tu ne sais même pas...

Je tire sur ses cheveux pour l'empêcher de parler, me sentant si impuissant. Elle veut s'en aller et découvrir quelle est mon histoire. Je sais comment la faire rester, mais je ne sais pas comment la pousser à *vouloir* rester.

Elle lève les yeux vers moi, un regard brûlant et défiant. Je ne sais pas comment agir comme l'un des hommes civilisés qu'elle préfère, mais je sais comment la faire supplier.

Alors je le fais. Je la pousse à me supplier, puis je la mets à quatre pattes et la baise, me perdant dans sa chaleur et sa douceur.

Elle s'effondre ensuite sur le dos et fixe le ciel, satisfaite.

— Kiro. Merde.

— Quoi ?

Elle ne répond rien.

— Peut-être que tu as faim. Je vais nous chercher à manger.

— Ouais, ça doit être ça. Du bon sexe et de la nourriture. C'est tout ce dont j'ai besoin.

Je vais pêcher un poisson.

Lorsque je reviens, elle est en train de fouiller dans nos affaires. Elle cherche son téléphone. Elle ne l'a pas trouvé. Il est dans ma poche, tout comme le porte-clés en forme de loup.

Je prépare le poisson et nous mangeons en silence.

Le repas est bon, et il y a également des noix blanches grillées ainsi que des baies.

— Tu es toujours malheureuse, dis-je.

— Comme c'est choquant. Tu m'as donné à manger et je ne suis pas heureuse. Peut-être que je ne suis pas un hamster.

Je fronce les sourcils. Tout est douloureux avec elle.

— Est-ce que je peux avoir mon téléphone ?

— Non.

— Je ne vais pas appeler qui que ce soit. Ce n'est pas comme si j'avais du réseau ici. Je veux juste voir s'il fonctionne toujours.

— Quelque chose me dit que ce n'est pas le cas, dis-je.

— Tu peux me regarder. Tu verras si les barres apparaissent.

Je ne sais pas comment les téléphones fonctionnent. Et si elle envoyait un signal à quelqu'un ? Mais le téléphone la rendrait heureuse. Je le sais. Je ne peux pas la laisser partir, mais je peux lui donner le téléphone.

— Je te le promets, dit-elle.

Elle est journaliste, l'une de mes ennemies naturelles, même si elle affirme le contraire. Je ne vois pas comment cela pourrait être le contraire. Elle ne me fait pas confiance, pas même suffisamment pour me raconter le secret du chaton.

Mais elle tourne ensuite son regard suppliant vers moi et mon cœur fond.

Je veux la rendre heureuse.

Je m'oblige à lui tendre les sachets en plastique.

— Merci.

Mon pouls tambourine dans mes oreilles lorsqu'elle sort les morceaux des sachets et les assemble. Elle s'approche de moi pour s'asseoir sur la bûche et la tapote.

— Viens ici. Tu pourras voir.

Je m'assieds. Il s'agit simplement d'un rectangle noir. Elle appuie sur quelque chose. Il ne se passe rien.

— S'il te plaît, s'il te plaît, s'il te plaît, chuchote-t-elle à son téléphone.

Une petite pomme blanche apparaît.

— Ouaaaaais.

Elle se retourne vers moi.

— Merci. Merci de me faire confiance.

Quelque chose réchauffe mon cœur.

— Je sais que ce n'était pas facile, ajoute-t-elle.

— Ça valait la peine.

Je saisis une de ses boucles foncées entre mes doigts. Je l'observe tandis qu'elle scrute le téléphone. J'aime la rendre heureuse.

— Regarde, dit-elle. Ça, c'est mon chien, Bernard.

Je baisse les yeux vers un grand chien noir, marron et blanc avec un museau carré. Il a un bâton dans la gueule.

— Bernard ?

— C'était un saint-bernard. Grand. Affectueux. C'était... un si bon chien.

Elle fait défiler les photos, une par une. Elle s'arrête sur une autre, la représentant avec Bernard. Il est en train de lui lécher le visage. Elle sourit, rit même.

Elle continue de faire passer les photos et s'arrête sur un cliché la montrant avec un couple plus vieux.

— Ma mère et mon père. C'est notre porche. Il y a dix ans. Et voici ma sœur, Maya, et moi.

Elle me montre la maison dans laquelle elle a grandi. Elle se montre debout sur une Jeep poussiéreuse devant un panneau qui a une écriture étrangement bancale. Puis, une photo d'elle avec quatre hommes souriants autour d'une table. Ils tiennent tous de grands verres avec des feuilles dedans.

— C'est à un café de Beyrouth, explique-t-elle. Nous buvions beaucoup de thé à la menthe là-bas.

Les hommes sont tous des journalistes comme elle, écrivant

des articles, explique-t-elle. Elle me montre un cliché du désert. Elle est debout, à côté d'un chameau.

Je jette de petits coups d'œil à son visage tandis qu'elle fait défiler les images. Elle semble si vivante lorsqu'elle repense à cette vie qui était la sienne.

Voilà de quoi elle a l'air lorsqu'elle est heureuse, pensé-je, surprise. Elle n'a jamais été ainsi avec moi. Elle ne le sera peut-être plus jamais. Parce que je l'ai arrachée à sa vie.

Je ravale mon désespoir.

Chapitre Trente-Et-Un

TANECHKA

VIKTOR ME JETTE un coup d'œil depuis le siège passager de la voiture. Il n'a pas l'habitude que je sois habillée en nonne. Je suis sûre qu'il espère que je ne serai plus jamais comme ça. Mais cette tenue va nous aider à nous rapprocher de l'homme qui pourra nous donner des informations sur Kiro. C'est ce que nous espérons.

Cela ressemble vraiment au bon vieux temps, à Moscou, quand nous travaillions comme tueurs à gages, ensemble. Nous attendons devant la maison de cet homme. Cela fait deux heures que nous sommes là, mais il va finir par sortir. Nous le sentons tous les deux. Nous partageons cette impression.

C'est agréable.

— Bientôt, dis-je.

Il ne sourit pas, mais de petites fossettes apparaissent sur ses joues. Quelque chose qui arrive avant un sourire. J'imagine qu'on pourrait qualifier cela d'éclat de bonheur.

Je le ressens aussi.

Nous sommes de nouveau ensemble. C'est dangereux, comme au bon vieux temps. Nous allons trouver son frère.

L'homme que nous poursuivons, ce Gregor, est un féru d'informatique de la mafia russe qui a laissé tomber Lazarus et qui est assez pieux. Je sais comment agir comme une bonne sœur. Comment parler comme une bonne sœur. Il sera facile à berner.

Nous devons l'éloigner de la rue et le persuader de nous aider à avoir des oreilles chez Lazarus, c'est ainsi que le frère de Viktor, Aleksio, aime le formuler. Avoir des oreilles chez lui. Pirater ses communications.

D'une façon ou d'une autre, ils sont sur la piste de Kiro. Nous devons tout savoir.

Lazarus n'est pas stupide. Kiro l'a battu une fois à l'asile. La prochaine fois que Lazarus lui tombera dessus, ce sera avec une armée. Aleksio pense qu'il est déjà en train de le pourchasser.

J'ai tout aussi envie de retrouver Kiro que Viktor. Qu'Aleksio. Je veux le retrouver comme s'il s'agissait de mon propre frère. Ce sera le cas, une fois que Viktor et moi serons mariés.

Viktor me passe une poire.

— S'il sort avec plus d'une personne, je viens avec toi.

— On ne va tuer personne, *pryanichek*.

Je prends une tranche épaisse du fruit.

— S'il y a plus d'une personne, je m'en occuperai, et si tu viens avec moi alors que je n'en ai pas besoin, je te remettrai à l'hôpital, peut-être juste à côté d'eux.

— Je n'ai jamais autant eu envie de te baiser que maintenant, Tanechka.

Je lui tends une tranche et souris. J'aimerais bien qu'il me prenne.

— Je ne vais pas te laisser combattre un groupe, affirme-t-il.

— J'en ai assez de cette discussion.

Le plan, c'est que je sépare Gregor de la masse.

— Celui-là respecte les nonnes. Ses amis aussi.

Je prends une autre tranche de poire. Je soutiens son regard et la glisse dans ma bouche. Ainsi, je lui fais penser à tout un tas de choses.

Je n'ai plus l'ambition d'être bonne sœur. Je ne peux pas être fidèle à Jésus avec mon corps comme une nonne le devrait. Et j'ai passé plusieurs années en tant que tueuse à gages. C'était plus facile d'aspirer à devenir religieuse quand je ne me souvenais pas de ce temps-là. Mais tout de même, Jésus reste dans mon cœur. Viktor ne comprend pas, mais ce n'est pas grave.

Mon amour pour lui est plus profond qu'il ne l'a jamais été. Ma concentration est plus intense. Même quand je tire, je vise mieux. Les choses vont mieux maintenant que je suis en paix.

Viktor et moi avons choisi une nouvelle maison ensemble. Celle que Viktor nous avait préparée auparavant était plus ou moins un musée de notre ancienne vie. Je suis heureuse qu'elle ait brûlé. Notre nouveau foyer est composé d'objets de notre nouvelle vie en Amérique, comme la peinture d'un gros poisson achetée à IKEA. Nous l'avons appelé Guppy.

Viktor a pu sortir de l'hôpital il y a quatre semaines. Il avait des plaies par balle dans l'abdomen. C'est surtout sa rate qui a pris. Il dissimule la douleur. Il n'est pas censé faire de mouvements brusques. C'est difficile de lui faire respecter ça.

Une voiture passe, bien trop lentement. Nous avons comme information que Gregor rentrera à pied après son dîner au restaurant, mais la voiture me semble bizarre. Nous le remarquons tous les deux. Une minute plus tard, nous l'ignorons. Le conducteur envoyait un message.

— J'aurais dû lui flinguer le téléphone des mains, déclare Viktor.

Je jette un coup d'œil dans le rétroviseur. Il y a un groupe de trois hommes. L'un d'entre eux est Gregor.

— Hé.

— J'ai vu.

Je lance un regard d'avertissement à Viktor.

— On ne tue pas.

Il lève les mains, comme s'il se défendait, tandis que je sors, mon chapelet dans une main, mon couteau à cran d'arrêt dans l'autre.

J'erre dans la rue, comme si j'étais perdue.

Gregor doit s'approcher de moi. C'est la partie difficile. Que faire si c'est un autre homme qui m'aborde ?

Je croise le regard de Gregor, l'encourageant.

Il s'adresse à moi en russe.

— Ma sœur ? Puis-je vous aider ?

Je m'accroche à mon chapelet, d'un air si humble. Je bouge d'une façon qu'il reconnaît, une façon qui lui est bien familière, jusque dans sa moelle. Il me perçoit comme une véritable religieuse. C'est ce que les sœurs m'ont offert quand j'étais amnésique.

— Ce n'est rien, dit-il en russe aux autres mecs.

Il agite son doigt pour leur ordonner de rester en arrière.

— Ce n'est rien.

Je m'avance vers lui et lui montre une carte.

— Voyons voir ça, dit-il.

C'est alors que je sors mon couteau.

— Mon *pika* est à cinq centimètres de ton cœur battant. Ce n'est pas bon.

Il me fixe, bouche bée. Il pensait que j'étais sincère.

Je le suis. Mais pas de la façon qu'il pense, peut-être.

— Tu vas leur dire de te laisser. Tu as des problèmes. Tu veux parler seul à la mère supérieure. Tu vas me raccompagner, seul. C'est ce que tu vas leur dire.

Il obéit, expliquant à ses hommes qu'il aimerait m'accompagner à l'adresse que je cherche.

— Partez sans moi.

Les hommes s'éloignent. Il n'y a aucun piège. Ils sont vraiment en train de partir.

— C'est bien. Peut-être que tu vas vivre.

— C'est Dmitri qui vous envoie ?

Je lui lance un petit sourire.

— Je suis avec Viktor.

Mon cœur se gonfle quand je le dis.

Néanmoins, Gregor pâlit. Comme il le devrait. Viktor Dragusha est fou, tout le monde le sait.

— Aide-nous et tu ne mourras pas, lui expliqué-je.

Nous marchons dans la rue et tournons à un angle, puis un autre. Viktor arrive avec la voiture, puis je pousse Gregor à l'intérieur avant de monter.

On va pouvoir soutirer beaucoup de choses à cet homme, je le vois bien. Je prie pour qu'il puisse nous mener à Lazarus, à Kiro.

Kiro ignore totalement ce qui va lui tomber dessus.

Chapitre Trente-Deux

Ann

Nous PARTAGEONS de nouveau un sac de couchage. Je me réveille en premier et le laisse dormir. C'est agréable. Je me sens en sécurité à côté de ce grand corps chaud et j'aimerais qu'il soit réveillé. Je veux lui parler et passer du temps avec lui. Plaisanter avec lui. M'envoyer en l'air avec lui.

Ce n'est pas comme si je ne voulais plus m'enfuir. Je le dois. Il n'y a pas d'autre choix rationnel, n'est-ce pas ? Mais tout de même.

Je ne me sens pas simplement en sécurité avec lui, je me sens détendue comme cela ne m'était pas arrivé depuis long-temps et je rattrape finalement le sommeil qui me manquait. Piégée ici avec Kiro, exactement où je ne veux pas être, je me sens... presque humaine.

Et je ne fais plus de cauchemars sur le chaton. J'en fais toujours, mais ils se rapportent à l'hôpital qui s'est effondré. Ce qui *est* effectivement cauchemardesque. J'ai toujours trouvé suspect de flipper pour le chaton, mais pas à propos du fait d'être coincée dans cet hôpital.

Peut-être que mon esprit a décidé d'être suffisamment fort et sain pour flipper à cause de quelque chose de vraiment effrayant. Ici, dans la paix et le silence.

Avec Kiro.

Je tends la main et lisse un poil de barbe, le remettant en ordre à côté des autres. Il a des nuances de brun intéressantes. Ses piqûres de guêpes sont visibles à cause du gonflement sur l'une de ses pommettes, mais elles ne font qu'accentuer son look de mec viril et canon.

Le fait qu'il me donne mon téléphone était énorme. Il ne fait pas confiance à la technologie, mais il m'a fait confiance. J'aurais aimé qu'il ait plus foi en moi pour parler de cette histoire. Il a besoin de savoir ce qu'il se passe.

De petits froncements apparaissent entre ses sourcils, puis disparaissent.

— Tu es réveillé ? chuchoté-je doucement.

Les coins de sa bouche se tordent.

J'appuie mon doigt sur ses lèvres.

— C'est curieux.

Il garde les yeux fermés.

Je touche son menton.

Il m'attrape le poignet.

Je ris, surprise, et quelque chose s'adoucit sur son visage, comme s'il aimait ce son. L'ouïe, c'est tout pour lui. Il ouvre les yeux.

— Tu veux ma photo ? plaisanté-je.

Il fronce les sourcils, comme il le fait lorsqu'il ne comprend pas vraiment quelque chose.

Soudain, tout ce qui était doux et beau en lui devient dur et féroce. Il raffermit sa prise sur mon poignet. Son regard glisse sur le côté.

Il entend quelque chose.

Tout ce que j'entends, c'est le vent dans la cime des arbres.

— Qu'est-ce...

— Chuuut.

Il renifle.

— Oh.

— Ils sont là.

— Qui ?

Il me lance un regard noir.

— Quoi ?

— Tu as alerté quelqu'un. Avec ton téléphone.

— Je n'ai alerté personne ! Il n'y avait pas de réseau. Nous sommes loin de tout...

— En aucun cas ils n'auraient pu nous pister. Ça devait être ton téléphone.

— Je n'ai alerté personne. Je le jure...

Il prend une grande inspiration.

— Ce sont les hommes qui sont venus précédemment. Ils te tueront aussi facilement qu'ils me tueront. Pourquoi les avoir alertés ?

— Je ne l'ai pas fait ! Je n'aurais pas... Je n'ai même personne à alerter.

Il étudie mon regard. Il veut me croire. Finalement, il prend ma main et m'aide à me relever pour m'emmener loin du petit campement. Peut-être qu'il me croit à moitié.

— Tu ne les appelleras pas en criant, si tu sais ce qu'il y a de bien pour toi.

— Pourquoi ferais-je ça ? Que se passe-t-il ?

Il me lance un regard méfiant.

— Nous devons quitter l'île.

Il m'attire au loin, m'emmenant sur le rivage humide. Nous sommes entourés de roseaux à massette et de saules brous-sailleux.

Il écoute. Je n'entends toujours rien, mais à la façon dont il bouge la tête, je peux voir qu'il entend et sent des choses. Peut-être même qu'il se concentre sur leur localisation. Parce que Kiro est un putain de magicien.

— Enlève tes chaussures.

— Pardon ? On ne devrait pas aller chercher le canoë ?

— Pour qu'ils voient où nous sommes ?

Il m'indique un passage vers les bois.

Il veut que nous pataugions et nagions jusque-là.

— Non, dis-je. Hors de question.

Il se retourne vers moi, me lançant un regard noir.

— Est-ce que je dois te traîner ?

Je déglutis, sachant qu'il pourrait le faire. Je reprends mes esprits. S'il dit qu'ils sont là, ils sont là. Je délace mes chaussures et les enlève, m'enfonçant davantage dans la gadoue gelée.

— Allons-y.

Il me montre le sol du doigt.

— Mes pas.

Je le suis, m'enfonçant jusqu'aux genoux dans la boue froide et visqueuse, tenant mes chaussures au-dessus de ma tête jusqu'à ce que nous atteignions l'eau claire. Kiro est pieds nus, bien sûr. Il marche de plus en plus sans ses chaussures, comme s'il se réhabituait à sa façon d'être dans la nature au fur et à mesure que nous nous enfonçons dans la forêt.

Je nage silencieusement derrière lui dans l'eau si gelée qu'elle en devient douloureuse, imitant ses mouvements, restant discrète et sur mes gardes. Il y a plus de boue de l'autre côté. Je claque des dents.

Nous marchons sur la rive. Je le suis. Le terrain me fait mal aux pieds.

— Attends. Laisse-moi remettre mes chaussures.

— On n'a pas le temps.

Il me porte, m'emmenant rapidement dans les bois. Il ne suit pas une ligne droite, il semble choisir son chemin en fonction du terrain et est sacrément doué pour ça, ses mouvements plus animaux qu'humains.

Il ralentit à la base d'un énorme pin. Il lève les yeux, puis s'approche d'un autre et encore un autre. Il s'arrête.

— C'est quoi ce délire, Kiro ?

Il me repose.

— Tu vas grimper.

— Quoi ?

— On n'a pas le temps.

Je sens mon visage blêmir. Il sent le danger. Qu'il me fasse confiance ou non, il sent que le danger me concerne également.

— Peut-être que je peux t'aider.

— Je me battrai mieux si je sais que tu es en sécurité. Je n'aurai pas besoin de tendre l'oreille pour toi.

— Comment tu sais que je ne peux pas t'aider ?

— Je le sais. S'il te plaît, siffle-t-il.

C'est tellement inhabituel pour lui de ne pas simplement me donner un ordre que je suis surprise.

— Laisse-moi te voir monter. Bien haut. Tu seras en sécurité là-haut. Personne ne lèvera les yeux, personne ne tirera vers le ciel. Attends que je t'appelle. Si je ne t'appelle pas... ne fais pas confiance au silence. Reste. Attends.

Je pose ma main sur sa barbe.

— D'accord.

Je veux que mon geste soit un acte réconfortant, mais je vois son front se plisser. J'ai l'impression de l'avoir blessé plus qu'autre chose. Comme si ma gentillesse lui faisait du mal.

Et je me rends alors compte de quelque chose à propos de lui. Voici un homme qui ne sait pas quoi faire de la gentillesse.

Kiro sait quoi faire quand les gens le détestent. Il sait ce que cela fait d'être pourchassé, piégé, confiné et battu. Mais il n'a jamais connu la gentillesse.

Il n'a jamais cru qu'il pouvait s'attendre à quelque chose de ce genre avec moi. Pourquoi devrait-il le croire ?

J'ai alors envie de passer mes bras autour de lui et de l'attirer vers moi. Je veux lui dire qu'il est génial, féroce, sauvage et constamment surprenant. Je veux lui dire qu'il mérite de la gentillesse. Qu'il mérite l'amour.

Qu'il mérite *vraiment* l'amour. Mon cœur tambourine.

— Kiro.

— S'il te plaît.

Il me soulève jusqu'à la branche la plus basse. Kiro a besoin que je le fasse, maintenant. J'attrape la branche et arrive tant bien que mal à grimper, frissonnant, faisant ressortir mon primate intérieur et m'assurant de ne pas regarder en bas.

Je grimpe, encore et encore. Ma main glisse à un moment, mais je me rattrape et continue. Je trouve un endroit adapté et en hauteur. Je m'accroche à une branche, attendant, espérant qu'il ne pense pas que c'est moi qui les ai alertés.

Je regarde par terre, au travers des branches. Ma vue du sol est presque entièrement obstruée par l'arbre, mais je peux en voir des bouts, ici et là. Je ne vois pas Kiro. Je me dis qu'il s'est rendu invisible, qu'il chasse dans l'ombre.

Kiro. Il prend soin de moi. Il me fait manger. Il me protège. Je lui dis que ça ne fonctionne pas comme ça, mais c'est plus que ce que quiconque a fait pour moi depuis très longtemps.

Il me soupçonne de leur avoir donné un signal pour qu'ils viennent, mais il me protège tout de même. Il a fait un serment.

J'attends une éternité, pensant à ce que cela a dû être pour lui, qui n'était qu'un garçon vraiment et complètement seul. Peut-être qu'il se cachait ainsi dans les arbres, effrayé de ce qui pouvait fourmiller sous ses pieds. Essayant de trouver un sens au monde. Toujours en train d'observer son environnement.

Un peu comme moi, seule, toujours sur mes gardes. Scrutant de l'extérieur les histoires des autres, mais sans jamais en faire partie. Vivant une vie au service des histoires des autres.

Et quand on s'effondre, personne n'est là.

J'essaie de penser à la façon dont quelqu'un aurait pu nous pister si profondément dans la forêt. Kiro pense que le téléphone est la seule façon, mais...

Un sentiment de malaise me submerge. Mon éditeur, Murray. C'est lui qui a envoyé le téléphone.

Merde.

A-t-il mis quelque chose dedans ? Il savait que j'allais désactiver le téléphone si je ne voulais pas être retrouvée, mais pourrait-il y avoir un traceur ? Merde. Bien sûr. Il doit s'activer quand on remet la batterie, j'imagine. Il doit être là, sur le téléphone. Il est suffisamment petit pour tenir dans le téléphone, en tout cas.

Merde !

Comment ai-je pu être si stupide ? Murray est motivé par l'argent. Une fois que j'ai pris le contrôle de l'histoire, elle est devenue moins scintillante. Moins exploitable. Elle avait beaucoup moins de valeur pour lui. La mafia albanaise allait mieux le payer.

Kiro a raison. Je les ai alertés. Il sait que c'était moi et il essaie tout de même de me garder en sécurité.

Je dois lui expliquer, mais pas maintenant.

Je repère les ombres des branches sur le sol de la forêt et je les regarde bouger. J'imagine que ce serait une façon de savoir l'heure qu'il est si j'y connaissais quelque chose.

Les ombres bougent pendant un long moment avant que j'entende le véhicule. Non. Deux véhicules, peut-être plus. Des quatre-quatre ? Comment les ont-ils acheminés jusqu'ici ? Avec des hélicos ? Des bateaux motorisés ? Les véhicules à moteur sont illégaux dans cette forêt immaculée, mais évidemment, la chasse à l'homme aussi.

Le faible timbre de voix masculines est porté par la brise.

Je me fais toute petite. Mais tout de même. Le canoë est devant l'île. C'est là qu'ils nous chercheront. Cela donne une chance à Kiro de les observer.

Le vent tourne et les conversations faiblissent. Combien sont-ils ?

Il y a des cris, puis plus rien.

J'attends un peu plus longtemps. J'entends des bruissements de temps en temps, mais il peut s'agir d'animaux. Ou de Kiro.

Une voix s'élève. Ils appellent un nom. Il y a de la confusion. Il se passe quelque chose. Je ferme les yeux.

Kiro. S'il te plaît, il faut que tu ailles bien.

Un bruit sourd et sec brise le silence. Un coup de feu. Puis un autre.

Craaac-craaac-craaac.

Je plaque mes paumes contre mes oreilles, une pression ferme qui ne fait rien pour atténuer les détonations d'armes semi-automatiques. Les coups de feu s'intensifient. Je les imagine mitrailler les bois.

Je me tiens toujours la tête, comme si en grimaçant suffisamment, je pourrais éloigner les revolvers et garder Kiro en sécurité. Mes jambes sont si fermement enroulées autour de la branche que je pense ne jamais pouvoir les défaire. Les détonations semblent durer éternellement.

Puis elles s'arrêtent.

Je m'agrippe à la branche et écoute. Le vent tourne.

Rien.

J'appuie mon front contre l'écorce rugueuse, souhaitant que Kiro aille bien. L'idée d'un monde sans lui semble... insupportable.

Les coups de feu reprennent. Je plaque une nouvelle fois mes mains sur mes oreilles. Je me dis que c'est une bonne chose s'ils continuent de tirer. Cela signifie que Kiro est en vie. Qu'il est une menace pour eux. Mais après tout, une balle pourrait l'achever, alors comment cela pourrait-il être une bonne chose ?

J'entends des pas sous moi. Je me raidis quand je vois des mecs en tenue de camouflage avec des fusils de chasse de calibre douze passer. On apprend à reconnaître les armes à feu quand on est dans des zones chaudes. On a besoin de ces détails pour nos articles. Les hommes qui se trouvent en bas sont furtifs, ce qui est une bonne chose, j'imagine. Cela signifie qu'ils ont peur. Un autre groupe passe.

Un homme les suit à distance. Il se retourne de temps à autre pour marcher à reculons. Il y a un léger mouvement à côté de lui. Je vois un flash. Puis entends un léger *ouch*.

Il y a des bruissements. Un bruit sec. C'est un os qui se brise.

Je m'étire sur le côté et aperçois Kiro, le visage ensanglanté, s'élevant à côté du tas de membres qu'était cet homme. Kiro s'essuie l'œil encore et encore. Une coupure sur son arcade saigne abondamment au-dessus de son œil.

Les blessures à la tête saignent horriblement, même lorsqu'elles ne sont pas sérieuses. Une blessure à la tête. A-t-il un traumatisme ? Cela doit altérer sa vue en tout cas.

Il ne peut pas se battre s'il ne peut pas voir !

Il disparaît en un éclair. J'entends plus de vacarme. Quelqu'un tombe. Il y a un coup de feu. Un cri. Le hurlement guttural d'un homme en train de mourir. Des voix effrayées.

Kiro est en bas, pourchassant et tuant ces hommes un par un. Un mec non armé contre une douzaine de gars armés.

Je frissonne d'admiration. Kiro.

Je veux l'aider, mais j'ai besoin d'avoir confiance en ce qu'il m'a dit, que je l'aide davantage s'il n'a pas besoin de s'inquiéter pour moi. Je frotte mon pouce sur un morceau d'écorce plus rugueux.

D'autres hommes passent sous mes pieds. Ils parlent de son

visage ensanglanté. Ils semblent confus, comme s'il y avait quelque chose qu'ils ne comprenaient pas.

J'entends les mots « sauvage entend... comment fait-il ça ?... salaud n'a pas besoin de voir... ».

Évidemment. Kiro les traque grâce au son et probablement à l'odeur.

L'homme se tait. Soudain, une alarme perçante résonne dans l'atmosphère. L'alarme d'une voiture.

Non ! Il ne pourra plus les entendre arriver maintenant.

Je panique, m'accrochant à ma branche. J'entends davantage de coups de feu. De hurlements. J'hésite entre descendre maintenant ou attendre. Brusquement, tout s'arrête.

C'est le silence complet.

J'entends du mouvement en bas.

— Ann.

— Kiro ?

— Tout va bien.

Je descends et tombe dans ses bras. Il ne porte plus son t-shirt, qui est noué autour de sa tête pour éponger le flot de sang.

— Tu vas bien ?

Il se touche le front.

— C'est une égratignure.

— Tu saignes. Tu auras peut-être besoin de points de suture.

— Je vais bien. Contrairement à tes amis.

— Je ne leur ai pas donné de signal. J'ai trouvé, Kiro... On s'est joué de moi.

D'un air méfiant, il scrute mon regard.

— Tu as allumé ton téléphone et ça les a fait venir.

— Mais je ne le voulais pas. Je pensais que ce n'était rien, mais mon éditeur, qui m'a envoyé le téléphone, a mis quelque chose dedans à mon insu. Je te jure que je ne savais pas. On m'a trompée...

Je me tais. Le désespoir sur son visage me tue.

Ce ne sont que des mots et Kiro semble se moquer des mots. Mes actions font de moi une menteuse. Je les ai fait venir. J'ai dit que ce ne serait pas le cas, mais c'est arrivé.

— Kiro, le supplié-je.

— On devrait récupérer le canoë et s'en aller.

Il saisit mon bras et me guide vers un arbre, au bord de l'eau. Le canoë est toujours là, sur la rivière.

— Je vais le chercher. Attends-là.

— Je ne comprends pas. Tu ne me fais pas confiance, tu crois que j'ai envoyé des gens nous pourchasser ainsi, mais tu veux que je reste avec toi ?

— Tu es ma compagne.

Il tend la main et prend deux poignées de mes cheveux, comme deux couettes, avant de m'attirer vers son torse. Il embrasse le haut de mon crâne. Je crois qu'il est soulagé que j'aille bien. Il s'écarte.

— Nous devons y aller.

Merde.

Il ne s'attend à rien de ma part. Il n'ose pas demander quoi que ce soit pour lui. Ni de la confiance, ni de l'affection. Encore moins de l'amour.

Je lève les yeux vers son beau visage ensanglanté et piqué par les guêpes. Le monde voit un sauvage, mais je vois un homme si douloureusement seul qu'il veut de moi, même s'il ne peut pas me faire confiance.

Cette idée me brise le cœur.

Je glisse mon pouce le long de sa pommette.

— Tu as du sang, là, chuchoté-je.

Je le pousse vers le bord de l'eau.

— Viens là.

Il me suit. J'enlève le t-shirt de sa tête et me penche pour en plonger un coin dans l'eau et nettoyer son visage. Il se tient immobile quand je le fais, les yeux fermés. C'est comme s'il ne voulait pas m'effrayer pour ne pas interrompre cette petite marque d'affection.

J'inspecte la coupure sur son front. Elle est petite. Seul un médecin bien trop zélé y mettrait des points de suture.

— Ça m'a l'air bon, dis-je.

Je mouille le tissu dans la rivière et l'utilise pour nettoyer un peu plus son visage. Il prend une inspiration quand j'enlève un peu de boue sur son torse. Il a tellement de cicatrices. Je découvre que j'ai envie d'embrasser les cicatrices de ce beau garçon blessé et sauvage qui pense ne pas mériter qu'on l'aime.

Je frotte un peu plus fort. Je sens qu'il apprécie. J'aime ça. J'aime prendre soin de lui ainsi. Nous sommes une équipe.

— On a du désinfectant dans le kit de premiers secours. Ce serait bien pour ta tête.

Il acquiesce.

Les mots ne veulent rien dire pour lui. Il me l'a déjà fait comprendre auparavant. Mais que je prenne soin de lui signifie quelque chose. Que je m'inquiète qu'il ait du sang et de la boue sur lui signifie quelque chose.

Personne ne s'est jamais intéressé à lui. Peut-être que c'est la raison pour laquelle il ressentait quelque chose de si féroce à mon égard à l'institut. Il avait probablement l'impression que j'agissais comme sa compagne.

— Ferme les yeux.

Je mouille de nouveau le tissu et nettoie une traînée de boue sur sa tempe. Un éclat chaleureux s'étire dans ma poitrine, éclairant les coins sombres comme des brins chauds et lumineux connectant les morceaux brisés, froids et sombres que j'avais cachés.

J'appuie mon autre main sur sa joue. Mais ce n'est pas du tout un acte clinique. C'est de l'affection. Je n'en ai jamais assez de toucher Kiro. Peut-être que je n'en aurai jamais assez.

Il ouvre les yeux.

— Ne t'ai-je pas dit de fermer les yeux ?

Il les ferme de nouveau.

— Oui, infirmière Ann.

Je fais glisser ma main sur sa moustache. La chaleur s'étend plus profondément, de façon plus torride.

Mon affection sauvage pour lui existe comme une montagne : elle est juste là, se foutant de tout.

— On devrait y aller, déclare-t-il d'une voix rauque.

Je touche la zone à côté de son œil. Puis je me mets sur la pointe des pieds et embrasse son nez.

Il ouvre les yeux, je ressens un éclair dans mon âme. Je fais glisser ma paume sur ses bras ainsi que son torse, sale et transpirant.

Je m'agenouille et plonge le tissu dans l'eau pour le nettoyer davantage. J'ai envie de le laver. Je veux tout faire pour lui. C'est le langage de Kiro. Son pouls palpite dans son cou. Je passe une main dessus, sentant son désir monter en lui. En moi.

Je veux tout faire pour lui.

Mes yeux se posent sur son sexe, raide dans son pantalon. J'appuie ma paume dessus. Il siffle. Peut-être qu'il bande à cause du combat, peut-être à cause de la façon dont je m'occupe de lui, ou simplement du baiser.

Je m'agenouille devant lui et appuie mon visage là où le renflement tire le plus sur le tissu rêche de son pantalon. Son pénis tressaute.

Je lève les yeux vers lui. Il me regarde, à moitié sauvage. Les mots ne veulent rien dire, mais les actions signifient tout pour lui. Je mets le t-shirt sur le côté et soutiens son regard tandis que je déboutonne son pantalon. Je le baisse, à moitié sur ses jambes.

Son torse se soulève difficilement.

Il halète.

Je suis frappée d'émerveillement à cause de sa sauvagerie brute, ses cheveux emmêlés et sales suite à la bataille, son souffle entrant et sortant difficilement. Il est comme un seigneur de guerre médiéval, ses narines se dilatant à chaque expiration.

— Ann, siffle-t-il.

J'enroule mes mains autour de son sexe, sauvage, beau et aussi menaçant que Kiro. Il pose les mains dans mes cheveux. Je le tiens à la base, réussissant à peine à entourer son immense érection de mes doigts. Je pose mes lèvres sur son extrémité, léchant la goutte scintillant au bout.

Il caresse mes cheveux, la respiration difficile. Ses mouvements maladroits m'indiquent qu'il est aussi excité que moi.

Je le mouille avec mes lèvres, le prenant plus profondément, suçant et serrant. Il a un goût de sel, de transpiration et de virilité. Il resserre ses mains dans mes cheveux et commence à bouger, baisant doucement ma bouche.

Je le serre et le masturbe en le suçant. Je sais que la main est agréable, mais c'est également une façon de me préserver, d'empêcher un Kiro fou d'enfoncer son énormité jusqu'au fond de ma gorge.

Il tire sur mes cheveux. Il est couvert de transpiration et de terre à cause de la bataille. J'aime quand il est comme ça. Je veux qu'il me salisse.

Je lève les yeux vers son visage en le suçant. Je lui montre par mes actions que je suis avec lui. Ça n'a aucun sens dans mon cerveau, mais ça veut tout dire pour mon cœur. L'affection que je lui porte est étrange, réelle et vraie. La ressent-il ?

Il émet un petit bruit, son regard rivé au mien, fixé sur le mien.

Il est tout ce que je vois. Tout ce que j'entends. Jusqu'à ce que l'explosion résonne derrière moi. J'enlève mes lèvres de son sexe et me retourne.

Un homme par terre. Avec un revolver, pointé vers Kiro.

Des mains qui se posent fermement sur mes épaules. Un

poids lourd. Je me retourne et croise le regard de Kiro. Au début, je me dis qu'il est mécontent que j'aie arrêté.

Puis je les vois. Ses yeux inondés de douleur. Le choc. L'accusation. Le sang qui coule sur le côté de son cou.

— Non !

Je me relève brusquement pour le stabiliser.

Le sang coule sur sa tempe. Il a une blessure à la tête. Cet homme vient juste de lui tirer dessus.

— Oh mon Dieu ! Non !

Je l'allonge par terre. Je m'agenouille à son côté. Il y a trop de sang.

— Kiro !

Mes mains tremblent quand j'essuie le sang. Une balle dans la tête.

Il y a un bruit juste derrière nous. Je regarde. L'homme ensanglanté est sur le ventre, son arme tremblant dans sa main. Il va de nouveau tirer sur Kiro, du moins essayer.

Je m'avance vers lui et écrase ma chaussure sur son poignet. Il y a un *craaaac* lorsqu'il relâche le revolver. Il est pâle. Transpirant. Sa respiration faiblit. Il y a beaucoup de sang sur sa chemise.

Il est vivant, mais perd du sang.

— Aide-moi, dit-il.

Il a l'air d'un homme qu'on ne peut aider. Ce serait probablement mieux de le tuer.

Je prends plutôt son revolver et me précipite au côté de Kiro.

— Kiro, reste avec moi !

Je tire ses cheveux en arrière avec des mains tremblantes, essayant d'évaluer la blessure, gardant l'arme de l'homme à côté de moi, attentive à chaque mouvement, chaque son.

Il perd connaissance.

J'observe la blessure et détermine que la balle n'a pas

traversé. Elle a effleuré sa tête. Je laisse échapper un soupir de soulagement, même si une balle n'a pas besoin d'entrer pour faire de sacrés dégâts. C'est un coup dans la tête, comme avec une batte de baseball.

Il marmonne.

— Ne bouge pas.

Je noue un bandage de fortune autour de sa tête comme un bandeau, puis je déchire ma veste et la coince autour de lui. Je remets son pantalon par-dessus son sexe et le boutonne.

Il y a un bruissement. J'attrape le revolver et me lève. Celui qui nous a tiré dessus fixe le ciel d'un regard vide. Je l'observe un moment, juste pour m'assurer qu'il ne fait pas semblant. Je lui tirerai dessus si j'y suis obligée.

Encore un bruissement, dans une autre direction.

Je recule dans l'ombre d'un arbre.

Un écureuil.

Je prends une profonde inspiration.

Je reviens vers Kiro. Il tente de se lever, puis se rassied. Étourdi.

— Ça va aller, tu dois juste rester immobile.

Sauf que c'est dangereux de rester ici. Il y a des hommes morts tout autour de nous. Sont-ils tous morts, d'ailleurs ? D'autres pourraient être juste blessés.

J'examine l'arme dans ma main. J'ai suivi des entraînements pour les armes à feu, mais je n'ai jamais tiré sur une personne qui n'était pas faite de papier. Cela changera si quelqu'un s'en prend à Kiro.

Réfléchis, réfléchis.

Je concentre mes sens sur notre environnement. Je gère d'abord le danger immédiat, c'est la clé dans des moments comme celui-ci. J'observe autour de moi, trouvant un autre corps. Puis un autre. L'un d'eux semble vivant jusqu'à ce que je lui donne un petit coup et voie la quantité de sang sortant de sa bouche.

Je repère un sac près d'un arbre et m'en approche, avec précaution, comme si quelque chose pouvait en sortir.

Il y a un genre de talkie-walkie dans la poche intérieure. Dans un petit paquet en polystyrène se trouvent plusieurs sachets de nourriture et de viande séchée. De l'argent, des kits de premiers secours, deux armes. J'entends une voix. Faible.

Allô ? Répondez.

Elle vient du talkie-walkie. La connexion est ouverte.

Je pose le sac et sors l'appareil, le tenant comme s'il était vivant, comme s'il pouvait me mordre.

Répondez, abrutis, dit la voix.

Rien.

Qui est là ? Nous avons quinze minutes de retard sur vous. Gardez vos lignes ouvertes... nous avons votre localisation. Compris ? Allô ?

Je regarde fixement l'objet.

C'est la dernière fois que j'envoie des gamins faire un boulot d'homme, crache la voix.

Quinze minutes. Gardez la ligne ouverte. Est-ce que je peux rejoindre le canoë et nous sortir de là en quinze minutes ?

Puis j'ai alors une idée. J'ouvre le sac et prends le paquet en polystyrène. Je le brise et place le talkie-walkie dans un sac en plastique avant de l'entourer de sparadrap. Je cours à la rivière toute proche et le lance.

Je collecte d'autres appareils et fais rapidement la même chose. Puis je mets mon téléphone dans son propre radeau de polystyrène. Toute ma vie.

J'entends le ronronnement de moteurs au loin, mais ce n'est peut-être que mon imagination.

Je jette un nouveau coup d'œil à Kiro. Il est groggy.

— Tu ne peux pas t'endormir.

Il grommelle. Il est vraiment dans les vapes.

J'enlève mes chaussures et saute dans l'eau glaciale, jurant et nageant comme une folle jusqu'au canoë. Je range nos affaires, mais ne monte pas dedans. Je me contente de me retourner et de nager de nouveau vers le rivage. J'amène l'embarcation avec moi et pousse Kiro à monter dedans.

Je devrais vraiment le garder immobile, mais nous devons déguerpir.

C'est peut-être un plan de merde, mais c'est mon plan et je ne vais pas y réfléchir à deux fois. Je monte et pagaie pour nous éloigner.

Je jette un rapide coup d'œil au cours d'eau. Aucun de mes vaisseaux en polystyrène ne se trouve dans le coin, aucun ne s'est coincé dans les rochers ou les roseaux. Avec un peu de chance, c'est ce qui transmet le signal. Avec un peu de chance, les mecs de la mafia vont les suivre eux, et pas nous.

D'accord.

Je commence à pagayer pour remonter le cours d'eau, restant dans l'ombre, du côté du rivage ouest. Il fera bientôt sombre.

Kiro me regarde. Il essaie de se concentrer.

— Ann, dit-il. Est-ce que je me suis évanoui ?

— Un peu. Comment tu te sens ?

Il ne répond pas. Il se contente de plisser les yeux.

— Kiro ? Dis-moi comment tu te sens.

— J'ai la tête qui tourne, déclare-t-il. Comme si j'avais un marteau dans la tête.

Une éraflure de balle peut causer un sérieux traumatisme crânien.

— Quoi d'autre ? Comment est ta vue ? Bouge tes pieds.

Il obéit.

— On dirait que tout va bien. Mais tu as probablement un sacré traumatisme.

Il s'agrippe aux bords du canoë, plissant les yeux.

— Où sommes-nous ?

— Je ne sais pas. Mais étant donné que je pagaie bien plus vite que toi, on pourrait bien être au Canada. Peut-être même en Alaska. Qu'est-ce que tu en penses ?

Rien. J'ai besoin de le faire parler, de comprendre comment il va.

— Qu'est-ce que tu en penses ? demandé-je.

— Je pense que tu es une bonne compagne.

Je continue de nous faire avancer, un virage après l'autre. Je continue pendant une heure, lui faisant répondre à de petites questions stupides. Il ne se rassied pas et n'insiste pas pour pagayer. Ce ne sont pas de bons signes.

Une heure après le début de notre voyage, il grogne.

— Quoi ?

— Ils arrivent. Ils chassent. Des hélicoptères.

Je n'entends rien, mais ça ne veut pas dire qu'ils ne sont pas là. Kiro se rassied et attrape l'autre pagaie.

— Dépêche...

Il me montre une bande marron de l'autre côté du cours d'eau.

— Quoi ?

— On peut se cacher là-bas.

Nous pagayons comme des fous pour atteindre cet endroit. Il manœuvre le canoë pour le cacher sous un arbre tombé au bord de la rivière et l'attache entre les branches. C'est une bonne couverture.

— Qu'est-ce que tu vas faire ?

Il grimpe, utilisant les racines en train de pourrir comme pont vers le rivage. Il glisse quelques fois, mais je n'arrive pas à savoir si c'est à cause de l'instabilité des branches ou d'un vertige. Lorsqu'il atteint le rivage, il se redresse, chancelle légè-rement, puis tend la main pour s'agripper à un arbre. C'est clairement à cause d'un vertige. Ce n'est pas bon. Il a peut-être quelque chose à l'oreille interne. Cependant, il retire ensuite sa main de l'arbre et fait quelques pas. Il est stable. Ou peut-être que c'est simplement sa détermination.

Il revient vers le canoë.

— On va dormir ici jusqu'à ce qu'il fasse jour, déclare-t-il.

Je me blottis contre lui sous les couvertures et m'étire à son côté. Je lui donne un petit coup dans les côtes.

— Hé.

Il remue.

— Tu entends ça ?

Il me lance un regard. C'est une question stupide. Évidemment qu'il entend. Le *chop-chop-chop* d'un hélicoptère. Un projecteur éclaire la forêt. Heureusement, le Kevlar du canoë n'est pas réfléchissant comme le métal.

Kiro ferme les yeux et trace le contour de mes lèvres. Nous sommes comme deux petits pois dans une cosse dans le canoë étroit et il touche mes lèvres.

La lune apparaît derrière un nuage, illuminant ses traits.

— Regarde-moi, chuchoté-je.

Il ouvre les yeux.

— Je te regarde depuis des jours, Ann. Je n'en aurai jamais assez de te regarder.

— Je veux dire regarde-moi dans les yeux. Je veux voir tes pupilles.

Je pose ma main sur sa barbe et soulève sa paupière droite, puis la gauche. Sa pupille gauche est plus dilatée, mais juste légèrement.

— Tu as toujours mal à la tête ?

— Non.

— Menteur.

La pause qu'il marque m'indique la vérité.

— Je me sens mieux. Je suis presque à la maison.

Je glisse mon pouce le long de sa pommette toujours marquée.

— Presque à la maison.

— J'ai hâte que tu les rencontres. Surtout Red et Snowy. Ils sont plus vieux maintenant, mais ils se souviendront.

Il a toujours voulu rentrer chez lui.

— J'ai hâte de les rencontrer.

— Je suis surpris qu'ils ne soient pas déjà là. Ce serait le cas si les hélicoptères ne volaient pas au-dessus.

— Et s'ils n'abandonnaient pas avant de te retrouver ?

— Ils finissent toujours par abandonner avant de me retrouver, chuchote-t-il.

Il y a ce silence pendant lequel mon esprit tourbillonne à cause de toute la tristesse de cette déclaration. Il m'attire encore plus fermement contre lui.

— Je peux t'entendre réfléchir.

— C'est faux.

— Ta respiration change quand tu penses à des choses tristes. C'est toujours le cas.

Il a raison, bien sûr.

— Tu crois que tu peux lire dans les esprits maintenant ?

— Non. Je peux lire dans ton corps. Même à l'institut. Tout ce que j'avais à faire, c'était te regarder. Penser à toi. Tu sais quand j'ai su pour la première fois que tu étais spéciale ?

— Quand ?

— C'était avec Hulk. Quand tu as fait la blague sur Hulk.

— Oh mon Dieu. Je savais que tu avais réagi. Tes lèvres ont bougé et tes yeux étaient... *là* pendant une seconde.

— Tu m'as surpris.

— Ouais et tu m'as plus ou moins menée en bateau. Je *savais* que tu étais conscient. Mon Dieu, tout le monde m'a fait croire que j'étais folle. Toi y compris.

L'hélicoptère revient, illuminant le rivage. Nous nous

figeons, nous ne parlons même pas, comme si l'hélicoptère pouvait nous entendre.

— Hulk et moi, ça remonte à loin, déclare-t-il après un moment. Quand mon père m'enfermait dans la cave à légumes, Hulk m'a plus ou moins sauvé. Les méchants faisaient du mal à Bruce Banner et lui mettaient tellement la misère, mais quand il était suffisamment en colère, quand il était assez fou, il devenait invincible. C'était un récit puissant pour un jeune garçon dans une cave.

Je sais qu'il me raconte probablement son histoire parce qu'il sait que cela me calme, mais j'écoute attentivement.

Il parle de la façon dont il s'imaginait en Hulk, jaillissant hors de la cave.

— C'est devenu vrai, en quelque sorte, dis-je d'un air endormi en me blottissant contre son torse.

— Je n'ai rien qui me rapproche de Hulk.

— En comparaison des autres, si.

Un grondement résonne dans son torse. Il n'est pas comme Hulk en ce moment. Il a une sacrée commotion. Il est probablement étourdi à en juger par l'allure qu'il avait sur le rivage. Il prend une boucle de mes cheveux dans ses doigts, comme il aime le faire.

— Et puis tu es arrivée tel un bel ange et tu as demandé si je me transformais en Hulk pour m'échapper. Et je t'ai voulue plus que n'importe quoi d'autre.

Plus que sa liberté, même.

Le bruit du moteur de l'hélicoptère s'évanouit et il ne reste que les douces vagues clapotant sous le canoë, et nous deux, seuls sous les étoiles.

Chapitre Trente-Trois

KIRO

LE MATIN SUIVANT, nous avançons dans la forêt. C'est le milieu de la matinée. Chaque virage m'est familier. Chaque vue. Je suis presque à la maison. Mais rien ne va.

Je lui ai dit que l'hélicoptère effrayait ma meute. Mais si Red et Snowy ou même les autres étaient dans le coin, ils m'auraient senti. Ils seraient venus.

— Notre tanière était juste en haut de cette colline, dis-je avec un mélange d'excitation et de crainte. Il est possible qu'ils ne soient pas encore arrivés pour l'hiver et c'est pour ça qu'ils ne sont pas venus m'accueillir.

C'est un mensonge. Ils devraient être là. Ils seraient là.

Mon cœur tambourine quand nous arrivons au pic d'une colline donnant sur une vallée luxuriante avec ses couleurs rouges et orangées. Une rangée de pins gris pointant vers le ciel comme des plumes.

— C'est beau, déclare-t-elle.

C'est le cas. Et rien ne va.

Mes yeux ne sont pas posés sur le panorama. Il y a un affleurement de rochers et deux énormes arbres tombés à mi-chemin de la colline. On ne penserait pas que c'est mon chez-moi en le regardant. Mais c'est le cas.

Ou c'était le cas.

Je sens son regard sur moi.

— Kiro ?

Le monde vacille. Ce n'est pas ma tête.

Je descends vers la tanière, puis commence à courir, redoutant d'arriver là-bas, mais en ressentant pourtant le besoin dans chaque fibre de mon être. Je titube une fois, mais continue. Je contourne un rocher et m'accroupis sous l'énorme tronc tombé, comme je l'ai fait tant de fois, dans un geste si profondément familier.

J'avance dans l'ombre fraîche et la protection de la tanière. C'est un vaste espace. Il n'est pas si haut. Pas assez pour qu'on se lève.

Je le sens avant de le trouver. Je me glace. Non.

Avec des mains tremblantes, je fais glisser les feuilles et les insectes en décomposition et la voilà... une tache blanche qui ne devrait pas être là. Un crâne à moitié enterré. Red. Je sais que c'est Red grâce à l'odeur. Les os portent encore l'odeur de l'animal.

Je le déterre un peu plus et appuie ma main sur ce qui aurait dû être le côté de la tête de Red, respirant difficilement, incapable de croire que ce tas d'os a un jour été mon ami.

J'appuie mon front sur sa tempe, comme je le faisais lorsqu'il était vivant. Quand nous dormions côte à côte. Red. Si loyal. Toute la misère et la solitude de ces années d'enfermement s'écrasent sur moi.

C'est alors que je sens Snowy. Je prends difficilement de grandes inspirations. Je sens Ghost, un autre des plus âgés.

Je tâtonne autour de moi, dans les feuilles séchées et la terre, trouvant les os.

Trois morts. Tués par balle dans la tanière. Ou peut-être à l'extérieur et ils ont rampé jusqu'ici. Ils étaient poursuivis. Il y a deux années de sédiments au-dessus d'eux. Cela a dû arriver peu après que je sois parti.

Ma famille. Ma seule véritable famille.

Je m'effondre dans la morosité de ce sentiment d'enfermement. Je me sens aussi mort que ces feuilles. Ces loups n'étaient pas seulement ma famille, ils étaient mon ancre, ma raison. Des esprits vifs dans un monde sombre.

Je reste là, à dériver, perdu dans une mer de misère, attiré par le fond, incapable de respirer, de penser, de réfléchir plus loin que ce moment.

Je ne suis que sombrement conscient de la main d'Ann dans mon dos.

Quand est-elle entrée ?

Elle s'assied à côté de moi, me frottant le dos.

Je ne sais pas combien de temps s'est écoulé. Il est possible que j'aie dormi. Peut-être que je me suis évanoui. C'est arrivé plusieurs fois depuis que je me suis cogné la tête. J'entends ensuite la voix d'Ann :

— Parle-moi d'eux, Kiro. Raconte-moi une autre histoire sur Red.

Je me retourne vers elle, là, dans la tanière, sur ce lit de feuilles séchées à côté des os à moitié enterrés. Quelque chose gonfle dans mon torse, comme une bulle faite de pierre, qui m'emplit, m'étouffe. Je n'arrive pas à parler. Je ne veux pas parler. Je me lève et retombe lourdement sur le côté de la tanière. Des années de débris accumulés tombent sur nos visages. Je donne un coup de pied sur le côté qui s'effondre.

— Hé !

Elle se précipite pour sortir tandis que je détruis l'abri, poussant les branches, les feuilles et la terre accumulées et empilées. Je me dirige vers le sommet et le piétine, le détruis. Les années d'éléments coincés et cimentés par la neige, l'humidité et le soleil s'effondrent. Je détruis tout, l'aplatissant, le réduisant à un amas de débris.

Lorsqu'il est complètement détruit, je m'effondre sur l'affleurement rocheux adjacent, mon visage mouillé tourné vers le soleil.

Ann est de nouveau là.

Je ne me laisse pas berner. Je suis son ravisseur. Elle partirait si elle s'en pensait capable. Elle veut seulement être avec moi quand je la fais me supplier ou lorsqu'il y a du danger.

Mon pouls s'accélère. Le monde semble tournoyer.

— Il était ma famille. Ils étaient tous ma famille. Même dans les moments les plus sombres, à l'Institut Fancher, ils étaient là avec moi.

— Tu les aimais, déclare-t-elle.

Je tends la main et lui touche la joue.

Elle scrute mon regard, comme elle le fait lorsqu'elle tente de comprendre des choses sur moi.

Et à ce moment-là, je me dis : *Je t'aime*. Cette phrase m'emplit encore plus de désespoir. Elle aussi, elle va partir.

— Parle-moi de lui.

Je lui dis une chose, une petite chose simple : comment Red se mettait en colère quand je grimpais à un arbre. Il se mettait en bas, sautant.

Elle plonge dans cette histoire. Il faut toujours lui en raconter. Moi-même, je suis une histoire. Cela me semble dangereux de l'aimer quand je me souviens de ça.

— L'autre, dit-elle. Parle-moi de l'autre. La femelle. Quel était son nom ?

— Snowy.

Elle m'oblige à raconter des histoires. Elle me pousse à

m'éloigner de la tanière pour s'approcher de la partie ensoleillée de la falaise. Nous nous asseyons dans les herbes hautes, au soleil. Elle a un genre de viande séchée à partager avec moi.

— Et le reste de la meute ? Tu es vraiment sûr qu'ils ne reviendront pas ?

— Les trois loups les plus forts et les plus vieux ont été abattus par balle, déclaré-je. Cela aurait laissé les membres les plus jeunes vulnérables et en désordre. Ils ont dû s'éparpiller. Ils pourraient être morts. Ils le sont probablement. Si les chasseurs ont réussi à avoir les plus vieux, ils ont aussi eu les louveteaux. Le petit de Red...

Je ferme les yeux, me souvenant de lui, une petite boule de poils qui me mordillait.

— Ces petits auraient été trop vulnérables pour survivre en étant chassés après une telle chose.

J'imagine les louveteaux, seuls, sans les plus vieux. Certains avaient presque un an, mais tout de même.

— Si nous cherchions, nous trouverions les os des plus jeunes.

L'idée m'emplit de désespoir.

— Hé, déclare-t-elle doucement.

Elle passe un doigt sur ma barbe, comme elle aime le faire.

Le soleil est monté dans le ciel. C'est l'après-midi.

— Je pensais tellement à eux quand j'étais allongé dans ce lit. J'avais l'impression qu'ils étaient vivants. Je n'arrive pas à croire qu'ils étaient morts depuis tout ce temps.

— Grâce à toi, ils sont restés en vie, déclare-t-elle. Tu les gardes en vie maintenant.

— Ce ne sont que des mots.

Je plonge la main dans ma poche et sors le porte-clés en forme de loup. Quelque chose se retourne dans mon estomac. Le petit loup ressemble tellement à Red.

Je referme mon poing autour, comme s'il s'agissait de mon

dernier lien avec mon vieil ami. Mais ce n'est que du plastique. Ce n'est pas réel. Je le jette dans l'herbe.

— Hé !

Elle veut aller le chercher, mais je lui attrape le bras. Je ne veux pas qu'elle me quitte.

Elle reste là, à moitié debout, scrutant mon regard.

— Ils ne sont pas partis, Kiro. Ils vivent toujours en toi.

Ce sont des mots. Je tiens son bras, me sentant si seul. J'ai besoin de ne pas être seul.

Je sais ce que je suis pour elle. Je suis son ravisseur. Son ennemi. Pourtant, elle est comme la vie pour moi et je m'accroche à elle.

Elle me lance un regard étrange, me regarde dans les yeux. Elle s'agenouille dans l'herbe et me pousse, me forçant à m'allonger sur les brins chauds et rêches.

— Allonge-toi là. Reste juste ici.

Je la laisse faire, m'accrochant toujours à elle.

Elle grimpe sur moi, s'assied sur mes hanches. Ses cheveux de la couleur des cacahuètes pendent de chaque côté de sa tête. Le ciel bleu brillant derrière elle est parsemé de nuages en forme de boules de coton.

Mais rien n'est aussi beau qu'Ann.

Elle pose ses mains sur l'herbe, de chaque côté de ma tête. Je la relâche, ne sachant pas vraiment ce qu'elle mijote. Puis elle se baisse sur moi et m'embrasse.

Son baiser est doux. Sa tendresse brise quelque chose en moi.

Elle se rassied et descend le long de mes jambes pour être assise sur mes cuisses. Je la regarde avec stupéfaction lorsqu'elle appuie une main sur mon sexe, le faisant bander. Elle se penche en avant et l'embrasse au travers de mon pantalon.

Je plonge mes mains dans ses cheveux doux. Je suis son ravisseur, son ennemi. Ses actes n'ont aucun sens.

— Tu veux que je te prenne ? lui demandé-je, incrédule.

— Non.

Elle se lève au-dessus de moi et enlève son haut avant de déboutonner son pantalon et de le baisser. Je la regarde, émerveillé, quand elle le retire en même temps que ses chaussures. Elle est nue. Elle ressemble à une déesse.

Elle s'agenouille de nouveau et libère mon membre, dénude mon entrejambe en soutenant mon regard.

J'arrive à peine à respirer.

Elle rampe jusqu'à moi. Elle saisit ma verge et la guide jusqu'à son intimité.

— Qu'est-ce que tu fais ? demandé-je.

C'est évident, mais ce n'est pas ce que je veux dire et elle le sait.

— Tu es à moi, déclare-t-elle.

Je m'accroche à elle et l'immobilise. Je ne veux pas d'elle ainsi si elle ne le pense pas vraiment. Je me fiche que ses mots soient des mensonges, mais je ne peux pas lui prendre ça si c'est un mensonge.

Elle attrape mes mains et entrelace ses doigts avec les miens, les tenant tout en suivant mon regard en se baissant sur moi, me guidant en elle. J'ai l'impression que c'est un rêve. Une autre réalité. Elle me baise, elle me baise totalement. Je siffle lorsqu'elle me prend en elle, chaude et serrée.

Ann est avec moi. J'attrape ses hanches et commence à bouger, ayant besoin d'elle comme je n'ai jamais eu besoin de quoi que ce soit auparavant.

Je la regarde dans les yeux lorsqu'elle me baise. Parce qu'elle me veut. Parce que je suis à elle.

Elle dit quelque chose que je ne comprends pas. Je m'en moque. C'est tout. Elle vient vers moi.

Je me perds en elle. Le monde tourne de travers. Mais pas elle. Elle est le point immobile au centre.

— Je suis là, dit-elle.

Et je sais qu'elle l'est. Je la prends et me regarde entrer en elle, observant la façon dont son regard change quand nous bougeons.

J'en ai assez qu'elle soit au-dessus. Je nous fais rouler et passe au-dessus d'elle. Je pousse en elle, la baisant et embrassant son visage réchauffé par le soleil.

Elle roule sur le côté quand nous avons fini. Nous restons allongés au soleil, regardant le ciel.

— Tu es un bon compagnon, déclare-t-elle.

— Je ne t'ai même pas fait manger.

— Tu n'es pas toujours obligé de me donner à manger.

— Je le devrais. Je devrais pêcher avant qu'il fasse nuit.

— Ce serait bien. Je peux venir ?

— Je vais plus vite quand je ne suis pas distrait.

— Je veux venir avec toi, déclare-t-elle. Et je n'arrive toujours pas à croire que tu peux attraper un poisson à mains nues.

— Tu remettrais ça en question dans un moment comme celui-là ?

— Qui attrape des poissons à mains nues ?

— À ton avis, qu'est-ce que j'utilise ?

— Je ne sais pas. Des bâtons ? Un filet fait avec une chaussette ? Je pourrais croire à n'importe quoi d'autre avant tes mains.

Je fronce les sourcils et me frotte le visage.

— Viens, alors.

Elle me suit lorsque je me dirige vers le cours d'eau, un rayon de soleil au bord de mon monde sombre.

Chapitre Trente-Quatre

Ann

L<small>A RIVIÈRE</small> coule au milieu d'un lit de rochers et de cailloux, à l'ombre d'une énorme crête en calcaire qui se tient telle une sentinelle menaçante au-dessus de nous. Kiro nous guide, ramassant en chemin des pierres et des morceaux de terre séchée jusqu'à ce que nous arrivions devant un arbre tombé dont les énormes branches s'étirent au-dessus de la rivière, comme la main d'un géant.

— Ça a toujours été le meilleur endroit. Cet arbre. Cette ombre.

— C'est beau, commenté-je.

Il observe le grand arbre par terre, pendant un long moment.

Kiro a une imagination puissante pour pouvoir se projeter dans le passé. Il m'a dit que lorsqu'il était allongé dans le lit de l'institut, il s'imaginait libre et sauvage. Je sais qu'il pense à sa meute.

Je ne veux pas qu'il arrête de penser à eux, qu'il arrête de les honorer avec sa mémoire, mais je déteste le voir blessé.

— Et maintenant ?

— J'attrape le poisson. Tu vas trouver ça ennuyant à regarder.

— Oh, je ne crois pas, dis-je, étant donné que c'est plus ou moins impossible à faire.

Il grimpe sur l'arbre au-dessus de l'eau et s'allonge sur le ventre. Puis il plonge une main dans l'eau. Et attend.

Et attend.

— C'est ça que tu fais ?

— Chuut, me réprimande-t-il.

— Tu te fous de moi ?

— Ils pensent que ma main fait partie de l'arbre. Ensuite je les attrape.

Je croise les bras.

— Tu attends qu'ils viennent à toi. Comme le lapin.

Il tourne son regard vers moi. Oui. Il n'a pas la rapidité ou les griffes d'autres animaux. Mais il a leur vivacité.

Je vois un éclat argenté passer. Je le montre du doigt.

— Kiro !

Il me regarde.

— Tu lui as fait peur.

Il y en a un autre. C'est assez excitant.

Il sort la main de l'eau et revient sur la rive.

— Je t'apprendrai. Viens.

Une part de moi veut dire que non, je n'apprendrai pas. Je ne vivrai pas ici. Il ne l'envisage certainement plus. Mais il m'apprend des choses et commence à me faire confiance. Ça n'est pas rien.

— Tu penses que tu peux m'apprendre à pêcher avec les mains ?

— Il faut de la patience, c'est tout.

Il me guide, m'aidant à rester en équilibre sur l'énorme tronc quand nous arrivons au-dessus de l'eau. Il me montre où m'allonger, les branches auxquelles m'accrocher. Je me mets sur le ventre et baisse la main dans l'eau. Elle est froide.

Il va plus loin, sur la même branche, et s'allonge dans la direction opposée pour que nous soyons face à face, nos mains pendant dans le cours d'eau frais.

— Si tes doigts deviennent trop froids, ressors-les lentement. Ou change de main.

On peut voir les profondeurs sombres. Les poissons passent à vive allure. Parfois ils sont gros, des truites, peut-être ? Je n'en ai aucune idée.

— Est-ce ainsi que les ours attrapent les poissons ? chuchoté-je.

— Ils sont plus du genre à faire la louche. Ils ont la rapidité et les griffes.

— Comment tu te sens ? demandé-je.

Sa main est sinueuse et floue dans l'eau.

— Je n'ai plus de vertiges.

— Ce n'est pas ce que je veux dire.

Il reste silencieux un moment. Puis il dit :

— Je n'arrête pas de penser à eux.

— Je sais, dis-je. C'est difficile d'arrêter d'y penser.

Son regard croise le mien.

— Comme avec le chaton.

L'eau froide clapote sous nos corps, glissant entre nos doigts comme du velours.

— Oui.

— J'ai passé un long moment à me poser des questions sur le chaton, déclare-t-il. Quand j'étais allongé là-bas.

Moi, j'ai arrêté d'y penser pendant un bout de temps. J'étais libérée de ce putain de chaton. Je ne veux pas qu'il revienne dans mon esprit.

— Tu as dit qu'il t'avait tout coûté. J'ai passé beaucoup de temps à fixer le plafond, me demandant ce que cela signifiait.

— Le chaton n'est pas important.

— Il est mort ?

— Non.

— Tu disais toujours que tu avais tout perdu à cause de lui.

Il s'en souvient. Évidemment.

— Pourquoi le chaton t'a-t-il tout coûté ?

Je m'apprête à lui dire que je n'ai pas envie d'en parler, mais je lève les yeux et croise son regard.

Kiro. Il agit tellement comme une brute, comme un sauvage, mais à ce moment, il est plus douloureusement humain que quiconque dans mon entourage. Il a besoin d'établir un lien. Comme si sa vie en dépendait.

— Qu'as-tu perdu ?

Vais-je vraiment faire ça ? Vais-je vraiment lui dire ?

— Juste ma carrière, annoncé-je. J'imagine que ça ne devrait pas être si important...

— Ta carrière représente beaucoup pour toi.

— Oui. Avant.

J'agite ma main dans l'eau et soudain, je lui raconte à quel point je déchirais. Je lui dis que j'étais dans le haut du panier des journalistes.

— Nous étions différents des reporters que tu as rencontrés. Tu sais ce qu'est le journalisme de longue durée ? C'est quand on écrit des articles bien plus longs que... enfin, ils sont juste longs et, avec un peu de chance, réfléchis. Bref, je présentais des histoires pour de bonnes publications et ils mordaient à l'hameçon, m'envoyant aux quatre coins du monde. Ils savaient que j'obtiendrais l'histoire promise ou même une meilleure. J'ai du flair pour les histoires.

— Comme avec moi.

— J'avais raison, non ?

Je sens la glissade inattendue d'un poisson contre le bout de mes doigts et je tente de l'attraper. Je saisis sa queue une demi-seconde, mais il s'échappe.

— C'est difficile de s'accrocher à la queue, constate-t-il. Tu apprends assez vite.

— Ouais !

Je change de bras. Ma main droite a besoin de décongeler.

— En tant que femme, j'avais accès à des royaumes où les mecs ne peuvent pas entrer. J'avais également des compétences d'infirmière, ce qui me donnait de la valeur en cas de crise. Je pouvais parfois rester pendant longtemps après le début d'exécutions de civils. Dans les zones de guerre. Ou avec des réfugiés. Dans les situations catastrophiques.

— Tu es également pleine de ressources, Ann. Je t'ai vue à l'hôpital, comment tu te comportais. Tu n'as jamais abandonné. Tu continuais de te battre coûte que coûte.

Je pose mon menton sur mon bras inutile et le regarde dans les yeux. Quand on regarde certains hommes dans les yeux, on a l'impression qu'ils nous prennent quelque chose. Mais Kiro donne. Il regarde avec son cœur.

C'est plus facile de lui raconter les choses difficiles. Je lui parle du bombardement de l'hôpital.

— Je travaillais aux côtés de Worldcorps Medicale, je me concentrais sur une longue histoire concernant cette ONG lorsque l'hôpital dans lequel nous étions a été bombardé. J'ai déjà connu des bombardements auparavant, mais je m'étais toujours trouvée dans des abris. Ça ne ressemblait en rien à ce que j'avais connu. Le bâtiment grognait comme un monstre. Les poutres métalliques criaient. J'ai sorti quatre enfants de leurs chambres et je les ai mis dans une chambre froide en acier inoxydable pour les médicaments pendant que tout s'effondrait autour de nous. Nous étions coincés tous les cinq. Presque dans l'obscurité. Il n'y avait qu'un petit rayon de lumière. Le plus petit garçon avait été gravement blessé en rejoignant la chambre froide et quand le chaos est devenu plus silencieux, j'ai su qu'il était mort. Les autres enfants étaient hystériques à cause du bombardement. Je ne pouvais pas leur dire, alors j'ai pris l'enfant mort sur mes genoux. J'ai dit qu'il dormait. Parfois, je faisais comme s'il bougeait. Nous sommes restés trente-neuf heures, coincés, à écouter les gens...

— Tu as tenu un enfant mort pendant presque deux jours ?

— Les autres gamins auraient paniqué. Les enfants et moi avons chanté beaucoup de chansons. Quand nous sommes sortis, tout le monde a été émerveillé que j'aie gardé mon fameux calme.

Kiro reste allongé là. Pêchant, écoutant.

— À ce moment-là, mon éditrice voulait cette histoire. Elle était évidemment mieux que celle de l'ONG que j'étais partie couvrir. Ça veut dire organisation non gouvernementale. C'est comme un groupe d'aide. C'était un sacré scoop qu'une vraie journaliste se retrouve coincée dans des décombres avec des enfants. Mais à chaque fois que j'essayais d'écrire là-dessus, c'était le chaos dans ma tête. Je ne trouvais pas d'histoire. Je n'arrivais pas à démarrer l'article. Je n'avais pas le bon détail.

Je lui décris comment mon éditrice avait gardé un espace pour moi dans le journal alors que j'avais manqué deux dead-lines et qu'ils avaient dû trouver quelque chose en urgence. Je ne supportais même pas les séances de questions/réponses avec un autre journaliste. Je ne dormais plus.

— Je me sentais tellement paralysée pendant les jours qui ont suivi et j'avais le sentiment que soudainement, tous les détails de ces trente-neuf heures avaient exactement le même poids. Que peut-être même si ça ne semblait pas important, ça l'était. Quand on est journaliste, on passe toujours au crible les petits éléments d'une histoire, recherchant *le* détail le plus important, celui qui signifie le plus. Je n'ai pas pu le trouver. Et à chaque fois que je m'approchais d'un hôpital, l'odeur d'antiseptique me mettait sacrément la tête à l'envers.

— Oh, répond-il.

— N'est-ce pas.

Je lui raconte que j'avais ensuite une autre réunion prévue après ça, également en Afghanistan.

— C'était une histoire glorieuse. Une interview avec une cheffe de guerre tristement célèbre et presque mythique, sortant des montagnes de l'Hindou Kouch.

— C'est le rendez-vous que tu as manqué. Quand tu avais deux heures de retard.

— Tu m'écoutais.

— Chacun de tes mots.

— Tout le monde était jaloux que j'aie obtenu ce rendez-vous. C'est le genre d'histoire qui fait une carrière. Et l'incident du chaton m'a fait louper ma seule chance d'avoir cette interview. Ça a foutu en l'air des mois de travail sur le terrain pour une publication très importante.

— Tu as vu la petite patte. Tu as demandé à des hommes de bouger les pierres, dit-il. C'est ce que tu as dit. Tu as parlé de ton... contact. Je me demandais ce que c'était.

— Un contact, c'est quelqu'un qui t'aide, souvent dans les endroits où l'ordre a été rompu. Parfois, il est simplement notre chauffeur.

J'agite ma main dans l'eau.

— Alors voilà. Je suis censée être une pro et je m'agenouille sur la route avec un chaton. J'imagine que tu te souviens de ce moment.

— Oui, répond-il en écoutant intensément, le menton sur l'écorce.

— C'est là que tu as tenu ma main, Kiro.

Je souris.

— Merde, tu sais à quel point ça m'a choquée ? lui demandé-je. À cause de toi, j'ai failli sauter au plafond.

— Désolé.

— Non, c'était beau. Je... ne me sentais... plus seule.

Pendant une seconde, il se contente de me regarder dans les yeux.

— Pareil pour moi.

Je me sens si proche de lui maintenant. Nous sommes allongés sur le bois. Pêchant avec nos mains.

— Raconte-moi le reste, Ann.

— Eh bien, les contacts ont la langue bien pendue. Je me suis alors retrouvée avec une réputation sans aucune objectivité. On disait que j'étais bien trop impliquée émotionnellement, que j'étais le baiser de la mort. Il y a beaucoup d'autres journalistes avides d'histoires à envoyer sur le terrain. Je n'avais plus d'argent non plus, donc je ne pouvais même pas me mettre en freelance, ce qui veut dire explorer et trouver une histoire soi-même, en avançant son propre argent, en espérant la vendre à quelqu'un. Et le pire, c'est que je n'arrivais pas à réfléchir. C'était comme si le chaton était le plus gros détail. Un détail aussi massif que le soleil.

Je continue en lui disant que j'ai perdu ma carrière et plus ou moins mes amis.

— Tu as sauvé le chaton.

— Je l'ai emmené dans ce village de montagne.

— Ça t'a aidée à te sentir mieux ?

— Non.

— Est-ce que le raconter t'aide à te sentir mieux ?

— Pas vraiment. Mais que tu écoutes, ça m'aide, en revanche. Comme la façon dont tu me regardes quand je raconte. Tout le monde pensait que c'était triste et tordu, moi y compris. Mais pas toi.

— Pas moi, confirme-t-il doucement.

Quelque chose de frais effleure mon pouce et mon index. Je m'agrippe et le tire. Un poisson s'agite dans ma main. Je suis tellement surprise que je le relâche. Il replonge dans l'eau avec un grand bruit.

Kiro est en train de rire.

— Ce n'est pas drôle !

— Tu as attrapé un poisson à mains nues, Ann, dit-il en souriant. C'est qui le sauvage, maintenant ?

Je laisse ma main pendre dans l'eau.

Kiro s'allonge de nouveau devant moi, me faisant face.

Les oiseaux chantent au-dessus de nous dans de longs appels mélodieux. Les animaux bruissent dans les feuilles de chaque côté de la rive.

C'est paisible. Je sors ma main de l'eau de temps en temps quand je sens qu'elle est trop froide. Je plie mes doigts, les secoue.

Et je me rends alors compte que ce qui lui a probablement fait le plus de mal, quand les journalistes étaient à l'hôpital, ce n'était pas leur agressivité, les lumières ou les flashs, mais la façon dont ils l'ont fait se sentir moins qu'humain. Un objet bizarre pour la consommation de la nation.

Je ne sais pas quoi dire. J'ai envie de m'excuser pour tous les reporters, de lui dire qu'il est génial, mais je sais que ça ne signifiera pas grand-chose pour lui. C'est toujours le cas avec les mots.

Alors je tends la main. J'accroche mon index au sien.

Il me regarde dans les yeux, de cette façon honnête et naturelle. Quelque chose de sauvage et de bon étincelle en moi.

La connexion de nos regards semble plus intime que lorsque nous nous envoyons en l'air. Et elle est plus dangereuse que la mafia. Nous restons allongés ainsi, nos doigts accrochés, nos mains traînant dans l'eau.

Il sourit.

— Tu te souviens quand j'étais allongé là-bas et que tu as dit : « Oh, va te faire foutre, espèce de foutu menteur » ?

— Oh mon Dieu. C'était tellement nul de dire ça.

Il fixe du regard mon articulation, là où nos doigts sont accrochés. Il la regarde avec sa féroce intensité, puis se penche en avant et y dépose un baiser.

Des frissons me traversent. Il me regarde dans les yeux. Kiro n'a pas besoin de mots.

Chapitre Trente-Cinq

KIRO

J'ATTRAPE TROIS POISSONS. Elle réussit à en toucher un autre.

Je l'amène dans la grotte. L'endroit où j'ai failli mourir. Où je serais mort s'il n'y avait pas eu ces premiers loups. Je pense à Red et Snowy. J'ai l'impression qu'il y a un trou dans le monde.

— C'est... joli, déclare-t-elle en entrant.

Ce n'est pas joli quand je le regarde au travers des yeux d'une femme habituée aux meubles ainsi qu'à un lit chaud avec des draps et des couvertures. Je pousse la terre et les feuilles sur le côté, lui montrant que ça peut être nettoyé. Je lui indique une zone du doigt.

— C'est le bon côté pour dormir. On fera un feu de l'autre côté.

Elle observe l'extérieur, en direction de la colline. Ses yeux sont d'un vert aveuglant dans le soleil couchant. J'allume un feu, mais nous avons besoin de plus de bois.

— Vas-y, dit-elle. Ça va aller pour moi. Je vais déballer nos affaires.

Je m'avance vers elle, l'embrasse, puis attrape la petite hachette.

— C'est bien. C'est une bonne chose que nous l'ayons amenée.

Elle sourit, mais ce n'est pas sincère.

Je pars vers une zone où les arbres sont déjà tombés, juste à côté de la prochaine colline. Ils seront idéaux et secs pour un feu. Je m'attaque au plus gros tronc, taillant et taillant. C'est agréable de cogner la hachette contre quelque chose, de faire ce geste violent, pour m'empêcher de penser. Si je m'épuise suffisamment, peut-être que j'arrêterai de penser à ces loups en train de souffrir et de mourir aux mains des chasseurs.

Et peut-être que j'arrêterai de penser à quel point j'aime l'avoir avec moi ici, comme une fenêtre sur une vie que je n'aurai jamais.

Parce que je sais, désormais, que je dois la ramener. C'était mal de ma part de l'emmener comme je l'ai fait. C'était mal de ma part de l'attacher. De la faire me supplier simplement parce que je le pouvais. De la garder.

Elle m'appartient. C'est la meilleure sensation au monde d'avoir l'impression qu'elle m'appartient, qu'elle est à moi. Que c'est à moi de m'occuper d'elle.

Ironiquement, cela signifie que je dois la laisser partir.

Nous repartirons demain, en direction du pick-up.

Je lui dirai au revoir.

Je la laisserai partir.

Chapitre Trente-Six

LAZARUS

J'AI TOUJOURS DÉTESTÉ la nature.

Surtout les buissons. Est-ce qu'on parle encore de buissons quand on est dans la forêt ? Ou est-ce qu'il s'agirait plutôt de ronciers ? Dans tous les cas, c'est agaçant et ça bloque notre chemin dans toutes les directions.

La nature.

Comme on dit, pas besoin d'y goûter pendant dix ans pour savoir ce que c'est.

Mon guide forestier finit d'attacher les canoës et de réprimander mes gars pour qu'ils restent silencieux. Il est extrêmement impatient que nous attrapions Kiro par surprise.

C'est un homme robuste, en chaussures de randonnée et goretex violet ainsi que le genre de lunettes de soleil avec un lien de cuir attaché autour de sa tête pour qu'elles restent sur son nez, peu importe le danger rencontré... À l'exception d'une possible décapitation, on pourrait supposer.

Je l'ai trouvé dans un hôtel au bord de la forêt. J'ai demandé le meilleur guide qu'on pouvait payer et il était là. Il avait déjà des clients jusqu'à ce que je le paie plusieurs milliers de dollars pour ses services.

Nous avons rejoint l'hélicoptère. Notre guide coincé dans son goretex a émis l'idée sur l'endroit où le foyer de Kiro pourrait se trouver grâce aux anecdotes qu'on lui avait données et aux rapports qui ont filtré au fil des ans.

Nous avons atterri à dix kilomètres de l'endroit où notre guide pense que Kiro se trouve. *Hors de portée de son ouïe*, explique-t-il.

— Qui pourchassons-nous, là ? L'homme qui valait trois milliards ? plaisanté-je.

— On ne sait jamais, déclare-t-il simplement.

Nous sommes partis avec lui. C'est un homme doué et grandement motivé grâce à la vidéo en direct de mes hommes assis dans son salon, menaçant sa femme et son enfant.

Nous avons ensuite continué à pied et avons également pris le bateau. Il a grimpé au sommet d'un pic, une heure plus tôt, restant là-bas comme un singe avec des jumelles. Il a vu de la fumée. Il pense savoir où ils se trouvent.

Une heure plus tard, nous sortons de nos canoës.

Mes gars et moi nous sommes recouverts de pisse de chevreuil. C'est quelque chose qu'on amène dans une bouteille quand on est guide forestier. C'est ainsi que les chasseurs masquent leur odeur. Si Kiro est quelque part et a vraiment vécu dans la nature toutes ces années, comme notre leader robuste l'imagine, cela pourrait nous aider à masquer notre approche.

Mes hommes préparent leurs fusils et ajustent leurs lunettes de vision nocturne. Impossible que nous sous-estimions de nouveau Kiro. Un aide-soignant du nom de Donny à l'Institut Fancher nous a donné beaucoup de bonnes informations sur notre homme.

Monsieur Goretex finit d'attacher les canoës avec une corde élastique. Je me tiens au-dessus de lui, observant les hommes s'arroser d'un peu plus de pisse de chevreuil.

— À quel moment votre hobby favori exige que vous vous arrosiez de pisse de chevreuil ? lui demandé-je.

Il lève les yeux vers moi, confus.

— À quel moment ? Vous me demandez l'heure ?

— Non, je vous demande *à quel moment* votre hobby favori exige que vous vous arrosiez de pisse de chevreuil ?

Il me lance un regard impassible.

— Au moment de trouver un nouveau hobby.

Il ne trouve pas ça drôle.

Garrick, le journaliste, ricane.

Garrick, avec son accent britannique à couper au couteau, m'a accusé plus tôt de ne pas respecter ma part du marché auprès de son éditeur, Murray. Il m'a informé que l'idée d'un journaliste embarqué est d'être au cœur de l'action, là où se trouve Kiro, et non pas de traîner en arrière avec l'homme qui dirige le coup. Il m'a accusé de saborder le marché.

— Tu as toujours l'impression que j'ai sabordé le marché, Garrick ? ai-je demandé quand nous trouvons les corps de mon équipe.

Les mouches volent déjà au-dessus de leurs corps.

— C'est le genre d'histoire dans laquelle tu voulais être embarqué ? Ça donnerait certainement un nouveau sens au terme « embarqué ».

Il n'avait pas grand-chose à répondre à ça. En fait, je n'étais pas certain qu'il ait saisi la plaisanterie, même si, je l'admets, elle était un peu abusée. Notre guide voulait passer un appel radio afin de prévenir de la présence des corps, mais je lui fais abandonner cette idée assez aisément.

Garrick a pris quelques photos. Il a même bougé un corps

pour obtenir un meilleur cliché, au plus grand dégoût de notre guide.

— Ils sont morts, l'informa sèchement Garrick.

Nous avançons dans la forêt et contournons une falaise. Notre guide a un GPS topographique qui lui indique un système de grottes vers le sud, et entre elles et un genre de triangulation impliquant le vent et la fumée, il détermine leur localisation.

Je trouve ça douteux, jusqu'à ce que nous ayons effectivement une grotte en ligne de mire et que nous voyions la fumée sortir depuis l'entrée.

Nous nous approchons. Lorsque nous sommes assez près, il lève son appareil et observe l'endroit avec un miroir sur une tige rétractable, puis il se retourne pour nous informer qu'il n'y a qu'une personne dedans. Une femme.

— Pas d'homme ?

— J'en suis sûr.

— Merci, père Noël.

C'est *la* fille. Obligatoirement. L'aide-soignant Donny nous a informés que Kiro ferait n'importe quoi pour la protéger. C'est l'erreur que mon premier groupe a faite. Ils n'ont pas visé sa faiblesse.

Nous attachons notre guide avec ses précieuses cordes élastiques, puis nous dirigeons vers la grotte, contournant les arbres et les rochers.

— Kiro ? appelle-t-elle.

La chose la plus maligne à faire n'est pas de foncer tête baissée. Elle pourrait être armée, après tout. Garrick a connu cette fille par le passé et il m'assure qu'elle sait parfaitement tirer. Mais un chef qui arrête de prendre des risques devient fragile. C'est quelque chose que Valerie aime dire.

Et j'ai vraiment, vraiment envie de voir sa tête quand j'entrerai.

Je saute sur l'occasion. On n'a jamais de seconde chance de faire une première impression. J'entre nonchalamment.

— Eh bien, bonjour, dis-je. Ne nous sommes-nous pas déjà rencontrés quelque part ?

C'est tout aussi gratifiant que je l'avais imaginé. La couleur s'évapore littéralement de ses joues.

Je claque des doigts.

— Oh, ne me dis pas, je sais ! L'asile. Tu essayais de nous empêcher de trouver Kiro.

Elle se lève, les yeux écarquillés tandis que mes gars entrent. Elle les écarquille encore davantage lorsqu'elle remarque Garrick.

— C'est quoi ce délire ?

— Tu ne voulais pas de ce travail.

Garrick prend quelques clichés.

— C'est là qu'il vivait ?

— Garrick !

— Où est-il ? demandé-je.

Elle se tourne vers moi.

— Il est parti. Il ne reviendra pas.

— Je ne mords pas à l'hameçon, ma sœur.

J'appuie l'extrémité du canon de mon revolver sur son front et la fais reculer contre la paroi de la grotte.

— Pas besoin de faire de mal à Ann, intervient Garrick.

Il ne pourrait pas avoir plus tort que ça. C'est très important de blesser Ann.

— Les mains sur la tête, Ann.

Elle obéit, les yeux toujours écarquillés.

Mes mecs prennent toute la place dans cette grotte. Certains sont restés dans les buissons. Des tireurs d'élite. Mais nous voulons que Kiro entre en vie ici. Qu'il en sorte de la même façon ? Pas vraiment.

— Kiro n'est pas ici.

— Non, mais il viendra te sauver. J'ai appris que les Dragusha ont tendance à venir sauver leurs compagnes. Je l'ai appris à mes dépens.

— Je ne suis pas sa compagne.

— Devrions-nous le vérifier ? Garrick, vous filmez ?

— Je suis juste là pour avoir l'histoire de l'Adonis sauvage. Ann devrait être laissée en dehors de ça.

Je fais un signe de tête et un de mes gars pose son revolver sur Garrick.

— La réponse que j'attendais, Garrick, dis-je, c'est : « Oui, je filme. » Tu vas tout prendre en vidéo et surtout, tu saisiras le moment où Kiro passe cette entrée. Et tu continueras de filmer, peu importe ce qu'il se passe. Nous allons tuer Kiro et tu vas tout enregistrer.

Garrick se raidit, l'air déchiré.

— Ce n'est pas quelque chose que je suis prêt à faire.

— Ah non ? Tu veux deviner ce qu'il se passera si tu ne me donnes pas les images dont j'ai besoin ? Tu veux vraiment tenter de deviner ?

J'attends. Seule une vidéo sérieuse fera taire la prophétie une fois pour toutes. J'ai besoin d'une preuve sérieuse.

— Kiro ! C'est un piège ! hurle-t-elle.

L'un de mes gars braque une lumière sur elle. Garrick s'excuse auprès d'elle et commence à la filmer.

— C'est quoi ce délire, Garrick ?

— Appelle encore Kiro, lui dis-je.

— Va te faire foutre, crache-t-elle.

Je jette un coup d'œil de côté à son collègue, qui tient la caméra sur elle avec un air résigné. Il était correspondant de guerre. Il sait comment filmer des situations merdiques. Il songe probablement déjà à sa défense aussi. Sous la contrainte et tout. Ça tiendra devant une cour de justice. Le système légal vous donne une certaine liberté d'action quand votre vie est en danger.

J'éditerai la vidéo pour ne pas apparaître dessus.

— Nous pouvons le faire de tellement de façons, lui dis-je en reculant. Tu l'appelles ou je te tue et devine quoi ? Dans les deux cas, il viendra. Quand les émotions de ces frères sont impliquées, ils deviennent stupides. C'est de famille.

— Il a une famille ?

Je plisse les yeux. Elle ne sait pas qui il est ?

Intéressant.

Elle me lance un regard noir.

— Quelle est sa famille ?

Je n'arrive pas à croire qu'elle cherche encore à connaître l'histoire.

Garrick l'observe mélancoliquement.

— Les Dragusha. La mafia albanaise. Il s'est passé quelque chose quand les garçons étaient bébés.

— Il a une famille, chuchote-t-elle.

— Est-ce que ça veut dire que tu préfères l'option où je te tue ? Parce que je ne t'ai pas entendue l'appeler.

Je sors mon arme et vise son ventre.

La tête d'une femme qui pense que vous allez lui tirer dessus est radicalement différente de celle d'une femme qui pense que vous bluffez. Ann pense que je bluffe.

Garrick sait que ce n'est pas le cas. Il a passé un peu plus de temps avec moi.

— Allez, franchement, mec, me dit Garrick.

Je recule légèrement, la laissant s'appuyer contre la paroi de la grotte. Puis je baisse mon arme au niveau de sa rotule.

— On pourrait croire que c'est la rotule qui provoque le plus gros cri, expliqué-je à Garrick. En fait, c'est faux. C'est le pied. Tu veux savoir pourquoi ?

Il ne répond pas.

Je soupire.

Ann tente de s'échapper.

Je vise. Presse la détente.

Crrrrac ! Je lui tire dans le pied.

La détonation fait écho dans toute la grotte. C'est presque aussi fort que le cri d'Ann.

— Merde ! Merde ! hurle Garrick. Merde !

Néanmoins, il filme toujours. Il comprend que sa vie en dépend.

Ann est à terre, même si, admirablement d'ailleurs, elle ne crie plus.

— Allez. C'est tout ce que tu as ?

C'est surprenant. Épatant, même. Elle a besoin d'un autre trou dans le corps. Rien qui la tuerait sur le coup. La dernière chose que nous voulons, c'est un Kiro déchaîné qui n'a plus rien à perdre.

Crrrrac ! Je lui tire dans le ventre. Elle s'effondre. Là, c'est suffisant. Elle crie. Joliment et bruyamment.

C'est alors que nous entendons le rugissement. Il est sonore, angoissé et se répercute dans les collines.

J'échange des regards avec Garrick. Je lui fais un signe de la main signifiant : *Dis-moi que tu as enregistré cet audio.* Il me lance un regard sombre, la caméra toujours fixe. C'est un *oui*.

Je fais signe à mes gars de se retirer dans l'ombre.

— On va le laisser s'approcher d'elle, d'accord ? Il ne vient pas pour nous, il vient pour elle.

Ils reculent aussi loin que possible dans l'ombre. Ils se sentent tous assez nerveux. J'entends l'hélicoptère maintenant. C'est mon gars qui se rapproche, près pour l'évacuation.

— Je n'ai probablement pas besoin de te dire, Garrick, de focaliser ta caméra sur les sujets que tu filmes plutôt que sur les tireurs. Je ne veux pas avoir trop de vidéo que je ne peux pas utiliser. Tu comprends ce que je dis ?

J'ai l'impression qu'il va vomir.

— Attention, Kiro ! C'est un piège ! hurle-t-elle. Tu ne peux rien faire !

On le sent presque arriver. Même l'air semble changer.

— La tension est incroyable, dis-je à personne en particulier.

Je m'approche de Garrick et vérifie le petit écran de sa caméra qui indique ce qu'il est en train de filmer.

— Le style que je veux ici, c'est direct et sans équivoque.

— Kiro ! l'appelle-t-elle en se tenant le ventre. Ne tombe pas dans leur piège ! Reste dehors !

Oh, c'est bon. Mieux que je l'imaginais. La mort, comme le porno, a besoin d'une petite histoire. Pas beaucoup, juste un peu, et ces deux-là vont nous le délivrer.

Kiro, dans ces derniers moments, tenant sa bien-aimée dans ses bras avant qu'ils soient tous les deux abattus. Personne ne doutera de sa mort avec ce genre de performance.

Aleksio et Viktor vont être déchaînés.

Je leur enverrai la vidéo et concentrerai toutes mes ressources sur eux. Je les tuerai quand ils auront vu l'enregistrement de leur frère en train de mourir, ce sera du gâteau. Ils tituberont dans les rues comme des ivrognes.

Je me retourne vers mes hommes et fais un signe avec mon arme. Ce qui signifie : *Levez vos armes*. C'est moi qui tirerai. Pas eux. *Moi*. Ce n'est pas juste que j'ai envie de tuer Kiro, mais je veux également que la scène ne soit pas trop courte. Je veux que cette merde s'étire autant que possible.

— Tu en es sûr ? me demande mon numéro un.

Il pense que je deviens avare.

Je n'ai qu'à hausser les sourcils et lui aussi, lève son arme.

Chapitre Trente-Sept

Ann

JE SUIS sur le sol froid et dur de la grotte, sur le côté, tenant mon ventre, mes jambes pliées. Je ne peux même pas envisager de bouger.

Pourtant, je crie.

— Ne tombe pas dans leur piège, Kiro ! Pars ! Cours !

Je marque une petite pause avant d'ajouter :

— Ils ne me tueront pas si tu restes en dehors de ça !

C'est un mensonge. En aucun cas ils ne me laisseront la vie sauve.

La douleur est aveuglante. J'appuie ma paume sur mon ventre, prenant une inspiration dans cet air chargé de fumée, pensant à ce dernier jour avec Kiro, à la façon dont nous nous sommes liés.

Je pensais l'aider à se sentir moins seul en lui tendant la main, mais en vérité, c'est lui qui m'aidait.

J'ai regardé toute ma vie de l'extérieur. Kiro m'a montré comment c'était d'être à l'intérieur. De vivre ma propre histoire.

Ces moments, quand je l'ai regardé dans les yeux, m'ont donné l'impression que nous étions ensemble depuis toujours.

J'envisage de crier, de le prévenir encore, mais je sais que c'est inutile.

Kiro va venir.

Kiro n'a toujours voulu qu'une seule chose dans sa vie : trouver sa place.

Kiro préférerait mourir plutôt que de rester en vie et seul.

Et il y a ce serment.

— Kiro, s'il te plaît... non.

C'est à peine un chuchotement. Il viendra mourir avec moi.

J'entends les hommes parler. Ils le savent. Le chef le sait.

Je me tiens le flanc, essayant de garder les idées claires et objectives aussi longtemps que possible. Je dois rester éveillée pour lui.

Une vague de douleur. Je pense que c'est une balle dans le foie. Ce n'est pas bon. Ce n'est pas bon. Le foie est l'organe qui se régénère le mieux. Même s'il est détruit à quatre-vingt-quinze pour cent, il se régénère tout seul. Mais c'est l'hémorragie interne le problème.

Je grince des dents à cause de la douleur.

Je pense aux regards des gens avec des blessures comme celles-ci dont je me suis occupée. C'est comme s'ils pouvaient vous voir, mais il se passe tellement de choses, derrière ces yeux. J'ai toujours cru que c'était une réaction naturelle du corps, l'animal prenant le dessus, s'éteignant lentement, préservant la circulation sanguine vers le cœur. Maintenant, je pense qu'il s'agit simplement de la peur.

Je me recroqueville davantage. Je ne m'imagine pas tendre de nouveau les jambes un jour.

Je suppose que je n'en aurai plus l'occasion.

La lumière que ces hommes braquent sur moi est vive, mais je le vois tout de même jaillir par l'ouverture de la grotte.

Même en sachant qu'il est foutu, à cause de moi, mon cœur se soulève. Je le sens. Il est comme le bonheur.

Il avance vers moi. Il y a ce regard sauvage dans ses yeux et je pense qu'il flaire mon sang, il sait que je ne m'en sortirai pas. Il sait qu'il va mourir en venant à moi.

Il s'en moque.

Il s'agenouille devant moi.

— Kiro, chuchoté-je.

— Je suis là.

Des bras forts et chauds m'encerclent. Il pose son corps sur le mien. Son front sur ma joue.

— Je suis là, Ann, chuchote-t-il.

J'aimerais plus que tout pouvoir le tenir dans mes bras, mais je ne peux pas bouger, recroquevillée sur ma blessure comme un poing serré. Mais Kiro est ici.

L'homme tente d'attirer l'attention de Kiro. Il l'appelle. Il veut qu'il se tourne vers la caméra, mais Kiro n'est le pantin de personne.

Kiro est sauvage, beau et complètement indépendant. Nous ne nous lâcherons plus jamais désormais.

— À moi, chuchote-t-il contre mes cheveux.

Ses bras sont forts et agréables autour de moi. J'ai l'impression que tout l'univers m'entoure, me protège dans l'étreinte de Kiro.

J'entends le sociopathe se moquer, au loin.

Ses mots n'ont pas d'importance pour nous.

Je tourne la tête et embrasse la barbe douce de Kiro. C'est Kiro qui est réel.

Il grogne doucement. Ce son réconfortant va directement vers mon cœur. Nous sommes tous les deux plus animaux qu'humains maintenant, mais notre humanité n'a jamais été plus forte que lorsque nous nous agrippons ainsi l'un à l'autre.

Quelqu'un s'approche et tente de nous séparer.

Kiro grogne et envoie l'homme s'écraser contre la paroi de la grotte dans un horrible craquement, puis il est de retour.

Peut-être qu'ils voulaient filmer son visage. Eh bien, ils l'ont eu. J'ai l'impression de flotter hors de mon corps, comme si tout était en train d'arriver, oui, mais à quelqu'un d'autre.

— Kiro, chuchoté-je.

Kiro grogne de nouveau, l'air plus inquiet. Il a l'impression de me perdre.

Je m'accroche à lui. Ils vont bientôt commencer à tirer. Il vont devoir le tuer, bientôt. Il le sait forcément.

— Eh bien, 34, qu'est-ce qu'on devrait faire maintenant ?

Il appuie son front contre le mien. C'est douloureux d'enlever ne serait-ce qu'une main de mon ventre, mais je le fais. Je n'ai plus besoin de contrôler l'hémorragie. Nous ne recevrons aucune aide ici et, de toute façon, j'ai besoin de le toucher.

— Je t'aime, lui dis-je.

Je caresse sa barbe comme il aime.

Il me tient plus fermement. Les mots n'ont jamais rien voulu dire pour lui, mais pour moi, si.

Il y a alors un cri.

Suivi d'un grognement. Pas n'importe quel grognement, mais quelque chose de contre nature.

Il y en a plus d'un. Des grondements résonnent dans toute la grotte, sauvages et gutturaux.

C'est alors que les cris commencent. L'endroit vrombit sous tous les grognements et les cris. Kiro halète. Je sens le choc et la surprise dans son corps à la façon dont il resserre ses bras autour de moi.

Des coups de feu résonnent, mais cela ne fait qu'intensifier les grondements. Des cris d'hommes agonisant se répercutent sur les murs.

Je regarde au-delà de son bras et vois un brouillard de fourrures et de dents.

Des loups !

Il y a du sang partout. Les rugissements dans la grotte sont assourdissants. Des gens meurent, se font déchiqueter.

Je sens Kiro me soulever. Mon ventre est en feu. Je rebondis dans ses bras.

Non ! ai-je envie de dire. Mais je sais que nous devons sortir d'ici.

Il court. Je respire difficilement. Je sens que mon visage est mouillé. J'ignore totalement si c'est à cause de la sueur ou des larmes. Peut-être du sang.

J'entends la voix de Garrick. *L'hélico. Monte. Monte, bon sang ! Mets-la dedans... fais-le.*

Kiro grogne.

Je m'accroche à lui.

— Fais-le, réussis-je à dire.

Parce que Garrick sait piloter. La plupart des journalistes qui couvrent les zones de guerre connaissent les rudiments du pilotage, mais lui, c'est un salaud qui sait y faire. S'il dit « mets-la dedans », c'est qu'il a assez confiance en sa capacité à nous tirer de là.

Je sens que nous montons dans l'appareil. Je m'accroche à chaque moment, luttant pour passer outre la douleur.

Je me concentre sur le fait de garder mon sang-froid.

Je m'évanouis, ou peut-être que le temps avance différemment, puisque soudainement, nous sommes en l'air. Garrick donne des instructions à Kiro. Un bandage pour mon pied. Je sens le kit de premiers secours.

Deux doigts maladroits se posent sur mon cou.

— Tu es avec nous ?

Garrick.

Je m'oblige à ouvrir les yeux. Je me concentre sur Kiro.

— On va y arriver, déclare Garrick. J'ai passé un appel radio. Nous sommes en vol. Je suis toujours consciente. J'ai l'impression que mes entrailles ont été arrachées, mais c'est bon signe si je suis consciente.

Je grogne.

— Ann... Je ne savais pas qui était ce mec, explique Garrick. Je l'ignorais.

On pose des doigts sur mon front. Doux. Fermes. Kiro.

— Les loups..., dis-je. Ils sont venus.

— Les plus jeunes sont venus, me dit Kiro. Ils n'étaient pas morts, finalement. Ils sont restés ensemble. Les louveteaux de Red. Ils nous ont sauvés.

— Les loups.

— Oui, répond-il.

— Est-ce qu'ils... sont sortis...

— Est-ce qu'ils sont sortis vivants de la grotte ? C'est ce que tu demandes ? intervient Garrick. Tu as *entendu* les cris là-dedans ?

— Ils s'en sont sortis vivants, m'informe Kiro.

Il dit quelque chose à propos des armes. Ils n'aiment pas ceux qui ont des armes.

Je ferme les yeux.

— Reste éveillée, me dit Kiro.

Je reste éveillée. Il me parle. Je m'accroche à sa voix.

Chapitre Trente-Huit

KIRO

LE CENTRE médical de Duluth est un endroit que je déteste.
C'est là qu'ils m'ont emmené il y a deux ans. J'étais à un étage
différent, mais l'odeur est la même. Les couleurs sont les mêmes.
Les bruits également. Pire, il y a des bips, exactement pareils
qu'à l'Institut Fancher et ils me donnent envie de détruire
quelque chose.

Je reste dans la salle d'attente, juste à côté des doubles
portes qu'ils ne veulent pas me laisser franchir.

Je pourrais les franchir, si je le voulais. Je l'ai fait, mais l'infirmier, un homme du nom de Chris, m'a poussé et m'a dit que si
je passais encore ces portes, ils arrêteraient d'aider Ann puisqu'ils devraient se concentrer sur moi.

— C'est ce que vous voulez ? m'a-t-il demandé. Vous voulez
que l'équipe médicale se charge de vous plutôt que d'aider votre
petite amie ?

Je ne suis pas doué avec les mots. Je ne savais pas comment

lui dire à quel point j'avais besoin qu'ils l'aident, à quel point c'était douloureux d'être loin d'elle. Je ne sais pas comment lui dire qu'elle représente tout pour moi.

Et j'ai besoin de la protéger. Ces hommes, dans la grotte, pourraient être encore vivants. Les loups étaient là pour nous protéger, pas pour massacrer nos assaillants. Les loups ont dû partir quand nous nous sommes échappés.

L'homme du nom de Lazarus pourrait venir. Garrick m'a expliqué la situation, ou m'a dit tout ce qu'il savait du moins, c'est-à-dire que Lazarus veut me tuer et qu'il pense qu'atteindre Ann est la meilleure façon.

Cela me rend fou. Il y a tellement d'entrées que je ne peux surveiller.

Alors je me tiens à côté des portes, m'assurant de ne pas les bloquer. Ils m'ont aussi réprimandé pour ça. Je reste debout, les poings serrés, attendant qu'ils me disent quand je pourrai la rejoindre.

Garrick s'avance vers moi.

— Murray a parlé à sa famille.

Murray. L'éditeur. Le patron d'Ann et Garrick.

— Il les tiendra au courant.

Je vois une fenêtre. Si je m'en approche, je pourrai voir une partie du parking en bas. C'était ce parking qui était bondé de journalistes, la dernière fois que j'étais là.

— Tu étais l'un d'entre eux, dis-je. En bas, quand je suis venu la dernière fois.

— Oui, répond-il.

— Pas Ann.

— Oh que non. Ann n'aurait jamais été là. Ce n'est pas son style. Elle ne fait pas d'histoires pour de l'argent.

— Elle cherche l'humanité.

— Exactement.

Le bourdonnement dans mes oreilles est si bruyant qu'il en est assourdissant. Ma femme. Ma compagne.

— Tu n'écriras pas d'histoire sur elle.

— Je n'en écris aucune sur elle, m'affirme-t-il.

Est-il en train de mentir ? Je ne lui fais pas confiance.

— Si tu m'énerves d'une façon ou d'une autre, je t'arracherai la gorge.

— Et si tu me disais exactement ce qui peut te mettre en colère pour que j'évite ça ?

— Je saurai ce qui m'énerve quand je m'énerverai.

— Hé.

Il fait un signe de tête en direction de deux hommes en bleu à la réception, de l'autre côté de la salle d'attente.

— Des flics, déclare-t-il dans sa barbe. Tu es prêt ?

Garrick m'a prévenu qu'ils viendraient. Il m'a dit de la « jouer cool ». Il m'a demandé de mémoriser un faux nom et un numéro de téléphone.

— Je suis prêt.

Les deux hommes s'avancent vers nous. Un officier avec un visage jeune et carré m'éloigne de la porte et me pose des questions.

Je ne fais pas confiance à Garrick, mais il déteste et redoute apparemment la police autant que moi, alors je suis ses instructions. Je la joue cool, ou du moins, j'essaie. Je lui donne les informations que Garrick m'a dit de donner. Je réprime mon envie de me battre, de m'échapper. À deux reprises, j'informe l'officier que je n'ai pas assisté à la fusillade.

Ils sont bien plus intéressés par Garrick quand ils apprennent qu'il a été témoin des coups de feu et qu'il en a une vidéo. Garrick m'a prévenu que cela arriverait.

Il leur parle pendant longtemps pendant que j'attends. Puis il s'assied sur un fauteuil. Il fait des trucs sur son téléphone. Il va chercher à manger et revient avec des burgers. Un pour lui et un pour moi.

— Je ne vais pas manger, dis-je. Pas avant qu'Ann mange.

Il rapporte son repas vers son fauteuil et s'affaire davantage sur son téléphone.

Après une heure de plus, l'infirmier Chris vient et me dit que je peux rendre visite à Ann.

Je le suis, impatient qu'il marche plus vite, pour qu'il me montre où elle se trouve. Ce n'est pas si facile de la sentir avec toutes les odeurs émanant de chaque surface et chaque objet, mais quand nous nous rapprochons, je repère son parfum. Il me dit qu'Ann va bien et qu'elle doit se reposer maintenant. Je peux à peine l'entendre.

Je jaillis dans sa chambre et vole à son côté. Ils ont mis un tube dans son bras. Ses yeux sont à moitié ouverts. Elle a l'air si fragile. Je saisis sa main.

— Kiro, articule-t-elle.

Je pose mon doigt sur ses lèvres.

— Ils ont dit que tu irais bien. Tu as besoin de te reposer.

— Tu dois sortir de là. Le monde entier est à ta recherche.

Je pose de nouveau un doigt sur ses lèvres, comme un baiser.

— J'ai donné un faux nom.

— Kiro.

Ses yeux se referment.

— Ça ne fonctionnera pas longtemps, me dit-elle.

Je lui parle un moment, même lorsqu'elle dort. Je lui raconte des choses sur la salle d'attente, sur le vol en hélicoptère. Je lui dis que Murray a parlé à sa famille.

Puis une porte s'ouvre brusquement et Garrick entre en tenant son téléphone, l'air énervé. Il est suivi par l'infirmier Chris.

— Vous devez partir, monsieur, dit Chris.

Cet homme est grand et suffisamment costaud pour jeter Garrick hors d'ici.

— Juste une minute, rétorque le journaliste.

Puis il me lance un regard qui me dit tout. *Des problèmes.*

Je me lève.

Il se colle presque à mon visage et parle à voix basse.

— Je suis toujours en contact avec le groupe que j'ai intégré. Lazarus et d'autres se sont échappés. Il est blessé. Je ne sais pas à quel point. Mais ils sont en route.

— Ils se sont échappés ?

— Ils ont effrayé les loups. Avec des gaz lacrymogènes, je crois. Je ne connais pas tout leur jargon, mais je crois que c'est ce qu'ils ont dit. Ils sont en hélico.

De la fumée. Le feu. Cela a dû affoler les animaux.

L'infirmier Chris nous informe qu'il va prévenir la sécurité.

— Alors les loups s'en sont sortis ?

— On dirait, ce qui est un miracle étant donné qu'ils ont attaqué des *hommes armés.*

— Les mecs armés se figent face à des animaux enragés, dis-je vaguement. Quand ils savent que l'animal ne reculera devant rien.

— Lazarus sait que tu es ici. Il arrive, ou du moins, il envoie du monde. Compte là-dessus. Il te veut mort.

— Retourne là-bas, siffle Ann. Sors de là pendant que tu le peux, Kiro.

Je me retourne vers elle.

— Tout va bien.

— Non. C'est toi qu'il veut. Va retrouver ta meute.

Je lui prends la main. Ne comprend-elle rien ?

— C'est toi ma meute, lui dis-je.

Elle sourit faiblement malgré la douleur.

Je lui serre la main. J'ai envie de me jeter sur elle et de ne jamais la quitter.

— C'est toi *ma* meute, réplique-t-elle.

Garrick jure dans le fond. Des hommes arrivent dans la pièce.

— On s'en va, on s'en va, rétorque Garrick.

— Je ne sortirai pas, dis-je.

— Vous préférez être arrêté ? demande l'un des gardes. Le non-respect des demandes des soignants...

— Il vient.

Garrick me prend le bras et me lance un regard plein de sens.

— Ann a besoin que tu t'en ailles.

Je ne veux pas la quitter, mais je ne peux pas me permettre d'être arrêté. Elle sera encore plus en danger si c'est le cas. Ce dont j'ai vraiment besoin, c'est de détruire cette pièce. Ce qui n'aidera personne.

Je laisse Garrick me tirer dans le couloir, loin d'Ann.

— Lazarus n'arrêtera jamais de la poursuivre après ça, dis-je. Il sait qu'elle est mon maillon faible.

— Mais pourquoi a-t-il tellement envie de te tuer, bordel ? demande Garrick quand nous sommes jetés dans la salle d'attente. Qu'est-ce que tu as fait ?

— Je ne sais pas.

— Tu ne sais pas ?

— Non. Je sais juste qu'elle sera toujours en danger tant que nous respirerons tous les deux. Il sait que je viendrai toujours la chercher.

— Si tu savais pourquoi on te pourchasse, ça pourrait aider.

Je m'approche des fenêtres. Tellement de routes, tellement d'entrées pour un si grand bâtiment. Je ne peux pas toutes les garder. Je ne peux pas surveiller Ann sans me faire arrêter.

J'ignore comment lui offrir la sécurité dont elle a besoin. Je dois pourchasser et tuer Lazarus, mais je ne sais pas par où commencer.

Je baisse les yeux vers le parking, me souvenant des flashs. Les camions de journalistes. La peur et la perplexité que j'ai ressenties.

Cela me rappelle ce qu'Ann a dit, sur la lumière rendant les choses plus sûres. Que c'était mieux. Que plus de connaissances et moins de secrets signifiaient plus de sécurité.

Je frissonne et me rends compte de ce que je dois faire. Et cela va à l'encontre de ce que je suis.

Garrick s'avance vers moi.

— Tu ne peux pas la sortir d'ici, si c'est ce que tu penses. Elle est trop malade pour être déplacée.

— Tu te souviens comment c'était la première fois ? Combien vous étiez ?

— Eh bien. L'Adonis sauvage.

Il dit ça comme si rien que ce surnom expliquait tout.

— L'idole féroce des adolescents, ajoute-t-il. Tout le monde voulait te voir.

— Combien de temps faudrait-il pour réunir tout le monde ici et qu'ils me voient ? Qu'ils prennent toutes les photos qu'ils veulent ? Que je réponde à toutes leurs questions.

— Attends... Je pensais que c'était exactement ce que tu ne voulais pas.

— Je ne le veux pas, déclaré-je sombrement. Mais c'est tout ce qu'il me reste.

— Tu veux faire de toi une cible ? C'est ce que tu veux ?

— Non. Je veux des réponses.

Je me tourne vers lui.

— Tu as raison de me demander pourquoi ils me pourchassent. Ann m'a aussi posé la question. Je ne m'en suis jamais préoccupé, mais c'est le cas maintenant. Si j'avais cette réponse, peut-être que je saurais comment les arrêter. Ann dit qu'il y a de la sécurité dans la lumière qui éclaire l'ombre. Dans la vérité au lieu des secrets.

— Je vois qu'Ann t'a rempli la tête d'idées.

Je n'aime pas le scintillement dans son regard, mais je dois faire confiance à ma compagne désormais. Je suis à court d'idées qui pourraient fonctionner.

— Plus de lumière, c'est en ça que croit Ann.

— Oh, je sais, répond Garrick.

— Elle pense que j'obtiendrai les réponses de cette façon.

— C'est clair que tu les auras. Une histoire comme celle-ci fait sortir tous les journalistes. Nous allons devoir faire fuiter ces photos de toi. Te faire signer un consentement pour nous couvrir. Nous avons les photos.

Il dit quelque chose à propos du téléphone d'Ann qui a été cloné.

— Je vais le faire, déclaré-je.

Je sais ce que le monde va voir. Moi sur cette pelouse. Moi en train de manger comme un sauvage. Rien de tout ça n'a d'importance maintenant.

Il pianote sur son téléphone.

— Si je dis que je livre l'Adonis sauvage, je dois livrer l'Adonis sauvage.

Il baisse la voix, son ton en devient presque sexuel.

— Je parle de te transformer en cette chose grondante. De donner des détails croustillants. Mais tu garderas quelques informations juste pour mon histoire. Marché conclu ?

— Marché conclu, dis-je les dents serrées.

Il tend la main et m'ébouriffe les cheveux. Je fais un effort colossal pour ne pas lui casser la main.

— On va laisser ta chemise ouverte, pour qu'ils puissent voir les cicatrices. Et fais ta tête tempétueuse. Là où on a l'impression que tu es perdu et que tu as envie de tuer quelqu'un.

Mon pouls s'accélère lorsqu'il me décoiffe un peu plus.

— C'est ça, Kiro... oui, c'est ce regard ! Merde... oui. Fais ça là-bas et tu seras populaire sur Twitter. Tu apparaîtras sur la moitié des téléphones des États-Unis. Rien ne sera caché. Tu paraderas avec cet air furieux de mec canon perdu... tu dois avoir cette tête-là.

— J'aurai cette tête-là.

— J'appelle *BMZ Confidential* tout de suite. Tu es sûr que tu es sérieux ? Ou tu vas me baiser ?

— Je ne vais pas te baiser, craché-je.

Chapitre Trente-Neuf

Aleksio

Le bureau dans notre suite du Sky Slope Hotel donne sur une forêt de pins sans fin. Mais je ne regarde pas la vue. J'examine de nouveau les images de la grotte. Quelques corps sont impossibles à identifier.

Notre gars a récupéré les ADN et prend l'hélico pour revenir. Nous espérons que Kiro ne fait pas partie des morts.

Nous sommes arrivés quelques heures après l'attaque. Nous étions si proches. Nous aurions pu être là. Nous aurions pu l'aider. Au lieu de ça, ce fut un carnage.

Kiro fait-il partie des morts ? Est-il blessé ? A-t-il été enlevé ? Il y avait une journaliste, A. E. Saybrook, avec lui. Sont-ils toujours ensemble ? Est-elle morte aussi ? Certains des corps sont horriblement mutilés.

J'ai envoyé Viktor dans sa chambre pour qu'il se calme. J'espère qu'il ne cassera rien. Mira est sur le lit, surfant sur Internet.

Je zoome sur le tatouage d'un des morts. Je n'imagine pas Kiro avoir des tatouages. Et honnêtement, je ne peux pas croire que Kiro, un homme qui a vécu la moitié de sa vie dans la forêt, puisse avoir été déchiqueté par des loups.

J'ai eu un tuyau selon lequel un blessé par balle était arrivé au Centre médical de Duluth, quelqu'un qui revenait de la forêt. J'ai envoyé un de mes gars vérifier. On dit que ce n'est qu'un accident de chasse.

C'est probablement le cas.

— Aleksio ! hurle Mira. Oh mon Dieu ! Oh mon Dieu !

— Quoi ?

Elle saute du lit et me met son téléphone sous le nez.

— Regarde !

Je jette un coup d'œil et le monde s'effondre sous mes pieds. Je regarde le visage de Kiro. Mon frère.

Ses lèvres bougent. Il parle. C'est un site de potins quelconque. Sous son visage se trouve un rectangle rouge criard. *EN DIRECT : L'Adonis sauvage est vivant et en bonne santé, vous ne devinerez jamais où nous l'avons retrouvé.*

— C'est quoi ce délire ? C'est en direct ? C'est où ?

Je tâtonne pour monter le son.

Mira attrape son ordinateur portable. La caméra se tourne vers un journaliste posant une question sur son pied. Quelque chose à propos de marcher pieds nus dans la neige. Il y a toute une meute de journalistes devant lui.

Une image de lui, les cheveux longs, dans un genre d'hôtel miteux, apparaît alors à l'écran. Une autre de lui, dans un magasin, en train de porter des lunettes de soleil. Toutes ces semaines à le chercher et nous avons maintenant toute cette flopée d'informations.

J'attrape mes affaires.

— Va chercher Viktor. Dis-lui de me retrouver dans la voiture. Tu peux ensuite aller prévenir tout le monde...

— Je m'en charge, dit-elle. Vas-y !

Cinq minutes plus tard, je gare le SUV devant l'hôtel.

Viktor monte dedans et nous partons en trombe. Il y a plusieurs armes automatiques dans le coffre et j'ai presque envie de les utiliser sur tous ces reporters qui prennent mon frère d'assaut.

Viktor a Mischa et d'autres de ses gars au téléphone. Ils sont en chemin également.

— Dis-moi qu'ils sont plus près de l'hôpital que nous.

— Non. Ils étaient devant l'une des entrées du parc.

Je fais ronfler le moteur. Plus rien ne compte à part le fait de trouver Kiro.

— Si nous le voyons en ligne, ça veut dire que Lazarus peut le voir aussi.

— *Bladny*, s'exclame Viktor. Tout ce qu'il leur faut, c'est un angle dégagé.

— Pas si nous les tuons en premier.

Chapitre Quarante

KIRO

LES LUMIÈRES SONT AVEUGLANTES. Les questions sont incessantes. Comment ai-je pu me faire accepter par les loups ? Est-ce vrai que je marchais pieds nus, même en hiver ? Quand j'attrapais des animaux, est-ce que je les mangeais simplement sur le coup ? Quand ils étaient encore chauds et sanglants ? Les journalistes posent plus de questions là-dessus. Ils veulent que je dise que les animaux étaient encore en vie quand je les mangeais.

— Parfois, grogné-je. Parfois, ils étaient encore en vie et j'arrachais leur gorge avec mes dents.

Garrick tente de garder une bouche inexpressive, mais je vois le sourire dans ses yeux. Ils commencent à poser des questions sur le professeur. Ils veulent que je parle de la façon dont je l'ai tué.

De temps en temps, Garrick prend le micro.

— Nous donnerons plus de détails sur ça dans l'article du

407

Stormline. Nous voulons pouvoir répondre à un maximum de questions aujourd'hui.

Garrick veut que je montre mes cicatrices.

Je déchire ma chemise. Plus rien n'a d'importance. Je dévoile tout. Je me laisse devenir leur chose. Leur sauvage. Leur spectacle de cirque. Je suis aveuglément le conseil d'Ann.

J'entends des pneus crisser. Des voix hurlant de dégager du passage. Il y a un vacarme. Les journalistes se divisent pour laisser passer ceux qui le demandent.

Garrick pose une main sur mon épaule, envisageant peut-être de me sortir de là.

Des uniformes. Des officiels.

La police.

J'échange un regard avec Garrick. Nous savions que cela pouvait arriver, que cela allait peut-être se terminer ainsi. Garrick a un avocat. Il dit que cet avocat obtiendra ma liberté.

Mon cœur tambourine quand ils s'approchent. Les journalistes les filment eux maintenant, même si je suis certain qu'ils capturent également mon expression. La peur, le désespoir, je n'essaie pas de cacher ce que je ressens. C'est comme ce qu'il s'est passé avec le professeur. Un moment de liberté, puis la police arrive.

L'avocat de Garrick tente d'arrêter les policiers, mais ils le poussent sur le côté. Des armes sont brandies. Deux visages familiers apparaissent aux côtés de la police. L'un est le Dr Fancher, le directeur de l'Institut Fancher. Il faisait un tour avec l'infirmière Zara chaque semaine, jetant un coup d'œil dans les chambres.

L'autre est Donny. Celui-ci me sourit.

Je me fige.

L'avocat avance vers Garrick, lui dit quelque chose sur un ordre d'internement.

La panique monte dans ma poitrine. Je ne peux plus entendre.

Mon instinct me disant de me battre jaillit en moi. Je m'imagine en train de me jeter sur Donny. Je pourrais lui arracher la gorge, probablement juste avant de mourir à cause des balles qu'ils me tireraient dessus. Mais les caméras tournent. Et Ann est ici. Elle me dirait de faire confiance à l'histoire. Elle dirait que la lumière est mieux que l'obscurité.

Je laisse les flics me menotter.

Garrick proteste vivement. Il veut rester avec moi, garder une équipe de reporters avec moi.

Donny s'approche. Il sourit. Quelque chose étincelle dans sa main. Une aiguille. La police me pousse tandis que le directeur de l'Institut Fancher prend le micro. Il s'excuse auprès des journalistes réunis. Tandis que la police me fait avancer, suivant les instructions de Donny, j'ai l'impression d'entendre le directeur Fancher utiliser des mots tels que « instable » et « malade mental et dangereux ».

Puisqu'il hurle, Garrick est menotté et emmené, criant qu'il va en parler à ses avocats.

Les journalistes nous suivent tandis que nous nous dirigeons vers le van de Fancher. Les flics leur barrent la route.

Le van.

Je connais ce van. C'est plus qu'une cage sur roues. C'est une forteresse sur roues. Le voir me démoralise presque complètement et je me dis que peut-être, j'aurais dû me battre, peut-être qu'Ann a tort sur la confiance et la lumière.

Je sens une piqûre dans mon bras. L'aiguille. Je sens le souffle de Donny sur ma nuque tandis que la paralysie s'étend.

Je croise son regard. Il sourit alors que des étoiles dansent devant mes yeux et que je suis emmené.

Je titube, mes membres faibles. Je ne suis plus habitué aux médicaments. Ou peut-être qu'il a augmenté la dose.

Probablement les deux.

Donny supervise deux aides-soignants qui m'allongent sur un brancard. Ils enchaînent mes chevilles à des anneaux sur le sol. Ils enchaînent mes poignets menottés à la barre qui longe le côté.

Je tire dessus, furieux, essayant désespérément de me libérer. Ils ferment la cage, puis la porte extérieure.

L'obscurité. La confusion.

Nous avançons. Je me concentre sur les bruits. Il y a une sirène derrière nous et une devant.

Ils ne prennent aucun risque avec moi. Le sauvage. Je suis de nouveau drogué et attaché.

Mes membres me semblent morts. J'ai envie d'abandonner. Je tente de me souvenir de la sensation du soleil sur moi. J'essaie de me souvenir de la sensation d'Ann.

Je me rappelle comment je luttais contre les drogues. Avec une activité vigoureuse.

Je tire et lutte, faisant cliqueter les menottes et les chaînes. J'ai l'impression que mes lèvres gonflent. Mes pensées ralentissent. Je me bats avec tout ce que j'ai.

Je me dis que si je n'arrête pas, les médicaments vont prendre le dessus. C'est une forte dose, peut-être trop forte, mais je me bats comme un fou, pensant à Ann. Je dois y retourner. Je tire et tire, sentant les menottes s'enfoncer dans ma peau. Mon poignet est chaud. Il y a du sang.

Je m'en fiche. Rien n'a d'importance si ce n'est m'en aller d'ici. Je dois retrouver Ann.

Je peste et beugle tandis que nous roulons à toute allure sur l'autoroute, en direction de l'Institut Fancher. C'est là que nous allons.

Ou dans un endroit pire que celui-là.

Je tire et tire. Je sais que je m'épuise. Je dois juste redevenir alerte.

Je pense que mon désespoir rend l'effet des médicaments encore pire. Le désespoir rend mes membres plus lourds. Je me dis d'arrêter de lutter.

Je me bats jusqu'à l'épuisement, puis m'effondre. Il n'y a que moi, dans l'obscurité, le souffle lourd. Les sirènes se sont arrêtées. Il n'y a que le grondement des pneus. Du moteur.

Le van fait une violente embardée.

Ou peut-être que c'est un vertige.

Je me penche en avant, la tête au-dessus du sol, les bras étirés derrière moi, les épaules presque disloquées. C'est là que je me rends compte d'une bonne chose : Ann est enfin en sécurité. Mes ennemis savent sûrement que je suis loin d'elle, que je ne peux pas la rejoindre. Ils n'ont plus aucune raison de s'en prendre à elle.

J'appuie mon front contre mes genoux, laissant pendre et balancer ma tête.

C'est moi qu'ils veulent. Donc son plan a fonctionné, au moins pour elle. C'est suffisant.

L'autre chose dont je me rends compte, enchaîné ici, c'est que je n'arriverai probablement pas vivant à l'institut. Mes ennemis ont besoin que je meure. Donny a besoin que je meure.

Je suis seul ici, dans le van, pensant au moment où je pêchais avec Ann. Je suis de retour sur l'arbre avec elle, une meute de deux personnes. C'était plus qu'une meute. Là-bas, avec Ann, c'était la première fois que je ne me retrouvais pas en marge des autres. C'était la première fois que j'étais à ma place avec un autre être humain.

Tu n'es pas un loup, a-t-elle dit une fois et elle avait raison.

Elle m'a montré que j'étais humain.

Complet. Avec un cœur qui se brise. Mais pendant un bref moment, j'ai eu ma place. J'ai eu quelqu'un.

Les pneus vrombissent.

Le trajet semble durer une éternité.

Seul.

La solitude est plus douloureuse que jamais. Parce que je sais maintenant ce que cela fait d'avoir sa place, j'imagine.

Dans mon esprit, je suis de retour avec elle.

Le van tourne de nouveau, penche. Je me sens un peu nauséeux. C'est à cause des médicaments, de la fatigue. Le désespoir rend le tout encore pire. Le désespoir peut être pire que les médicaments. Ses doigts s'étirent sur moi et étouffent mon âme.

Puis un coup de feu retentit. J'entends un bruit sec en dessous.

Un pneu. Je me redresse.

Lazarus. Forcément.

La route devient cahoteuse et je me rends compte que le pneu est crevé. Le van tourne et accélère. Les secousses sont de plus en plus prononcées. Je rebondis sur le brancard.

Donny est devant. Est-il en train de conduire ou de donner des indications au conducteur ? Que se passe-t-il ?

Davantage de coups de feu.

Je ne vois pas pourquoi il essaierait d'échapper à un homme qui tente de me tuer. Je pense qu'il serait heureux de me voir mort et de ne pas avoir à répondre de ça. Il ouvrirait même la portière lui-même.

Pour une raison quelconque, il est en train de fuir. Nous prenons un autre virage. La route devient plus difficile. J'attrape la barre derrière le siège. Peut-être que nous sommes sortis de la route. Ou peut-être que d'autres pneus ont éclaté.

Plus de secousses.

Un freinage brusque me fait basculer en avant, me disloquant presque les épaules. C'est comme si toute la planète s'était arrêtée.

Silence.

Mon pouls cogne vivement. Ils vont venir maintenant. Je

tire sur mes chaînes. J'entends une clé dans la portière. Les verrous s'ouvrent, le mécanisme de la cage se déverrouille.

Je suis peut-être attaché, prêt à ce qu'ils m'abattent, mais je me redresse. Je veux affronter la mort la tête haute.

Je plisse les yeux quand la lumière du jour pénètre dans la cage. Des silhouettes sombres sautent à l'intérieur.

— *Bratik*, dit l'un d'entre eux en venant vers moi.

Il pose ses mains sur mes joues.

Il y a plus de mots étranges, remplis d'urgence et d'émotion. C'est une langue que je ne connais pas. Je grimace. Est-ce qu'il va me briser le cou ? M'arracher les yeux ? Je pourrais l'anéantir uniquement avec mes jambes si seulement elles n'étaient pas enchaînées.

Il m'attire dans une étreinte.

— *Bratik* !

Une autre voix résonne derrière lui.

— Merde. Kiro. Merde.

Celui-ci connaît mon nom. Il s'affaire sur mes chaînes, déverrouillant mes foutues menottes pendant que l'autre m'étreint comme un fou, parlant ce langage étrange.

Soudain, je suis libre. Je pousse le premier.

L'autre attrape mon t-shirt.

— Nous sommes tes frères, Kiro.

Il m'aide à me relever.

— Tu peux tenir debout ?

— Frères ? chuchoté-je, chancelant.

J'arrive à peine à comprendre ce que signifie ce mot.

Il me regarde dans les yeux.

— Nous sommes tes frères.

Je cligne des paupières, mes pupilles s'ajustant à la lumière, mes lèvres toujours paralysées.

— Frères ?

Les yeux de l'Américain brillent. Il me tient par les épaules, me stabilise. Ses yeux sont plus sombres que les miens, mais ses cheveux sont pareils, son visage est identique.

— Nous te cherchons depuis toujours.

Mon pouls tambourine.

Il m'attire contre lui, torse contre torse.

— Merde, Kiro. Nous sommes là maintenant. Nous surveillons tes arrières.

Je me sens étourdi. Ce n'est pas à cause des médicaments cette fois-ci, mais du trop-plein d'émotions. Je l'attire contre moi, enfonçant mes mains dans son dos. Un frère. Mes yeux se remplissent de chaudes larmes. *Des frères.*

— Pousse-toi de là, *brat* ! grogne l'autre.

La musique de son grondement se connecte à quelque chose en moi. Il y a quelque chose de si familier dans sa voix. Puis je me rends compte qu'elle est comme la mienne. Ce sont mes frères.

L'autre me donne une tape sur la tête, ébouriffant mes cheveux.

— Petit frère !

L'Américain me lâche et fait un signe de tête vers l'autre.

— Voici Viktor. Je suis Aleksio. Merde alors, on te cherchait partout. Ils nous ont dit que tu étais mort, mais je savais que ce n'était pas le cas.

Mon cœur s'emballe.

— On doit te sortir de là, dit Viktor.

— Le journaliste dit qu'ils t'ont injecté quelque chose. C'est vrai ? Tu peux marcher ? Courir ?

— Tu peux tirer ? demande Viktor.

Je me frotte le visage et prends une grande inspiration. J'ai des frères.

Viktor est sur son téléphone, disant à quelqu'un de se dépêcher. Une sombre pensée me vient en tête.

— L'hôpital. Ann. Il va s'en prendre à elle maintenant.

— La victime du coup de feu ? rétorque Viktor.

— Oui, elle a deux blessures par balle. Chambre 363.

Viktor ordonne à quelqu'un à l'autre bout du fil d'aller à l'hôpital.

— Tanechka, dit-il, peu importe ce qu'il en coûte.

— Ça va aller pour elle, m'informe Aleksio. On envoie des gars.

— Frères, lui dis-je.

Il sourit.

— Pour le meilleur ou pour le pire.

— Pour le pire en ce moment, ironise Viktor. Notre voiture est foutue. Celle-ci aussi. On doit sortir de là. On est vulnérables.

Mon esprit commence à se clarifier. Je me sens heureux. Puis je repère du mouvement derrière la portière ouverte du van, dans le champ, derrière mes frères.

Ils se retournent.

Le visage de Donny est ensanglanté. Il tient une arme.

— Lazarus arrive, déclare-t-il en chancelant. Vous n'irez nulle part jusqu'à ce qu'il soit là. Vous faites un pas hors du van et je vous tue.

Lazarus a survécu ? Je me raidis, ayant envie de me jeter sur Donny. Aleksio semble le comprendre. Il appuie une main sur mon épaule, me maintenant en place.

— Vas-y, Patient 34, illumine ma journée, déclare Donny. Viens me chercher.

— Sérieusement, putain ? s'exclame Aleksio. *Illumine ma journée ?*

Il rit et montre la route, de l'autre côté du champ. Bien au loin sur la droite.

— Et ça, alors ? Ça illumine ta journée aussi ?

Donny se retourne pour regarder.

Je regarde également.

J'entends une détonation sur ma gauche. J'observe Viktor. Il baisse une arme en souriant.

Donny est à terre, effondré dans les mauvaises herbes, un trou dans le crâne.

— Ne menace pas notre *bratik*, dit Viktor.

Un frisson me traverse. Ce sont mes frères.

Aleksio plisse les yeux en direction de la route.

— Merde alors.

Il nous attire, Viktor et moi, à l'intérieur.

— Ils arrivent. C'est une putain de procession.

Il vérifie sur son téléphone.

— Tito, Yuri et les gars ne seront là que dans vingt minutes. Merde.

Viktor parle dans une langue étrange. Il n'est pas content.

— Qui arrive ? demandé-je.

— Lazarus, répond Aleksio.

— Encore lui, grogné-je. Il a tiré sur Ann. Il nous pourchasse.

— Oh, c'est clair qu'il te pourchasse, répond Aleksio. Il a besoin que tu sois mort. Enfin, l'un de nous trois.

— Maintenant il pense pouvoir nous avoir tous les trois, ajoute Viktor.

Il sort une arme après l'autre de son sac. Il les pose sur le brancard.

— Lazarus a participé au meurtre de notre père et de notre mère. Il t'a envoyé loin de nous et nous a aussi séparés. Il est notre plus grand ennemi.

Ma tête tourne. Cet homme qui a tiré sur Ann, deux fois, est également la raison pour laquelle je n'ai jamais eu de famille ? Pour laquelle je n'ai jamais connu ces frères ? Et maintenant, il veut nous tuer ?

Je commence à me sentir déchaîné.

— Ils nous encerclent, bordel…, nous dit Aleksio.

Il pense que c'est ce que Lazarus va faire maintenant. C'est comme tirer sur une vache dans un couloir, selon ses dires.

Viktor ferme un côté de la portière arrière. Je le regarde avec un mélange de fierté et d'inquiétude. *Mes propres frères.* Ils sont venus me chercher. Maintenant ils sont prêts à mourir pour moi.

Ma meute est plus grande que dans mes rêves les plus fous.

Aleksio a déboulonné le brancard. Il l'incline sur le côté. Il est prêt pour un échange de coups de feu.

— S'ils ont du C4 avec eux, on est foutus, déclare-t-il. Un van au milieu d'un champ. Foutus.

— J'ai du C4.

Viktor sort une petite boîte en métal de son sac.

Aleksio ricane.

— Ce serait parfait, si c'étaient *eux* qui étaient coincés dans un van au milieu d'un champ.

— Je les entends arriver. Deux véhicules de plus. Beaucoup d'hommes qui viennent vers nous en ce moment.

Mes frères me regardent.

— Tu peux entendre tout ça ?

— Deux moteurs différents qui viennent tout juste de s'éteindre. Des chaussures qui écrasent les feuilles séchées. De tous les côtés. Ils essaient d'être discrets.

Viktor me tend un revolver.

— Tu sais comment t'en servir ?

Je le lui redonne.

— Non.

— Oh. D'accord.

— Ce n'est rien, dit Aleksio. On te protège, Kiro.

Mon cœur tambourine quand je perçois l'odeur de Lazarus. Notre plus grand ennemi. Je regarde le rectangle du ciel et le champ derrière.

— Il est là. Il se cache. Il attend qu'on jette un coup d'œil.

Je pointe la direction dans laquelle il se trouve.

— C'est mauvais, déclare Aleksio. Ils vont mitrailler ce van, s'ils ne le font pas exploser.

— Une vieille mégère a un jour déclaré que nous allions régner ensemble, affirme Viktor. Ensemble, on ne peut pas être vaincus.

J'écoute à peine ce qu'ils disent. Je viens juste de retrouver mes frères et maintenant il va me les reprendre ? La rage bouillonne dans mon cœur.

— Nous avons besoin d'un plan, dit Aleksio. La prophétie n'est pas un plan. Tenir n'est pas un plan. Ils n'ont pas de couverture. Soyons créatifs. Est-ce qu'on peut passer au travers de ce panneau ? Et conduire ce truc ?

— Je suis prêt à me déchaîner.

— Combien sont-ils, Kiro ? demande Aleksio.

— Douze, quinze. De tous les côtés. Sauf...

Je fais un geste vers l'endroit que nous pouvons voir.

Aleksio continue. Il dévoile sa tactique.

Je n'écoute plus. Je les sens. J'entends leurs pouls. Effrayés. Ils veulent tuer mes frères. Quelque chose de profond et de primitif m'anime.

— Allez, est-ce qu'on peut tirer au travers de ce panneau, à ton avis ?

Aleksio veut changer les choses dans le van. Il a des plans compliqués.

Tout ce que j'entends, c'est la fureur de mon propre cœur.

Tout ce que je flaire, c'est le sang. Tout ce que je ressens, c'est l'amour pour ces frères qui se sont moqués de Donny et l'ont tué pour moi. C'est quelque chose que j'ai toujours rêvé de faire et mes frères l'ont fait pour moi.

Mes frères.

Ils sont venus me chercher.

Les pouls de nos ennemis deviennent plus forts en se rapprochant. L'état sauvage me remplit avec le pouvoir du soleil, aussi immense que le ciel. Les pensées se déversent de mon esprit. Je ne vois que des images. Moi, en train de foncer sur les hommes. Volant dans les airs.

Je bondis hors du van, fonçant sur les hommes. Je suis plus rapide que le vent. J'attrape et écrase leurs gorges, leurs visages, porté par le vent. Je grogne, déchaîné.

Ils devront me tirer dans les bras et les jambes pour m'arrêter et ils le savent. Cela les rend hésitants. Cela leur fait peur.

Mes frères hurlent quelque chose.

Leurs mots ne veulent rien dire. Je vole sur nos assaillants, arrachant et frappant.

Mes frères sont derrière moi, tirant avec leurs armes, abattant ceux qui se remettent suffisamment de leur choc pour continuer à se battre.

Le temps ralentit. Je referme ma main et tire, brisant un cou. Je ressens la chaleur sur mes doigts. Je brise un visage avec mon pied. Je me retourne et continue. Je tue. Je relève certains corps devant moi. Ils me servent de bouclier pour absorber les innombrables balles qui sortent incessamment des revolvers.

Mes frères se battent si joliment à mes côtés. J'ai l'impression que nous avons toujours été ensemble.

Des hommes tombent.

Je me sens invincible quand je croise une autre paire d'yeux surpris en refermant mes mains sur une gorge.

Les hommes armés se figent devant un animal enragé. Même si cette rage animale provient d'un humain.

Personne ne me prendra mes frères. Plus jamais.

Je sens Viktor arriver à côté de moi.

— *Bratik*, arrête !

Il m'agrippe le bras, me tire vers lui. Il y a des corps partout. Nous sautons à l'avant du van.

Aleksio conduit. Il traverse le champ à toute vitesse en

direction d'une énorme camionnette ressemblant presque à un char sur la route. Les secousses recommencent.

— Tu es sûr que Lazarus est dans ce Hummer ? demande Viktor.

— Il s'y cache comme une petite fille, répond Aleksio.

Nous rebondissons sur la route, les roues à peine intactes, on peut le sentir sous nos pieds. Viktor jette quelque chose par la vitre.

— Vas-y !

Aleksio part à toute allure.

— Adieu, connard.

Il y a une énorme explosion derrière nous.

Des sirènes résonnent au loin.

— Yuri est à cinq minutes d'ici. On va y arriver !

— Petit frère ! Comment tu leur as bondi dessus !

Viktor rit et passe un bras autour de mes épaules.

— C'est bon de se battre à tes côtés, mon frère. Tu es un bon guerrier. Plus féroce que je ne l'aurais jamais imaginé.

Je le regarde dans les yeux. Mon cœur devient plus grand que le ciel.

Chapitre Quarante-Et-Un

Ann

— Cet ordre d'internement a été invalidé il y a une semaine. Il a été invalidé, infirmé. Il y a des informations dans ce dossier si vos hommes prenaient la peine de vérifier. Non... c'est ça, infirmé par un juge dans une cour de justice... non, ce sont des conneries... vos hommes n'ont pas suivi la procédure. C'est ça. Vous savez comment je le sais ? Parce que c'est moi qui l'ai fait invalider. C'est moi qui ai vu que c'était sur le dossier.

Je lutte pour ouvrir les yeux. J'ai l'impression qu'ils sont collés, caillouteux.

— ... non, c'est à vous de m'écouter. Si vous interférez encore une fois dans les droits de monsieur Dragusha, si vous le privez encore un seul instant de sa liberté, j'intenterai un procès contre votre département si rapidement... kidnapping... complicité dans une tentative de meurtre... conspiration avec une organisation criminelle...

Je cligne des yeux. La lumière est si vive.

Une femme avec une queue de cheval blonde est assise à côté de mon lit.

— Bonjour !

Elle a un accent. Slave. Russe.

La femme qui parle d'affaires juridiques est de l'autre côté de la pièce, en train de faire les cent pas, le téléphone collé à l'oreille. Elle a des cheveux foncés et un air autoritaire.

— Elle n'est pas aussi effrayante qu'elle en a l'air, dit la femme à la queue de cheval.

Elle porte un t-shirt rouge avec les lèvres iconiques des Rolling Stones. Russe.

— D'accord, soufflé-je.

— Je m'appelle Tatiana, mais mes amis m'appellent Tanechka. Kiro nous a envoyées.

Elle sourit.

— Personne ne te dérangera.

— D'accord, répété-je.

Je ne sais pas trop ce qu'il se passe.

— Où est Kiro ?

— Il va bien. Il arrive.

— Que s'est-il passé ?

— Tu as loupé toute la conférence de presse ?

La femme aux cheveux bruns arrive de l'autre côté du lit.

— C'était quelque chose. Je le laisserai te le raconter. Il est en route avec ses frères. Je ne pense pas que nous aurons de nouveaux problèmes.

Tanechka sourit.

— Qu'il nous en donne des problèmes et je les tuerai.

— Une conférence de presse ? Ses frères ?

— Kiro a plus ou moins convoqué sa propre conférence de presse. C'est comme ça que ses frères l'ont trouvé. Je m'appelle Mira. Salut.

Elle montre les tubes dans mon bras.

— Je ne vais pas te demander de me serrer la main.

— Il a trouvé sa famille en organisant une conférence de presse ?

Je l'imagine, là-bas, devant les caméras. La seule chose qu'il n'a jamais voulue.

— Deux frères. De vrais durs à cuire, dit Tanechka.

Mira sourit.

— Et il a trouvé des frères ainsi qu'un tiers d'un immense empire criminel appelé le clan du Black Lion, mais on ne va pas se lancer là-dedans.

— Quoi ? Le clan du Black Lion ?

Les choses commencent à se mettre en place.

— C'est pour ça qu'ils le pourchassaient ?

— Alors tu es au courant, dit Mira. C'est un Dragusha. Ne t'inquiète pas, le clan du Black Lion... il va évoluer, une fois que les choses se seront calmées.

Tanechka sourit.

— Nous sommes tous tombés sur le cul quand on a vu Kiro sur Internet.

— Est-ce qu'il sait que ses frères voulaient le trouver ? demandé-je. Est-ce qu'il sait qu'il avait des frères qui l'aimaient pendant tout ce temps ?

Kiro jaillit dans la pièce. Il arrive à mon côté et me prend les mains.

Son visage est ensanglanté et ses affaires sont déchirées. Il a l'air parfaitement sauvage, tout comme ses frères. Et ils sourient tous. Ils sont heureux.

Chapitre Quarante-Deux

Ann

Deux mois *plus tard*

J'allume un feu en utilisant une bûchette de bois compressé, quelque chose dont Kiro se moquerait, mais il passe une rare soirée à l'extérieur avec ses frères.

Kiro et moi avons acheté un vieil appartement près de Washington Park, à Chicago. Il a coûté une fortune, mais il s'avère que les Dragusha sont extraordinairement riches.

Kiro s'est étonnamment bien habitué à la ville. Il dit que ce n'est qu'une autre forêt, juste un autre système. Il est génial.

Il commence à faire confiance aux gens et à combler les manques de son éducation. Il apprend de nouvelles choses et fait de nouvelles avancées avec ses frères, comme s'ils n'avaient jamais été séparés. Je ne suis pas certaine d'apprécier son nouvel amour pour la vodka qu'il consomme avec eux, ni sa nouvelle passion consistant à jeter des couteaux sur des cibles... enfin, j'imagine que passer du temps entre frères lui a manqué.

Pourtant, je sais qu'il a hâte d'aller au nord, une fois que je me serai entièrement rétablie. Pour que nous ayons notre endroit à nous pour les mois chauds. Au milieu de l'étendue sauvage. Nous avons passé beaucoup de temps à rêver d'une vie pour nous. À moitié à Chicago, pour être avec ses frères. À moitié dans la forêt.

La petite amie d'Aleksio, Mira, a trouvé un avocat génial qui a obtenu l'abandon de toutes les charges contre lui. Nous allons souvent au restaurant tous les six : Kiro et ses deux frères, Mira, Tanechka et moi. Comme une famille instantanée, pour nous deux.

Au début, il voulait que nous allions à l'étranger ensemble, pour que je puisse faire mon travail de journaliste, mais courir après des histoires dangereuses pendant toute ma carrière n'a jamais été mon souhait. Il y a des histoires ici. Nous parlons d'écrire un livre sur les loups. J'ai toujours souhaité écrire un livre.

J'arrange les cadeaux sous notre arbre et en trouve un nouveau pour moi venant de Kiro. C'est une grande boîte. De la taille d'un chapeau. Est-ce que Kiro a été faire des emplettes en cachette ?

Il essaie de se rattraper pour le fait de m'avoir kidnappée et attachée. Il s'est excusé un million de fois. Je lui ai pardonné autant de fois. Mais les mots ne veulent toujours pas dire grand-chose pour Kiro. Il m'offre beaucoup de cadeaux. Il a presque été constamment à mes côtés pendant ma convalescence.

C'est un bon compagnon. Je lui dis parfois. C'est l'euphémisme de l'année. J'aime être avec lui. Je l'aime.

Viktor et Tanechka veulent que nous allions en Ukraine avec eux, lorsqu'ils iront au printemps. Ils prévoient de reconstruire le couvent bombardé où Tanechka a passé du temps, mais Kiro n'est pas vraiment prêt à prendre l'avion. C'est un peu suspect. Reconstruire le couvent donne l'impression qu'il y aura quelques hommes armés impliqués.

Peut-être un jour.

Je secoue la boîte. Rien ne bouge. En revanche, c'est lourd.

J'entends un grognement à la porte. Kiro. Il avance vers moi.

— Qu'est-ce que tu fais ?

— Je fouine.

Il vient vers moi, s'agenouille et me prend la boîte des mains pour la remettre sous le sapin. Puis il m'embrasse.

— Je t'aime, dit-il.

Les mots ne veulent rien dire pour Kiro, mais il sait qu'ils signifient tout pour moi.

— Mais tu n'as pas le droit de voir ce qu'il y a dans la boîte jusqu'au matin de Noël.

— Je t'aime aussi, mais ça ne signifie pas que je vais arrêter de fouiner.

Il enroule l'une de mes boucles autour de son doigt. Il le fait encore. Toujours.

— Où est-ce que vous étiez ? Vous faisiez les rois ?

Il ricane. À la seconde où il a retrouvé ses frères, tout un empire de la mafia s'est uni autour d'eux. Apparemment, tout le monde attendait le retour de Kiro. Ça nous a tous ébahis, c'était comme entrer dans une cour royale et découvrir qu'un trône vous attendait.

Les hommes qui travaillaient pour leur ennemi, Lazarus, ont fui ou bien sont venus supplier d'être pardonnés. Les gens les regardaient tous les trois comme... eh bien, les membres d'une famille royale.

Ils n'ont jamais retrouvé le corps de Lazarus, mais ça n'a que peu d'importance. Même s'il était en vie, même s'il revenait, il serait rapidement neutralisé.

Je ne suis pas très fan de l'empire criminel. Heureusement, Mira et Tanechka non plus. Et bien que Viktor et Aleksio soient de sacrés durs à cuire, ils se concentrent de plus en plus sur des actes de bienfaisance. Aleksio ouvre un restaurant.

Petit à petit, leurs opérations deviennent légales. Ils transmettent quelques-unes de leurs activités super-criminelles à leurs lieutenants.

Cela convient à Kiro. Il aime se battre, il aime jouer les gros bras avec ses frères, mais ce n'est pas un criminel.

— Vous étiez sur les docks ?

— Pas vraiment.

Il enlève son t-shirt et je m'exclame. Son bras est couvert de plastique, et en dessous se trouve le tatouage complexe d'une scène de bataille, couvrant une grande partie de sa peau.

— Qu'est-ce que tu as fait, Kiro ?

— Viktor, Aleksio et moi nous sommes fait tatouer aujourd'hui. C'est l'illustration de la prophétie.

— Euh. Cette stupide prophétie. Pourquoi tu la voudrais sur ton bras ?

La prophétie est la raison pour laquelle Lazarus et son mentor les ont séparés, il y a tant d'années.

— Le tatouage montre notre propre version de la prophétie. Tout le monde pensait que « ensemble, les frères régneront » signifiait que nous allions diriger le clan du Black Lion, déclare-t-il. Mais la vieille femme qui a énoncé la prophétie n'a jamais dit sur quoi nous allions régner. Alors nous avons décidé que cela voudrait dire que nous sommes maîtres de nos destins. C'est nous, nous retrouvant et gérant notre propre vie.

— Oh mon Dieu. J'adore.

— C'est toi qui m'as donné l'idée. L'histoire est importante. C'est ce que tu dis toujours. Moi, j'ai dit que nous devions penser à une histoire différente.

— Les tatouages étaient ton idée ?

Kiro sourit. Il est fasciné par les tatouages depuis que nous sommes rentrés.

— Oui.

Il montre l'étendard dans la bataille, ainsi que les vrilles et les courbes élégantes, qui signifient toutes quelque chose. Ils y ont beaucoup réfléchi. Mais une partie de son tatouage est différente. Mon nom se trouve là. Et il y a un loup. Je le trace au travers du plastique. Je sais à quel point les loups lui manquent. Il fait toujours le deuil de ses amis.

— Attends.

Je me lève et attrape un petit cadeau.

— Je veux que tu ouvres ça.

— Ce n'est pas Noël.

— Je veux que tu l'aies maintenant, répliqué-je, le cœur tambourinant.

Il déchire le papier et ouvre le couvercle d'une petite boîte. Il se fige, la tenant dans ses mains tremblantes.

— C'est...

Il déglutit sous le coup de l'émotion.

C'est le porte-clés avec la silhouette de loup, celui qui lui rappelait tant Red. Celui qu'il a acheté au magasin de camping. Celui qu'il a jeté dans l'herbe, sur la colline.

— Tu l'as récupéré, dit-il.

— Oui, je l'ai récupéré. Tu peux mettre tes clés dessus. Et le garder en permanence avec toi.

Il le sort de la petite boîte et le tient dans sa paume révérencieusement. Comme si c'était précieux. Il touche sa petite fourrure, comme il le faisait lorsque nous l'avons acheté.

Je détourne le regard, pensant que je peux lui donner un peu d'intimité.

— Non, tu peux regarder, Ann.

Il lève les yeux. Les magnifiques yeux clairs de mon Kiro. Incroyablement sincères. Complètement présents.

— Je veux toujours l'avoir sur moi.

— C'est ce qu'il y a de bien avec les porte-clés.

— Je veux que tu sois avec moi pour toujours.

— Je veux être avec toi pour toujours.

— Non, je veux dire...

Il se glisse sous le sapin et en sort une petite boîte que je n'avais pas remarquée.

— Je veux que tu sois avec moi pour toujours.

Mon pouls martèle dans mes oreilles quand je la saisis.

Une petite boîte. Un écrin. Je la tiens contre mon cœur et croise son regard couleur ambre. Et je souris.

Il sourit en retour. Nous n'avons pas besoin de mots.

~la fin~

Autres livres de Annika Martin (en français)

Ce sont des hommes dangereux. Des ennemis aqbsolus. Et totalement attirés l'un par l'autre.

Prisonnier

Lorsque je l'ai vu, la première fois, j'ai été frappée par la force féroce qui émanait de lui.

Otage

J'avais toujours su qu'il viendrait un jour.

Mais je ne savais pas quand

Trouver une liste complète de livres en français ainsi que des liens

https://annikamartinbooks.com/translations/french/

Other translated works

Trouvez les livres d'Annika dans d'autres langues ici

https://annikamartinbooks.com/translations/

French, German, Italian, Hebrew,

plus Swedish, Japanese, and Dutch soon.

Annika's books in English:

https://annikamartinbooks.com/all-books-2/

À propos de l'auteur

Annika Martin est un New York Times bestselling auteur qui aime lire, photographier ses chats, consommer des tonnes de chocolat et aider les animaux. On peut la trouver en train d'écrire dans les cafés de Minneapolis avec son fabuleux mari, et parfois en train de jardiner et de faire du yoga.

newsletter:
https://geni.us/rGHRx

Facebook:
www.facebook.com/AnnikaMartinBooks

The Annika Martin Fabulous Gang:
www.facebook.com/groups/AnnikaMartinFabulousGang/

Instagram and TikTok:
@annikamartinauthor

website:
www.annikamartinbooks.com